Susan Crispell

Deine Liebe lässt mich leuchten

AF177930

SUSAN CRISPELL

Deine Liebe lässt mich leuchten

Aus dem Amerikanischen
von Christiane Wagler

Penguin Random House Verlagsgruppe FSC® N001967

1. Auflage 2025
Erstmals als cbt Taschenbuch Februar 2025
© 2025 für die deutschsprachige Ausgabe
cbj Kinder- und Jugendbuch Verlag in der
Penguin Random House Verlagsgruppe GmbH,
Neumarkter Str. 28, 81673 München
produktsicherheit@penguinrandomhouse.de
(Vorstehende Angaben sind zugleich
Pflichtinformationen nach GPSR)
www.cbj-verlag.de
Alle deutschsprachigen Rechte vorbehalten
Die Originalausgabe erschien unter dem Titel
»The Broken Hearts Club« bei Sourcebooks US
Aus dem Amerikanischen von Christiane Wagler
Lektorat: Tamara Reisinger
Umschlaggestaltung: Carolin Liepins, München
Umschlagmotive: Shutterstock.com (Carlos Amarillo, Summer loveee,
Daria Kubrak, dinadankers)
Innengestaltung unter Verwendung der Bilder von:
© Adobe Stock (ManMuz, Jer)
FK · Herstellung: DiMo
Satz: Vornehm Mediengestaltung GmbH, München
Druck: GGP Media GmbH, Pößneck
ISBN 978-3-570-31637-5
Printed in Germany

Für Dad und Susan, danke,
dass ihr mir gezeigt habt,
dass die wahre Liebe immer einen Weg findet.

Erstes Kapitel

Liebesregel #21: Du musst bereit sein,
einen Teil deines Herzens zu verschenken, damit dir ein
anderer dafür ein Stück von seinem schenkt.

Die Liebe bringt einen dazu, lächerliche Dinge zu tun. Wie ich zum Beispiel: Heute feiere ich mein Einjähriges mit meinem *Fake*-Freund.

Versteht mich nicht falsch. Ich habe August nicht erfunden. Er ist ein echter Siebzehnjähriger, mit dem ich im Sommer vor fast zwei Jahren einen Nachmittag verbracht habe, während meine Mom über ihre Partnervermittlung seine Mom verkuppelt hat. Er weiß bloß nicht, dass ich mir seinen Namen und ein paar seiner charmantesten Charaktereigenschaften für den persönlichen Gebrauch ausgeliehen habe.

Ich habe keine Ahnung, ob der echte August romantisch ist. Aber der falsche August ist da nicht zu toppen. Das

Überraschungsgeschenk zu unserem Jahrestag vor meiner Haustür – das August zusammen mit meiner BFF Gemma organisiert hat, falls es jemanden interessiert – wird mein Insta heute den ganzen Tag in hellem Glanz erstrahlen lassen. Es besteht aus einem Strauß Ranunkeln, deren pralle Kugeln aus zarten Blütenblattschichten einem unweigerlich ein Lächeln auf das Gesicht zaubern, und einer schwarzen Samtschachtel, in der sich eine Halskette aus Roségold mit flachem, rundem Anhänger verbirgt, auf dem vorne ein Kamerasymbol und hinten #heißgeliebt eingraviert ist, das Hashtag für unsere Beziehung. Das ist so süß, dass es selbst eine Zynikerin an die Liebe glauben lässt. Zumindest einen Augenblick lang.

Niemand wird je erfahren, dass alles ein Schwindel ist.

Nur Gemma ist eingeweiht. Eigentlich war es ihre Idee, nachdem sie ein Foto gesehen hat, das ich von ihm an dem Tag gemacht habe, an dem wir uns kennengelernt haben. August ist süß, auf so eine Emo-Art. Auf dem Bild steht er auf dem Steg hinter unserem Haus, und sein dunkelbraunes Haar ist so lang, dass es ihm über die Augen fällt. Er trägt eine Beanie, für die es an dem fast dreißig Grad heißen Tag eigentlich viel zu warm war, die er aber nicht abnehmen wollte, und ein gut sitzendes Baseball-T-Shirt, das Muskeln an seiner sonst schlanken Statur erahnen lässt. Und er lebt auf der anderen Seite des Bundesstaates in Winston-Salem, weshalb er genau der Richtige war, als ich als ewige Single-Tochter einer unfehlbaren Partnervermitt-lerin zu sehr unter Druck geraten bin.

Als Gemma die von mir in Szene gesetzten Geschenke begutachtet und mit einem »Völlig drüber, Mo« kommentiert, erstarre ich und glotze sie verständnislos an.

Das war die am wenigsten ausgefallene meiner Ideen. Ich hatte mit dem Gedanken gespielt, mir diesen wahnsinnig tollen Roségold-Ring mit einer Emaille-Verzierung in einem blaugrünen Farbverlauf von einer schottischen Schmuckgestalterin zu leisten (der mehr gekostet hätte, als ich in einem Monat im Restaurant von Gemmas Dads verdiene) oder die Namensrechte an einem Doppelstern zu erwerben (bis mir klar wurde, dass das eine Mega-Abzocke ist – nur die Internationale Astronomische Union darf Sternen einen Namen geben). Und ich hatte auch darüber nachgedacht, einen Fremden dafür zu bezahlen, dass er sich ein #heißgeliebt-Tattoo stechen lässt, damit ich ein Foto davon machen und so tun kann, als wäre es August. Aber das ging dann selbst mir zu weit.

»Was laberst du da? Das ist genau richtig«, widerspreche ich.

»Wenn du mit *genau richtig* verzweifelt meinst«, antwortet Gemma. Sie hebt die Schachtel mit der Kette von unserem »HEREINSPAZIERT«-Türvorleger hoch und ruiniert damit mein mühsames Arrangement, für das ich volle zehn Minuten gebraucht habe.

Ich ·nehme ihr die Schachtel aus der Hand und richte sie dann wieder so aus, dass das frühmorgendliche Licht perfekt darauffällt. Anschließend mache ich mit meiner Nikon D500 ein paar letzte Aufnahmen. Vor der ersten Stunde werde ich gerade noch Zeit haben, um die Bilder mit einem tragbaren SD-Kartenleser auf mein Handy zu übertragen und eine Story auf Insta zu posten.

»Seit einem Jahr versuche ich nun schon, alle von dieser Beziehung zu überzeugen. Da darf ich es jetzt nicht vermasseln!«

»Dann spar dir lieber die Blumen. Die sehen aus wie ein Hochzeitsstrauß. Sonst trägst du echt zu dick auf.«

»Nicht ich, Gemma. August. Außerdem sind es meine Lieblingsblumen. Da wäre es ja komisch, wenn er mir etwas anderes schenken würde.«

Sie verdreht theatralisch die Augen. Wenn sie nicht so verdammt coole Kulissen für die Theater-AG bauen würde, könnte sie glatt in jedem Stück die Hauptrolle spielen. »Also gut. Aber beeil dich. Ich brauche einen Kaffee vor dem Unterricht.«

»Den hättest du auch auf dem Weg hierher besorgen können. Bis du hier gewesen wärst, wäre ich vielleicht auch schon fertig gewesen, wenn du mich nicht mit deinem Völlig-drüber-Gequatsche abgelenkt hättest.«

Gemma stößt einen genervten Seufzer aus, schließt die Augen, als ob sie meinen Anblick nicht länger ertragen würde, und lässt dabei ihren türkis-violetten Meerjung-frau-Lidschatten aufblitzen.

Ich lache.

Sie lacht.

Wir setzen unsere Unterhaltung fort, als wäre nie eine Pause entstanden.

»Und dich um die Möglichkeit bringen, dass August dich zum Jahrestag mit einem Kaffee überrascht? Das hätte ich mich nie getraut«, meint sie.

Gemma tut so, als würde sie das ganze Trara hassen, aber ich weiß, dass sie darauf abfährt. Sie ist Single so wie ich, und diese Fake-Beziehung ist das Aufregendste, was wir beide seit Ewigkeiten erlebt haben. Doch sie weigert sich, ihr Liebesleben mit meiner Hilfe zu pushen. Obwohl ich ihr mit einem einzigen Blick verraten könnte, ob die Person, die sie gernhat, das Gleiche empfindet.

Ich grinse Gemma an und erwidere: »Ist dann jetzt keine große Überraschung mehr, oder?«

Sie zuckt die Schultern. »Tja, ist es bei deinem Freund nie. Dann passt das wenigstens.«

»Das ist hart.«

»Aber deshalb nicht weniger wahr. Und jetzt *schieß los.*«

Das mache ich, und während ich noch ein paar Fotos knipse, sage ich so dramatisch, wie ich kann, »Peng, peng, peng«, wenn der Auslöser klickt.

»Schlürf, schlürf, schlürf«, entgegnet Gemma.

Ich verstehe den total subtilen Hinweis und packe die Accessoires für das Jahrestag-Fotoshooting wieder in die Tragetasche, in der sie die letzten zwei Wochen verbracht haben. Meine Finger verharren auf der Halskette. Es ist mir schwergefallen, sie nicht schon früher hervorzuholen. Die Geschenke von August dienen einerseits dazu, meine Lügengeschichte aufrechtzuerhalten, andererseits sind sie wohlüberlegt, denn ich hatte ohnehin vor, sie mir zu kaufen. Aber so hat es den Vorteil, dass ich als eine Hälfte einer perfekten Beziehung dastehe.

Gemma beschleunigt meine lahmarschige Aufräumaktion, indem sie die Ranunkeln in eine Vase auf der Veranda pfeffert und sie so schwungvoll zu mir rüberschiebt, dass das Wasser darin mir vorn über das Kleid schwappt.

»Das trocknet an der Luft«, meint Gemma statt einer Entschuldigung.

»Erinnere mich daran, dass ich meinen Jahrestags-Überraschungskaffee von dir fernhalte, sonst habe ich den auch noch auf dem Latz.«

Gemma sieht mich durchdringend an und zieht warnend eine Augenbraue hoch. »Nur wenn ich wegen dir zu spät zur ersten Stunde komme.«

»Wir gehen ja schon, wir gehen ja schon.« Ich stelle die Stofftasche und die Blumen auf dem Tisch in der Diele ab, rufe meiner Mom ein »Tschüss« zu, die bereits in ihrem Büro sitzt und sich auf den ersten Kunden vorbereitet, der heute ihre Partnervermittlung aufsucht, und flitze zum Auto, bevor Gemma ohne mich losdüst. Das hat sie schon einmal gemacht, und ich musste drei Straßen weit rennen, bevor ich sie an einem Stoppschild eingeholt habe. Dabei hat sie sich vor Lachen so ausgeschüttet, dass ihr die Luft weggeblieben ist.

Sobald ich sicher auf dem Beifahrerplatz sitze, schließe ich das SD-Laufwerk an mein Handy an, übertrage die Fotos, und nachdem ich das Beste davon ausgewählt habe, suche ich die Bildunterschrift heraus, die ich letzte Woche während einer Schicht im Yeastie Boys entworfen habe, und füge sie meinem Jubiläums-Post hinzu. Ein Jahr lang #heißgeliebt. Gemma findet das Hashtag zum Kotzen und denkt, dass es August, wenn er jemals etwas von unserer Fake-Beziehung erfährt, so peinlich sein wird, dass er mich auf der Stelle abmurkst. Doch zum Glück wird er nie etwas davon erfahren. Ich habe für *meinen* August einen falschen Instagram-Account erstellt, damit ich ihn in meinen Storys und Posts taggen kann, ohne auf den *echten* August zu verlinken.

Wenn man eine Lügengeschichte wie diese verkaufen will, kommt es auf die Details an. Und ich bin die Königin der Details. Deshalb bin ich eine so gute Fotografin. Ich sehe Dinge, die andere nicht bemerken, und bringe sie zum Vorschein.

Wie auf diesem Bild. Die meisten Leute hätten sich

darauf konzentriert, alles mittig auszurichten. Jeden Teil des Geschenks gleich zu betonen. Ich aber nicht. Ich habe einen Winkel gewählt, bei dem die Kette leicht aus der Mitte herausgerückt ist und die Blumen mit den gewundenen Stielen aus einer Ecke in das Bild hineinragen, was das Foto tausendmal interessanter macht. Es ist nicht einfach nur starr und kontrastarm, sondern erzählt eine Geschichte. Eine Liebesgeschichte. Und vielleicht wird diese Geschichte eines Tages wahr. Nicht mit August, sondern mit jemandem, der endlich mehr als nur befreundet mit mir sein will.

Gemmas Dads gehört das Yeastie Boys Café. Es ist ein Lokal, in dem es den ganzen Tag Frühstück und die besten und fluffigsten Biscuits im Bundesstaat North Carolina gibt. Die Auszeichnung, die das beweist, hängt an der Wand neben der Kasse. Gemma und ich arbeiten hier, seit wir über den Tresen schauen können, wenn auch erst offiziell, seit wir vierzehn sind und ihre Dads uns legal auf die Gehaltsliste setzen konnten.

Der kleine Raum in der Art eines Diners ist erfüllt von Stimmengewirr und Speckgebrutzel aus der Küche. Ein paar vertraute Gesichter blicken uns entgegen und wir werden mit »Morgen, Gemma«, »Morgen, Mo« begrüßt. Wir kennen alle Stammgäste mit Namen und Standardbestellung. Doch auf dem Weg zur Schule kommen wir so oft auf der Suche nach einem Koffeinkick in dieses Café, dass sie auch wüssten, wer wir sind, wenn wir nicht hier kellnern würden.

Ich erwidere jeden Gruß persönlich. Gemma winkt dem ganzen Raum zu und lächelt erst, als einer ihrer Dads, Lee, ihr einen Blick zuwirft.

»Nur einen Schuss«, ermahnt mich Gemma und eilt hinter den Tresen, um von Lee zwei Becher zum Mitnehmen in Empfang zu nehmen. Zum Dank drückt sie ihm einen Kuss auf die Wange.

Ich tue so, als hätte ich keine Ahnung, worauf sie hinauswill, nur um sie auf die Palme zu bringen. »Einen Schuss wovon? Espresso? Sollen wir im Unterricht einpennen?«

»Du weißt ganz genau, was ich meine. Nicht erst den Becher hin und her drehen, um das beste Licht zu finden. Das Licht hier ist überall perfekt.« Sie hält mir den Becher hin, auf dessen mir zugewandter Seite eine handschriftliche Nachricht in schwarzem Filzstift steht.

Ich liebe dich über alles.

Einen Moment lang vergesse ich, dass alles nur Fake ist. Dass August nicht wirklich mein Freund ist und diese Liebesbekundung nicht wirklich von ihm stammt. Und mir wird ganz warm und weich ums Herz.

»Wow, das muss ja ein Kaffee sein«, sagt jemand hinter mir.

Ich muss mich nicht umdrehen, um zu wissen, dass die Stimme Ren gehört. Mache ich aber trotzdem. Denn offensichtlich bin ich masochistisch veranlagt.

Ren Kano. Mein Dauer-Crush. Mit seinem lässigen Surferlächeln und dem gewellten dunklen Haar, in das man unbedingt die Hände vergraben möchte. Er ist der Grund, warum ich meine Beziehung zu August überhaupt erst erfunden habe. Um ihn mir aus dem Kopf zu schlagen, als es zwischen ihm und Lana Abrams *ernst* wurde. Die beiden sind seit der Neunten zusammen und praktisch schon auf dem halben Weg zum Traualtar. Ich muss nur die Augen auf die roségoldene Aura richten, die sie umgibt, wenn sie zusammen sind, um zu erkennen, dass es wahre Liebe ist.

Die Fähigkeit, im wahrsten Sinne des Wortes sehen zu können, wenn Menschen ineinander verliebt sind, macht meine Mom zu einer der begehrtesten Partnervermittlerinnen des Landes. Für die Tochter besagter Partnervermittlerin ist das kein Zuckerschlecken. Dass die Typen, auf die ich stehe, mich wie einen Freak behandeln – oder, schlimmer noch, mich fragen, ob ihre Angebeteten ihre Gefühle erwidern –, ist der Sargnagel für meine eigene Partnersuche. Ren hat weder das eine noch das andere je getan, aber dank Lana wird er mich nie so anschmachten wie ich anscheinend meinen Salzkaramell-Moccachino.

Die Lüge liegt mir schon auf der Zunge, bevor ich überhaupt darüber nachdenken kann. »Das ist ein besonderer Kaffee. August und ich sind heute seit einem Jahr zusammen. Da wir uns nicht so oft sehen, hilft Gemma ihm, Überraschungen für mich zu organisieren. Deshalb bin ich so hin und weg von meinem Moccachino.« Ich drehe den Becher so, dass Ren und Lana die Nachricht lesen können, die absolut *nicht* von meinem Freund ist.

Lana wartet, bis Ren mit der Bestellung ihrer Getränke abgelenkt ist, und seufzt: »Du kannst von Glück reden, dass er sich ein Bein ausreißt, um dir zu zeigen, wie sehr er dich liebt. Besonders nach einem Jahr. Ich glaube, Ren hat so etwas schon nach den ersten drei Monaten nicht mehr gemacht.« Durch ihre übliche, von der Liebe befeuerte roségoldene Aura ziehen sich blaugrüne Wirbel wie Patina.

Die Farbe von Liebeskummer.

Wie sich dieser Farbschimmer von Lanas dunkler Haut abhebt, ist atemberaubend. Das blasse blaugrüne Leuchten steht in so starkem Kontrast zu der Aura, die ich in den letzten drei Jahren oder so um Lana herum gesehen habe, dass ich sie kaum wiedererkenne. Es juckt mich in den Fingern, ein Handyfoto von ihr zu machen, um mich zu vergewissern, dass ich mir nichts einbilde, was eigentlich gar nicht da ist. Doch das lasse ich, denn ich habe ja Manieren.

Hätte ich es aber getan, hätte ich ihre Liebeskummer-Aura im Bild festhalten können. Niemand außer Mom und mir wäre in der Lage, sie zu sehen, aber sie wäre da in Form von lebhaften Farbschwüngen, so wie ich sie jetzt auch tatsächlich wahrnehme.

Mein Blick wandert zu Ren, der derzeit keine Farbe hat. Keine Liebe, kein Liebeskummer. Was auch immer er für Lana angesichts ihrer Bemerkung empfindet, ist etwas, das ich nicht erkennen kann. Aber die Spannung, die sich zwischen uns aufbaut, sorgt für dicke Luft im Raum. Obwohl ich scheinbar die Einzige bin, die das mitbekommt.

Es ist ja nicht so, dass ich *will*, dass sie sich trennen. So herzlos bin ich nicht. Aber ich wäre jetzt auch nicht enttäuscht, wenn es passiert.

Schuldgefühle kriechen über meine Haut wie ein Sonnenbrand, und ich beeile mich, die Risse in der Beziehung der beiden zu kitten, bevor sie zu tief dafür werden. »Es ist doch bloß ein Kaffee. Wenigstens siehst du Ren jeden Tag. Er muss sich nicht extra etwas einfallen lassen, um dich daran zu erinnern, dass er an dich denkt.«

»Das heißt nicht, dass es nicht schön wäre, ab und zu daran erinnert zu werden.«

Ren bedeutet Lee, mit der Bestellung zu warten, die er gerade aufgegeben hat. Er legt den Arm um Lanas Schultern und zieht sie an sich heran. »Soll ich dir etwas Besonderes auf deinen Kaffee schreiben lassen?«

»Es ist nichts Besonderes, wenn du mich zuerst fragen musst.«

»Das ist dann ein Nein?« Seine Worte haben eine leichte Schärfe, etwas Schroffes, das von seinem neckenden Lächeln übertüncht wird.

Meine Finger verkrampfen sich, weil ich meinen Becher so fest umklammere. »Wenn ich das nächste Mal hier arbeite und du mir vorher Bescheid gibst, bereite ich etwas vor.« Scheiße. Habe ich wirklich gerade angeboten, eine Liebesnachricht für die Freundin meines Schwarms zu schreiben? Mit mir stimmt echt etwas nicht.

Lana wirft meinem Becher einen vernichtenden Blick zu und befreit sich aus Rens Umarmung. »Mach dir keine Umstände, Mo. Wenn er nicht von allein darauf kommt, werde ich ihn nicht dazu überreden. Das muss ich sonst schon oft genug.« Das Blaugrün in ihrer Aura wird dunkler, bis es sich zu einer Sturmfront zusammenzieht, die um ihre Brust tobt und all den Glanz und die Wärme der Liebe, die sie für Ren empfindet, unter dem Schmerz begräbt.

»Was soll das jetzt wieder heißen?«, fragt er.

»Genau das, wonach es sich anhört. Wenn ich nicht gemeinsame Unternehmungen planen oder an den Orten aufkreuzen würde, wo du dich bekanntermaßen herum- treibst, zum Beispiel hier, um vor der Schule einen Kaffee zu trinken, gäbe es unsere Beziehung nicht.«

Lee schiebt ihre Getränke – ohne Botschaft – über den Tresen, und Ren nimmt seines, als wäre es ein Schwert, mit dem er sich verteidigen könnte. Er hält es Lana entgegen und erwidert: »Wenn du das so siehst, kannst du dich ja mal erkundigen, ob Mos Mister Perfect einen Freund hat, den du stattdessen daten kannst.«

Beide schauen mich an, als wäre das eine echte Frage. Als würde meine Antwort über ihre gemeinsame Zukunft entscheiden. Diese Art von Druck kann ich echt nicht gebrauchen. Deshalb verfolge ich eine strikte Kein-Verkuppeln-Politik. Die einzige Beziehung, mit der ich etwas zu tun haben möchte, ist meine eigene. »Ich …«

»Weißt du was? Das wäre besser, als hier herumzuhocken und zu warten, bis dir einfällt, dass es mich auch noch gibt. Mo hilft mir bestimmt sehr gerne. Aber komm nicht wieder angekrochen, wenn du endlich kapierst, was du einfach so weggeworfen hast.«

Rasch schaltet sich Gemma ein und rettet mich, bevor ich alles noch schlimmer mache. »Ihre *Mom* ist die Partnervermittlerin. Und wir sollten in die Schule fahren, bevor wir noch zu spät kommen. Noch ein Mal und ich muss nachsitzen.« Sie hakt sich bei mir unter und navigiert mich von den beiden weg, bevor ich ein Foto von meinem Kaffee machen kann. Die schmelzende Schlagsahne und das schokoladenhaltige Getränk schwappen durch das Loch im Deckel, den ich auf den Becher gedrückt habe, laufen an der Seite herunter und hinterlassen eine klebrige Spur auf meiner Nachricht.

Alles Gute zum Fake-Jahrestag.

Zweites Kapitel

Liebesregel #10: Wenn du nach dem suchst,
was perfekt ist, entgeht dir das, was richtig ist.

Bei all dem Trubel um die Fake-Jahrestag-Planung und Ren und Lanas mögliche Trennung habe ich meinen Termin bei meiner Tutorin in der Mittagspause völlig vergessen. Meine Bewerbung für den Kunst-Intensivkurs im Sommer an der Kinsey School of Art and Design ist in siebenunddreißig Tagen fällig. Auf meinem Handy läuft ein Countdown. Mrs. Clemente hilft mir bei der Auswahl meiner besten Aufnahmen. Diejenigen, die genauso viel über mich als Fotografin wie über das Motiv aussagen.

Als ich zum Fotografie-Labor auf der anderen Seite des Schulgeländes komme, ist sie allerdings nicht da. Ich bin nur ein paar Minuten zu spät und bezweifle, dass sie mich schon im Stich gelassen hat. Obwohl Lasagne-Tag ist und die Cafeteria besseres italienisches Essen kocht als das Flour + Salt, das nobelste Restaurant in der Stadt. Schön zu wissen, dass unsere Schulgebühr in etwas fließt, von dem wir alle etwas haben.

Ich lege meine Ledermappe auf den Tisch und nehme die Porträts heraus, die Gemma und ich am tollsten finden. Insgesamt zwölf. Für die Bewerbung sind acht erforderlich, also muss ich mich entscheiden. Als ich die Bilder auf dem Tisch arrangiert – und dann wieder umsortiert – habe, stürmt Mrs. Clemente in den Raum und balanciert in einer Hand ein Kunststoff-Tablett, auf dem ein Teller mit Lasagne herumschlittert. »Sieh mal an, Sie haben ja schon alles vorbereitet.« Sie stopft sich eine Gabel voller käse- und soßetriefender Nudeln in den Mund. »Ich muss das nur mal kurz abstellen.«

»Sie können ruhig weiteressen. Das stört mich nicht.«

»O nein. In den nächsten zehn, vielleicht zwölf Minuten haben Sie meine volle Aufmerksamkeit. Zeigen Sie mal, was Sie haben.«

Meine Handflächen werden ganz feucht, wie jedes Mal, wenn Ren ins Café kommt. Ich wische sie an meinen Oberschenkeln ab und hoffe, dass Mrs. Clemente es nicht bemerkt. Wie sich herausstellt, würdigt sie mich keines Blickes, sondern studiert bereits konzentriert mit leicht zusammengekniffenen Augen meine Fotos.

Objektiv gesehen weiß ich, dass meine Bilder gut sind.

Vor dem blassgrauen Hintergrund und in dem natürlichen Licht, das durch raumhohe Fenster ins Atelier einfällt, strahlt die Liebesaura der Porträtierten. Ich fotografiere alle Modelle als Brustbild, sodass das Strahlen voll zur Geltung kommt. Auch wenn Mrs. Clemente die wirbelnde roségoldene Wolke nicht so sehen kann wie ich, bildet jedes einzelne Porträt einen offenkundig verliebten Menschen ab.

Meine Hose ist dem überschießenden Stress-Schweiß nicht gewachsen, also lasse ich von ihr ab und balle stattdessen die Hände hinter dem Rücken zur Faust.

»Die sind gut, Imogen.« Mrs. Clementes Ton ist vorsichtig, als hätte sie Angst, mehr zu sagen. Als wüsste sie, dass das, was als Nächstes kommt, mich am Erdboden zerstören wird. Dann legt sie los. »Aber spiegeln sie wirklich Ihr Talent wider? Lassen sie die ganze Bandbreite und künstlerische Tiefe erkennen, zu der Sie – wie wir beide wissen – fähig sind?«

Schon von klein auf wollte ich Fotografin werden und habe das Handy meiner Mom regelrecht zugepflastert mit Bildern von jedem Menschen, dem wir begegnet sind. Gegenstände oder Orte abzulichten, hat mich nie interessiert. Immer nur Menschen. Ich fand es toll, wie die meisten Leute, sobald eine Kamera auf sie gerichtet ist, innehalten und ihr umwerfendstes Lächeln aufsetzen. Früher habe ich alle Bilder gelöscht, auf denen eine Person nicht lächelt, weil ich es für eine schlechte Aufnahme hielt. Jetzt nehme ich die Schönheit verschiedener Gesichtsausdrücke wahr. Die Geschichten, die die Augen erzählen, die Stellung des Mundes, die Neigung des Kopfes. Und es ist meine Aufgabe, diesen Geschichten Gehör zu verschaffen.

»Aber ich beschäftige mich nun mal mit Porträtfotografie. Und das sind meine besten«, verteidige ich mich.

»Und sie sind ja auch wunderschön. Doch für eine Mappe sind sie ein bisschen zu eintönig. Die Bilder sind sich zu ähnlich. Sie wollen die Aufnahmejury für den Sommerkurs vom Hocker reißen, und ich fürchte, das hier wird nicht besonders viel Eindruck schinden. Ich denke, das können Sie drin behalten.« Sie deutet auf ein Porträt von Delaney Richards, einer Stammkundin von Mom. So verbissen, wie Delaney auch nach der wahren Liebe sucht, bis jetzt hat sie es nur geschafft, sich in ihre Vorstellung von einem perfekten Mann zu verlieben. Mom hat ihn noch nicht gefunden. »Und dieses hier.« Mrs. Clemente tippt auf das Porträt von Gabe, Gemmas anderem Dad. Er hat eingewilligt, Teil meiner Mappe zu werden, wenn ich dafür Extraschichten schiebe, falls sich eine andere Bedienung eine Woche krankmeldet. »Vielleicht noch ein weiteres. Beim Rest der Bewerbung sollten wir etwas Neues ausprobieren. Etwas, das Sie von den anderen wirklich abhebt und bei dem sich Ihre Begabung voll entfalten kann. Glauben Sie, Sie schaffen das?«

Nein, schreit es in meinem Kopf. Aber ich hüte mich,

das Wort laut auszusprechen. Ich muss Mrs. Clemente einfach beweisen, dass sie sich in Bezug auf meine Arbeit irrt.

»Ich habe noch andere Bilder, von Unterrichtsprojekten und Aufnahmen von der Natur und Orten in dieser Stadt, die ich einfach so gemacht habe.«

»Das ist doch schon mal ein guter Anfang. Doch ich möchte Sie dazu anspornen, außerhalb Ihrer Komfortzone zu denken. Damit will ich dafür sorgen, dass jede Aufnahme aussagekräftig ist. Dass sie dem Betrachter etwas mitteilt. Sie machen tolle Fotos von Menschen, weil Sie das lieben. Jetzt müssen wir nur noch etwas anderes als Menschen finden, für das Sie sich genauso begeistern können. Das können Landschaften, Haustiere oder ein anderes Format sein wie Unterwasserfotografie. Wofür auch immer Sie sich erwärmen können. Ich weiß, dass Sie das hinkriegen, Imogen.«

Das Blöde ist nur, ich *liebe* die Liebe. Deshalb sind meine Porträts ja auch so gut. Ich kann den Moment sehen, in dem die Liebe einsetzt und das Herz eines Menschen entflammt. Wenn ich ihm dann die richtigen Fragen stelle, ihn dazu ermuntere, etwas über sich zu erzählen, fängt er förmlich an zu strahlen. Die Fotos machen sich praktisch von allein.

Aber einen leblosen Gegenstand kann ich nicht in eine perfekte Aufnahme verwandeln. Und ich kann Mrs. Clemente nicht dazu bringen, das zu sehen, was ich sehe. Den wirbelnden Schleier aus Roségold, der um die Bilder wogt. Die Stärke, Helligkeit und Bewegung, die bei jeder Person einzigartig sind. Wenn ich meine Fotos betrachte, nehme ich die Liebe wahr, die sie verströmen. Mom kann das auch. Für alle anderen sind es einfach Porträts glücklicher Menschen, die in die Kamera grinsen.

Doch wenn es mir nicht gelingt, den anderen das zu offenbaren, was sich meinen Augen bietet, dann werde ich nie mehr als bloß gut sein.

Als ich nach Hause komme, ist Moms Bürotür geschlossen, was heißt, dass ein Kunde bei ihr ist. Die Glastür erweckt den Anschein von Privatsphäre. Doch sobald sie das Büro verlassen haben, erstattet mir Mom haarklein Bericht über ihre Kunden, sodass ich, wenn ich Aufnahmen von ihnen für die Partnersuche mache, alles weiß, was ich brauche, damit die Bilder richtig gut werden. Zu wissen, was sie lieben – was sie innerlich zum Strahlen bringt –, macht den entscheidenden Unterschied.

Das ist etwas, das Mrs. Clemente an meinen Fotos nicht versteht. Ich nehme nicht nur Porträts auf. Ich fange das wahre Wesen des Herzens meiner Modelle ein und lege es für alle Welt offen. Die roségoldenen Wirbel, die von ihnen ausgehen, mögen für andere außer Mom und mir nicht sichtbar sein, doch die Liebe, durch die sie hervorgerufen werden, schon.

Ich muss nur einen Weg finden, damit Mrs. Clemente das erkennt.

Moms Lachen unterbricht meine Gedanken. Es ist ihr Mutter-Tochter-*Gilmore-Girls*-Marathon-Couchlümmel-Lachen. Nicht die höfliche, reservierte Variante, die sie bei ihren Kunden einsetzt. Wer auch immer heute bei ihr ist, wird garantiert die wahre Liebe finden, wenn er Mom dazu bringen kann, ihre professionelle Zurückhaltung abzulegen und sich schlapp zu lachen.

So war August an dem Tag, als wir uns begegnet sind. Er ist mit seiner Mom zu einer Partnerberatung nach Portree gekommen, und innerhalb von fünf Minuten hatte ich das Gefühl, ihn schon mein ganzes Leben zu kennen. Er hatte so etwas Unkompliziertes an sich. Eine tief verwurzelte Offenheit, die mich dazu bewegt hat, ihm all meine Geheimnisse anvertrauen zu wollen. Deshalb habe ich ihn an jenem Tag gefragt, ob ich ihn fotografieren darf. Um diesen Moment festzuhalten, in dem ich mich gesehen fühlte. Verstanden. Das Foto von August erinnert mich daran, was ich mir eigentlich davon erhoffe, eine Beziehung zwischen uns zu erfinden. Die Art Beziehung, wie sie meine Eltern hatten. Mein Dad ist seit dreizehn Jahren tot, aber die Liebe, die er und meine Mom füreinander empfunden haben, war echt – und so stark, dass Moms

Herz nicht zerbrochen ist, obwohl sie ihn so früh in ihrer gemeinsamen Geschichte verloren hat.

Wahre Liebe bricht keine Herzen.

Das ist die erste Liebesregel.

Wenn dein Herz gebrochen wird, war es keine wahre Liebe, und du musst weitersuchen, bis du sie schließlich findest. Das trichtert Mom zumindest ihrer Kundschaft ein. Moms Liste mit Liebesregeln, die sie ihnen beim ersten Termin in die Hand drückt, soll den Geist für die Liebe öffnen. Die Regeln sind eine Philosophie. Eine Lebenseinstellung. Nicht nur für Moms Kunden, sondern auch für mich. Aber warum soll ich mich mit Liebeskummer herumschlagen, wenn ich im wahrsten Sinne des Wortes sehen kann, ob mich jemand liebt?

An jenem Tag auf dem Steg hat August mich nicht geliebt, aber um ihn war ein Schimmer. Die Verheißung auf mehr.

Das ist es, wonach Mom bei ihren Kunden Ausschau hält. Was ich auf den Fotos für die Partnersuche einfange. Der Funke, der ihre Herzen entflammen wird. Vielleicht habe ich ja nichts anderes mehr als die Liebe im Kopf, aber ich schwöre, als Moms Kunde eine halbe Stunde später aus ihrem Büro kommt und das Haus verlässt, zieht er hinter sich ein rosiges Funkeln wie Glitzer her. Er ist athletisch gebaut, mit breiten Schultern und mächtigen Muskeln, die unter seinen hochgekrempelten Hemdsärmeln hervorlugen. Ich sehe schon vor mir, wie das Licht, wenn ich ihn fotografiere, seine hervortretenden Wangenknochen und die lange Nase umspielt, die wirkt, als wäre sie irgendwann einmal gebrochen worden. Sein Lächeln ist entspannt, echt. Als hätte er gerade die beste Verabredung seines Lebens gehabt.

Mom bleibt auf der Veranda stehen und schmiegt sich in seine offenen Arme. Und mir klappt die Kinnlade herunter. Lachen? Umarmen? Einen Kunden? Wer ist diese Frau und was hat sie mit meiner Mutter gemacht?

Vielleicht ist dieser geheimnisvolle Kunde ja nicht der Einzige, dem die Liebe ein Strahlen entlockt.

Ich mustere Mom nachdenklich, als sie ihm mit einem letzten Lachen hinterherwinkt und die Tür schließt. Vermutlich, um sich davon abzuhalten, ihm hinterherzufahren. Seit mein Dad starb, als ich vier Jahre alt war, habe ich Mom noch nie so erlebt. Wie sie einen Typen anschmachtet. Sie hat sich immer darauf konzentriert, anderen zu dem Glück zu verhelfen, das sie und Dad hatten. Aber in diesen Typen hat sie sich hundertpro verknallt. Als sie sich nach der Verabschiedung zu mir umdreht, hat sie Herzchen in den Augen und seufzt sehnsüchtig.

»Der scheint ja ganz nett zu sein. Bist du dir sicher, dass du ihn mit einer anderen verkuppeln willst?«, frage ich.

Mom vermeidet es sorgfältig, mich anzusehen, als sie in ihr Büro geht. Als könnte sie mich davon abhalten, sie zur

Rede zu stellen, wenn sie sich gleich wieder in die Arbeit stürzt. »Das ist unser Job, Imogen.«

»Aber er ist süß. Und du stehst ganz eindeutig auf ihn. Du umarmst keine Kunden. *Liebe kann schon durch einen Blick oder eine Berührung zum Ausdruck gebracht werden.* Regel Nummer sechs, schon vergessen? Doch ihn hast du umarmt.«

»Alex ist ein alter Freund.«

»Wie alt? Warst du mit ihm zusammen? Ich empfange hier nämlich definitiv mehr als nur Freundschafts-Vibes.«

»Älter als du. Und da ist nichts. Er ist bloß ein Freund.« Sie nimmt auf ihrem Stuhl Platz und sammelt die Notizen ein, die sie während der Sitzung mit Alex gemacht hat, damit sie sie später in die Kundendatei eintippen kann. »Wie ist es mit deiner Tutorin gelaufen?«

Ich hocke mich auf den Ohrensessel gegenüber von Moms Schreibtisch und lasse die Beine über eine und den Kopf über die andere Armlehne hängen, sodass sich meine Haare in kastanienbraunen Wellen auf dem Boden kringeln. »Nicht so gut, wie ich gehofft hatte. Sie will, dass ich es mit etwas anderem als Porträts versuche. Weil die offenbar ›keinen vom Hocker reißen‹. Ihnen fehlt das ›Wow!‹.« Um meinen Worten Nachdruck zu verleihen, lasse ich meine Hände wie Feuerwerk in der Luft explodieren.

Da Mom an meine Übertreibungen gewöhnt ist, schüttelt sie bloß den Kopf und seufzt. »Das hat Mrs. Clemente ganz sicher nicht gesagt.«

»Nicht mit diesen Worten. Aber ich konnte es in ihrem Gesicht erkennen, Mom. Sie fand sie öde. Und wenn sie sie öde fand, wird die Aufnahmejury das auch tun, und das war's dann mit meiner Chance, auf die Kinsey zu kommen. Nicht nur im Sommer, sondern überhaupt.« Und das muss ich verhindern. Ich weiß nur noch nicht, wie.

»Okay, und jetzt kommen wir mal wieder ein bisschen runter, ja?« Mom ist immer nüchtern, fokussiert. Wenn ich eine Sache verkompliziere, bringt sie Ordnung ins Chaos und sucht mit mir nach einem Ausweg. »Für mich klingt das so, als möchte Mrs. Clemente einfach nur, dass du ein breiteres Spektrum zeigst. Deine Begeisterung fürs Fotografieren wird immer zum Vorschein kommen, egal was du fotografierst. Ich denke, du solltest es als Möglichkeit begreifen, jedes Fünkchen Talent zu präsentieren, das du besitzt. Bring sie dazu, sich deinen Namen zu merken.«

»Ich bin nicht deine Kundin, Mom. Dieser Achte-dich-selbst-Motivationskram funktioniert bei mir nicht. Die Kinsey ist nicht auf eine Beziehung mit mir aus.«

Mom lächelt, als wäre das nicht gerade die größte Chance meines Lebens. »Nein, bei dieser Einstellung wohl eher nicht.«

»Glaub mir, es fehlt mir nicht an Selbstvertrauen. Mein Problem ist, dass niemand meine Porträts so sieht wie ich.« Niemand sieht *die Liebe* so wie ich. Niemand außer Mom, die damit ihren Lebensunterhalt verdient. »Bei meiner

Fotografie geht es einzig und allein darum, meine Sicht ohne Worte rüberzubringen. Wenn mir das nicht gelingt, bin ich sowieso nicht gut genug für die Kinsey.«

»Regel Nummer vier: *Mach dich nicht selber klein*«, sagt Mom.

Ich kontere mit: »Regel Nummer zwölf: *Wenn du es weißt, dann weißt du es einfach.*«

Und wenn es mir nicht gelingt, meine fotografischen Fähigkeiten zu verbessern, dann sind meine Pläne für den Sommer – Scheiße, seien wir mal ehrlich, die Pläne für mein Leben – so hoffnungslos wie mein Liebesleben.

Drittes Kapitel

Liebesregel #2: Öffne dein Herz für die Liebe
und sie wird bereitwillig zu dir kommen.

Ich erinnere mich nicht an meinen Dad. Der Mann, den ich vor mir sehe, wenn ich die Augen schließe und versuche – ernsthaft versuche –, mich an ihn zu erinnern, ist bestenfalls eine Mischung. Eine Vorstellung, die zusammengewürfelt ist aus Dingen, die man mir erzählt, und Bildern, die man mir gezeigt hat. Als meine Eltern jung waren, war es mit der Digitalfotografie noch nicht weit her, und daher sind die einzigen Fotos, die ich von ihm habe, verblasst. Aber ich erkenne, dass ich sein Lächeln habe. Und meiner Mom zufolge auch seine Vorliebe für Frühstück zum Abendessen.

Deshalb bediene ich im Yeastie Boys. Na ja, nicht direkt. Als Gemmas Dads das Café eröffnet haben, war mein Dad gleich Feuer und Flamme. Ein Biscuit-und-Eier-Laden, in dem es den ganzen Tag Frühstück gibt? Himmlisch. Er hat sich sofort mit Lee und Gabe angefreundet, und so war im Alter von zwei an meinem BFF-Status mit Gemma und im Alter von vier an meiner Begeisterung für alles, was mit Biscuits zu tun hat, nichts mehr zu rütteln. Ich bin quasi in den Sitznischen hier aufgewachsen. Dann haben sie mich eines Tages in eine eiergelbe Schürze gesteckt, auf die vorn mein Name gestickt war, und mich arbeiten lassen. Natürlich hat Gemma den Namen auf meiner Arbeitskleidung angepasst – er lautet jetzt »Mo«.

Ich drücke Lee ein Küsschen auf die Wange, während ich mich an ihm vorbeilehne und für meine Schicht am Samstagmorgen einchecke.

»Für dich ist ein Päckchen angekommen«, sagt er und deutet auf einen gepolsterten Umschlag, der neben der Kasse steckt. Lees Hände sind voller klebrigem Teig, und er nutzt die Unterbrechung, um noch einmal Mehl auf die Arbeitsplatte zu streuen. Dann konzentriert er sich wieder darauf, den Biscuit-Teig zu falten, zu wenden und wieder zu falten, um ihn in ein halbes Dutzend Schichten zu legen.

»Oh, wie hoch sind die Chancen, dass da ein neues Auto drin ist?«

»Leider nicht so hoch, wie du dir vielleicht erhoffst.«

»Hey! Solltest du die Jugend hier nicht ermutigen, anstatt ihre Träume zu zerstören?«

Als der Teig ausreichend gefaltet ist, schüttet Lee eine Handvoll Mehl auf die Silikonmatte, um ihn auszurollen. Er schnippt seine Finger in meine Richtung und sprenkelt die Vorderseite meiner Schürze weiß. »Seit wann träumst du davon, ein Auto zu gewinnen?«

Seit meine Tutorin gesagt hat, dass ich nicht gut genug bin. Aber da ich diesem Gespräch keine ernsthafte Wendung geben will, entgegne ich: »Wer würde sich denn nicht gern ein Auto schenken lassen? Und dann noch per Post!« Ich wackle mit den Augenbrauen und er bricht in schallendes Lachen aus. Beinahe-Elternkrise abgewendet.

Ich lasse ihn mit seinem Biscuit-Teig allein und gehe nach draußen, um mein Kein-Auto-Päckchen zu öffnen. Der Umschlag ist so federleicht, dass er mir fast aus der Hand fliegt, als ich ihn aus dem Kunststoff-Posthalter ziehe. Es steht kein Absender darauf. Nur eine Notiz, die mit schwarzem Filzstift auf die Rückseite des Umschlags geschrieben wurde.

Tut mir leid, dass das Geschenk verspätet kommt. Ich hoffe, es zaubert dir ein Lächeln aufs Gesicht. — August

Ich vergewissere mich noch einmal, ob tatsächlich mein Name auf der an das Café adressierten Sendung steht, und reiße dann die Lasche auf. Auf den ersten Blick ist der Umschlag so leer, wie er sich anfühlt. Ich drehe ihn mit

35

der Öffnung nach unten und schüttle meine Verwirrung und einen Anflug von Enttäuschung zusammen mit einem Stück Papier heraus. Das aus einem Notizbuch herausgerissene Blatt ist mit dicken Filzstiftstrichen bedeckt, mit denen ein Großteil der gedruckten Wörter geschwärzt ist. Die noch sichtbaren Wörter lauten:

In

meinem

Herzen

flüstert

ein

Geheimnis

lass

mich

frei.

Vielleicht

ist

dein

Herz

der

Schlüssel

dabei

?

Ich lese es zweimal durch und sauge die Worte in mich auf, als ob sie für mich bestimmt wären. Fünf oder zehn Sekunden lang vergesse ich, dass das Gedicht nicht von August ist. Dass August nicht mein Freund ist.

Als diese Erkenntnis eingesickert ist, folgt die zweite auf dem Fuß.

August weiß es.

Keine Ahnung wie, aber er hat es herausgefunden, und dieses Gedicht ist seine Art, mich damit zu konfrontieren.

Ich würge meine Panik an den Knien ab, bevor sie ganz von mir Besitz ergreifen kann, setze mich neben Gemma an den Tresen und stupse sie mit der Hüfte an. »Bitte sag mir, dass du das warst.«

Gemma schaut von einem Stapel Speisekarten auf, die sie vor dem Frühstücksansturm abwischt. Fragend zieht sie ihre bleistiftdünnen Augenbrauen zu einem spitzen V zusammen. »Was denn?«

»Das.« Ich halte die geschwärzten Zeilen hoch und lasse sie wie eine Papierpuppe auf LSD hin und her tanzen.

»Soll das ein Erpresserbrief sein?«

»Nein. Es ist ein Liebesgedicht. Glaube ich«, erwidere ich.

»Da hat jemand einen ziemlich abgefuckten Sinn für Liebe, wenn er diesen schwarzen Scheiß für romantisch hält.« Sie hält kurz inne, bevor sich ihre Lippen zu einem durchtriebenen Grinsen verziehen. »Ich find's toll.«

Was genau der Grund ist, warum ich hoffe, dass sie dahintersteckt. »Du hast mir das echt nicht geschickt?«

»Ich meine, das wäre supernett von mir gewesen. Aber ich verschenke keine Kunst oder Poesie, oder was auch immer das ist, zu Fake-Jahrestagen. Natürlich ist das nicht von mir. Was steht da, von wem es ist?« Gemma nimmt das Gedicht noch einmal unter die Lupe und hält es gegen das Licht, als würde eine versteckte Botschaft irgendwo zwischen den schwarzen Filzstiftstrichen lauern. Sie findet nichts und wendet sich dem Umschlag zu, als hätte ich nicht schon mein ganzes Amateurdetektivin-Repertoire angewendet.

»August«, sage ich. Es gibt keine andere Erklärung.

»Wie *der* August?«

Ich mustere Gemma und suche nach Anzeichen dafür, dass sie mich doch veralbert. Ein Zucken. Eine Regung. Ein verräterischer Atemzug. Es muss von Gemma sein. Anderenfalls weiß August tatsächlich, was ich getan habe, und ich habe keinen blassen Schimmer, wie ich damit umgehen soll. Das Blatt zittert in meiner Hand. »Keine Ahnung! Entweder kommt es von ihm oder von jemandem, der sich für ihn ausgibt. Glaubst du, jemand ist dahintergekommen? Werde ich erpresst?«

Heilige Scheiße – und was für eine.

Wenn ihm klar ist, dass ich eine Beziehung mit ihm vortäusche, was hält ihn dann davon ab, allen zu erzählen, dass ich eine Lügnerin und Betrügerin bin?

»Heilige Scheiße«, sagt Gemma, als hätte sie meine Gedanken gelesen. »Wie hat er es herausgefunden?«

»Bessere Frage – warum hat er mir das geschickt? Und was will er?« Er muss etwas im Schilde führen, wenn er mir ein Liebesgedicht zukommen lässt, statt mich direkt zur Rede zu stellen. Aber was er auch will, ich bin nicht so blöd, ihm auf den Leim zu gehen.

»Das sind zwei Fragen. Aber wenn es eine Erpressung ist, muss es eine Forderung oder so geben. Was ist sonst noch drin?«

Ich gebe Gemma das Gedicht, als würde es sich selbst zerstören, wenn man es nicht im Auge behält, schnappe mir eine Schere, schneide den Umschlag an den Seiten auf und offenbare sein leeres Innenleben. »Nichts. Nur die Nachricht auf der Rückseite, in der er sich dafür entschuldigt, dass er ein paar Tage zu spät dran ist, und dass er hofft, es gefällt mir.«

»Jap, das ist jetzt nicht unheimlich oder so.«

»Weiß ich. Aber es ist auch irgendwie perfekt. Etwas, bei dem ich absolut schwach werden würde, wenn ein Junge es mir in echt schenkt.« Wieder mal typisch für mich, mit etwas verarscht zu werden, auf das ich wirklich abfahre.

»Fakt.« Gemma fährt mit den Fingern die schwarzen Filzstiftlinien auf dem Blatt nach und tippt dabei jedes Wort an. »Was willst du jetzt machen?«

»Das Einzige, was ich kann. Ich muss die Sache jetzt

beenden, bevor er beschließt, mich in aller Öffentlichkeit in die Pfanne zu hauen. Wenn das jemand anderes erfährt, bin ich so was von geliefert.«

»Aber wenigstens hast du jetzt eine letzte Liebeserklärung, die dich über die Trennung hinwegtröstet.«

»Nicht lustig, Gemma.«

Sosehr ich auch glauben möchte, dass die Gefühle in dem Gedicht echt sind, meine Erfahrung sagt mir, dass mich jemand auf die Schippe genommen hat.

Um halb neun ist das Frühstück in vollem Gang. Aber ich bin von dem Gedicht – und dem Absender – so abgelenkt, dass ich drei Bestellungen durcheinandergebracht und zweimal das falsche Essen serviert habe. Gemma funkelt mich jedes Mal bitterböse an, wenn ich zu nahe an die Kasse komme, wo ich das Gedicht versteckt habe.

»Wenn du in den nächsten fünf Minuten deinen Verstand nicht wieder beisammenhast, nehme ich das Ding und schmeiße es auf den Kompost«, droht sie. Sie meint es gut und deshalb kann ich nicht sauer auf sie sein. Außerdem musste sie den ganzen Morgen zusätzlich zu ihren eigenen Tischen meine Fehler ausbügeln.

»Ich weiß. Sorry. Ich reiße mich jetzt zusammen.«

»Dein neuer Tisch sagt mir etwas anderes.«

Als ich ihrem Blick folge, macht mein Herz Akrobatik in meiner Brust. Nicht bloß einen Purzelbaum oder Salto. Eine ganze Höhenflug-Nummer. Und alles nur wegen Ren. Er und Lana verabreden sich jede Woche zum Frühstück. Aber heute ist nur Ren da und sieht einsam und verloren aus, als wäre er aus Versehen in eine andere Realität gerutscht und hätte keine Ahnung, wie er in sein richtiges Leben zurückkommt. Nur dass das hier das richtige Leben ist.

»Vielleicht solltest du ihn übernehmen«, sage ich und bugsiere Gemma vorsichtig in Richtung seines Tisches.

Sie reibt ihre Hände aneinander, als wollte sie sie in Unschuld waschen. »Dein Abschnitt. Dein Crush. Dein Gast.«

»Pst!« Ich lege ihr eine Hand auf den Mund, damit das Wort *Crush* nicht an fremde Ohren dringt. Alle denken, ich wäre *superverliebt* in August. Da kann ich ja schlecht in einen anderen verknallt sein. Schon gar nicht in Ren, der gerade mit seiner Dauer-Freundin Schluss gemacht hat. »Falls du mich davon überzeugen willst, dass das Gedicht nicht von dir stammt, sind solche Kommentare nicht hilfreich.«

»Kompost«, säuselt sie und läuft in die andere Richtung, sodass mir nichts anderes übrig bleibt, als Ren zu bedienen.

Sein Kopf fährt hoch, als ich mich ihm nähere, und ein Funke Hoffnung flammt in ihm auf wie ein Blitzlicht. Er erstirbt jedoch sofort, als Ren mich erkennt. Die Enttäuschung, die in meiner Brust aufflackert, lodert hell, eine ewige Flamme. Ich setze ein Lächeln auf. Er tut es mir nach.

»Hey, Mo.« Seine Stimme ist ungefähr so überzeugend wie sein Lächeln. Also gar nicht. Auch ohne die kupferblaugrünen Fetzen der Aura, die an seinem Körper haften, kann ich seinen Liebeskummer spüren. Da ist ein lanaförmiges Loch in seinem Herzen. In seinem Leben.

Ich mache mir etwas vor, wenn ich glaube, dass ich es ausfüllen kann. Meine supertolle Liebesbeziehung ist erfunden. So gern ich auch glauben möchte, alles über die Liebe zu wissen, kann ich dabei nicht auf praktische Erfahrungen zurückgreifen. Keiner möchte etwas mit einem Mädchen anfangen, das auf magische Weise die Liebe sehen kann. Zu viel Druck. Die paar Typen, die ich geküsst habe, haben sich nie auf eine Beziehung eingelassen.

Liebesregel Nummer fünf: Ein guter Kuss kann nicht das wettmachen, was deinem Herzen fehlt.

»Hey, Ren. Ich hatte dich heute gar nicht erwartet.«

Er schielt auf den leeren Platz ihm gegenüber und richtet seinen Blick dann wieder auf mich. Er ist klar und bestimmt. Als wäre er entschlossen, den Anschein eines normalen Lebens aufrechtzuerhalten, auch ohne Lana an seiner Seite. »Nicht? Der Samstagmorgen ist irgendwie unser Ding.«

Unser Ding? Ich weiß, dass ich mich immer gefreut habe,

wenn er zur Tür hereinspaziert ist, auch wenn seine Lippen die halbe Zeit an Lanas Lippen hingen. Aber ich habe nie zu hoffen gewagt, dass er meinetwegen herkommt. Ich war diejenige, die etwas seinetwegen getan hat. Wie am Surfcamp seines Dads teilzunehmen, als ich zehn war, weil Ren beim Unterricht geholfen hat, obwohl ich unter Wasser die Luft nicht anhalten kann, ohne mir die Nase zuzuhalten. Oder ein Halbjahres-Fotoprojekt über Wabi-Sabi zu machen, weil Rens Opa mir bei einem seiner jährlichen Besuche aus Japan erklärt hat, dass dieses Kunstkonzept bedeutet, Schönheit in der Natur und der Vergänglichkeit der Dinge zu finden.

Ren dazu zu bringen, mir Beachtung zu schenken, ist vielleicht doch nicht so unmöglich, wie ich dachte. »Ja, ist wohl so. Willst du das Übliche?«

»Ich glaube, dieses Mal nehme ich etwas anderes und probiere etwas Neues aus. Was ist euer Frankenbiscuit heute?«

Frankenbiscuit – so genannt aufgrund der Ähnlichkeit mit Frankensteins Monster – ist unser Wochenend-Special. Eine chaotische Mischung aus Zutaten, die Gemma und ich abwechselnd zusammenstellen. Ihre Dads haben ein Vetorecht, von dem sie bis jetzt aber nur zweimal Gebrauch gemacht haben. Einmal bei jeder von uns. Die Biscuits sind jede Woche an beiden Tagen ausverkauft, wenn man also nicht rechtzeitig kommt, kriegt man keine mehr ab.

»Diese Woche ist es Osterexplosion. Das ist ein normales Buttermilch-Biscuit mit Schoko-Fondant-Ei im Kern, das mit gebratenem Hähnchen belegt ist. Dazu gibt es auch eine Fondant-Soße, aber …« Diese unkluge Entscheidung überlasse ich ihm kommentarlos.

Gemma jedoch hat keine Skrupel. Obwohl sie gesagt hat, dass ich mich um Ren kümmern soll, hat sie ganz eindeutig gelauscht. »Die Soße ist nicht optional«, ruft sie von der anderen Seite des Raums. »Du kennst die Regeln, Mo. Keine Änderungen oder Ersatzbeilagen beim Frankenbiscuit. Die Gäste essen es so, wie es ist, oder nehmen etwas anderes. Außerdem ist die Soße das Beste.«

Ich krümme mich übertrieben zusammen. »Eine Portion Soße enthält die Zuckerdosis einer ganzen Woche.«

»Was soll das denn heißen? Niemand bestellt ein Frankenbiscuit, weil es so gesund ist«, erwidert Gemma.

»Wie viel Respekt verlierst du vor mir, wenn ich das nicht nehme?«, fragt Ren und verzieht die Lippen.

»Oh, mein Respekt vor dir würde steigen«, versichere ich ihm. Hätte ich ein Vetorecht, hätte ich damit allein schon die Soße verhindert. »Gemma hingegen ändert vielleicht deine Bestellung und zwingt dich, das zu essen, nur um dir eins auszuwischen.«

»Mann, dann muss ich da wohl durch.«

Gemma jauchzt triumphierend. Die Hälfte der Gäste lässt vor Schreck das Besteck fallen oder wirft das Getränk um. »Tut mir leid«, sagt sie an den Raum gewandt und schnappt sich eine Handvoll Küchenkrepp, um aufzuwischen und Tassen nachzufüllen.

Ich wende mich wieder Ren zu, schüttle den Kopf und lache. »Du musst das nicht nehmen. Wirklich.«

»Fühlt sich jetzt irgendwie wie eine Challenge an. Also gleiche Frage, aber umgekehrt.«

»Werde ich den Respekt vor dir verlieren? Nein. Werde ich dir sagen, dass ich dich gewarnt habe, falls du alles auf dem Parkplatz auskotzt? Hundertpro.«

»Tja, ich scheine Bedarf an jemandem zu haben, der mich auf meine Schwächen hinweist.« Ihm entfährt ein trauriges, halbherziges Lachen, als würde er nicht bloß scherzen. »Und vielleicht an jemandem, der bereit ist, meine Haare zurückzuhalten, falls nötig.«

Das ist nicht gerade eine Liebeserklärung, aber es ist ein Anfang. Allein die Aussicht, mit den Händen durch seine dicken schwarzen Wellen fahren zu können, macht mich ganz wuschig. Ich schaffe es, diesen Gedanken für mich zu behalten. »Keine Bange. Ich übernehme das.«

Ich gebe seine Bestellung auf und sehe dann nach meinen anderen Tischen, die ich während meiner Unterhaltung mit Ren vernachlässigt habe. Gemma gibt Kussgeräusche von sich, als ich an ihr vorbeilaufe. Zum Glück ist Ren so sehr in sein Handy vertieft, dass er es nicht mitbekommt. Ich hingegen drohe ihr hinter dem Tresen stumm mit einer Rolle Gewebeband. Sie lässt es darauf ankommen und drückt mir einen Kuss auf die Wange.

»Ich hasse dich«, flüstere ich ihr ganz leise zu.

»Du liebst mich und du weißt es«, erwidert sie. Mit dem Rücken zum Raum gewandt, sodass nur ich sie hören kann, fügt sie hinzu: »Und wenn du weiter so an Rens Tisch klebst, wissen alle, dass du auch ihn liebst.«

Ich halte mich so lange wie möglich von Ren fern und kümmere mich darum, dass alle anderen versorgt sind, damit ich mich ihm dann wenigstens ein paar Minuten ungestört widmen kann. Er hält sich wacker. Die meisten würden ihm abkaufen, dass er die Trennung besser verkraftet als erwartet. Aber ich kann sehen, wie er sich wirklich fühlt. Und was er jetzt braucht, ist eine gute Freundin. Das Wissen, dass jemand für ihn da ist.

»Kommst du zurecht? Mit allem, meine ich«, frage ich, als ich ihm sein Essen bringe.

Ren beäugt das Frankenbiscuit vor ihm und ein Anflug von Bedauern stiehlt sich auf seine Lippen. Er schüttelt ihn ab und schaut zu mir auf. Er ist nicht der Typ, der sich an etwas aufhält, das nicht mehr zu ändern ist. »Ja. Geht schon, denke ich. Deshalb wollte ich dich eigentlich sehen.« Seine Liebeskummer-Wolke hellt sich auf, das Kupfer verwandelt sich in einen rosigen Schimmer, und das Blaugrün verschwindet gänzlich. Es ist eine aufkeimende Liebe von der Art, wie die Menschen sie noch gar nicht wahrnehmen oder sich nicht eingestehen wollen.

Hoffnung ergreift von meinem ganzen Körper Besitz und breitet sich mit jedem wilden Schlag meines Herzens in mir aus. Wenn Ren auch nur das geringste bisschen Liebe für mich empfindet, muss ich jetzt handeln. Ihn wissen lassen, dass ich genauso fühle. »Oh, das freut mich echt.«

»Mich auch. Du bist der einzige Mensch, der weiß, was gerade los ist. Und ich dachte, vielleicht kannst du mir sagen, wie es Lana geht. Wie sie mit der Trennung fertigwird. Ich habe eine halbe Stunde auf dem Parkplatz gesessen, bevor ich reingekommen bin, nur falls sie auftaucht, aber das ist sie nicht. Und da dachte ich, ich gehe rein, mache mein Ding. Hänge mit dir ab.«

»Und quetschst mich über Lana aus?« Die Enttäuschung ist wie ein Sandsack, der an meinen Fußgelenken festgebunden ist und mich unter die tosenden Wellen des Meeres zieht. Natürlich ist Ren nicht meinetwegen hier. Er ist wegen meiner Magie hier. Um sich zu erkundigen, ob Lana ihn noch liebt. Als er ihren Namen erwähnt, wird sein Leuchten noch strahlender, seine Liebe für sie ist nicht zu übersehen.

Bescheuert, Mo. Du bist so bescheuert. Wie konnte ich nur glauben, dass er sich mit mir verabreden will.

Immer die zauberhafte Liebesmagierin, nie diejenige, um die sich jemand zauberhaft bemüht.

»Ja. Du kannst erkennen, ob sie mich noch liebt, oder? Ich meine, falls sie hier aufkreuzt. Oder vielleicht am Montag in der Schule. Und dann weiß ich, ob ich noch eine Chance bei ihr habe oder ob ich es endgültig versaut habe.«

»Warum hast du ihr nicht einfach gesagt, dass du sie noch liebst, als sie mit dir Schluss gemacht hat?«

»Keine Ahnung. Ich konnte ihr irgendwie nichts mehr recht machen. Falls das mit uns vorbei ist, wollte ich es ihr nicht noch schwerer machen, verstehst du?« Er stützt die Ellbogen auf den Tisch und vergräbt den Kopf in den Händen. »Ich dachte, das wäre irgendwie einfacher. Glaub mir, das ist es nicht. Aber ich denke, das liegt daran, dass ich nicht weiß, ob sie auch so fertig ist.« Er sieht mich wieder so an, als wäre ich seine letzte Hoffnung.

Es ist die Verzweiflung, die mir den Rest gibt. Das letzte bisschen der Kontrolle sprengt, die ich über den Zorn habe, der mich von innen heraus verbrennt. Rasend vor Wut und Enttäuschung entgegne ich: »Du könntest sie einfach fragen.«

Sein Kopf schnellt zur Tür, als wäre sie genau dort, genau in diesem Moment in Erscheinung getreten. Als er niemanden vorfindet, sinkt er in sich zusammen. »Habe ich ja versucht. Ich glaube, sie hat meine Nummer blockiert. Oder sie ignoriert einfach alle meine Anrufe und Nachrichten.«

»Ich muss mich um meine anderen Tische kümmern.« Ich wende mich ab, aber meine Gefühle für ihn halten mich zurück. Er leidet und er hat *mich* um Hilfe gebeten. Das muss etwas bedeuten, auch wenn er mich im Moment nur als gute Freundin betrachtet. Und eine gute Freundin würde ihn nicht im Stich lassen. »Aber weißt du was? Vielleicht ist es ein Zeichen, dass es eine da draußen gibt, die besser zu dir passt. Eine, die du noch gar nicht in diesem Licht gesehen hast.«

»Glaubst du?«

»Keine Ahnung. Aber du wirst nie erfahren, was die Liebe für dich bereithält, wenn du dich nicht auf sie einlässt.«

Das ist Regel Nummer einunddreißig.

Noch eine von Moms Regeln, an die ich nie zu glauben gewagt habe. Bis jetzt.

Viertes Kapitel

Liebesregel #30: Wahre Liebe trügt nie.

Was ich zu Ren gesagt habe, läuft seit Tagen in Dauerschleife in meinem Kopf.

Ich muss die Sache mit August beenden. Es gibt keine andere Möglichkeit. Nach dem anonymen Gedicht und dem Gespräch mit Ren darüber, sich der Liebe zu öffnen, kann ich nicht länger alle anlügen. Insbesondere meine Mom nicht.

Aber wie soll ich die anderen davon überzeugen, dass meine buchstäbliche Bilderbuchbeziehung plötzlich zu Ende ist, ohne mit der Wahrheit herauszurücken?

Ich weiß nur, dass es nicht meine Entscheidung sein darf. Damit das Ganze funktioniert, muss August mich abservieren. Mir das Warum und Wie zu überlegen, ist jedoch leichter gesagt als getan. Aber wenn es vorbei ist, kann ich von vorn beginnen.

Keine Lügen mehr.

Keine Geschichten, die ich aufrechterhalten muss.

Nur das beschwingte Gefühl der Erleichterung, alles hinter mir zu haben.

Und vielleicht kann ich dann eines Tages, in naher Zukunft, von Moms Regeln tatsächlich Gebrauch machen. Damit das passiert, muss ich August aber loslassen. Ich ignoriere den kleinen Stich in der Brust, den mir der Gedanke daran versetzt, und mache mich auf die Suche nach Mom – der erste Schritt, mein Liebesleben wieder auf Kurs zu bringen. Als ich zu ihrem Büro komme, verwünsche ich sofort mein Timing, denn ihre Stimme dringt durch die offene Tür, und die Geduld darin schwindet mit jeder Silbe, trotz des aufgesetzt zuckersüßen Tonfalls.

»Wir versuchen es so lange, bis wir den Richtigen gefunden haben. Bis Donnerstag, Delaney«, säuselt Mom, bevor sie auflegt.

Es ist zwar Dienstagabend nach neun Uhr, doch die Liebe hat keine geregelten Arbeitszeiten, und daher hat eine Partnervermittlerin auch keine. Oder zumindest meine Mom nicht. Selbst wenn es so wäre, bezweifle ich, dass sich Delaney daran halten würde. Die Frau kennt keine Grenze, die sie nicht überschreiten würde. Zu ihrem Glück hat meine Mom eine Schwäche dafür, anderen zu ihrem Happy End zu verhelfen.

Weshalb ich sie auch nicht länger anschwindeln darf. Sie

glaubt von ganzem Herzen an die wahre Liebe, und hier bin ich und zeige ihr mit all meinen Lügen den Stinkefinger.

»Hast du eine Minute?«, frage ich und bleibe unschlüssig an der Tür stehen.

»Für dich auch zwei.« Sie mustert mich kurz, und angesichts dessen, was sie da sieht, wandern ihre Mundwinkel nach unten. »Obwohl es bei der blaugrünen Aura, die sich da um dich zusammenbraut, vermutlich etwas länger dauern wird.«

Bevor ich mich ihren unerwünschten Blicken entziehen kann, kommt sie um den Schreibtisch herum, packt mich an den Schultern und bugsiert mich ins Wohnzimmer. Ich kuschle mich in meine Ecke der Couch. Sie tut es mir in der anderen nach. Wir sind jetzt schon so lange nur zu zweit, dass wir instinktiv den ganzen Raum einnehmen, ein Spiegelbild der jeweils anderen sind. Das gleiche unbändige kastanienbraune Haar. Die gleichen goldbraunen Augen. Das gleiche Zögern, das Thema anzuschneiden, das Mom im Büro gerade zur Sprache gebracht hat.

Ich kann es nicht ewig ignorieren. Weder, was sie gesagt hat, noch den dunklen Kieselstein des Bedauerns in meinem Herzen, weil ich August aus meinem Leben streichen muss. »Das kannst du unmöglich sehen. Ich habe noch nicht … Es ist noch nichts passiert.«

»Das heißt nicht, dass sich dein Herz nicht bereits entschieden hat.«

»Vielleicht ist mein Herz ja verwirrt?«

»Oder vielleicht will es dir mitteilen, dass es an der Zeit ist, weiterzugehen, aber du willst es nicht hören.« Als ich einen genervten Laut von mir gebe, streckt Mom die Hand aus und drückt meinen Fuß. »Nein, lass mich bitte ausreden. Du hast viel Zeit und emotionale Energie in diese Beziehung investiert. Und ich weiß, dass du ihn geliebt hast. Ich habe es gesehen, jedes Mal, wenn du von ihm gesprochen hast. Aber Fernbeziehungen sind schwierig. Erst recht, wenn man jung ist.«

»Oder wenn meine Mom meinen Freund noch nicht einmal kennengelernt und analysiert hat, ob er gut zu mir passt oder nicht?«

»Netter Versuch. Aber wir reden hier von deinen Gefühlen. Was dich betrifft, bin ich nur deine Mom, keine Partnervermittlerin. Dein Glück ist das Einzige, was zählt. Obwohl es als deine Mutter schon schön gewesen wäre, mit eigenen Augen zu sehen, wer dich im vergangenen Jahr so glücklich gemacht hat.«

»Es ist nicht meine Schuld, dass das Universum jedes Mal dazwischengefunkt hat, wenn ich dir August vorstellen wollte«, entgegne ich. Noch eine Lüge. Ich habe so getan, als hätte ich ein paar Treffen arrangiert, die in letzter Minute wegen angeblicher Notfälle oder schlechtem Wetter geplatzt sind. Ein paarmal habe ich gewartet, bis ein Kunde bei Mom ist, um einen Videoanruf mit ihm zu inszenieren und ihr durch die geschlossene Bürotür zuzuwinken, als würde er ihr übers Internet Hallo sagen.

Sie so hinters Licht zu führen, ist etwas, das ich nicht vermissen werde, wenn diese Fake-Beziehung vorbei ist. Ich wollte Mom im letzten Jahr x-mal die Wahrheit sagen, aber ich bin ein Feigling. Die Schuldgefühle, weil ich sie angelogen habe, sind leichter zu ertragen als ihre Enttäuschung darüber, dass ich nicht nur vorgegeben habe, die Liebe gefunden zu haben, sondern dass ich ihren Liebesregeln praktisch ins Gesicht gespuckt habe.

»Sorry, Schatz. Delaney reitet schon immer darauf herum, dass das Universum sich gegen sie verschworen hat. Da musst du dir eine andere Ausrede einfallen lassen«, entgegnet sie mit einem resignierten Kopfschütteln.

Ich werde nicht mehr lange eine Ausrede brauchen. »Macht sie wieder Probleme?«

»Wann macht sie das denn nicht?« Moms Blick trifft meinen und ihre dunklen Pupillen weiten sich. »Tu so, als hättest du mich das nicht über eine Kundin sagen hören. Außerdem geht es hier nicht um Delaney. Ihr Liebeskummer spielt sich nur in ihrem Kopf ab. Doch deiner …« Sie zeichnet einen Kreis in die Luft, um auf meinen absolut realen Verlust hinzuweisen, den ich offenbar verspüre, weil meine absolut nicht reale Beziehung in Flammen aufgegangen ist.

Ich nehme den Fingerzeig auf und hole zu meiner hoffentlich letzten Lüge in Bezug auf August aus. »August nimmt das *fern* in Fernbeziehung gerade etwas zu wörtlich. Ich hatte gehofft, dass wir uns in den Frühjahrsferien treffen, doch er weicht dem Thema aus, wenn ich es anspreche. Er sagt, er hat keine anderen Pläne, was bedeutet, dass er mich einfach nicht sehen will.«

»Lass uns keine voreiligen Schlüsse ziehen. Er hätte dir nicht diese wunderschöne Halskette zum Jahrestag geschenkt, wenn du ihm egal wärst.«

War ja klar, dass meine Mom diese Situation nüchtern einschätzt.

»Hätte er schon, wenn er ein schlechtes Gewissen hat. Vielleicht weiß er, dass ich mehr für unsere Beziehung tue als er, und das war seine Art, uns beiden einzureden, dass ich ihm mehr bedeute, als es eigentlich der Fall ist. Du hast es selber gesagt. Eine Fernbeziehung funktioniert nicht.«

Außerdem bin ich nicht an einem Freund interessiert, der nicht hier ist. August war eine bequeme Lüge. Nicht zu sehen. Nicht zu hören. Gerade eben so präsent, dass alle von seiner Existenz überzeugt waren. Ich möchte aber einen Freund, mit dem ich mich in echt verabreden kann. Einen, mit dem ich Händchen halten, den ich küssen und neben dem ich sitzen und schweigen kann, wann immer uns danach ist. Ich war lange genug allein.

Moms Blick ist voller Mitleid. »So habe ich das nicht gesagt. Ich glaube, du bist enttäuscht, weil du ihn nicht sehen wirst, und suchst nach Problemen, weil es einfacher ist, wütend auf ihn zu sein, als traurig. Aber wenn es dich kränkt, rede doch noch einmal mit ihm darüber. Ich bin mir sicher, ihr findet eine Zeit, die für euch beide passt.«

»Und wenn nicht?«

»Dann führt ihr ein ernsthaftes Gespräch und entscheidet, ob diese Beziehung etwas ist, das ihr beide noch wollt. Aber denk dran, meine Regeln sind nicht nur dazu da, die Liebe zu finden. Sie sollen dir auch helfen, zu erkennen, wenn es keine wahre Liebe ist.«

»Ich weiß«, sage ich und hoffe, dass sie mich nicht durchschaut.

Ich warne Gemma vor, damit sie nicht von dem Trennungsfoto überrascht wird, das ich auf Insta poste. Dieses Mal ist es ein echter Post, nicht nur eine Story, damit es niemandem entgeht. Ich muss mir erst *Merida – Legende der Highlands* anschauen, damit mir die Tränen kommen, denn wer heult denn nicht Rotz und Wasser, wenn Merida um ein Haar daran scheitert, ihre Mom zu erlösen, und glaubt, ihre Mom müsse für immer eine Bärin bleiben? Aber als sie fließen, gibt mein mascaraverschmiertes Gesicht ein bewegendes Selfie ab. Durch den Schwarz-Weiß-Ton kommt die Traurigkeit noch besser rüber. Ich poste selten Fotos von mir, weshalb es auch glaubhaft ist, dass ich keine Fotos von August gepostet habe. Das hier wird also auf jeden Fall die Aufmerksamkeit der Leute erregen.

Eine Benachrichtigung von jemandem mit dem Nutzernamen @DerEchteAugust ploppt innerhalb von Minuten auf meinem Handy auf. Nach gerade so langer Zeit, dass jemand meinen Post gelesen und einen Fake-Account erstellt haben kann.

Blanke Panik trifft mich wie eine Flutwelle und wirbelt meine Gedanken durcheinander. Ich sollte die Nachricht ignorieren. Den Account blockieren und vergessen, dass er je existiert hat. Aber wenn da draußen noch jemand weiß, dass alles mit August bloß ein Schwindel war, muss ich das erfahren. Ich kann die Gefahr nicht eindämmen, wenn ich keine Ahnung habe, von wem sie ausgeht. Ich klicke auf die Nachricht, bevor ich es mir anders überlegen kann.

DerEchteAugust: Es lag an dem Gedicht, oder?

DerEchteAugust: Ich habe schon befürchtet, dass es dich erschreckt. Aber ich dachte, dass dir wenigstens der Inhalt gefällt.

DerEchteAugust: Ich konnte ja nicht ahnen, dass du deshalb gleich mit mir Schluss machst.

Das Gedicht habe ich in die oberste Schublade meines Nachttischs verbannt. Ich habe es hundertmal hervorgeholt, um die Worte noch einmal zu lesen, nur für den unwahrscheinlichen Fall, dass derjenige, der es mir geschickt hat, tatsächlich das für mich empfindet, was das Gedicht beschreibt.

Ich möchte *so unbedingt*, dass jemand so etwas für mich empfindet. Nur ein Mal.

Dass August klar ist, dass ich eine Beziehung mit ihm vorgetäuscht habe, ist mein schlimmster Albtraum.

Mit irgendeinem Spinner, der mich unter falschem Namen dazu bringen will, mich zu verraten, werde ich schon fertig. Aber August? Der *echte* August, der mich zur Rede stellt und anscheinend enttäuscht über die Trennung ist, anstatt sauer zu sein? Das wäre zu viel des Guten.

MolmGlück: Ich weiß nicht, wer du bist, aber es ist illegal, sich als eine andere Person auszugeben, klar?

DerEchteAugust: Und wie würdest du es nennen, so zu tun, als wärst du mit einem Typen zusammen, den du nur einmal getroffen hast?

DerEchteAugust: Ich will gar nicht erst damit anfangen, wie beschissen es ist, dass du mit besagtem Typen einfach so Schluss gemacht hast.

DerEchteAugust: Oder doch, ich fange damit an. Das ist herzlos, Imogen. Nach deinen Status-Updates zu urteilen, bin ich der perfekte Freund gewesen. Ich denke, ich verdiene wenigstens eine Erklärung.

DerEchteAugust: Ich werde einfach hier warten ...

Es gibt keine Erklärung, die das, was ich getan habe, rechtfertigen würde. Und selbst wenn es eine gäbe, würde ich sie
einem völlig Fremden nicht anvertrauen. Besonders nicht
einem, bei dem es sich möglicherweise um den Jungen
handelt, der mir angeblich gerade das Herz gebrochen hat.
Das ist ein Geheimnis, das ich hoffentlich mit ins Grab
nehme.

August oder nicht, da kann er lange warten.

Fünftes Kapitel

Liebesregel #9: Sich zu verlieben,
ist einfach.
Die Liebe aufrechtzuerhalten, erfordert Arbeit.

Als ich mich am nächsten Morgen auf dem Schulparkplatz mit Gemma treffe, streckt sie mir die Hand entgegen und will mein Handy sehen, noch bevor sie mich überhaupt begrüßt. Ich habe ihr gestern Abend Screenshots der Nachrichten von DerEchteAugust geschickt, aber offenbar ist mir zuzutrauen, dass ich die wie meine Beziehung zu August gefakt habe. Gemma klickt auf sein Profil und flucht, weil es auf privat gestellt ist. Als ob ich nicht schon letzte Nacht versucht hätte, ihn zu stalken. Nachdem sie meine E-Mail-App geöffnet hat, scrollt sie durch meinen August-Ordner, in dem ich die Fake-Mails und die Mails für den Insta-Account gespeichert habe, den ich für ihn eingerichtet habe, weil ich den echten August in meinen #heißgeliebt-Posts nicht taggen konnte.

»Ich wollte mich nur vergewissern, dass du hier keine ›Willkommen bei Instagram‹-Mail für den neuen Account versteckt hast«, sagt Gemma.

Ich nehme ihr mein Handy weg, bevor sie diesem Betrüger eine Nachricht schicken und alles noch schlimmer machen kann. »Ich schwöre dir, das bin nicht ich. Aber wer es auch ist, weiß, dass unsere Beziehung nur vorgetäuscht war. Wenn du es also nicht bist und ich es auch nicht bin, wer zum Teufel ist es dann?«

»Vielleicht ist er es ja. Wie der Nutzername sagt. Der *echte* August.«

»Aber wie soll er davon Wind gekriegt haben?«

Gemma verdreht ihre schwarz umrandeten Augen, als läge die Antwort auf der Hand. »Na, du kennst ihn doch. Ihr habt euch zwar nur einen Tag getroffen, aber was, wenn er irgendwann in den letzten zwei Jahren beschlossen hat, nach dir im Internet zu suchen? Aus Neugier oder weil er total in dich verknallt ist und endlich so weit ist, es dir zu sagen.«

Das ergibt irgendwie Sinn. Zumindest der Teil mit der Neugier. Ich umklammere das Handy fester und sage: »Ich bezweifle, dass er seit jenem Tag überhaupt einen Gedanken an mich verschwendet hat.«

»Und woher willst du das wissen?«

»Vielleicht habe ich ihn ja im Auge behalten. Nur ein

bisschen. Um sicherzugehen, dass es nichts gibt, was mir auf die Füße fällt.«

»Das hatte natürlich nichts damit zu tun, dass er heiß ist«, meint Gemma und erkundigt sich dann: »Er ist doch noch heiß, oder?«

Ich lasse meinen Blick über den Parkplatz schweifen, um mich zu vergewissern, dass niemand uns hören kann, und spreche trotzdem im Flüsterton. »Er geht selten auf irgendwelche Veranstaltungen, und wenn, behält er es für sich. Er war in der Zeitung von Winston-Salem im Rahmen eines Kunstprogramms für Jugendliche. *Möglicherweise* war er da auf einem Foto abgebildet. Und *möglicherweise* ist er jetzt sogar noch heißer.«

»Oh, na dann nehmen wir sein Online-Leben in der Mittagspause mal komplett unter die Lupe und finden heraus, ob er es nun ist oder nicht. Und offen gesagt hoffe ich wirklich, *wirklich,* dass er es ist.«

»Und warum das? Das ist das schlimmstmögliche Szenario.«

»Willst du lieber Ren für den Rest deines Lebens anschmachten?«

»Ich schmachte nicht«, widerspreche ich. Nach dem Frühstück am Samstag ist klar, dass er nicht an mir interessiert ist. Nicht im romantischen Sinne. Trotzdem halte ich hartnäckig an der Hoffnung fest, dass er seine Meinung auf wundersame Weise ändern wird. »Und wenn das August *ist,* denkst du wirklich, er will etwas von mir wissen, nach dem, was ich getan habe? Wahrscheinlich wird er mir ein Kontaktverbot aufbrummen.«

»Seine Nachrichten klingen nicht angepisst. Jedenfalls nicht wegen der Fake-Beziehung. Er scheint aber angefressen wegen der Trennung zu sein. Als hätte er schon eine Weile über die Beziehung Bescheid gewusst.« Gemma hüpft auf und ab und schlägt mir auf die Schulter, als hätte sie nicht sowieso schon meine Aufmerksamkeit. »Oh, oh. Dieses Gedicht. Ich wette, es ist tatsächlich von ihm. Vom *echten* August, wie der Nutzername sagt. Hast du nicht erwähnt, dass er eine künstlerische Ader hat? Was, wenn er dich gernhat, Mo?«

Sie hat nicht nur meine Aufmerksamkeit, sondern auch die von ein paar anderen Leute, die nun anfangen zu glotzen. Ich lege ihr beide Hände auf die Schultern und schaffe es, sie festzupinnen. Gemma ist zehn Zentimeter kleiner als ich, aber wenn sie aufgeregt ist, hat sie die Energie eines Gepards auf Speed. Und offenbar findet sie die Vorstellung, dass mein schlimmster Albtraum wahr wird, aufregend. Vielleicht brauche ich neben einem neuen Freund auch gleich eine neue beste Freundin.

»Hat er nicht«, entgegne ich. Kann er nicht. Das, was ich getan habe, kann man sich gar nicht schönreden. Auf keinen Fall werde ich ungeschoren davonkommen, ob nun August oder jemand anderes die Wahrheit kennt.

»Das werden wir erst wissen, wenn wir ihn fragen.«

Gemma entreißt mir mein Handy und tanzt damit ein paar Meter voraus. Dann tippt sie so schnell eine Nachricht, dass ich sie nicht lesen kann, und schickt sie ab, bevor ich ihr das Handy wieder aus der Hand winden kann. Ich schaue auf das Display, und mein Herzschlag normalisiert sich wieder, als ich lese, was sie geschrieben hat.

MoImGlück: Hier ist Gemma. Ich will dich ja nicht mit Kinderkram nerven, aber stehst du auf Mo?

»War das wirklich nötig?«

»Aber so was von. Wir müssen wissen, womit wir es hier zu tun haben.«

»Nein, wichtig ist, mit *wem* wir es zu tun haben.« Ich warte darauf, dass eine Gruppe Zwölftklässler vor uns durch die Tür geht, mit halb erhobener Hand, damit ich Gemma im Notfall zum Schweigen bringen kann. Als wir wieder allein sind, fahre ich fort: »Wie ich im letzten Jahr bewiesen habe, kannst du im Internet alles Mögliche behaupten, und solange niemand stichhaltige Beweise gegen dich hat, werden die Leute dir glauben.«

Gemma reißt die Tür auf und winkt mich durch. »Punkt für dich. Aber warum sollte der echte August lügen?«

»Weil er es nicht ist.«

Mein Leben muss ein einziger großer kosmischer Witz sein, denn genau in diesem Moment vibriert mein Handy von einer neuen Benachrichtigung. Ich bleibe abrupt stehen und Gemma prallt gegen meinen Rücken. Sie packt mich am Handgelenk, damit ich das Handy nicht außer Sichtweite halten kann. Wahrscheinlich ist es nur fair, dass sie aus nächster Nähe miterlebt, wie mein Leben vor die Hunde geht, denn sie hat mir die ganze Zeit geholfen, meine Lügengeschichte aufrechtzuerhalten.

DerEchteAugust: Schön, dich kennenzulernen, Gemma. Ich werde deine Frage beantworten, wenn Imogen meine beantwortet.
DerEchteAugust: Außerdem vertraue ich darauf, dass du wirklich Gemma bist und nicht Imogen, die vorgibt, du zu sein, damit sie nicht mit mir reden muss. Obwohl ich wette, dass sie mitliest. Also, hallo, Imogen. Ich warte immer noch auf eine Antwort.

Da kann er ruhig warten. Solange ich nicht weiß, wer er ist, lasse ich mich nicht darauf ein. Egal, wie sehr er hier herumsäuselt.

»Hey, ich mag ihn«, sagt Gemma. Sie zieht mich am Arm von der Schülerschar weg zu ein paar Räumen abseits des Hauptflurs, die zu dieser Tageszeit kaum genutzt werden. »Wenn das jemand wäre, der dich nur veraschen will, hätte er schon längst irgendeine Forderung gestellt. Und er würde definitiv nicht mit dir flirten.«

Ich halte das Handy als unwiderlegbaren Beweis hoch. »Das ist kein Flirten. Er will mich dazu bringen, mich selbst zu belasten.«

»Ich hätte nie gedacht, dass ich den Tag erlebe, an dem Imogen Finch zu einer Zynikerin wird.«

»Entschuldige mal, dass ich vorsichtig bin. Ich will bloß verhindern, dass mir das alles um die Ohren fliegt.« Meine Lügen über August haben niemandem wehgetan, aber das heißt nicht, dass es keine Gegenreaktion gibt, wenn die Wahrheit ans Licht kommt. Hoffentlich erstickt die Tatsache, dass ich die Fake-Beziehung beendet habe, alle Konsequenzen im Keim.

»Vertraust du mir?« Gemma streckt wieder ihre Hand nach meinem Handy aus.

Ich ziehe es so weit zurück, dass sie es nicht erreichen kann. Gemma zu vertrauen, ist nicht das Problem. Es fällt mir eher schwer, an die guten Absichten des Menschen zu glauben, der hinter diesen Nachrichten steckt. »Unsere Freundschaft gegen mich zu verwenden, ist irgendwie Verrat, weißt du?«

»Als deine Komplizin in dieser Sache stehe ich auch in der Schusslinie. Also mache ich das ebenso sehr für mich wie für dich. Oder zumindest auch teilweise für mich.« Sie greift erneut nach meinem Handy, dieses Mal ohne Gegenwehr von mir, und antwortet.

Ich lese über Gemmas Schulter hinweg mit. Obwohl es mein Account ist – und erst recht mein *Leben* –, habe ich kein Mitspracherecht bei dem, was sie schreibt. Ich darf bloß zuschauen, wie sich das Gespräch entwickelt.

MoImGlück: Definitiv Gemma. Mo würde dich ja zurückgrüßen, aber sie ist »vorsichtig«. Ist es okay, wenn ich deine Frage in ihrem Namen beantworte?

DerEchteAugust: Wenn hier jemand vorsichtig sein muss, dann ja wohl der Typ, dessen Identität geklaut wurde.

DerEchteAugust: Aber klar, solange es die Wahrheit ist, ist mir egal, wer sie mir sagt.

DerEchteAugust: Ich will nur wissen, warum die plötzliche Trennung.

MoImGlück: Mos Dauer-Crush wurde gerade abserviert, und da musste sie dich fallen lassen, um eine Chance bei ihm zu haben. Es ist nichts Persönliches. Der Typ ist hier, und du, na ja, du kennst ja die Situation.

DerEchteAugust: Hast du mich gerade mit »Es liegt nicht an dir, sondern an Mo« abgespeist?

MoImGlück: Streng genommen ja. Aber ich bin im #TeamAugust, also wenn du echt bist und nicht nur ein Arschloch, das mit Mo spielt, werde ich mich für dich einsetzen.

Ich werfe mich auf Gemma und entreiße ihr mein Handy. Es fliegt auf den Boden, aber ich lasse sie nicht los. »Nö. Das war's. Vertrauen war gestern. Auch über *beste Freundin* muss ich noch mal nachdenken.«

Gemmas Körper erzittert unter meinem, während ein Lachen sie schüttelt. Nach einer Weile hat sie sich wieder eingekriegt und schubst mich weg. »Du kannst mir nicht erzählen, dass das kein Typ zum Verlieben ist. Oder zum Verabreden. Ich bin wirklich dafür, dass du in echt was mit ihm anfängst. Vergiss Ren. August ist der Richtige für dich und deine Einwände kannst du dir sparen.«

»Er ist nicht …«

»Lalalalalalala«, singt sie und steckt sich die Finger in die Ohren, damit ich weiß, dass alles an ihr abprallt. Der Gesang dröhnt wie eine Sirene aus dem Raum.

Ich halte ihr den Mund zu und lenke ein. »Okay, ich hab's ja kapiert. August ist perfekt und mein Leben wird ohne ihn bedeutungslos sein.«

»*Bedeutungslos* ist vielleicht etwas übertrieben, aber er würde dich bestimmt glücklich machen«, meint Gemma, nachdem sie meine Hand weggerissen hat.

»Oh, bitte«, sagt jemand hinter uns und stört unsere Privatunterhaltung. Aus dem dunklen Flur beugt sich Lana in den Raum. »Deine Mom ist eine verdammte Partnervermittlerin, Mo. Du wirst bestimmt nicht lange Single sein. Ich wette, du kannst dir jeden Namen auf ihrer

Liste aussuchen, und sie hat dich noch vor Tagesende verkuppelt.«

Mein Herz setzt einen Schlag aus, und ich warte, dass Lana mich auf alles andere anspricht, was sie noch mitbekommen hat. Als sie mich einfach nur wütend anfunkelt, atme ich kurz auf. Dann fülle ich die Stille, bevor sie merkt, dass etwas nicht stimmt. »Wenn man bedenkt, dass sie ein Mindestalter von fünfundzwanzig Jahren hat, wäre das echt gruslig.«

Lana lehnt ihren Kopf gegen den Türrahmen. Die Ringe unter ihren Augen sind ein paar Nuancen dunkler als ihre Haut. Sie hat nicht versucht, sie mit Make-up zu verdecken. Sie trägt auch kein Mascara, als wäre sie darauf gefasst, hin und wieder ein paar Tränen zu vergießen. Ich wünschte, ich hätte an so etwas gedacht, um meine Trennung glaubhaft zu machen. »Du weißt, was ich meine. Im Gegensatz zu uns hast du einen Vorteil. Du lebst mit einer Frau unter einem Dach, die ihr Geld mit der Liebe verdient. Ich bin mir sicher, du kennst jeden ihrer Tricks, Männer um den Finger zu wickeln.«

Ist es das, was sie denkt? Was alle denken? Dass ich jeden Typen haben kann, nur indem ich mit den Wimpern klimpere? Klar hat Mom ihre Regeln, aber mir haben sie bis jetzt noch nichts gebracht.

Mein Kiefer schmerzt, weil ich ihn fest aufeinanderpresse, damit ich nicht an Ort und Stelle die Wahrheit über mein sterbensödes Liebesleben auspacke. Ich entspanne mich und erzähle Lana ein paar Fakten. »Es gibt keine Tricks. Du kannst niemanden dazu bringen, dich zu mögen, nur weil du das willst.«

Gemma drückt meine Hand. »Aber ›Claire Finchs fünfzig Regeln, den Seelenverwandten zu finden‹ sind nicht zu verachten.«

»Das ist nicht hilfreich«, raune ich Gemma leise zu. Lana wirkt interessiert und starrt mich durchdringend an, bis ich nachgebe. »Die Regeln sollen einen Menschen mental für die Liebe öffnen. Es ist keine Schritt-für-Schritt-Anleitung.«

»Tatsache ist«, sagt Lana mit so viel Nachdruck, dass ich nicht wage, sie zu unterbrechen, »dass du uns gegenüber trotzdem im Vorteil bist. Du musst nicht August nachtrauern, sondern kannst dir im Handumdrehen jemand Neues suchen. Ich hingegen bin so lange mit Ren zusammen gewesen, dass mich niemand auch nur ansieht, geschweige denn mich daten will.«

»Glaubst du, ich habe zum Spaß eine Fernbeziehung geführt? Dass es mit August den Bach runtergegangen ist, lag nur daran, dass wir uns nie gesehen haben. Aber hier in Portree wollte *nie* jemand etwas mit mir anfangen. Die Leute wollen bloß von mir wissen, ob ihre Angebeteten ihre Gefühle erwidern. Nicht gerade eine Supervoraussetzung für die Partnersuche.«

Die Schulglocke läutet, weil es fünf Minuten vor Unterrichtsbeginn ist, aber keine von uns macht Anstalten, zum Klassenzimmer zu gehen.

»Wovon redest du? Alle lieben dich«, meint Lana.

Ich erwidere ihren ungläubigen Blick. »Als gute Freundin vielleicht. Aber ich kann im wahrsten Sinne des Wortes sehen, was die Leute fühlen. Und für mich hat noch nie jemand auch nur annähernd so etwas wie Liebe empfunden.«

Gemma bohrt ihren Finger in meine Brust. Als ich sie ansehe, verzieht sie ihre Lippen zu einem dramatischen Schmollmund. »Das tut weh.«

»Romantische Liebe«, erwidere ich, um ihre angeblich verletzten Gefühle zu besänftigen.

Lanas Liebeskummer baut sich um sie herum auf, blaugrün mit kupferfarbenen Sprenkeln. Sie leuchtet, während das Leid sie verzehrt. »August war also auch deine erste große Liebe?«

Ich bin so sehr in dieser Lüge gefangen, dass ich das Licht der Wahrheit hoch über mir nicht einmal mehr erkennen, sondern mich nur noch tiefer in diese Geschichte verstricken kann. »Ich weiß, es ist nichts im Vergleich zu dem, was du und Ren hattet, aber abgesehen von Gemma ist es die längste Beziehung, die ich je hatte.«

Und sie ist nicht einmal echt.

Gott, ich bin so erbärmlich. Kein Wunder, dass mich niemand haben will.

»Na ja, ich brauche deine Liebesmagie nicht, um zu sehen, dass er dir das Herz gebrochen hat«, meint Lana. Sie deutet auf mich und macht dabei mit ihrer Hand einen Kreis, als hätte sie die Gabe, den Liebeskummer wahrzunehmen, der anderen anhaftet. »Wir sollten einen Club gründen. Eine Art Partnervermittlung für Leute mit gebrochenem Herzen.«

»Ihr könnt ihn *Trostpflaster-Club* nennen«, schlägt Gemma vor.

Sie lacht. Lana und ich nicht.

Stattdessen entgegnet Lana: »Ich rede nicht davon, sich mit irgendjemandem zu trösten. Ich rede davon, dass Mo uns hilft, die wahre Liebe wiederzufinden.«

Liebesregel Nummer sechzehn: Du kannst dich in Sekundenschnelle verlieben, aber Liebeskummer bleibt, bis du bereit bist, ihn loszulassen.

Solange Lana also nicht bereit ist, Ren hinter sich zu lassen, wird sie nicht damit abschließen können. Das dunkle Rostgrün, das sie wie ein Kokon umhüllt, sagt mir jedoch, dass ich das lieber für mich behalte, wenn ich nicht will, dass Lana mich überall in der Schule schlechtmacht.

»Meine Mom ist die Partnervermittlerin, nicht ich. Und ist es außerdem nicht noch ein bisschen zu früh, um schon wieder an eine Beziehung zu denken? Bist du wirklich schon bereit für etwas Neues?«, werfe ich ein.

Gemma boxt mich mit dem Ellbogen in die Seite. Als

ob ich eine Erinnerung daran bräuchte, dass ich das alles nur getan habe, um bei Ren landen zu können. Ich sollte Lana mit jedem verkuppeln, der nur einigermaßen geeignet ist.

»Ich denke einfach, dass es mir erst wieder gut geht, wenn ich die Gefühle für Ren loswerde«, erwidert sie. Ihre Miene ist entschlossen, als wäre dies das Mantra, das sie jeden Morgen, bevor sie das Haus verlässt, hundertmal vor dem Spiegel wiederholt. »Und er war so lange ein wichtiger Teil meines Lebens, dass es krasse Maßnahmen braucht, damit mein Herz wieder ganz wird, ohne dass etwas von ihm daran haften bleibt. Sich in jemand Neues zu verlieben, ist so ziemlich das krasseste Erlebnis, das es gibt.«

»Willst du wirklich mit ihm abschließen?« Es ist egoistisch, mir zu wünschen, dass sie das bejaht. Insbesondere, wo ich doch weiß, dass mich Ren erst vor zwei Tagen gefragt hat, wie sie mit der Trennung zurechtkommt. Aber wenn sie bereit ist, ihn hinter sich zu lassen, ist das ihre Entscheidung. Wer bin ich schon, mich dem in den Weg zu stellen?

Lana nickt so schnell, dass sie wie ein Wackeldackel aussieht. »Ja, will ich.« Die Entschlossenheit in ihrer Stimme ist messerscharf, aber die Aura des Liebeskummers, die sie umgibt, verdichtet sich zu einem so dunklen Blaugrün, dass sie fast schon schwarz ist.

Und ich kann meinen Blick nicht von Lana wenden.

Sie ist an einem normalen Tag schon wunderschön mit ihrer glatten, dunklen Haut, den hervortretenden Wangenknochen und den perfekten, vollen Lippen. Aber dieser Grad an Kummer ist faszinierend. Ich habe vielleicht nicht das gebrochenste aller Herzen, doch ein Foto dieser ungeschönten Emotion könnte das sein, was meine Mappe braucht, um Mrs. Clemente und der Aufnahmejury an der Kinsey zu beweisen, dass ich das Zeug für den Sommerkunstkurs habe.

Sechstes Kapitel

Liebesregel #25: Verwechsle nicht Anziehung mit Liebe. Anziehung ist oberflächlich und schwindet mit der Zeit, während die wahre Liebe für immer ein Teil von dir wird.

Morgen ist der erste Tag der Frühjahrsferien und daher werden viele Leute die Stadt verlassen. Aber Ren bleibt diese Woche hier. Sein üblicher Campingausflug mit Lanas Familie ist dieses Jahr kein Thema mehr, was heißt, das ist meine Chance, ihn dazu zu bringen, in mir mehr als nur eine gute Freundin zu sehen. Außerdem kann ich so an meiner Bewerbungsmappe arbeiten.

Zwei Fliegen, eine Klappe und so.

Ich brauche dreißig Minuten, um ein Foto zu arrangieren, mit dem ich zufrieden bin. Schwarz-Weiß-Abzüge aller Porträts, die ich aufgenommen habe, sind auf dem Tisch im Atelier ausgebreitet. Jedes ist in der Mitte entzweigerissen und die Stücke sind in verschiedenen Winkeln übereinandergelegt. Selbst in Graustufen strahlen die Fotohälften den rosigen Glanz der Liebe aus. Doch ich glaube, die Risse bringen meine Botschaft rüber.

MolmGlück: OPEN CALL: Fotografin sucht Modelle mit gebrochenem Herzen für Fotoprojekt. Mehr erfahrt ihr persönlich im Yeastie Boys in Portree am Samstag, den 30. März, um 9 Uhr. #ClubDerGebrochenenHerzen #Fotografie #KostenlosePorträts #ModelleGesucht #Frühjahrsferien

Mein Blick wandert zum Nachrichtenverlauf mit DerEchteAugust. Seit er und Gemma vor ein paar Tagen gechattet haben, herrscht Funkstille. Ich kann nur hoffen, er hat die Nachricht, dass ich in einen anderen Typen verknallt bin, als Zeichen dafür genommen, dass ich nach vorne schaue und er das auch tun sollte.

Es ist nicht schwer, die Gewohnheiten von jemandem herauszufinden. Nicht in einer Kleinstadt wie Portree, wo sich die Auswahl auf Schule, Arbeit, Zuhause oder Strand beschränkt. Nicht, wenn man fast sein Leben lang halb in diesen Jemand verliebt ist.

Ich könnte meine Uhr nach Rens Surfplan stellen. Sobald das Wetter nicht mehr wintermies ist, ist er an den meisten Tagen nach der Schule und an den Wochenenden bei Sonnenaufgang auf dem Wasser. Ich erspähe seinen Truck und biege in den Parkplatz ein. Der Zettel mit der persönlichen Einladung zu meinem Liebeskummer-Projekt, den ich an seiner Windschutzscheibe hinterlassen will, harrt gefaltet in meiner Jackentasche aus.

Am Nordstrand gibt es eine Reihe Restaurants, auf deren Parkplätzen die Einheimischen ihr Auto kostenlos abstellen können, sobald während der Touristensaison das Parken auf der Straße erlaubt ist. Die meisten Leute parken umsonst und gehen direkt ihrer Wege. Ich arbeite jedoch für ein heimisches Unternehmen und weiß, dass jeder Dollar zählt. Jedes Mal, wenn ich die Parkmöglichkeit nutze, unterstütze ich mindestens eines der Lokale hier. Heute Abend ist es die Coastal Creamery.

Ich liebe Eis zum Abendessen fast ebenso sehr wie Frühstück zum Abendessen. Das ist eine Tradition, die Mom nach Dads Tod eingeführt hat. Eine Erinnerung daran, das Leben in vollen Zügen zu genießen, indem man sich das gönnt, was man mag. Hin und wieder, heißt das.

Noch bevor mir bei dem Gedanken an mein übliches Salzkaramell-Eis in einer Waffel mit Schokoüberzug das Wasser im Mund zusammenlaufen kann, entdecke ich auf der anderen Seite des Parkplatzes Ren, der gerade vor der nur 1,57 Meter großen Erscheinung von Astrid Knight zurückschreckt, die ihm den Rückweg vom Strand versperrt. Sie trägt ein schwarzes Minikleid und hat das Gesicht voller Make-up, für das sie vermutlich eine Stunde gebraucht hat, um es natürlich aussehen zu lassen. Schuhe mit Keilabsätzen baumeln an den Riemen von ihren Fingern. Ein krasser Gegensatz zu Ren. Sein Haar liegt durch das Meerwasser am Kopf an, sein Neoprenanzug hängt tief auf den Hüften, und das Oberteil hat er trotz der kühlen Luft von Brust und Armen abgestreift. Ich lasse meinen Blick über ihn gleiten und nehme jede Kurve, jeden wohlgeformten Muskel wahr. Ich habe Jahre damit zugebracht, Ren Beachtung zu schenken. Ich kenne all seine Ticks. Und wie er das Brett, das unter seinem Arm klemmt, ständig neu ausrichtet, hat weniger etwas mit dessen Gewicht zu tun als mit dem Mädchen, das ihn mit ihrem unaufhörlichen Geplapper in Beschlag nimmt.

Er ist zu nett, um Astrid zu unterbrechen.

Oder vielleicht kommt er auch einfach nicht zu Wort.

Also winke ich und steuere auf ihn zu. So heftig, wie sein Liebeskummer war, als ich ihn die letzten Male gesehen habe, könnte er heute Abend bestimmt auch ein Eis vertragen. Und dass ihn jemand vor Astrids Annäherungsversuchen rettet. »Du hast es vergessen, oder?«, improvisiere ich, als ich bei ihnen anlange.

»Vergessen?«, fragt Ren und verlagert wieder sein Brett.

»Dass wir etwas vorhatten? Du versuchst doch nicht, Astrid vorzuschieben und mich zu versetzen, oder?« Ich lasse meinen Blick erst zu Astrid, dann wieder zu ihm wandern, damit er es kapiert. Ich bin hier, um ihn vor *ihr* zu retten.

»Ja, nein. Ich versetze dich nicht.« An Astrid gewandt sagt er: »Vielleicht ein andermal.«

Ihr Lächeln verkrampft sich, als wäre sie es nicht gewohnt, abserviert zu werden. Sie streckt den Finger aus und tippt ihm auf die nackte Brust. »Darauf kannst du wetten. Seid brav, ihr beiden.« Astrid blickt den Strand hinab zu Turm Sieben, dem Rettungsschwimmerturm, der nach Sonnenuntergang als Knutschort dient.

Ich stoße ein kurzes Lachen aus, als wäre es das Letzte, woran ich gedacht hätte. Selbst wenn ich meine Ambitionen so direkt wie Astrid zum Ausdruck bringen würde, wird es eine Weile dauern, bis Ren über Lana hinweggekommen ist. Er muss seiner Trauer Raum geben und sie verarbeiten, damit er die Sache abschließen kann. Doch ich kann ihm eine gute Freundin sein, wenn er das jetzt braucht. Eine, die versteht, was er gerade durchmacht.

»Musst du gleich nach Hause?«, erkundige ich mich, als wir allein sind. Meine Stimme zittert leicht. Ich bete, dass er es auf die kühle Nachtluft und nicht auf seine Anwesenheit schiebt.

Rens Lächeln bahnt sich langsam, leichthin seinen Weg.

Sein Trennungsschmerz ist für den Moment gebannt. »Ein bisschen bleiben kann ich noch. Ich schulde dir was, weil du mich gerade rausgeboxt hast.«

»Ich denke, da sollte mindestens ein Eis drin sein.«

»Gib mir nur eine Sekunde zum Umziehen, damit ich nicht länger als nötig im Neoprenanzug stecke. Ich glaube, ich habe Wechselsachen im Auto.« Er verstaut sein Surfbrett auf der Ladefläche seines Trucks, bevor er ins Fahrerhaus klettert, sich ein dunkelgraues Henley-Shirt überwirft und ein Handtuch um die Hüften bindet. Dann lässt er einen Finger kreisen und bedeutet mir, mich umzudrehen, damit er sich, geschützt von Handtuch und Trucktür, relativ ungestört umkleiden kann. Sobald er vollständig angezogen ist, kommt er zu mir zurück und zupft an einer Locke meines Haares. »Sollten wir nicht erst etwas Richtiges essen?«

Ich ergreife seine Hand, um ihn hinter mir herzuschleifen, wenn es sein muss. »Schau an, du hältst dich an Regeln. Du isst wahrscheinlich auch nie Frühstück zum Abendessen.«

»Gibt's das wirklich oder ist das nur so ein Yeastie-Boys-Ding?« Er verändert seinen Griff, sodass sich unsere Finger ineinander verschränken und unsere Hände zwischen uns hin- und herschwingen, als würden wir einen romantischen Spaziergang machen.

Meine Hand fühlt sich so gut in seiner an, dass ich nicht

loslasse. »Ich tue mal so, als hätte ich deine Frage über-hört. Aber wenn du weiter solchen Blödsinn laberst, muss ich Astrid wohl leider mitteilen, dass du erst etwas mit mir vorhattest, *nachdem* sie dich zu einem Date gedrängt hat.«

Er drückt unsere verschränkten Hände gekränkt an sein Herz. »Das ist gefühllos, Mo. Ich lasse mich zu einem Abendfrühstück-Fan bekehren. Oder zu einem Abendeis-Fan. Was immer du willst, ich werde es sein.«

Es gibt nicht ein winziges bisschen, das ich an ihm ändern würde. »Ganz der Gentleman.«

Ren macht der Bezeichnung alle Ehre und bezahlt mein Eis. Wir nehmen unsere Waffeln – meine mit einer Kugel Salzkaramell, seine mit einer Kugel Espresso mit Schoko-stückchen und einer Kugel Xocolatl – mit zum Strand.

»Gute Idee mit dem Eis«, sagt er zwischen zwei Bis-sen. »Erst bewahrst du mich vor einem Date, das wahr-scheinlich der absolute Horror geworden wäre. Und dann bescherst du uns auch noch das Dessert vorm Hauptgang. Du steckst einfach voller Überraschungen, oder?«

Ich mache halb Knicks, halb Verbeugung und sonne mich in der Bewunderung, die er mir plötzlich entgegen-bringt. »Ich tue, was ich kann.« Nachdem ich ein Stück von meiner Waffel abgebrochen habe, löffle ich etwas Eis darauf und schiebe mir das Ganze in den Mund. Das Sal-zig-Süße, gepaart mit der buttrigen Waffel, schmeckt wie der Himmel auf Erden.

Doch dann macht Ren alles kaputt und fragt: »Was ist eigentlich zwischen dir und August vorgefallen? Ich dachte, ihr seid fest zusammen.«

Bis jetzt bin ich damit durchgekommen, so zu tun, als wäre ich zu traurig, um darüber zu reden, damit ich Zeit schinden und mir eine plausible Erklärung einfallen lassen kann. Aber jetzt, wo Ren nachhakt, sprudelt das Erste heraus, was mir in den Sinn kommt. »Er hat mich betrogen.« Die Lüge lässt mich zusammenzucken. All meine anderen Lügen über August haben ihn in einem positiven Licht erscheinen lassen. Doch diese hier zieht seinen Namen in den Dreck. Alles, damit *ich* besser dastehe. Mitleid einheimse.

Es war eine Sache, aus Augusts Namen Profit zu schlagen, aber das hier überschreitet eine Grenze. Eine, hinter die ich mich nicht wieder zurückziehen kann.

Ren führt meine Reaktion aber offenbar auf den Schmerz zurück, verursacht von dem, was August mir angeblich angetan hat. Er lächelt mich an, und ein Hauch von Blaugrün umspielt ihn, als wäre mein Liebeskummer seiner. »Scheiße. Was für ein Arschloch. In so einen Typen willst du nicht verliebt sein.«

»Wer hätte denn meine Liebe verdient?«, frage ich. *Räusper. Räusper.*

»Ich bin der Letzte, der dich in Liebesdingen beraten kann. Ich hatte meine Chance. Vielleicht ist nicht mehr für mich drin.« Er gönnt sich einen Bissen Eis, genau da, wo die beiden Sorten aufeinandertreffen. Ein besserer Kompromiss als der, mit dem er sich beziehungstechnisch zufriedengibt. »Deine Mom und du, ihr kennt euch mit Liebe aus. Ich meine, weil du sie sehen kannst und so, aber auch durch den Job deiner Mom. Sie ist ziemlich erfolgreich darin, Menschen zusammenzubringen, die zusammengehören. Zumindest habe ich das gelesen.«

»Du informierst dich über uns?«

»Ja, schon. Nicht, um euch anzuheuern oder so. Aber alle hier reden über dich und deine Mom, als hättet ihr's wirklich drauf, und da wollte ich herausfinden, was an dem ganzen Rummel dran ist.«

Vielleicht war ich für Ren gar nicht so unsichtbar, wie ich dachte. »Und ist dir das gelungen?«

»Nicht wirklich. Zumindest nicht von dem, was ich gelesen habe. Aber du bist wirklich cool, Mo. Warum haben wir uns eigentlich nicht schon früher verabredet?« Er klingt ehrlich verwundert.

»Du hattest nie das Bedürfnis«, sage ich leichthin und vorwurfsfrei.

»Stimmt, aber es gab Partys, und wir haben auch was mit anderen unternommen. Du warst nie dabei. Das liegt doch hoffentlich nicht daran, dass du mir mal fast ertrunken wärst, als wir noch jünger waren. Ich war echt nicht darauf gefasst, dass deine Schwimmkünste so unterirdisch sind.« Er wischt sich den Mund an der Schulter ab und hinterlässt eine feuchte Spur Eis auf dem Stoff. Ein hartnäckiger Waffelkrümel klebt eine Sekunde lang in seinem Mundwinkel, bevor er ihn ableckt.

Ich lächle ihn an, denn auch wenn Ren ein bekleckerter Typ mit fragwürdigen Manieren ist, ist er ein guter Fang. Ich taste nach einer der Servietten, die ich mir in die Tasche gestopft habe, und reiche sie ihm. »Ich habe versucht, es dir zu sagen.«

»Ja, ich dachte, das sagst du bloß, damit ich in deiner Nähe bleibe.«

»Hätte ich gewusst, dass es funktioniert, hätte ich es vielleicht versucht.«

Ren streicht mir mit der unbenutzten Serviette sanft übers Gesicht, um mich dazu zu bringen, ihn anzuschauen. Als ich das tue, weicht der Schalk aus seiner Miene. »Nee. Du bist viel cooler, weil du du selbst bist und nicht irgendwelche Sachen erfindest, damit ein Typ dich beachtet.«

Abgesehen davon, dass ich genau das getan habe. Das weiß er nur nicht.

Und das darf er auch nie erfahren.

»So cool bin ich gar nicht«, widerspreche ich. Weil ich meine Lügen nicht gestehen kann. Weil es stimmt.

»Doch, absolut. Was dich auch davon abgehalten hat, etwas mit uns zu unternehmen, ich find's gut, dass wir jetzt miteinander abhängen. In deiner Nähe vergesse ich, dass ich eigentlich traurig bin.«

Das ist vermutlich das schönste Kompliment, das mir je jemand gemacht hat. Mir wird ganz warm bei seinen Worten, ich schmelze von innen heraus, trotz der Schuldgefühle, die diesen Moment zu verderben drohen. »Wer sagt, dass du es vergisst? Vielleicht bist du einfach *nicht* mehr traurig. Oder arbeitest zumindest daran.«

Ren neigt den Kopf und mustert mich. »Glaubst du, Menschen können mehr als einen Seelenverwandten haben?«

»Meine Mom hat diese Liebesregeln. Sie meint, wenn man sie befolgt, findet man das ewige Glück. Ich schätze, gut fünfundsiebzig Prozent ihrer Kundschaft lacht sie aus, wenn sie die Regeln vorstellt und darauf besteht, dass man sie befolgt. Aber am Ende schwören alle darauf, als wären es die Zehn Gebote.« Ich hebe die freie Hand zum Himmel wie eine religiöse Fanatikerin, die Gott für ein Wunder preist. Als ich Ren wieder ansehe, erstirbt mein Lächeln. Ich bin dabei, ihm erneut das Herz zu brechen. Und es ist, als würde man ein Tier vor sein Auto rennen sehen und wissen, dass man nicht mehr rechtzeitig anhalten kann. »Eine davon besagt, dass wahre Liebe keine Herzen bricht. Was heißt, dass man im Laufe eines Lebens durchaus mehrere Menschen lieben und mit ihnen vermutlich relativ glücklich werden kann, aber jeder hat nur einen Seelenverwandten, also handelt es sich bei allen anderen einfach um gewöhnliche Liebe. Betonung auf *gewöhnlich*. Wenn du Glück hast, findest du die Eine für dich.«

»Warte. Heißt das, Lana war nicht meine Seelenverwandte, weil sie mir das Herz gebrochen hat?«

»Meine Mom würde das so sehen. Was nicht bedeutet, dass du Lana nicht geliebt hast, denn offensichtlich hast du das – tust du das. Aber statistisch gesehen, wie viele Leute finden ihren Seelenverwandten als Teenager? Frag mich nicht nach den genauen Zahlen, denn die habe ich nicht. Ich weiß nur, dass es selten ist. Nicht unmöglich, aber meine Mom hätte nicht so ein florierendes Geschäft, wenn alle mit ihrer ersten Liebe zusammenbleiben würden.«

»Weißt du was? Genug von diesem deprimierenden Gerede. Ich habe ein Eis und eine ganze Nacht vor mir, die ich mit einem klugen, hübschen Mädchen verbringen kann, das noch nicht alle meine Fehler kennt. Im Großen und Ganzen ist mein Leben ziemlich nice.« Er zuckt die Schultern und trägt seine trüben Liebesaussichten mit Fassung.

Ich stoße meine Eiswaffel gegen seine und achte darauf, dass nichts von meinem Eis an seinem kleben bleibt. »Das habe ich schon immer an dir bewundert.«

»Was?«

»Deinen Optimismus. Du kannst jeder Situation etwas Gutes abgewinnen.«

Ren schaut zu mir herab, ein Hauch von roségoldener Aura lässt seine Züge im abnehmenden Sonnenlicht weich werden. »Na ja, ich fand dich schon immer anziehend. Die

Art, wie du alle sofort für dich einnimmst. Selbst wenn es nur einer eurer Gäste ist. Deshalb mag ich auch das Yeastie Boys so sehr. Na ja, wegen dir und weil das Essen dort der Hammer ist. Aber du gibst mir immer das Gefühl, dass dein Tag gerettet ist, sobald ich auftauche. Ich weiß, so bist du eben, und das hat nichts mit mir zu tun ...«

»Das hat es ganz sicher«, entgegne ich. Ich weiß nicht, ob es das sanfte Plätschern der Wellen am Strand ist, die Schönheit des Sonnenuntergangs, der sich rosa und golden über den Horizont ergießt, oder die Art, wie er mich ansieht, was mich zu diesem Geständnis bewegt, aber letztlich ist es egal, woran es liegt. Die Wahrheit ist jetzt auf dem Tisch.

»Nee. Ich habe dich mit anderen Gästen beobachtet. Du bist bei allen so«, sagt Ren. Aber er grinst, als hätte mein Geständnis eine größere Wirkung auf ihn, als er zugeben will. »Und genau das will ich sagen. Du behandelst uns alle gleich, und irgendwie fühlt es sich trotzdem so an, als ob du uns direkt in die Seele schaust und die Risse mit ein bisschen von deinem Glanz ausfüllst, damit wir alle den Rest des Tages strahlen.«

»Wenn die Leute strahlen, dann nicht meinetwegen. Das kann ich dir versichern.«

»Was macht dich da so sicher, hm?«, fragt er.

»Glaub mir. Ich kann mich einfach gut in andere Menschen hineinversetzen.«

»Wenn du so gut darin bist, was denke ich dann gerade?«
Er schließt die Augen, als würde das seinen Geist vor mir
abschirmen.

Ich halte inne, überlege und lecke ausgiebig an meinem
Salzkaramell-Eis. Die äußere Schicht ist schon geschmol-
zen, aber noch so kühl, dass sie nicht auf die Waffel tropft.
»Du denkst, dass es jetzt, wo die Sonne untergeht, zu kalt
ist, um Eis zu essen, aber du hast das Gefühl, dass du mir
etwas schuldest, und behältst deshalb deine Meinung für
dich, zumal du ja auch schon gesagt hast, dass es eine gute
Idee ist.«

Er legt den Kopf schief, mustert mich und ein Lächeln
umspielt seine Lippen. Er deutet mit dem Rest seines Eises
auf mich und gesteht: »Da liegst du gar nicht so ... daneben.«

»Glaubst du mir jetzt?«

»Nö. Und weißt du, warum?« Nachdem er die erste
Kugel verputzt hat, nimmt er einen Bissen vom Xoco-
latl-Eis und atmet durch den offenen Mund, damit die
Kälte entweichen kann und ihm nicht das Hirn einfriert.
»Trotz der Temperaturen und des Eises ist mir innerlich
ganz warm, einfach weil ich in deiner Nähe bin. Du kannst
mein Leuchten vielleicht nicht erkennen, aber es ist da.
Und das liegt nur an dir.«

Als ich ihn ansehe, flackert ein schwaches roségoldenes
Licht um ihn herum. Es ist keine Liebe. Noch nicht. Aber

es könnte Liebe werden, wenn sich jemand die Zeit nimmt, die Flammen anzufachen.

»Ich muss sagen, du wirst all meinen Erwartungen gerecht«, sage ich.

»Klingt so, als müsstest du deine Erwartungen höher-schrauben. Wenn man den jüngsten Vorwürfen glauben darf, habe ich noch Luft nach oben.«

»Oh, bitte. Du bist doch schon perfekt. Ich glaube nicht, dass da noch mehr geht.«

»Ich kann's ja trotzdem versuchen.« Sein Leuchten wird intensiver und flammt einige Sekunden hell auf, bevor es in der Abendluft zu einem zartrosa Schimmer verblasst. Nur ein paar blaugrüne Sprenkel trüben die Aura.

Und unweigerlich frage ich mich, ob er nur davon redet, an sich arbeiten zu wollen, oder ob der Glanz bedeutet, dass er denkt, etwas anderes wäre auch einen Versuch wert. Nach all den Jahren, in denen ich für ihn geschwärmt habe, habe ich vielleicht endlich eine Chance bei Ren Kano.

Ich muss ihn nur davon überzeugen, dass er das auch will.

Siebtes Kapitel

Liebesregel #29: Wahre Liebe
wird nie von dir verlangen, jemand zu sein,
der du nicht bist.

Eine Warteschlange zieht sich um das Gebäude. Im Yeastie Boys herrscht samstagmorgens immer großer Andrang, auch ohne die zusätzlichen Besucher in den Frühjahrsferien, aber das hier ist etwas anderes. Die Einheimischen, die das Café meiden, wenn die Touristen in Portree einfallen, stehen draußen und kneifen in der Sonne die Augen zusammen, um etwas durch die Fenster zu erspähen.

»Machen wir plötzlich Striptease bei jeder neuen Tischbesetzung?«, fragt Gemma und schwingt die Hüften, während sie an mir vorbeigeht.

»Wie sollen wir uns denn diese Klamotten vom Leib reißen?« Ich zupfe am Stoff. Er schnippt sofort wieder zurück und hält mich sittsam bedeckt. »Es wäre einfacher, wenn die Schürze vorn Knöpfe hätte.«

Gemma tut so, als würde sie ein paar imaginäre Knöpfe lösen, und schüttelt dann den Kopf. »Es müsste schon ein Klettverschluss sein. Mit Knöpfen wird es eher ein Striptease in Zeitlupe als eine *Magic-Mike*-Nummer. Und bei dieser Schlange haben wir keine Zeit dafür.«

»Das war's dann wohl mit unserem Trinkgeld.«

»Schätze, wir müssen es auf altmodische Art verdienen. Bei der Menge da draußen kommen wir trotzdem auf unsere Kosten.« Ihr Blick bleibt auf Greer Latimore an dritter Stelle in der Schlange hängen.

Greer ist schon ein paarmal hier gewesen, immer als Teil einer Gruppe. Und immer, wenn Gemma arbeitet. Das mag ein Zufall sein, aber dass die beiden ständig wegschauen und rot werden, sobald sich ihre Blicke begegnen, lässt mein Kuppelradar anschlagen. Nicht dass Gemma mir gegenüber zugegeben hätte, dass sie in jemanden verliebt ist. Zwischen den beiden hat sich noch keine Liebesaura gebildet, aber das könnte noch werden, falls aus der Verliebtheit mit der Zeit mehr wird.

Nachdem wir Teller abgestellt und Getränke nachgefüllt haben, treffen wir uns hinter dem Tresen wieder. »Denkst du, sie sind alle wegen meines Projekts hier?« Mein Casting-Aufruf wurde innerhalb von Stunden Hunderte Male gelikt. Und da sich in Portree Neuigkeiten wie ein Lauffeuer verbreiten, ist es gut möglich, dass einige von ihnen meinetwegen hier sind.

»Glaubst du wirklich, dass so viele Leute ihren Liebeskummer neu durchleben wollen, bloß damit du sie fotografieren kannst?«, entgegnet Gemma und zieht skeptisch eine Augenbraue hoch.

»Hey, ich mache verdammt gute Fotos, vielen Dank auch.«

Sie löffelt gemahlenen Kaffee in das Filterkörbchen und setzt eine neue Kanne auf. Als sie sich mir wieder zuwendet, wird ihre Miene sanft. »Ich wollte dein Talent nicht kleinreden. Aber Menschen mit gebrochenem Herzen sehnen sich nach Zuwendung. Ganz zu schweigen davon, dass die Tochter der hiesigen Partnervermittlerin sie hierhergebeten hat. Da draußen warten definitiv einige mit unrealistischen Erwartungen.«

»Scheiße. Daran habe ich gar nicht gedacht.« Als ich den Blick über die Menschenansammlung schweifen lasse, entdecke ich Ren mit zwei seiner Freunde. Er ist hier, und ich hoffe insgeheim, dass er mein Angebot, in meine Mappe aufgenommen zu werden, annehmen will. Sobald wir ungestört sind, kann ich ihm klarmachen, dass es für uns beide das Beste ist, mit der Vergangenheit abzuschließen.

Seltsamerweise fühlt es sich so an, als hätte auch ich einen Schlussstrich gezogen. Meine Beziehung mit August hat so viel Raum in meinem Leben eingenommen, dass ein Teil von mir zu fehlen scheint, jetzt, wo ich sie beendet habe. Was keinen Sinn ergibt. Ich habe beide Seiten der Beziehung verkörpert. Wenn überhaupt, sollte ich irgendwie erfüllter sein, denn ich habe sowohl etwas gegeben als auch etwas bekommen. Doch während mein Verstand versteht, dass die Situation kompliziert ist, kriegt mein Herz einen Wutanfall, weil es jemanden verloren hat, dessen einziger Zweck es war, mir das Gefühl zu geben, geliebt zu werden. Auch wenn diese Person nicht real war.

Und daher habe ich vielleicht eine Vorstellung – wenn auch nur eine kleine –, was die Leute dazu bewegt hat, hierherzukommen und mich um Hilfe zu bitten.

Ich tippe einem Gast am Tresen auf die Schulter und frage, ob ich mir seinen Hocker leihen kann. Nachdem er ihn geräumt hat, klettere ich auf den Sitz und gerate ins Taumeln, als der Hocker unter meinem Gewicht schwankt. Der Gast reicht mir die Hand, damit ich mich festhalten kann, bevor ich noch den Abgang mache. »Hey, Leute, darf ich euch um eure Aufmerksamkeit bitten?« Meine Stimme durchbricht das Geschnatter und Pfannengebrutzel. Alle Augen im vorderen und hinteren Teil des Lokals sind auf mich gerichtet. »Danke. Ich will nur wissen, wer zum Frühstücken hier ist und wer mehr über mein Fotoprojekt erfahren will. Also Hände hoch, wenn ihr meinetwegen hier seid.«

»Was, wenn beides zutrifft?«, erkundigt sich jemand.

»Noch besser! Aber heb trotzdem jetzt deine Hand, und

deine Bestellung nehme ich dann auf, sobald ich das Projekt erklärt und den Anmeldebogen ausgeteilt habe.« Zwei Drittel der Hände im Raum gehen hoch. Jemand muss die Tür geöffnet und die Information an die Menge draußen weitergegeben haben, denn dort melden sich auch einige. Die meisten von ihnen kann ich wahrscheinlich abschreiben, sobald sie merken, dass es keine finanzielle Aufwandsentschädigung gibt, aber die Beteiligung ist viel größer, als ich erwartet hatte. Solange eine Handvoll von ihnen sich bereit erklärt, mir zu helfen, werde ich haben, was ich brauche, um meine Mappe bis zum Ende der Frühjahrsferien zu vervollständigen. Ren winkt, um meine Aufmerksamkeit zu gewinnen. Was glücklicherweise bedeutet, er hat noch nicht mitbekommen, dass ich ihn aus den Augenwinkeln beobachte, um herauszufinden, ob er doch noch kneift. Ich notiere mir die Tische, an denen die Leute einfach nur essen wollen, und springe vom Hocker. »Gemma, kannst du dich um diese Tische kümmern, bis ich fertig bin? Fünf Minuten. Höchstens zehn.«

»Wenn du das in einer Stunde schaffst, würde mich das wundern.« Gemma nimmt eine Kanne Kaffee in eine Hand und einen Stapel Speisekarten in die andere. Sie führt die Karten wie ein Schwert und stößt mich damit in die Seite. »Aber ich nehme dich beim Wort, was die zehn Minuten betrifft. Und du teilst dein Trinkgeld mit mir. Also fertige die Leute, die nicht hier essen wollen, schnell ab, okay?«

»Keine Bange. Die sind weg, bevor die Urlauber hier hereinströmen.« Die meisten von ihnen werden sowieso erst am frühen Nachmittag in die Stadt kommen, wenn sie ihre Ferienhäuser beziehen können. Um morgen früh müssen wir uns Sorgen machen. Und um jeden Tag in den nächsten paar Wochen, wenn in den anderen Teilen des Landes die Frühjahrsferien beginnen. Das ist nur ein kleiner Vorgeschmack auf das, was uns im Sommer blüht.

Wenn ich es nicht schaffe, meine Mappe so weit auf Vordermann zu bringen, dass ich zum Sommerkunstkurs der Kinsey zugelassen werde, sitze ich hier fest und muss kellnern. Vermutlich für den Rest meines Lebens.

Ich nehme mir das Klemmbrett, das ich mir von Soul Match – so heißt die Partnervermittlung meiner Mom – geliehen habe und auf dem der Anmeldebogen bereitliegt, und fange an. Ich arbeite drei Tische ab, an denen zwei Zwölftklässlerinnen aus meiner Schule sich einen Termin für Mitte der Woche geben lassen, bevor ich zu Ren komme. Seine Aura ist heute eher Blaugrün als Roségold, sein Liebeskummer hat sich in der Woche seit der Trennung noch verstärkt. Die Farbe ist dicht wie Sturmwolken. Es ist ein Aufruhr an Gefühlen, der da an ihm haftet, und fast erwarte ich, dass kleine Blitze ihn durchzucken und die Dunkelheit erhellen.

»Ich bin froh, dass du gekommen bist«, sage ich.

Ren lächelt mich an und die blaugrüne Farbe verblasst

ein wenig. »Sieht so aus, als hätte ich heute Morgen Konkurrenz um dich.«

Vielleicht um meine Zeit, aber nicht um mein Herz. Das ist immer noch zu haben, wenn er es will. »So viele sind es nun auch nicht.« Ich halte ihm als Beweis den Anmeldebogen hin. »Aber ich fände es toll, wenn du bei meinem Projekt dabei bist. Ich mache Porträts von Menschen, denen das Herz gebrochen wurde, und stelle sie Fotos gegenüber, die ich von verliebten Menschen aufgenommen habe. Damit will ich zeigen, wie Liebe und Liebeskummer einen Menschen verändern können.«

»Also willst du uns bloß fotografieren?«, erkundigt sich Evans in seiner begriffsstutzigen, leicht verpeilten Art und lenkt meine Aufmerksamkeit auf die anderen zwei Leute an Rens Tisch. Evans ist das Inbild eines Surfers. Struppiges blondes Haar. Lockeres Hemd, bei dem nur der mittlere Knopf geschlossen ist, damit er behaupten kann, es wäre nicht offen, während er im Café sitzt. Sand von der frühmorgendlichen Surfsession, der ihm an den Füßen und Flipflops klebt.

»Es gehört noch ein bisschen mehr dazu. Im Rahmen des Shootings stelle ich ein paar persönliche Fragen über eure Beziehung, um auf den Fotos ungeschminkte Emotionen zum Vorschein zu bringen.« Nicht jeder wird die Trennung wieder aufwärmen oder mir persönliche Details über die Beziehung erzählen wollen, aber genau das brauche ich, damit ich eine einzigartige Aufnahme bekomme. Eine, die heraussticht.

»Und wenn wir das nicht wollen?«

»Dann sagt ihr ›Nein danke‹ und geht«, erwidere ich. Ich drehe mein Lächeln auf, als Zeichen, dass ich es nicht übel nehme, wenn jemand nicht mitmachen will.

Ren reibt sich den Nacken, als würde er sich die Sache noch einmal durch den Kopf gehen lassen. »Wird das, was wir dir erzählen, vertraulich behandelt?«, will er wissen.

»Ja, klar. Meine Mom benutzt bei Soul Match Datenschutzerklärungen, die man unterschreiben kann, wenn man sich über so etwas Sorgen macht. Aber ich interessiere mich bloß für die Fotos. Alles, was ihr mir sagt, ist nur für meine Ohren bestimmt. Die Geschichten sind nicht Teil des Projekts, nur die physische Manifestation des Liebeskummers, die sie hervorrufen.«

»Und was genau machst du mit den Fotos? Wer bekommt sie zu Gesicht?«, erkundigt sich jemand an einem anderen Tisch.

Ich drehe mich nach dem Sprecher um, weil ich nicht weiß, wer die Frage gestellt hat. Nachdem ich meinen Blick über die Leute an den umliegenden Tischen schweifen lassen habe, wende ich mich wieder Ren zu. Ich brauche nur ein paar Leute, die mich unterstützen, wenn ich aber Ren ins Boot holen kann, wird sich der Rest anschließen. »Ich bewerbe mich für den Sommerkunstkurs und verwende die Porträts für meine Mappe. Meine Tutorin, Mrs. Clemente, wird sie also sehen, ebenso wie die Aufnahmejury der Kinsey. Vermutlich auch meine Mom und Gemma, weil sie alles sehen, was ich mache. Aber das war's. Und wenn ihr einen Abzug von dem Foto wollt, kann ich euch gern einen geben. Allerdings mache ich keine Abzüge für andere. Ich habe nicht vor, sie zu verkaufen oder so.«

»Über welche Aufwandsentschädigung reden wir hier?«, fragt Evans.

Ren haut ihm auf den Arm. »Das ist eine freiwillige Sache. Wir machen das, weil Mo wirklich cool ist und uns um Hilfe bittet, verstehst du?«

»Alter, du musst echt mehr unter Leute. Nicht böse gemeint, Mo.«

Zu spät. Ich bin schon beleidigt. Jede Freude darüber, dass Ren mich »wirklich cool« genannt hat, wird durch Evans' Erinnerung daran gedämpft, dass ich nur die Kellnerin bin. Eine, mit der sie ein paar gemeinsame Kurse haben. Die seine Zeit nicht wert ist, wenn nichts dabei für ihn herausspringt. Ich trommle mit dem Stift auf dem Tisch, damit ich Evans nicht zur Schnecke mache. »Ihr müsst euch nicht sofort anmelden«, sage ich zu Ren und lächle gequält. »Oder überhaupt. Das ist absolut okay.«

Ren nimmt den Anmeldebogen und setzt seinen Namen neben einen Termin Anfang nächster Woche. »Nein, ich möchte dich unterstützen. Nur weil Evans Angst davor hat, zu seinen Gefühlen zu stehen, und erst recht, sie anderen zu zeigen, trifft das nicht auf jeden zu.«

»Hör zu, ich melde mich an, wenn du mich brauchst«, lenkt Evans ein. Er greift nach dem Blatt, doch ich nehme es Ren ab, bevor Evans es in die Hände bekommt, und stecke es zwischen die Seiten meines Bestellblocks.

»Das ist nett, aber auf mich wirkst du nicht besonders unglücklich. Hungrig siehst du aber durchaus aus. Lasst mich eure Bestellungen aufnehmen und die Anmeldungen abschließen, bevor Gemma mich umbringt.«

Evans rattert seine Bestellung herunter, unbeeindruckt von meinem Desinteresse an ihm. Ren hält sich die Speisekarte vors Gesicht und wirft mir dahinter einen entschuldigenden Blick zu, weil sein Freund keine Manieren hat. Wir tauschen ein Lächeln aus und in mir keimt wieder Hoffnung auf. Ren mag noch nicht bereit sein, seine Gefühle für Lana hinter sich zu lassen, aber ich kann warten.

Ich fertige den Tisch ab, bevor ich die letzten Tische abklappere und zwei weitere Teilnehmer gewinnen kann. Dann wechsle ich wieder in den Vollzeit-Kellnerinnen-Modus. Ich bin so beschäftigt damit, unermüdlich zwischen Küche und Tischen hin und her zu laufen, dass ich beim ersten Mal gar nicht mitkriege, dass jemand meinen Namen sagt.

»Imogen.«

Als es endlich klick macht, kommt die Welt quietschend zum Stillstand.

Der Junge, der dort steht, kann nicht echt sein. Nicht hier. Nicht jetzt. Ich schließe die Augen und versuche, die Halluzination wegzublinzeln.

Er sagt meinen Namen noch einmal. Meinen eigentlichen Namen. Weil er nicht weiß, dass mich alle *Mo* nennen. Weil er mich überhaupt nicht kennt.

August Tate. Mein Fake-Freund – nein, ehemaliger Fake-Freund – steht einen halben Meter von mir entfernt, nur der Tresen trennt uns statt der über vierhundert Kilometer, die eigentlich zwischen uns liegen sollten.

»Du darfst nicht hier sein«, sage ich. Keiner außer Gemma weiß, wie er aussieht, aber es wird nicht lange dauern, bis jemand es sich zusammenreimt, so mega-erschrocken, wie ich über seine Anwesenheit bin. Er muss gehen, bevor jemand herausbekommt, wer er ist. Und vor allem, dass er *nie* mein Freund war.

»Warum nicht? Du hast gesagt, es ist offen für alle.« Er schiebt die Hände in die Taschen, lässig, selbstbewusst. Nicht im Geringsten darüber besorgt, dass er gerade dabei ist, mein Leben zu ruinieren.

Die Gäste, die uns am nächsten sind, fangen an zu glotzen und vergessen angesichts des sich anbahnenden Dramas vorübergehend ihr Frühstück. Ich packe Augusts Arm und flehe ihn stumm an, es zu verstehen. Zu gehen, bevor das hier aus dem Ruder läuft.

Gemma fängt meinen Blick vom anderen Ende des Raums auf und nickt in Richtung ihres Dads. »Mo?«

In meinem Hirn herrscht Funkstille. Ich weiß nicht, ob sie mir sagen will, dass ich keine Szene vor ihrem Dad machen soll, oder ob sie anbietet, ihn als Türsteher einzusetzen und August rauszuschmeißen. Ich schüttle den Kopf und habe ebenso wenig Ahnung, was meine Antwort bedeuten soll.

»August.« Meine Stimme stockt bei seinem Namen. Ich habe ihn im letzten Jahr unzählige Male gesagt. Er ist mir so vertraut wie der von Gemma. Aber ihn damit anzusprechen, fühlt sich falsch an. Als würde mein Lügengespinst die Realität verändern. »Ex-Freunde sind nicht erwünscht. Ich dachte, das macht der Name schon klar.«

»Nein, der Name lässt darauf schließen, dass jeder mit gebrochenem Herzen willkommen ist. Da ich auf diese Beschreibung passe, kannst du mich nicht rauswerfen.« August schenkt mir ein selbstzufriedenes Lächeln. Er sieht sogar noch besser aus, als ich ihn in Erinnerung habe. Mit seinem markanten Kinn und den vollen Lippen. »Aber ich mache dir einen Vorschlag. Du sagst mir, warum du mit mir Schluss gemacht hast, und ich verschwinde.«

Wenn er das fragt, ist er eindeutig nicht DerEchte-August, denn dann würde er Gemmas Antwort darauf kennen. Aber darüber kann ich mir jetzt keine Gedanken machen. Dass August persönlich hier ist, ist ein drängenderes Problem als die Tatsache, dass mich jemand unter falschem Namen im Internet stalkt. »Du hast dich von mir getrennt. Erinnerst du dich?«, erwidere ich.

»Daran erinnere ich mich ganz bestimmt nicht. Also ist das vielleicht ein großes Missverständnis und wir sind eigentlich noch zusammen.«

»Sind wir nicht.« Endlich habe ich meinen Verstand wieder beisammen und ziehe ihn aus dem Gastraum. Im Gang, der zu den Toiletten führt, sind wir auch nicht gerade ungestört, aber es ist besser, als hier auf dem Präsentierteller zu stehen, wo uns jeder einfach so begaffen kann. »Wenn das ein Aprilscherz sein soll, bist du einen Tag zu früh dran. Und es ist nicht witzig.«

»Das ist kein Scherz. Und lenk nicht vom Thema ab.« Sein Tonfall ist ruhig, fast schon ein wenig neckend. Genau wie vor zwei Jahren, als wir uns begegnet sind.

Das Lächeln, das er mir jetzt, wo wir allein sind, schenkt, fühlt sich an, als würde ich meinen Lieblingspulli anziehen. Und ich erwidere sein Lächeln, bevor mir einfällt, dass er mir ja angeblich gerade das Herz gebrochen hat. Ich senke den Kopf, bis ich meine Lippen wieder unter Kontrolle habe. »Ich weiß, du hast einen weiten Weg hinter dir, aber du musst jetzt wirklich abhauen. Bitte.«

»Okay, mach ich. Aber du musst mir zuerst eine Frage beantworten.«

»Die da wäre?«

August fährt sich mit der Hand durch das Haar. Das erste Anzeichen von Nervosität, das er erkennen lässt. »Hat dir das Gedicht nicht gefallen? Ich weiß, es ist seltsam, dass ich es geschickt habe, wo wir doch nicht wirklich ...«

Die Worte des Gedichts lodern hell in meinem Kopf. Ich beiße mir auf die Innenseite der Wange, damit ich es ihm nicht an Ort und Stelle aus dem Gedächtnis aufsage. Dann fängt mein Verstand an zu arbeiten und verscheucht meine warmen, wohligen Gefühle wie Mäuse. Wenn er das Gedicht kennt, dann ist er derjenige, der es mir geschickt hat. Er *ist* DerEchteAugust. Warum also ist er hier, wenn er schon weiß, warum ich unsere Fake-Beziehung beendet habe? Was will er von mir, wenn nicht mein falsches Spiel entlarven?

»Das Gedicht war toll. Aber wie bist du eigentlich auf die Idee gekommen, mir das zu schicken? Okay, streich das. Du folgst mir offensichtlich auf Insta.« Ich sollte wohl froh sein, dass er mich erst zur Rede gestellt hat, nachdem ich Schluss gemacht habe, aber das macht diesen Moment nicht weniger bedrohlich. Mein Herz hat in dem Augenblick, in dem ich ihn meinen Namen sagen hörte, auf Warpgeschwindigkeit geschaltet und sich seitdem nicht mehr beruhigt.

»Erst seit Kurzem. Dann habe ich deine Storys gesehen und eins und eins zusammengezählt. Ich muss sagen, mit so etwas hatte ich nicht gerechnet, als ich nach dir gesucht habe. Obwohl ich mich schon geschmeichelt fühle, dass du dich für mich entschieden hast. Ist das schräg?«

»Von uns beiden bist nicht du schräg.«

»Also, was ist los? Warum hast du einen Schlussstrich gezogen? War es wirklich, damit du einen anderen daten kannst, wie Gemma behauptet?«

Mein Blick verrät mich, als er quer durch den Raum zu Rens Platz wandert.

August dreht sich um, mustert seinen Konkurrenten und spricht weiter, obwohl ich ihm nicht mit Worten geantwortet habe. »Dieser Typ? Seinetwegen hast du mich abserviert?«

»Sprich doch leise«, flehe ich. Ich halte ihm die Hand vor den Mund, damit er nicht noch mehr von meinen Geheimnissen ausplaudert. Nicht dass er noch welche wüsste. Er kennt mich ja kaum, auf wenn meine Online-Persönlichkeit anderes vermuten lässt. »Versprichst du, dass du gehst, wenn ich deine Frage beantworte?«

Er legt die Hand aufs Herz und sagt: »Ich schwöre!«

Ren und Evans beobachten uns und kneifen die Augen zusammen, als ihnen dämmert, wer da vor mir steht. Ich zupfe August am Ärmel und versuche, ihn von ihren neugierigen Blicken wegzuziehen. »Ich möchte die Chance auf eine echte Beziehung haben, okay? Und ich denke, mit Ren wäre das möglich. Und dass du *persönlich* hier erscheinst, setzt das alles aufs Spiel.« Es ist nicht fair von mir, August das vorzuwerfen, wo ich doch diejenige bin, die ihn ausgenutzt hat. Aber er hätte eben *nicht* hier aufkreuzen dürfen. Er hätte nicht einmal wissen dürfen, dass ich ihn benutzt habe. Wie zum Teufel stelle ich es an, dass er geht, ohne eine Szene zu machen?

Meine angststarre Miene muss in Ren einen latenten Beschützerinstinkt wecken, denn er ruft durch den Raum: »Alles okay, Mo?«

Rens Frage dringt in Zeitlupe zu mir durch, als hätte ich Wasser in den Ohren. Ich nicke, meine Muskeln habe ich schneller wieder im Griff als mein Hirn. Nach einem unbehaglichen Moment stoße ich hervor: »O ja. Mir geht's gut. August und ich haben nur gerade ...«

»Darüber gesprochen, dass du ohne ihn besser dran bist?«, ergänzt Ren. Seine Trennung von Lana ist noch so frisch, dass die Verletzungen spürbar sind. Offenbar bringt ihn jede Trennung in Rage. Mein Herz aber will sich von mir losreißen und sich ihm zu Füßen werfen, weil er sich Sorgen macht, wie ich Augusts plötzliches Auftauchen verkrafte.

August hebt beide Hände als Zeichen, dass er nichts Böses im Sinn hat. »Hey, Mann. Ich weiß es zu schätzen, dass du dich um Imogen sorgst, aber das hier geht dich nichts an. Ich bin nur hier, weil ich ein paar Antworten möchte. Wenn sie will, dass ich gehe, gehe ich. Ich bin

nicht hier, um ihr das Leben noch schwerer zu machen.«
Er sieht mich an, und dieselbe Freundlichkeit, die vor zwei
Jahren mein Herz gerührt hat, dringt in meine Brust ein
wie ein greller Sonnenstrahl.

Ich lege meine Hand auf seinen Arm, eine stumme Bitte
um Verständnis. »Ich kann das gerade nicht. Ich brauche
etwas Zeit, um herauszufinden, wo wir stehen, okay?«

»Ja, klar.« Er zieht den Arm weg, und ich kann ihm nicht
verübeln, dass er nichts mit mir zu tun haben will. »Du
weißt ja, wie du mich erreichen kannst.«

»Ja.« Obwohl ich keine Ahnung habe, wie ich jemals
wieder mit ihm reden soll, jetzt, wo er weiß, dass ich eine
Beziehung mit ihm bis ins letzte Detail erfunden habe.

Achtes Kapitel

*Liebesregel #15: Sei verletzlich. Liebe erfordert es,
dass du dein wahres, ungeschminktes Ich zeigst.*

Als meine Schicht zu Ende ist, bin ich ebenso geschockt wie schuldbewusst. Ich habe es vermieden, mit Gemma über Augusts sehr plötzliches und sehr unpassendes Auftauchen zu sprechen, und so getan, als hätte ich mit den Tischen – wenn ich welche hatte – und mit Putzen – wenn ich keine hatte – alle Hände voll zu tun.

Doch Gemma durchschaut mich. Sie stellt sich mir an der Vorratskammer in den Weg, als ich das Päckchen Servietten zurückbringe, mit denen ich Besteck eingewickelt habe. »August ist ja noch heißer, als ich erwartet habe.«

Ich glotze sie verdutzt an und stelle mich dumm. »Schau mal auf den Kalender. Es ist erst März, nicht Hochsommer.

Und ich würde einundzwanzig Grad nicht gerade als Hitzewelle bezeichnen.«

»Ha, ha.« Sie bohrt den Finger in meine Rippen und drängt mich wortwörtlich in die Ecke. »Ich habe dich den ganzen Vormittag in Ruhe gelassen, damit du alles erst mal verdauen kannst. Jetzt kannst du mich nicht abwimmeln.«

»Ich brauche mehr als ein paar Stunden, um zu verdauen, dass August hier aufgekreuzt ist«, erwidere ich. Der Schreck steckt mir noch immer in allen Knochen. Ich hätte nie erwartet, August nach unserer ersten Begegnung wiederzusehen, geschweige denn, dass er herausfindet, dass ich seine Identität geklaut habe.

»Wenigstens wissen wir jetzt, dass er DerEchteAugust ist. Solange du dich gut mit ihm stellst, ist dein Geheimnis sicher, denke ich.«

Ich zwänge meinen Arm zwischen uns und schiebe sie weg, um zu flüchten. Sie weicht einen Schritt zurück, blockiert aber weiterhin den Gang, der in den Gastraum führt. Ihre Botschaft ist unmissverständlich: Ich komme hier nur weg, wenn ich das mit ihr ausdiskutiere.

Also lenke ich ein und sage: »Wie kommst du denn darauf? Wie ich die Lage sehe, kann seine bloße Anwesenheit schon mein ganzes Leben zum Einsturz bringen. In fünf Sekunden spricht sich herum, dass er hier ist, und dann fragen sich alle, warum, denn sie glauben ja, dass er sich letzte Woche von mir getrennt hat. Was hat er sich dabei gedacht, hier einfach so hereinzuspazieren?«

»Was *er* sich dabei gedacht hat?« Gemmas anklagender Tonfall lässt keinen Zweifel daran, wen sie für all das verantwortlich macht. Sie kneift sich in den Nasenrücken und seufzt übertrieben. »Ich liebe dich, Mo, aber ihn trifft keine Schuld.«

»Ich weiß. Ich weiß. Ich werde es auf die Liste der Dinge setzen, für die ich mich entschuldigen muss, falls er überhaupt noch mit mir redet.« Und falls er meine Entschuldigung annimmt, besteht die Chance, dass er auch mein Geheimnis für sich behält.

Nachdem ich mein Handy aus der Tasche meiner Schürze gezogen habe, schicke ich ihm schnell eine Nachricht.

MoImGlück: Bist du noch in der Stadt? Und redest noch mit mir, nachdem ich heute Morgen eine absolute Bitch war?

DerEchteAugust: Meine Familie hat für diese Woche ein Haus am Strand gemietet, also ja, ich bin noch da.

DerEchteAugust: Und ich könnte mich zu einem Gespräch überreden lassen, wenn du mir als Wiedergutmachung eins von euren Biscuits mitbringst.

Also kein Tagesausflug. Er ist eine ganze Woche hier. Ich darf gar nicht darüber nachdenken, wie viele Gelegenheiten er hat, allen die Wahrheit auf die Nase zu binden. Ich muss ihn davon überzeugen, genau das nicht bei der erstbesten Möglichkeit zu tun.

> **MolmGlück:** Schick mir deine Adresse und ich bin in ein paar Minuten da.

Ein Biscuit ist das Mindeste, was ich tun kann. Zumal ich ihn bitten muss, bei meiner Lüge mitzuspielen, bis er der Stadt – und meinem Leben – endgültig den Rücken gekehrt hat.

Mit einer Tüte Biscuits in der Hand steige ich zwanzig Minuten später die Stufen zum Stranddomizil hinauf. Das hellblaue Haus liegt direkt am Meer und trägt eines dieser kitschigen Schilder, auf denen MACH MEER AUS DEINEM TAG steht.

Ich nehme mir den Rat zu Herzen und klingle. Ein kleiner Junge öffnet die Tür, ein feuchter, wilder Wust aus Locken umrahmt sein Gesicht. Sand und Muschelstücke kleben ihm an den Füßen, während das Wasser von seiner Badehose auf den Boden tropft. Er ist eine Miniversion von August, das gleiche umwerfende Lächeln, die gleichen kristallblauen Augen.

»Wer bist du?«, erkundigt er sich und zieht misstrauisch die Augen zusammen. Sich vor Fremden zu hüten, ist für ihn klare Sache.

»Ich bin Mo. Eine Freundin von August.«

»Jetzt sind wir also befreundet, hm?«, dringt eine Stimme aus dem Haus. Einen Moment später taucht August hinter seinem Bruder auf und schenkt mir ein verschmitztes Lächeln.

Ich halte mein Friedensangebot hoch und sage: »Ich habe Biscuits mitgebracht. Und unsere selbst gemachte Honigbeerenbutter, die vermutlich so ziemlich das Beste ist, was ihr je essen werdet.«

August nimmt mir die Tüte ab, öffnet sie und inhaliert den Duft, als würde ihm allein das schon einen Kick geben. »Na gut, *Freundin*, willst du reinkommen?«

»Können wir vielleicht eine Runde gehen?« Ich möchte lieber keine Zeugen bei diesem Gespräch dabeihaben.

»Darf ich mitkommen?«, fragt sein Bruder, bevor August antworten kann.

»Imogen und ich müssen etwas klären. Aber zuerst essen wir mit dir die Biscuits, okay?«

Der kleine Junge verschränkt die Arme vor der Brust und schaut uns abwechselnd herausfordernd an.

»Sie hat gesagt, sie heißt Mo.«

Ich hole zu einer Erklärung aus und hoffe, August checkt es auch, damit er nicht, wenn er diese Woche jemandem begegnet, aus Versehen meine Lüge auffliegen lässt, weil er meinen Namen nicht draufhat. »*Mo* ist die Kurzform von *Imogen*. So nennen mich fast alle. Und du bist Owen, richtig?« Ich erinnere mich, dass August mir bei unserer ersten Begegnung von Owen erzählt hat. Ich habe jedoch nicht daran gedacht, ihn in meine erfundene Beziehungsgeschichte einzubeziehen. Nicht dass ich geglaubt hätte, ihm jemals persönlich zu begegnen.

»Jap. Aber ich habe keinen Spitznamen. August auch nicht.«

»Nun, es freut mich jedenfalls, dich kennenzulernen, Owen.« Ich folge ihnen nach drinnen. Die Wand an der Rückseite des Hauses besteht aus einer raumhohen Glasfront, deren Flügel sich an einem Ende übereinanderschieben lassen, um buchstäblich die Grenze zwischen innen und außen zu verwischen. Durch ein paar zurückgeschobene Flügel dringt eine warme Meeresbrise herein. Das Wasser hinter den niedrigen Dünen schillert in einer perfekten Farbpalette aus Aquamarin, Türkis und einem Blau, das so tief ist, dass es an der Stelle, wo der Ozean auf den Horizont trifft, fast schon schwarz erscheint. An Tagen wie diesen hätte ich nur allzu gern meine Kamera dabei. Eine Schönheit, die so vollkommen und flüchtig ist, ist in der Sekunde, in der man sich abwendet, schon vergangen. »Wow. Das ist ja mal 'ne Aussicht. Macht ihr oft hier Urlaub?«

»Normalerweise fahren wir in die Berge. Jason – unser Stiefdad, dank deiner Mom – wandert gern. Er hat unsere Mom damit angesteckt, und daher dreht es sich bei unseren Familienausflügen eher um Bäume und Staub als um Sonne und Sand«, meint August.

»Ja, aber am Strand ist es viel cooler.« Owen schwingt sich auf einen Hocker an der Theke, die Küche und Wohnzimmer voneinander trennt. »Jason hat mich diese Woche bei einem Surfkurs angemeldet. Und August sucht mit mir bei Ebbe nach Haifischzähnen. Ich bin so froh, dass sich August für das hier statt fürs Wandern entschieden hat, als Mom und Jason gesagt haben, wir dürfen es uns aussuchen.«

August bedenkt seinen Bruder mit einem Kopfschütteln, vermutlich damit er die Klappe hält, bevor er noch mehr von Augusts Geheimnissen ausplaudert. »Sie interessiert sich bestimmt nicht für unsere Lebensgeschichte.«

Ein Anflug von Angst überkommt mich. Ist er hergekommen, um mich zur Rede zu stellen? Oder hat ihn etwas anderes in die Stadt zurückgebracht – und zu mir? Ich lasse mir nichts anmerken und strahle ihn an. Seine Lebensgeschichte ist genau das, was ich brauche, um herauszufinden, ob er Dreck am Stecken hat. Das kann ich ihm dann unter die Nase reiben, falls er nicht aus reiner Herzensgüte bereit ist, mein Geheimnis für sich zu behalten. »Tatsächlich interessiert mich das absolut.«

»Damit du deine Story geradebiegen kannst?«, will August wissen. Aber er grinst mich an, und ich habe keine Ahnung, ob er sich über mich lustig macht oder ob er meinen Plan, nach Leichen in seinem Keller zu suchen, so schnell durchschaut hat.

»Bin nur neugierig.« Und dann trifft mich die Erkenntnis. Ich habe nicht nur August in meine Lüge verwickelt, sondern seine ganze Familie. Seine Freunde. Jeder, mit dem er etwas zu tun hat, ist Teil davon, und sie wissen es nicht einmal. Ich kann es ihm nicht verübeln, dass er mir persönlich auf die Pelle rückt, wo ich doch jeden Aspekt seines Lebens mit hineingezogen habe. August scheint jedoch nicht sauer auf mich zu sein. Wenn überhaupt, gibt ihm unsere Fake-Beziehung Rätsel auf. Warum ich ihn ausgewählt habe. Vielleicht ist er auch ein bisschen verwirrt. Aber nicht wütend. Oder er ist einfach nur nett zu mir, um mich so einzulullen, dass ich mich selbst ans Messer liefere. Irgendetwas sagt mir aber, dass es nicht so ist. Dass mich mein erster Instinkt vor zwei Jahren nicht getäuscht hat und er einer von den Guten ist.

August wendet seine Aufmerksamkeit den Biscuits zu, kippt die Tüte um und schüttet den Inhalt auf die Theke. Die Plastikbecher mit Honigbeerenbutter purzeln heraus und kullern direkt über den Rand. Ganz Kellnerin, mache ich einen Satz nach vorn, um sie aufzufangen, bevor sie auf den Fliesenboden klatschen. Dabei pralle ich gegen Augusts Brust, als er sich umdreht, um sie auch aufzuhalten. Mit der freien Hand klammere ich mich, reflexartig nach Halt suchend, an seiner Schulter fest. Unter seinem Shirt ist er eine einzige Muskelpackung. Mein Herz hämmert angesichts dieser Nähe, die all meine nicht jugendfreien Fantasien in den Schatten stellt, die ich im letzten Jahr über ihn hatte.

Ich bin hergekommen, um mich zu entschuldigen, nicht, um mich ihm an den Hals zu werfen. Wortwörtlich.

»Guter Fang«, sagt er. Wir sind uns immer noch so nah, dass sein warmer Atem meinen Hals streift.

Ich merke erst, dass ich einen Butterbecher gerettet habe und August den anderen ergattert hat, als wir uns voneinander lösen. »Gleichfalls.«

Wir stellen die Butter auf die Theke und vermeiden es, uns noch einmal zu berühren. Owen macht sich blitzschnell darüber her.

»Was war das noch mal für eine Butter?«

»Honigbeeren. Klingt komisch, ich weiß. Aber ich verspreche dir, dass es gut ist. Es ist ein Familienrezept der Urgroßmutter von einem von Gemmas Dads oder so. Sie wird ganz frisch gemacht.« Ich labere Blödsinn, aber das ist besser, als meine Gedanken auf den von blaugrünen Strahlen durchzogenen Hauch Roségold zu lenken, der nach unserem Zusammenstoß von August ausgeht. An wen er auch gerade denkt, sie hat seinem Herzen übel mitgespielt.

»Wer ist Gemma?«, erkundigt sich Owen.

August antwortet an meiner statt. Als ob er mich daran erinnern möchte, dass er genug über mich weiß, um Ärger zu stiften. »Sie ist Imogens beste Freundin. Ihren Dads gehört das Biscuit-Lokal, in dem Imogen arbeitet.« Er stellt drei Teller bereit, legt ein Biscuit auf jeden und verteilt einen großen Klecks Butter darauf. Sie schmilzt in Sekundenschnelle dahin und hinterlässt eine Butterpfütze auf dem Teller.

Am liebsten würde ich August sagen, dass es sich um Biscuits, nicht um Pancakes handelt, und die Butter zwischen die aufgeschnittenen Hälften gehört. Aber es bringt nichts, sich wegen seiner Essgewohnheiten aufzuplustern, wo ich ihn doch bei Laune halten muss. »Du hast deine Hausaufgaben gemacht, wie ich sehe.« Ich neige mein Haupt vor ihm. *Touché.*

»Ich habe vor ein paar Monaten nach dir gegoogelt, nachdem Mom das Haus hier gebucht hatte. Die Storys über deinen *Freund* kamen etwas überraschend.« August zieht eine Augenbraue hoch und bedenkt mich mit einem schiefen Grinsen.

Er hat es schon vor Monaten herausgefunden? Diese Bombe hat nur etwa drei Sekunden Zeit, mir alles, was ich zu wissen glaubte, um die Ohren zu hauen, bevor mein Verstand wieder einsetzt. Ich habe so viele Fragen an August, dass ich gar nicht weiß, mit welcher ich anfangen soll.

Warum hat er überhaupt nach mir gesucht?

Warum hat er nicht früher etwas gesagt?

Ist ihm bewusst, wie peinlich es mir ist, dass er Bescheid weiß?

Owen unterbricht meinen stummen Fragentornado und ruft mit vollem Mund: »Ich glaub, ich hab vom Rapadies gekostet!«

August und ich sehen uns in die Augen und brechen gleichzeitig in Gelächter aus. Unsere beidseitige Heiterkeit lässt die unangenehme Situation einen Moment lang in den Hintergrund treten.

»Sprich nicht mit vollem Mund«, ermahnt August. Er hat Mühe, dabei ernst zu bleiben.

»O Gott! Das würde ich gern auf ein T-Shirt drucken lassen«, sage ich. Es wäre auch eine Instagram-würdige Caption für meinen nächsten Biscuit-Post.

»Was ist so lustig?«, will Owen wissen.

Ich liebe seinen Satz zu sehr, um ihn zu korrigieren.

August schüttelt den Kopf, als brächte er es auch nicht übers Herz. Dann meint er: »So gut ist es, hm?«

Owen nimmt einen weiteren Bissen von seinem Biscuit, sieht August an und fragt: »Wenn du deins nicht isst, kann ich es dann haben?«

»Er wird es schon essen«, versichere ich ihm. Ein Biscuit kann nicht annähernd wiedergutmachen, dass ich im letzten Jahr offenbar nicht ganz so unbemerkt seinen Namen benutzt habe, aber es ist ein Anfang. Ich kenne den echten August kaum, doch nach den letzten Minuten zu urteilen, ist er ein Mensch, der sich von seinem Bruder erweichen lässt. Ich schiebe meinen Teller zu Owen. »Ich kann die immer essen, also ist der hier nur für dich.«

»Ich hab dich lieb«, sagt er. Und in diesem Moment ist das auch so. Ein roségoldenes Wölkchen hängt in der Luft und löst sich auf, als Owen seine Aufmerksamkeit wieder dem Essen zuwendet.

»Sie hat diese Wirkung auf Menschen.« August lächelt mich an, als würde er das ernst meinen. Dann bricht er ein Stück von seinem Biscuit ab, und die geschmolzene Butter läuft ihm über die Finger, während er den Bissen in den Mund steckt. »Ja, okay. Ich glaube, ich habe auch vom Paradies gekostet.«

»Oh, das kommt definitiv auf ein T-Shirt.« Sobald ich August und die Situation unter Kontrolle habe.

Sie verputzen ihre Biscuits in Rekordzeit. Mit dem letzten Rest wischt August die überschüssige Butter auf Owens Teller auf. Da Owen ihm nicht nachstehen will, macht er Anstalten, das Butterförmchen auszulecken, doch August hält ihn mit einem »Denk nicht einmal daran«-Blick zurück. Dann deutet er auf das schmutzige Geschirr, das

Owen brav im Waschbecken abspült, bevor er es in die Spülmaschine räumt.

»Okay, Mom und Jason sind nicht da, also bleiben wir in der Nähe des Hauses. Du kannst entweder draußen weiter deine Fußballsprints üben oder in dein Zimmer gehen und *Minecraft* spielen. Imogen und ich unterhalten uns hinten auf der Veranda.«

»Gehst du mit mir zum Strand, wenn du fertig bist?«, fragt Owen.

August hebt die Hand, als wäre das ein unumstößlicher Schwur unter Brüdern. »Yep. Und wir können dort bis zum Abendessen bleiben, wenn du dich mit Sonnencreme einschmierst.«

»Abgemacht!« Owen klatscht August ab und flitzt den Flur hinunter. Ein paar Sekunden später steckt er den Kopf wieder zur Tür herein und ruft: »Tschüss, Mo!«

Ich rufe »Tschüss« zurück, lache über Owens Begeisterung und folge August durch die Glasschiebetür auf die Terrasse. Vom Meer her weht eine starke Brise, sodass die Temperatur gut drei Grad kühler als in der Stadt ist. Eigentlich ist Frühling, aber um diese Zeit beschert Mutter Natur uns in North Carolina gern einmal mehrere Jahreszeiten in einer Woche. Zum Glück ist heute ein guter Tag. Auf der anderen Seite der Dünen breitet sich der Ozean aus, das immerwährende Brechen der Wellen ist durch die Entfernung nur gedämpft zu hören.

Wir sitzen nebeneinander in Schaukelstühlen. Vielleicht wird das weniger peinlich, wenn wir uns nicht direkt ansehen müssen.

Ich fange an: »Erst mal wollte ich dir sagen, dass es mir unendlich leid tut. Ich weiß, was ich getan habe, war schräg und unverzeihlich.«

»›Schräg‹ trifft es gut«, sagt er, nicht unfreundlich.

»Und es tut mir auch leid, dass ich dich vorhin quasi aus dem Café geworfen habe. Ich hatte dich nicht erwartet, und weil so viele Leute da waren, die dich kennen – na ja, nicht *dich*, sondern Fake-August –, hab ich Panik bekommen. Und ich verstehe es absolut, wenn du willst, dass ich auspacke und allen sage, dass ich alles nur erfunden habe.«

August dreht seinen Stuhl und ruckelt damit über die Holzdielen, bis er im rechten Winkel zu mir sitzt. »Warum hast du dir die Beziehung ausgedacht?«

Ich würde mir nur allzu gern die Sonnenbrille, die ich mir ins Haar geschoben habe, auf die Nase setzen, aber dann wüsste er, dass ich mich seinen Blicken entziehen will. Er darf nicht denken, dass er hier die Oberhand hat, auch wenn das bedeutet, ihn über meine dämlichen Entscheidungen aufzuklären. »Erinnerst du dich an den Tag, an dem wir uns kennengelernt haben? Und an das, was ich dir über mich und die Liebe erzählt habe?«

»Und ob. Du bist ein Mädchen, das man nicht so leicht vergisst.« Er schaut weg, als hätte er das eigentlich nicht laut aussprechen wollen. »Und ja, ich weiß noch, dass du sehen kannst, ob Menschen verliebt sind. Das ist eigentlich einer der Gründe, warum ich dich wiedersehen wollte.«

»Da bist du nicht der Einzige, dem das an mir gefällt. Wie sich herausstellt, will niemand etwas mit einem Mädchen anfangen, das praktisch ein Liebesdetektor auf zwei Beinen ist. Die paar Typen, die sich mit mir verabredet haben, waren entweder nicht wirklich in mich verknallt – wie ich erkennen konnte – oder, häufiger noch, haben gehofft, dass ich ihnen alle Einzelheiten über die Person verrate, hinter der sie eigentlich her sind. Ich hatte einfach die Schnauze voll davon. Ich meine, es wäre schön gewesen, nur einmal jemandem zu begegnen, der wirklich etwas für mich empfindet. Und glaub mir, ich weiß, wie armselig und selbstmitleidig das klingt. Mein Leben ist toll. Was ist dabei, dass ich keinen Freund habe? Es ist ja nicht so, dass ich als Tochter einer Partnervermittlerin unrealistische Erwartungen an die Liebe hätte oder so.« Ich lache, als ob es nicht das Ehrlichste wäre, was ich heute gesagt habe.

»Okay, ich kann verstehen, warum du unter diesen Umständen lieber so tust, als hättest du einen Freund. Und wo du gerade in Beichtstimmung zu sein scheinst: Warum ich? Warum hast du nicht einen Typen erfunden, der gar nicht existiert? Du hast nie Bilder von mir geteilt. Danke übrigens dafür. Und du hast für mich – für ihn – einen falschen Account erstellt. Warum also das Risiko eingehen, dich auf eine echte Person zu beziehen?«

Ich schaukle vor und zurück und suche nach den richtigen Worten. Wenn es überhaupt etwas gibt, das mich nicht mega-oberflächlich dastehen lässt. »Na ja, die offensichtlichste Erklärung ist, dass du nicht hier wohnst. Das hier«, ich deute auf den Abstand von weniger als dreißig Zentimetern zwischen uns, »hätte überhaupt nie passieren dürfen. Aber es gibt dich, und man kann dich im Internet finden, falls jemand nachprüfen will, ob du existierst. Das hat es glaubwürdiger gemacht.«

»Ah, ich war also einfach eine logische Wahl.«

Als ob es irgendetwas Logisches daran gäbe, eine Beziehung zu erfinden. Es ist pure, schlichte Verzweiflung.

»Nein, nicht ganz«, räume ich ein. Die Tatsache, dass er mit mir redet, statt mich vor der ganzen Stadt bloßzustellen, ist ein weiterer Pluspunkt für ihn. Er verdient es, zu erfahren, dass ich mich auch aus anderen Gründen für ihn entschieden habe. »Du warst auch unglaublich süß und man konnte sich so gut mit dir unterhalten. Wenn ich schon nicht mit Ren zusammen sein konnte, konnte ich zumindest allen weismachen, dass ich es am zweitbesten getroffen habe.«

August lässt sich in seinen Stuhl zurücksinken und lacht kurz auf. »In deinem Kopf mag das wie ein Kompliment klingen, aber niemand will hören, dass er zweite Wahl ist. Dass er nicht gut genug ist. Du und Shay solltet euch mal austauschen.« Die Leichtigkeit in seiner Stimme wird untergraben durch die Aura des Liebeskummers, die sich um ihn abzeichnet: ein blasses Blaugrün, so fahl, dass ich die Augen zusammenkneifen muss, um es zu erkennen. Es ist kaum wahrnehmbar. Als würde er alles tun, um seine Gefühle zu unterdrücken.

»Das habe ich nicht gesagt. Absolut nicht. Aber es tut mir leid, dass Shay, vermutlich deine Ex, nach dem Schmerz zu urteilen, der gerade von dir ausgeht, dir so übel mitgespielt hat, dass du das von dir denkst.«

»Sie ist nicht … Ich habe keine Ahnung, was ich denken soll. Über mich. Oder Shay. Ich konnte es ihr nie recht machen. Ich habe nie das Richtige gesagt oder getan. Sie wollte ständig jemanden aus mir machen, der ich nicht bin. Wir haben nicht harmoniert und keiner von uns beiden war in unserer Beziehung wirklich glücklich. Und jetzt weiß ich nicht, *was* ich will. Aber vielleicht kannst du es mir sagen.«

Jetzt ist es raus. Der Grund, warum er so anständig mit der Situation umgeht. Er braucht meinen Rat.

Und den kann ich ihm nicht verwehren. Nicht nach all dem, was ich in seinem Namen getan habe.

Das heißt aber nicht, dass ich beim geringsten Druck einknicken muss. »Zu wissen, was man will, bringt einen manchmal auch nicht weiter. Du kannst alles richtig machen – so sein, wie man es von dir erwartet – und trotzdem leer ausgehen.«

August trommelt mit den Fingern auf die Lehne seines Stuhls und ist einen Moment lang in Gedanken versunken. »Aber du machst dir doch noch Hoffnungen, was den Typen vorhin im Café betrifft. Ren? Du hast das beendet, was alle anderen für eine echte Beziehung gehalten haben, damit du mit ihm zusammen sein kannst. Also muss es für dich im Bereich des Möglichen liegen.«

Ich weiß nicht, was ich ihm darauf antworten soll. Mit Ren ist es anders. Ich bin schon so lange in ihn verknallt, dass ich mich und meine Gefühle für ihn nicht mehr voneinander trennen kann. Sie sind zu sehr miteinander verflochten. Zu tief verwurzelt, um sie zu entwirren. Doch Evans hatte vorhin recht. In Rens Leben bin ich nur eine Randerscheinung. Warum sollte er mich groß beachten? Es sei denn, ich gebe ihm einen Grund, mehr in mir zu sehen. Mit Augusts Unterstützung habe ich vielleicht eine Chance.

»Ich habe mich nicht *seinetwegen* getrennt, und außer Gemma denkt das auch keiner, denn alle anderen glauben ja, dass du mich betrogen hast. Aber zurück zum Thema. Gemma hat gesagt, dass ich mit dem falschen August wegen Ren Schluss gemacht habe, aber es liegt auch an dir. Dem echten August. Als ich das Gedicht bekommen habe, habe ich es für einen üblen Scherz gehalten. Ich dachte, jemand hat herausgefunden, dass alles ein Schwindel ist, und will mich in eine Falle locken oder erpressen oder so. Mir war klar, wenn ich meine Lüge aufrechterhalte, kommt irgendwann die Wahrheit heraus, und das konnte ich nicht zulassen. Eine Trennung zu inszenieren, war der einzige Ausweg, der mir eingefallen ist. Und dann bist du heute hier aufgekreuzt und hast den ganzen Plan über den Haufen geworfen. Was ich nicht verstehe, ist, warum du nicht früher etwas gesagt hast. Wenn du es schon vor Monaten herausgefunden hast, warum hast du es laufen lassen?«

»Ich wollte dir ja eine Nachricht schicken, als mir klar wurde, dass ich der *Freund* bin, von dem du sprichst. Aber keine Ahnung, nachdem der anfängliche Schock verflogen war, fand ich es irgendwie gut, dass du mich ausgesucht hast. Ich hab's zwar nicht verstanden, aber es hat mir auch nicht wehgetan. Also habe ich die Nachricht an dich als Entwurf gespeichert. Da wir nach Portree kommen würden, dachte ich, könnte ich es als Druckmittel einsetzen, damit du mir bei Shay hilfst. Aber dann habe ich die Version von mir gesehen, die du dir ausgedacht hast, und sie war so viel näher an meinem wahren Ich dran als an dem, das Shay sich wünscht. Und hier sind wir nun.« Er schüttelt den Kopf und sein dunkles Haar fällt ihm über die Augen. Er streicht es mit beiden Händen zurück und fasst sich an den Kopf, als könnte er nicht glauben, dass er mir das gerade gestanden hat.

Ich kann irgendwie auch nicht glauben, dass er das gesagt hat.

»Hier sind wir nun«, wiederhole ich.

»Genau. Und jetzt weiß der Typ, auf den du stehst, dass dein angeblicher Ex in der Stadt ist, um sich mit dir zu treffen«, fährt er fort. Keine Spur von Bedauern in seiner Stimme.

»Richtig. Was, wenn wir uns gegenseitig helfen? Ich weiß, dass ich nicht wirklich in der Position bin, dich um etwas zu bitten, aber trotzdem: Würdest du eine Woche lang so tun, als wärst du mein Ex? Ich denke, ich kann Ren dazu bringen, mir beizustehen, wenn ich ihm erzähle, dass du mich unbedingt zurückgewinnen willst und er mir den Rücken stärken muss. Du weißt schon, dich – und Lana, in seinem Fall – glauben machen, dass wir beide die Trennung hinter uns gelassen haben.«

»Und was springt für mich dabei heraus?«

»Ich finde mit dir heraus, was du nach der Trennung noch für Shay empfindest. Ob du sie noch liebst, obwohl sie dich so schlecht behandelt hat, oder ob du tief im Inneren erleichtert bist, dass es vorbei ist. Das wolltest du mich doch fragen, oder? Druckmittel und so?«

Er lehnt sich zurück und ein kleines Lachen entfährt ihm. »Es ist nicht gerade ein Druckmittel, wenn du auch bekommst, was du willst. Aber ich bin bereit, mich auf den Deal einzulassen, weil ich so ein netter Typ bin und so.«

»Falls du dich dann besser fühlst, deine Ex war nicht die Richtige.«

»Und woher willst du das wissen?«

»Wahre Liebe bricht keine Herzen. Sie hält dich aufrecht, selbst wenn der Mensch, den du liebst, nicht mehr da ist. Meine Mom ist der lebende Beweis dafür.«

»Erkennst du Liebeskummer an mir?« Ein wässrig blaugrüner Nebel bildet sich in der Luft um ihn, während er spricht.

»Im Moment ja. Aber du bist heute neben der Spur. Ich kann nicht wirklich erkennen, was du fühlst, solange du dich nicht darauf konzentrierst. Wenn es dir vorhin ernst war und du an meinem Projekt teilnehmen willst, kann ich der Sache mit dir und Shay auf den Grund gehen. Owen und du wolltet den Nachmittag ja am Strand verbringen, aber gib mir Bescheid, wann du Zeit hast, und dann machen wir etwas aus.«

Er späht über meine Schulter hinweg ins Haus, ein Anflug von Schuldgefühlen zeichnet sich in seinen Augenwinkeln ab. »Hast du denn keine Angst, dass uns jemand erwischt?«

Ich habe es geschafft, ihn bis jetzt geheim zu halten – was ist da schon eine weitere Woche? »Wenn es so ist, dann stützt es zumindest unsere Geschichte, dass du dich mit mir versöhnen willst.«

»Das hört sich an wie etwas, das ich tun würde, wenn ich so dumm gewesen wäre, dich überhaupt gehen zu lassen.«

Wie sich herausstellt, habe ich einen Fehler gemacht. Ich

dachte, August als Fake-Freund zu benutzen, wäre harmlos. Eine Lüge, die nie ans Licht kommt. Doch jetzt ist
er hier. Und steht mir zur Seite, wo er doch jedes Recht
hat, mich zu hassen. Ich kann es nicht rückgängig machen.
Also muss ich einen Weg finden, ihm das zu geben, was er
will. Wenn ich herausfinde, was genau das ist.

Neuntes Kapitel

Liebesregel #8: Geheimnisse sind der Feind der Liebe.

Ich bin nicht die einzige Finch, die die Liebe im Kopf hat. Als ich am Sonntag nach einer Doppelschicht nach Hause komme, steigt Mom in ein Paar schwarzer Stöckelschuhe, während sie zur Haustür schlurft. Ihr Haar fällt ihr in lockeren Wellen um die Schultern, und das klassische kleine Schwarze, das ihr um die Knie schwingt, riecht nach Spaß und Flirt. Soweit ich weiß, hat sie seit Dads Tod kein einziges Date mehr gehabt. Sie war immer nur daran interessiert, anderen zu ihrem Liebesglück zu verhelfen. Aber an dieser Aufmachung gibt's nicht viel zu deuten.

Ich stelle mich ihr in den Weg und fächle mir Luft zu. »Scheiße, Mom. Heißes Date?«, frage ich.

Mom fährt zusammen und lässt ihren Ohrring fallen. Sie meidet meinen Blick, während sie dem Diamantste-

129

cker nachsieht, bis er ein paar Meter weiter zum Stillstand kommt. »Ich treffe mich mit einem Kunden zum Abendessen. Ich bleibe nicht lange weg.«

»Handelt es sich bei diesem Kunden zufällig um deinen alten – deine Wortwahl, nicht meine – und sehr gut aussehenden Freund Alex?«

»Nein, es ist nicht Alex. Und selbst wenn, wäre es ein Geschäftsessen und nicht das, worauf auch immer du hinauswillst.« Doch Moms Aura nimmt einen verräterischen, winzigen Hauch Roségold an.

»Ich will darauf hinaus, dass du ihn nicht mit einer anderen verkuppeln, sondern dich selbst mit ihm verabreden solltest. Zwischen euch ist eine Verbindung. Ich kann sie sehen, ob du es nun wahrhaben willst oder nicht.«

»Was du auch zu sehen glaubst, du liegst daneben. Lass es einfach.«

»Warum gibst du nicht zu, dass du ihn gernhast?«, bohre ich weiter.

»Ich sagte: Lass. Es. Einfach.« Sie verleiht jedem Wort durch eine Pause mehr Gewicht und presst die Zähne aufeinander, damit sie mich nicht anschreit. Sie steht auf verlorenem Posten und sie weiß es. Ich kann praktisch hören, wie der Zahnschmelz mit jeder verstreichenden Sekunde abbröckelt, was eine Schande ist, denn meine Mom hat perfekte Zähne. Ganz gerade und gleichmäßig und weißer als in der Zahnpasta-Werbung. Nicht einmal ein winziges Löchlein traut sich, sie zu verschandeln. Aber wenn Mom nicht aufhört, mir einreden zu wollen, dass ihre Gefühle für Alex nichts bedeuten, wird sie ihre Zähne bis aufs letzte bisschen zermalmen.

Damit sie das Haus nicht verärgert verlässt, tue ich ihr den Gefallen und wechsle das Thema. »Mit wem gehst du denn heute Abend aus?«

Sie umarmt mich und drückt mir einen Kuss auf den Kopf. Ihre Wut von eben wird in einer Welle von etwas weggespült, das sich wie Mitleid anfühlt. »Ich wünschte wirklich, du wärst fünf Minuten später heimgekommen und wir hätten uns das erspart. Du solltest es eigentlich gar nicht erfahren.«

»Was erfahren?«

»Augusts Familie ist über die Frühjahrsferien hier. Ich esse mit seiner Mom und Jason zu Abend.«

Die Worte wirbeln wie ein Orkan in meinem Kopf und drohen, jede Beziehung hinwegzufegen, an der mir etwas liegt. Wenn Mom mit Augusts Eltern spricht, wird sie rauskriegen, dass ich gelogen habe. Nicht einfach nur gelogen, sondern gelogen, was die Liebe anbelangt. Für meine Mom gibt es keine schlimmere Sünde.

»Was? Nein. Mom, du kannst da nicht hingehen.«

»Ich weiß, dass die Trennung schwer für dich ist, aber deshalb treffe ich mich heute Abend ja nur mit den Eltern. Du musst August nicht sehen, während er hier ist. Ich sorge dafür, dass er sich von dir fernhält.«

»Du wusstest, dass er in die Stadt kommt, und hast es mir verschwiegen?«

»Ich habe es erst heute Morgen erfahren, als Madeline angerufen und mich zum Abendessen eingeladen hat. Aber nein, ich hatte nicht vor, es dir zu erzählen. Du hast seinetwegen schon genug durchgemacht. Ich wollte in dieser schwierigen Situation nicht noch für mehr Liebeskummer sorgen.«

Aber warum zum Abendessen? Wenn seine Eltern wüssten, was ich angestellt habe – dass ich eine Beziehung mit August vorgetäuscht habe –, würden sie daraus kein geselliges Beisammensein machen. Augusts Mom wäre direkt hierhergekommen und hätte Antworten verlangt. Und vermutlich ein Kontaktverbot.

Ich packe Moms Arm und ziehe sie von der Tür weg. »Ich meine es ernst. Geh nicht zum Abendessen. Bitte, Mom. Du weißt noch nicht alles.«

»Dann klär mich bitte auf«, fordert sie. Die Schärfe in ihrer Stimme ist zurück, eine Warnung, mich nicht mit ihr anzulegen.

Ich will sie nicht weiter anschwindeln, aber mit der Wahrheit herausrücken kann ich auch nicht. Ich stecke in der Klemme.

»August war gestern im Café.« Ich schicke eine stumme Entschuldigung an das Universum, an August, an Mom und tische eine weitere Lüge auf. »Er meinte, seine Eltern wüssten nichts von uns. Damit ich, falls ich ihnen zufällig begegne, nicht überrascht bin, dass sie sich nicht einmal an mich erinnern. Wenn du mit ihnen isst und ihnen von mir und August erzählst, machst du alles nur noch schlimmer.«

»Das ergibt doch keinen Sinn, Imogen. Warum sollte er so etwas tun? Die Sache mit dir ein ganzes Jahr lang vor ihnen verheimlichen?«

»Keine Ahnung. Die Leute lügen aus den unterschiedlichsten Gründen. Er wird schon einen gehabt haben.«

So wie ich. Aber jetzt fällt mir nicht mehr ein, warum ich das für eine gute Entscheidung gehalten habe. Oder wie ich es so aus dem Ruder laufen lassen konnte. Ich denke nur noch daran, wie ich dafür sorgen kann, dass meine Lügen niemals ans Licht kommen.

Mom hat nicht auf mich gehört. Vielleicht hat August bei seinen Eltern ja mehr Glück. Meine Hände zittern, als ich nach meinem Handy greife und eine Nachricht tippe, die mit Sicherheit seine Aufmerksamkeit erregt.

MoImGlück: shitshitshitshitshitshitshitshitshit!!!

DerEchteAugust: Hallo erst mal.

DerEchteAugust: Wie kann ich dir heute helfen, Imogen?

DerEchteAugust: So viele »Shits« nacheinander sind eindeutig ein Hilfeschrei.

MolmGlück: Keine Zeit für Nettigkeiten. Unsere Eltern sind auf dem Weg zum Abendessen. GEMEINSAM. Meine Mom denkt, dass wir ein Jahr zusammen waren. Und dass du mir gerade das Herz gebrochen hast. Und um sie von dem Treffen abzuhalten, habe ich ihr gesagt, dass du deinen Eltern gar nichts von uns erzählt hast und sie daher nicht die Sprache auf mich oder uns bringen soll. Aber das ist nach hinten losgegangen und jetzt ist sie bloß noch wütender auf dich. Also wenn du nicht willst, dass sie ihre Wut an deinen Eltern auslässt und ihnen einredet, dass du sie angelogen hast, müssen wir sie aufhalten. JETZT!

DerEchteAugust: Shit.

DerEchteAugust: Das hättest du gleich sagen sollen.

DerEchteAugust: Mom und Jason sind gerade los.

MolmGlück: Ich weiß, wo sie hingehen. Wir treffen uns dort. Und leg dir unterwegs einen Plan zurecht. Ich lasse mir auch etwas einfallen.

Ich schicke ihm die Adresse des Restaurants, schnappe mir die Schlüssel und sende ein Gebet ans Universum, dass wir nicht zu spät kommen.

Auf dem Weg zum Restaurant stoße ich auf August. Er sitzt auf dem Bordstein und hat die Arme auf die Knie gestützt. Daneben liegt ein Fahrrad, das vorn einen Platten hat. Ein kleineres Fahrrad steht genauso starr daneben, wie Owen neben August hockt. Ich reiße das Steuer herum und biege auf den Parkplatz ein. Es ist nichts frei, also stelle ich den Wagen eine Autolänge von den beiden entfernt halb auf der Fahrbahn ab, damit sie von der Straße aus nicht zu sehen sind.

Aus der Nähe erklärt sich der lädierte Zustand des Reifens. August hat eine klaffende Wunde an der Schläfe, und auf der Wange, wo er mit dem Gesicht auf dem Boden aufgeschlagen sein muss, eine Blessur, die sich bereits dunkelrot verfärbt. Ich kauere mich vor ihn hin und lege die Hände auf sein Knie, um nicht das Gleichgewicht zu verlieren. »O Gott, August. Was ist denn passiert?«

Ein Lächeln schleicht sich auf seine Lippen. »Ich war vielleicht ein bisschen übereifrig bei meiner Eis-Aktion, mit der ich das *Abendessen verhindern* wollte.« Er deutet mit dem Kopf in Richtung Owen, der zusieht, wie das Blut aus Augusts Kopfwunde bis zum Kinn rinnt.

»Ein bisschen? Das muss vielleicht genäht werden. Lass mich mal sehen.«

Ich streiche mit den Fingern sacht über Augusts geschundene Haut und die Haare, um zu prüfen, wie tief der Schnitt ist. Er zittert bei meiner Berührung. Ich beuge mich näher an ihn heran, halte den Atem an und setze angespannt die Untersuchung fort. Ich lege die Handfläche an seine Schläfe und drücke mit den Fingerspitzen, so behutsam ich kann, ein, zwei Zentimeter ab. Der Blutfluss lässt nach. Zumindest glaube ich das. Augusts Haar ist so durchtränkt, dass ich es nicht mit Gewissheit sagen kann.

Meine Kehle schnürt sich zusammen, als er hörbar die Luft einzieht. Und ich hasse mich dafür, dass ich ihm das antue. Dass ich ihm Schmerzen zufüge. Dass ich ihn überhaupt erst in die Sache hineingezogen habe.

So weit hätte es nicht kommen dürfen.

Aber ich weiß nicht, wie ich es aufhalten soll, ohne alles zu verlieren.

Ich lege meine Stirn an seine und flüstere: »Es tut mir so leid.«

»Es geht mir gut. Wirklich.« August nimmt meine Hand von seiner Schläfe, drückt meine Finger und lässt sie nicht los. »Aber wenn meine Eltern fragen, schwebe ich vermutlich in Lebensgefahr. Nur so lange, bis wir sicher sein können, dass das Abendessen vom Tisch ist«, raunt er, damit Owen es nicht hören kann.

»Ich weiß ja zu schätzen, wie sehr du dich ins Zeug legst, aber …«

»Hey.« Rens samtweiche Stimme ertönt hinter mir, sodass ich mich von August abwende. Er joggt die letzten paar Meter vom Strandzugang zu der Stelle, an der wir am Rand des Parkplatzes kauern. Ren legt sein Surfbrett auf das Stück Gras und Sand neben den verlassenen Fahrrädern und schaut zwischen August und mir hin und her. »Geht's dir gut, Mo?«

»Ja, mir geht's gut«, erwidere ich und entziehe August meine Hand. Ich stehe auf und schaffe etwas Abstand zwischen uns.

Augusts Blick wandert zu mir, vorsichtig, bevor er auf Ren landet. »Ich bin derjenige, der hier blutet.«

Ren zuckt die Schultern und grinst selbstgefällig. Bei dieser Bewegung legt sich der Neoprenanzug eng an seine Brust an. »Jeder bekommt, was er verdient, oder? Hättest Mo vielleicht nicht so scheiße behandeln sollen.«

»Nicht vor meinem Bruder, Alter«, knurrt August.

Ich krame ein paar Münzen aus meiner Geldbörse und halte sie Owen hin. »Hey, warum holst du dir nicht dein Eis, während wir August sauber machen, bevor deine Eltern hier auftauchen?«

Owen sieht seinen Bruder besorgt an und weicht nicht von Augusts Seite, als ob dessen Wunden lebensbedrohlich wären. Er setzt sich erst in Bewegung, als August mir das Geld abnimmt, wobei er mit den Fingern über meine streicht, die Münzen vor seinem Bruder hin und her schwenkt und sagt: »Das ist vielleicht deine einzige Chance. Ich an deiner Stelle würde nicht riskieren, dass Mom uns wegschickt, bevor du eine Kugel bekommen hast.«

»Darf ich auch zwei haben?«, fragt Owen.

»Ich bin ja nicht da, um dich zurückzuhalten«, erwidert August. Als er seinen Bruder anlächelt, zuckt er kurz zusammen. Dann überspielt er seinen Schmerz, damit Owen nicht merkt, wie verletzt sein großer Bruder ist.

»Ich kümmere mich um ihn, bis du zurück bist«, verspreche ich Owen. Das ist das Mindeste, was ich tun kann, nachdem August sich buchstäblich überschlagen hat, um mein Geheimnis zu bewahren.

»Das will ich dir auch raten.«

Als Owen außer Hörweite ist, sagt August: »Du musst nicht bleiben. Ich habe Mom angerufen, sie sind schon auf dem Weg. Das Abendessen ist offiziell gestrichen.«

Er hat keinen Grund, mir zu helfen. Mir *immer wieder* zu helfen. Und trotzdem macht er es.

Ich will nicht darüber nachdenken, was es über mich aussagt, dass ich ihn gewähren lasse.

Oder dass ein Teil von mir davon entzückt ist. Von ihm.

»Eine Minute habe ich noch. Oder wenigstens, bis Owen zurückkommt«, widerspreche ich.

»Du schuldest ihm nichts, Mo. Wenn du ihn hier einfach sitzen lässt, kann es dir keiner verübeln«, meint Ren und ruft mir ins Gedächtnis, wie das für ihn aussehen muss. Für jeden, der sieht, wie ich um meinen Ex herumscharwenzle.

Ich schüttle den Kopf, um meine Gedanken zu sortieren. Wir stecken so tief in dieser Lüge, dass ich jetzt keinen Rückzieher machen kann. »Ich mache das nicht für ihn. Ich will nur seinem Bruder nicht noch mehr Angst einjagen, als er ohnehin schon hat.« Ich drehe mich um und lächle Ren an, bevor ich fortfahre: »Aber ich bin wirklich froh, dass du bei mir bist. Danke, dass du nach mir geschaut hast.«

»Jederzeit«, antwortet er. Für mich ist sein Lächeln das reine Sonnenlicht.

August erhebt sich mühsam. Er schwankt kurz, dann streckt er eine Hand aus, um das Gleichgewicht wiederzufinden, und berührt mit der anderen seinen malträtierten Kopf. »Ich weiß, was du da tust, Imogen.«

»Und das wäre?«

»Du tust so, als wärst du an dem Typen interessiert, um mir etwas zu beweisen. Damit ich denke, dass du über mich hinweg bist. Aber glaub mir, er ist nicht der Richtige für dich.«

Ich weiß, dass August Theater spielt, doch er klingt so ernsthaft – so sehr nach einem Ex-Freund, der mich zurückerobern will –, dass ich ihm fast glaube.

Ren stellt sich zwischen uns und setzt dabei seine Körpergröße und breiten Schultern ein. »Alter, du bist der Letzte, der ihr sagen darf, wer gut für sie ist und wer nicht.«

Hinter Rens Rücken werfe ich August einen entschuldigenden Blick zu. »Ren hat recht. Ich lass mich nicht noch mal mit dir ein, August.«

»Darf ich morgen bei dir vorbeikommen? Bloß zum Reden. Ich weiß, dass ich alles einrenken kann, wenn du mir die Chance dazu gibst«, bittet er.

»Du musst härter mit dem Kopf aufgeschlagen sein, als ich dachte, wenn du glaubst, ich würde das wollen.«

»Nein, August weiß genau, was er tut. Er weiß, was er an dir hatte und dass er es kaputt gemacht hat.« Ren sieht wieder mich an, sein feuchtes Haar fällt ihm so süß in die Stirn. Dann sagt er zu August: »Zu blöd aber auch. Mo und ich haben morgen schon etwas vor. Wir arbeiten gemeinsam an ihrem Projekt. Sie ist die Einzige, der ich im Moment mein Herz anvertraue.«

Seine Worte erfüllen mich mit Licht, bis ich leuchte wie eine ganze Galaxie von Sternen.

Ren vertraut mir.

Sein *Herz* an.

»Ich auch«, entgegnet August. »Dann werde ich mich wohl einfach gedulden müssen. Aber du, Imogen, solltest in die Gänge kommen. Es sei denn, du legst Wert darauf, meiner Mom zu begegnen.«

Ich blinzle den Sternenstaub aus meinen Augen und nicke. »Ja, richtig, ich sollte abhauen. Komm morgen früh um neun vorbei, Ren.«

»Ist gebongt«, antwortet er.

Zehntes
Kapitel

Liebesregel #4: Mach dich nicht selber klein.

Ren ist spät dran. Ich habe zehn Minuten vor der verein-
barten Zeit angefangen, nach ihm Ausschau zu halten. Das
war vor über einer Stunde. Trotz unserer letzten Begegnun-
gen haben wir es nicht geschafft, unsere Nummern auszu-
tauschen, und daher kann ich ihn nicht kontaktieren und
fragen, ob es ihm gut geht. Oder ob er überhaupt noch
kommt.

Oder *warum* er gar nicht erst aufgekreuzt ist.

Gestern Abend wirkte er so hilfsbereit. So *angetan* von
mir. Ich weiß, dass ich mir das nicht bloß eingebildet habe.

Wenn er jetzt hier wäre, wie es abgemacht war, könnte
ich herausfinden, ob dem so ist.

Ich wähle die Festnetznummer des Cafés, damit Gemma
keinen Anschiss bekommt, weil sie an ihr Handy geht,

das sie zweifelsohne trotz der Kein-Handy-während-der-Arbeitszeit-Regel ihrer Dads in der Schürzentasche stecken hat.

»Hast du zufällig Rens Nummer? Oder kennst du jemanden, der sie hat und sie mir geben kann? Ich habe ihm vor einer halben Stunde eine Snapchat-Nachricht geschickt, weil mir sonst keine Möglichkeit einfällt, ihn zu erreichen. Aber er antwortet nicht. Ich muss mich jetzt für die Arbeit fertig machen und möchte nicht, dass er hier während meiner Abwesenheit vorbeikommt, weil er die Zeiten durcheinandergebracht hat, und dann denkt, ich hätte ihn versetzt.«

»Wow, das waren aber viele Worte für eine einfache Frage. Bitte geh nicht auf die Überbringerin der Nachricht los, aber ich bezweifle, dass er sich in nächster Zeit auf den Weg zu dir macht.«

»Ist er bei euch?« *Ist Lana bei ihm?* So gern ich auch den Grund wüsste, warum er mich heute Morgen hängen lassen hat, bringe ich es nicht fertig, diese Frage zu stellen. »Warum hast du ihn nicht daran erinnert, dass er *hier* sein sollte?« Meine Panik, dass Lana vielleicht wieder eine Rolle in Rens Leben spielt, lässt meine Stimme schärfer klingen als beabsichtigt.

Gemma seufzt übertrieben in das Handy. »Was habe ich gerade gesagt, was du mit der Überbringerin der Nachricht nicht machen sollst?«

»Sorry. Ich habe halt bloß den ganzen Morgen wie eine Idiotin hier herumgesessen und auf die Straße geschaut. Nachdem wir Eis essen waren und er mir zugesagt hat, mir bei meinem Projekt zu helfen, dachte ich, er würde mir endlich Beachtung schenken. Wie soll ich ihn denn dazu bringen, mit mir etwas anzufangen, wenn ich ihn nicht einmal dazu bringen kann, an unsere Verabredung zu denken?«

»Schon wieder so viele Worte. Atme mal tief durch, Mo.« Sie wartet, bis ich ihr den Gefallen getan habe, bevor sie weiterspricht: »Er ist nicht hier. Aber er hat seinen Truck auf der anderen Straßenseite geparkt. Heute geht es auf dem Wasser zu wie bei einem Surfer-Kongress. Wenn er reinkommt, bevor du hier bist, mache ich ihn für dich zur Schnecke.«

Wenn ich Gemma nicht so gut kennen würde, würde ich das vielleicht für einen Scherz halten. Aber ich kenne sie, und sie lässt es nicht zu, dass jemand die Menschen verarscht, die sie liebt. »Nein! Wir wollen doch, dass er mich mag, schon vergessen?«

»Wie du willst. Ich kümmere mich jetzt wieder um meine Tische. Und wenn Loverboy reinschneit, besorge ich dir bloß seine Handynummer.« Gemmas gackerndes Lachen schallt noch ein paar Sekunden, nachdem sie aufgelegt hat, durch den Lautsprecher.

Meine Strategie ist, Ren in meine Richtung zu schubsen, bis er über Lana hinweg und bereit für etwas Neues ist. Gemmas mangelndes Fingerspitzengefühl könnte dazu führen, dass er nicht mehr nur sprunghaft ist, sondern mich gleich auf die schwarze Liste setzt. Noch habe ich die Chance, ihn zurück ins Spiel zu bringen, egal warum er heute Morgen nicht erschienen ist. Ich muss ihn nur zuerst erwischen.

»Er steht noch da«, sagt Gemma bestimmt zum zwölften Mal, seit meine Schicht begonnen hat.

Ich eise meinen Blick vom Fenster und dem Strand dahinter los und erwidere: »Ren kann jede Minute fertig sein. Darauf muss ich vorbereitet sein.«

Aus »jede Minute« werden zweiundvierzig. Aber dank meiner Wachsamkeit erblicke ich ihn in dem Moment, in dem er die Dünen des Strandzugangs hochkraxelt.

»Ich mache Pause«, rufe ich Gemma zu und fummle am Knoten meiner Schürze herum. Als ich ihn gelöst habe, werfe ich die Schürze im Gehen auf die Eismaschine.

Es ist ein perfekter Frühlingsstrandtag – die Sonne taucht die Welt in ein warmes Licht, eine leichte Brise kitzelt die Seegrasbüschel, und ein paar zarte Wölkchen zieren den Himmel wie Zuckerwatte. Eine Autoschlange verstopft auf der Suche nach einem Parkplatz die Straße. Ich schiebe mich zwischen zwei Fahrzeugen hindurch, gerade als sich eines davon nach vorn drängeln will, und das Auto dahinter hupt mich an, als wäre ich der Grund für den ganzen Verkehr. Ich schenke dem Fahrer mein schönstes Lächeln. Dann renne ich den Rest des Weges bis zum Strandzugang.

»Mo!«, ruft Evans, als er mich entdeckt. Er stößt das Ende seines Surfbretts in den Sand und reckt die Hände in die Luft, als wäre meine Anwesenheit etwas, das gefeiert werden muss.

Ren grinst mich an. Ein paar Sekunden lang vergesse ich, warum ich hier bin. Dieses Lächeln, das mir gilt – das ich *hervorrufe* –, verursacht einen Kurzschluss in meinem Gehirn und leitet eine Ladung Hoffnung direkt in mein Herz.

Er bleibt ein paar Meter vor mir stehen und das Lächeln erstirbt. »Oh, Scheiße! Ich habe es total vergessen.«

»Ist mir nicht entgangen«, entgegne ich. Meine Hände zittern, und ich wünschte, ich hätte meine Schürze angelassen, damit ich sie darin verstecken kann.

»Läuft da was zwischen euch?«, fragt Evans. Dicke blonde Strähnen wirbeln um seinen Kopf und lassen Meerwasser wie Geschosse davonfliegen, während er versucht, sein Haar trocken zu schütteln.

Mein Herz flattert bei der Vorstellung, das hier könnte mehr als bloß eine oberflächliche Sache sein. Dass Rens

Freunde es für möglich hielten, dass da mehr zwischen uns ist. Aber dass Evans fragen muss, bedeutet, Ren hat seinen Freunden nichts von mir vorgeschwärmt. Hat er wenigstens einmal beiläufig unseren Eis-zum-Abendessen-Spaziergang am Strand letzte Woche erwähnt? Oder gilt die Tatsache, dass ich hier aufkreuze, als Verzweiflungsakt wie bei Astrid?

Ren versetzt Evans einen Stoß. »Dude, wir haben uns beide gerade von jemandem getrennt, den wir *geliebt* haben. Wir sind ein Zwei-Personen-Club der gebrochenen Herzen. Sie hat mir neulich bei Astrid aus der Patsche geholfen und ich habe sie vor ihrem Penner von einem Ex gerettet.« Er legt mir einen durchtrainierten Arm um die Schulter und zieht mich halbherzig an sich, als wäre ich eine nette Kumpanin.

Oder schlimmer noch, eine kleine Schwester.

Nach unserem Eis-Date dachte ich, er würde mich in einem anderen Licht sehen. Wenn schon nicht als potenzielle Beziehungskandidatin, dann wenigstens als gute Freundin. Auf einen Schuldschein reduziert zu werden, ist in vielerlei Hinsicht erniedrigend. »Vielleicht hättest du mir ja sagen können, dass du nicht mehr bei meinem Projekt mitmachen willst, bevor ich den ganzen Morgen auf dich gewartet habe.«

»Nein, ich will unbedingt dabei sein. Aber die Wellen waren heute Morgen einfach so gut. Da draußen verliert man jegliches Zeitgefühl. Das stimmt doch, Evans. Ich will nicht, dass Mo mich für einen unzuverlässigen Typen hält.«

»Gute Wellen warten auf niemanden.« Evans sagt das so, als wäre das ein Klassiker, der auf Kissen für betagte Surfer gestickt wird. »Mach dir nichts draus. Lana hat es auch nie verstanden.«

Bei der Erwähnung seiner Ex-Freundin windet sich eine Ranke blaugrüner Aura um Rens Schlüsselbein.

»Ich verstehe es schon. Nicht bei Wellen, aber bei meinen Fotos. Wie man auf den richtigen Moment wartet, um den Auslöser zu drücken. Auf das richtige Licht. Den richtigen Winkel. Das ist wahrscheinlich so ähnlich, wie wenn man auf eine gute Welle wartet. Wenn ich einen Tag hätte, an dem alles für ein Superfoto nach dem anderen passt, würde ich wahrscheinlich auch alles andere vergessen.«

»Also bist du mir nicht böse?«, erkundigt sich Ren. Seine Schultern sind nach vorn gezogen und der nasse Neoprenanzug liegt eng an seinen Muskeln an.

»Wie könnte ich denn sauer auf dich sein, weil du etwas machst, das du liebst?« Ich würde die Unterrichtsgebühr für die Kinsey darauf verwetten, dass Lana auch nie sauer war. Aber wenn man in Enttäuschung ertrinkt, greift man nach jedem Strohhalm, der einen retten könnte. Selbst nach der Wut.

»O Mann.« Evans tatscht mir auf die Schulter, trommelt mit den Fingern auf meine Haut, als wäre ich eine Schreibmaschine, die Gedanken in Text umwandelt. »Du musst unbedingt mal mit uns raus. Die Bilder, die du von uns in Aktion machen könntest, wären der Hammer.«

»Auf keinen Fall«, widerspricht Ren.

Nicht nur ein Nein, sondern ein *Bloß nicht*, verpackt als höfliche Abfuhr.

Ich schrecke vor der Heftigkeit in seiner Stimme zurück. »Nicht?«

»Du wärst mir schon einmal fast ertrunken. Das riskiere ich kein zweites Mal. Außerdem habe ich selbst Lana nur ein paarmal mitgenommen. Wie würde es denn aussehen, wenn Mo mit uns auf dem Brett steht, so kurz nach … allem?«

»Es macht mir nichts aus, mit beiden Beinen fest im Sand zu stehen, keine Bange«, erwidere ich.

Die Erleichterung, die nun von Ren ausgeht, prickelt auf meiner Haut wie ein Sonnenbrand.

»Es tut mir leid wegen heute Morgen. Echt. Du bist der einzige Grund, warum ich die Sache mit Lana irgendwie verkrafte. Zugegebenermaßen nicht supergut, aber ich arbeite daran.« Sein Liebeskummer flackert auf und taucht ihn in einen blaugrünen Sturm. So düster und heftig wie eh und je.

Dessen Wucht bricht mir das Herz.

Ich kann mich damit abfinden, dass Ren unsere Verabredung vergessen hat, weil die Brandung toll war. Aber seine Gefühle für Lana? Wenn er immer noch ihretwegen so verzweifelt ist, weiß ich nicht, ob er sich jemals auf etwas Neues einlassen wird. Nicht auf mich. Nicht auf eine andere.

Während der restlichen Schicht flüstert mir Gemma, wann immer meine Laune zu trüb wird, ein »August« zu, weil ich ja eigentlich eher seinetwegen am Boden sein sollte als deshalb, weil ich bei Ren auf Granit beiße. Aber das bewirkt nur, dass ich mein Handy zücke, sobald ich Feierabend habe, und August von meinem Misserfolg berichte.

MoImGlück: Das wird nie funktionieren.

DerEchteAugust: Was denn? Unser Kaspertheater?

DerEchteAugust: Oder zu verhindern, dass unsere Eltern uns beim Lügen erwischen?

MoImGlück: Ren. Gestern in deiner Gegenwart war er noch der edle Ritter, aber heute hat er mich versetzt, weil er surfen war, und dann hat er mich praktisch als gute Freundin abgetan, als sein bester Kumpel wissen wollte, ob wir etwas miteinander haben. Ich dachte, er mag mich. Aber er wollte nur, dass du dich beschissen fühlst, und beweisen, dass ich ohne dich besser dran bin. Außerdem ist er noch nicht einmal ansatzweise über seine Ex hinweg. Es hat also keinen Zweck, weiter so zu tun, als würdest du mich zurückerobern wollen.

DerEchteAugust: Gib dem Typen etwas Zeit, um sich einzukriegen.

DerEchteAugust: Es kennt sich nicht jeder mit der Liebe so aus wie du.

DerEchteAugust: Außerdem, wenn wir jetzt aufgeben, was mache ich dann den Rest der Woche?

Ich möchte, dass er recht hat. Dass ich bloß Geduld haben muss und sich die Sache mit Ren schon regelt. Aber August hat Rens Liebeskummer nicht gesehen. Oder wie leicht er die Vorstellung abgebügelt hat, dass zwischen uns etwas laufen könnte.

MolmGlück: Willst du wirklich die ganzen Ferien damit vergeuden, einem Mädchen hinterherzuhecheln, das du nicht kriegen wirst?

DerEchteAugust: Wer sagt denn, dass ich sie nicht kriege?

DerEchteAugust: Du hast mich zum Fake-Freund auserkoren, also muss es etwas an mir geben, das dir gefällt. 😉

MolmGlück: Unter anderen Umständen wären wir wahrscheinlich befreundet.

MolmGlück: Wo wir gerade dabei sind … Ich habe heute Abend noch nichts vor, falls du vorbeikommen willst. Ich schulde dir noch eine Beziehungsberatung. Und da Ren zu seinem Fototermin heute nicht gekommen ist, fehlt mir ein Modell für mein Projekt. Du hast gesagt, du willst mitmachen, oder?

DerEchteAugust: Hab ich.

DerEchteAugust: Und du schuldest mir tatsächlich etwas.

DerEchteAugust: Dann gehöre ich wohl ganz dir.

Ich weiß, ich sollte darüber nachdenken, wie ich Ren dazu bringe, mehr als nur ein guter Freund zu sein, aber als August – der echte August – sagt, er gehöre nur mir, auch wenn es nicht ernst gemeint war, passiert etwas Seltsames mit meinem Herzen. Und ich habe keine Ahnung, was ich damit anfangen soll.

Elftes Kapitel

Liebesregel #22: Du kannst dir etwas vormachen,
aber dein Herz kennt die Wahrheit.

Ich habe es fast geschafft, mir weiszumachen, dass es zwischen mir und August nicht gefunkt hat, als er an diesem Abend zu seiner Porträtsession auftaucht. Ein Blick auf ihn mit seinem windzerzausten Haar und figurbetontem T-Shirt, und es kommt mit voller Wucht zurück. Mein Herzschlag gerät in dem Moment aus dem Takt, in dem August mich anlächelt.

Er ist nicht dein Freund, rufe ich mir ins Gedächtnis. *War er nie.*

Manche Gewohnheiten sind schwer zu brechen.

Manche Gefühle offenbar auch.

Wenn es mit Ren geklappt hätte, würde ich auf August nicht so reagieren. Zumindest rede ich mir das ein, als er mir so nahe kommt, dass ich die knallrote Schnittwunde auf seinem Kopf sehen kann, die zum Glück keine Naht aufweist.

Ren ist der Junge meiner Träume. August ist – und war immer – nur der Lockvogel.

»Die Strandluft steht dir gut«, sage ich. Weil es wahr ist, objektiv gesehen. Ich muss mich nicht zu August hingezogen fühlen, um das zu erkennen.

Er fährt sich mit der Hand durch das Haar in dem vergeblichen Versuch, es zu bändigen, und meint: »Ich habe geduscht, bevor ich hierherkam. Aber irgendwie scheint das hier doch viel förmlicher zu werden, als ich dachte.«

»Wird es nicht. Du siehst genau richtig aus.«

»Ich glaube, ich muss mir erst die anderen Fotos in deiner Mappe ansehen, bevor ich dir da recht gebe.«

Ich führe August durch den begrünten Streifen neben dem Haus, um Mom nicht zu begegnen, die sich in ihrem Büro verkrochen hat und arbeitet. Sie hat mir von Augusts Fahrradunfall gestern Abend erzählt und angemerkt, wie passend das Timing gewesen sei. Sie hat mich nicht direkt gefragt, ob ich etwas damit zu tun habe, und ich bin froh, dass ich sie nicht anschwindeln musste. Seitdem gehe ich ihr allerdings aus dem Weg.

Das Atelier hinter dem Haus war früher eine Garage, in der die Sachen von Dad standen, von denen sich Mom nicht trennen wollte. Aber als ich vor ein paar Jahren angefangen habe, mich ernsthaft mit Fotografie zu beschäftigen, hat Mom sie ausgeräumt und neu eingerichtet. Sie ist groß genug für ein paar Sofas, bequeme Sessel und eine kleine Küche sowie meinen Arbeitstisch, Standleuchten und den Hintergrund. Mom will, dass sich ihre Kunden die Sitzgelegenheit und die Hintergrundfarbe für ihre Soul-Match-Profilfotos aussuchen können, und deshalb haben wir mehrere Optionen zur Auswahl, damit sie sich so wohlfühlen, dass ihre Persönlichkeit voll zur Geltung kommt.

Bei meiner Mappe halte ich es einfacher. Einheitlich. Hellgrauer Hintergrund. Rechteckiger Metallhocker. Ich möchte, dass die Liebe oder der Liebeskummer meiner Modelle im Mittelpunkt stehen.

August pilgert zu den Fotos, die ich an einem dicken Seil aus verdrilltem Draht über meinem Arbeitstisch befestigt habe. Ich habe sie nach meiner Besprechung mit Mrs. Clemente wieder aufgehängt, damit ich mich von ihnen inspirieren lassen kann. Er läuft die Reihe ab, bleibt bei jedem Foto stehen und lässt es in Ruhe auf sich wirken.

»Die sind unglaublich«, sagt er staunend, als er am Ende angelangt ist. »Wenn sie in einem Museum wären, würde ich glauben, dass sie jemand mit jahrzehntelanger Erfahrung gemacht hat.«

Ich würge mein Lächeln ab, noch während es sich auf meinen Lippen bildet.

»Was hat dieser Blick zu bedeuten?« August lässt seinen

Finger ein paar Zentimeter vor meinem Gesicht in der Luft kreisen.

Als ich meine Augen auf die Porträts hinter ihm richte, gefriert der Funke Stolz. »Meine Tutorin ist da anderer Meinung. Sie denkt, sie sind zu langweilig. Zu harmlos. Daher die neue Liebeskummer-Fotosession. Ich hoffe, dass sie mir den entscheidenden Vorteil verschafft, um in das heiß begehrte Sommerkunstprogramm aufgenommen zu werden.«

Völlig perplex lacht er auf. Der Klang hallt durch den Raum. »War ja wieder mal klar, dass du dich auch für die Kinsey bewirbst.«

»Es sei denn, es gibt noch einen anderen absoluten Traumkunstkurs im Sommer, von dem ich nichts weiß. Falls ja, musst du ihn mir sofort verraten, damit ich einen Plan B habe, falls ich es nicht auf die Kinsey schaffe.« Es dauert einen Moment, bis der Rest seines Satzes meine panische Angst vorm Scheitern durchdringt. »Und wo wir gerade von Plan B sprechen. Du hast ›auch‹ gesagt.«

»Ich habe letzte Woche meine Bewerbung eingereicht. Das Gedicht, das ich dir geschickt habe, war das Abschlussstück für meine Mappe.«

»Soll das heißen, ich habe einen echten August Tate?«

Ich habe zwar nur das eine Gedicht gelesen, aber das war brillant. Und hatte definitiv den Wow-Faktor, zu dem mich Mrs. Clemente bei meinen Arbeiten bringen will.

»Mit dir und Gemma sind das dann zwei Plätze weniger für uns Normalbegabte.«

»Gemma bewirbt sich auch?«

»Ja. Ich nehme Ende der Woche die Fotos für ihre Mappe auf. Sie macht megatolle Skulpturen aus Treibholz, und obwohl sie aus knorrigen Holzstücken bestehen, sind sie superdetailliert und ausgearbeitet. Um so etwas zu machen, braucht man echt Talent. So wie du bei deinen Gedichten.«

»Mach dich mal nicht kleiner, als du bist. Du bist unglaublich talentiert.«

»Was ich sehe, wenn ich jemanden fotografiere, ist ganz anders als das, was sichtbar ist. Bei den meisten Menschen zeigen sich Liebe oder Liebeskummer nur, wenn sie bewusst an die Person denken, die sie lieben. Wenn ich sie vor der Kamera zum Sprechen bringe, kann ich diese unverfälschten Gefühle einfangen. Aber um auf die Kinsey zu kommen, muss ich es schaffen, dass andere erahnen, was ich sehe, auch wenn sie es selbst nicht sehen können.«

Bin ich zum Scheitern verurteilt, weil ich das Unmögliche versuche? Wird meinen Fotos immer etwas fehlen, weil ein Schlüsselelement allen außer Mom und mir verborgen bleibt?

»Okay, wie funktioniert das jetzt?«, will August wissen und geht zu dem Hocker im Porträtbereich. Er setzt sich darauf wie ein Kind, das für ein Schulfoto posiert, stocksteif und kerzengerade mit leicht geneigtem Kopf. »Brauche ich bloß an Shay zu denken, damit du weißt, was ich empfinde? Denn ich könnte eine objektive Meinung wirklich gebrauchen. Und wenn du meine Gefühle auch für mich sichtbar machen kannst, umso besser.«

Ich laufe zu ihm und ändere seine Pose. Dabei lege ich meine Hände auf seine Schultern und bewege sie hin und her, damit er locker wird. Dann hebe ich seine Arme an und versuche zu ignorieren, wie sich seine Muskeln unter meinen Fingern anspannen, bevor ich die Arme in einer natürlicheren Haltung neben seinem Oberkörper drapiere. Er verkneift sich ein Lächeln, als ich mich vorbeuge, um seinen Kopf auszurichten. Ich berühre sein Gesicht nur ganz sacht, doch seine Haut ist warm und weich, und meine Finger scheinen ihren eigenen Willen zu haben. Sie streifen über sein Kinn und durch sein Haar. Als sie auf die Wunde an seiner Schläfe stoßen, zieht August scharf die Luft ein und bringt mich dadurch wieder zur Besinnung. Ich weiß nicht, was es ist, das mein Gehirn in seiner Nähe in Beschlag nimmt. Aber ich muss mich zusammenreißen, bevor ich die Dinge zwischen uns noch komplizierter mache.

Ich trete zurück und schaffe einen dringend benötigten Abstand zwischen meinen Händen und seinem Körper. »Richtig, also Shay. An sie zu denken, ist gut. Über sie zu reden, ist noch besser. Das bringt die Emotionen deutlicher zum Vorschein, sodass ich einen klareren Eindruck gewinne. Aber das bleibt dir überlassen.«

»Du sagst zwar, es ist meine Entscheidung. Aber ich glaube nicht, dass du das wirklich so meinst.« Das Lächeln, das er zurückgehalten hat, bricht sich Bahn. Er fährt sich mit den Händen durch das Haar, kreiert ein einziges Durcheinander. Dann lässt er die Ellbogen auf die Knie sinken, blickt mich an, und sein ganzes Herz liegt offen vor mir.

Ich schnappe mir die Kamera und schieße schnell ein Foto von ihm, während er noch so ungeschützt vor mir sitzt. Sein Lächeln verblasst, sobald der Auslöser klickt. Sein Ausdruck ist nun völlig unverstellt. Eine Mischung aus Verlorenheit, Hoffnung und Sehnsucht. Binnen Sekunden macht jede Emotion etwas anderes mit seinem Gesicht. Ich will das alles einfangen. Die Kamera klickt, klickt, klickt, während ich noch ein paar Aufnahmen mache.

»Was hast du gerade gesehen?«, will er wissen.

»Warum? Woran hast du denn gerade gedacht?«

Seine Wangen erröten, was nichts mit den Emotionen zu tun hat, die ich wahrnehmen kann. »Wow. Bei dir geht's ja echt schnell von *Dir überlassen* zu *Mach einen Seelen-Striptease.*«

»Na schön. Behalt es für dich«, necke ich ihn. »Ich tue einfach so, als ob du an mich gedacht hättest.«

»Und wenn es so wäre?«

»War es nicht.«

Er grinst mich an und meint: »Jetzt kannst du also auch noch Gedanken lesen?« August setzt sein Lächeln so treffsicher ein, dass er genau wissen muss, was es bei mir anrichtet.

Ich gehe zu ihm und umschließe sein Gesicht mit meinen Handflächen. »Ich kann *dich* lesen. Du hast ein sehr ausdrucksstarkes Gesicht.« Dann lege ich die Daumen in seine Mundwinkel und drücke sie fest nach unten, damit sein Lächeln nicht noch tödlicher wird.

»Das habe ich schon gehört.«

»Von Shay?«, frage ich, um das Gespräch wieder in eine unverfänglichere Richtung zu lenken. Nämlich zu seinem Liebeskummer und wie ich ihm helfen kann.

»Ja. Sie findet es allerdings nicht so faszinierend wie du. Sie denkt, dass ich so reagiere, um ihr ein schlechtes Gewissen zu machen oder so. Aber wenn ich verbergen könnte, wie beschissen ich mich fühle, wenn sie anfängt, an mir herumzunörgeln, würde ich das hundertpro tun.« Während er spricht, bildet sich ein fahler blaugrüner Nebel um ihn herum in der Luft.

Ich bemerke ihn nur, weil ich danach Ausschau gehalten habe. Nach ein paar Sekunden ist er verschwunden. Aber davor kann ich ein paar Fotos davon aufnehmen.

»Aus meiner Sicht gibt es nichts an dir auszusetzen«, tröste ich ihn.

Anstatt dass es ihn aufmuntert, wird er nur noch niedergeschlagener. Ich hebe meine Kamera – teils als Vorwarnung, teils als Frage – und fotografiere weiter, als er zustimmend nickt. In den nächsten zehn Minuten muss er nicht viel sagen, damit seine Emotionen aufsteigen, ein Aufruhr widersprüchlicher Farben.

»Ist das seltsam? Dass ich mit dir über sie rede?«, fragt er nachdenklich.

»Alles an unserer Beziehung ist seltsam«, entgegne ich. Und Aussagen wie diese machen es schlimmer. Ich wedle mit den Händen in der Luft, als könnte ich mein Unbehagen damit verscheuchen. »Nicht, dass ich denke, wir wären *in* einer Beziehung. Ich schwöre, dass ich den Unterschied erkenne zwischen dem, was das hier ist, und dem, was ich das letzte Jahr über erfunden habe. Ich halt jetzt einfach mal die Klappe.« Mein Gesicht brennt so sehr, dass es den Raum in Flammen aufgehen lassen könnte. Aber es ist mir nicht vergönnt, dass das tatsächlich passiert, und daher muss ich hier stehen bleiben und die peinliche Situation ertragen.

»Sicher? Denn irgendwie gefällt es mir, dich so von der Rolle zu sehen.«

»Ich bin nicht von der Rolle. In deiner Nähe vergesse ich nur manchmal, dass wir nicht die gemeinsame Geschichte haben, die alle glauben.« Dass das, was ich für ihn empfinde, nicht echt ist.

»Es mag nicht so sein, wie alle glauben, aber wir *haben* eine Geschichte«, widerspricht er.

»Ein paar Stunden an dem Tag, an dem wir uns kennengelernt haben, und dazu ein Jahr falscher Insta-Storys machen noch keine Beziehung.«

»Offensichtlich haben wir gegenseitig Eindruck hinterlassen, sonst wären wir jetzt nicht hier.« August beugt sich vor, die Spitze eines Schuhs balanciert auf der unteren Strebe des Hockers, das andere Bein steht fest auf dem Boden. Ganz Selbstvertrauen und Charme. Er sieht mir in die Augen und sagt: »Ich weiß, ich sollte angepisster sein über das, was du getan hast, aber dass mich jemand so sieht – na ja, gesehen hat – wie du, hat sich echter angefühlt als die meisten meiner Beziehungen.«

Ich hebe abwehrend eine Hand, damit er sitzen bleibt, obwohl er sich keinen Schritt auf mich zubewegt hat. Zwischen uns liegt ein warmer roségoldener Schimmer, und ich weiß nicht, ob er durch Augusts Geständnis oder meine Sehnsucht nach Liebe hervorgerufen wurde. »Das gilt immer noch«, räume ich ein.

»Zu blöd nur, dass du, statt dich auf mich einzulassen, eine Version von mir erfunden hast, die all deinen Ansprüchen gerecht wird.«

»Dass ich dich ausgewählt habe, bedeutet, dass du selbst auch schon vielen Ansprüchen gerecht wirst.«

Er hat sich immer noch nach vorn gebeugt, so nah an

mich wie möglich, ohne mich zu berühren. Seine Emotionen trüben wieder seine Aura, diese wirre Mischung aus Liebe und Liebeskummer. Ein Aquarell aus Roségold und Blaugrün. »Offenbar reicht das nicht.«

»Du kannst ja schlecht das Kriterium mit der Aufschrift *Ren* erfüllen.« Obwohl, wenn August hier gewohnt hätte, hätte er mich von meinem Crush auf Ren befreit? Oder hätte ich trotzdem auf den Tag gewartet, an dem Ren und Lana getrennte Wege gehen?

»Was machst du jetzt mit ihm? Glaubst du immer noch, dass die Sache für euch gelaufen ist?«, fragt August.

»Ich weiß nicht, wie ich *nicht* irgendwie in ihn verknallt sein soll. Das ist quasi meine Grundeinstellung. Selbst wenn ich ihn loslassen wollte, bin ich dazu nicht wirklich in der Lage.«

»Hast du es denn schon mal versucht? Und nein, die Fake-Beziehung mit mir zählt nicht.«

»Ich habe dir doch schon erzählt, dass mich niemand als potenzielle Freundin betrachtet«, entgegne ich.

August senkt den Kopf und seine hochgezogenen Mundwinkel sind gerade noch sichtbar. »Aber wenn dich jemand mögen würde, würdest du ihm dann eine Chance geben? Oder kann es nur Ren sein?«

Die Frage kommt so unerwartet, dass ich keine Antwort parat habe. August sieht zu mir auf. Sein Blick ist zaghaft, aber voller Hoffnung. Und er dröselt einen weiteren Strang meiner Gefühle für Ren auf.

»Das würde ich gern bejahen. Wirklich. Aber ich weiß es echt nicht.«

Ich schaue weg, bevor mein Urteilsvermögen die weiße Fahne hisst und die Kontrolle über mein Herz aufgibt.

Als August aufbricht, sinkt die Sonne unter den Horizont und verteilt goldene Streifen über den mattblauen Himmel. Das Schlickgras, das den Steg im Garten flankiert, flüstert in der kühlen Abendbrise. Es klingt fast wie sein Name, als ich den Weg zum Haus zurückgehe.

AugustAugustAugustAugust.

Als würde es sich verabschieden.

Als würde es ihn zurückrufen.

Ich verschließe die Tür davor und vor jedem verweilenden Gedanken daran, wie August mich heute Abend überrumpelt hat. Wie sehr ich seine Gesellschaft und wie sich seine Stimme im Atelier entfaltet und im offenen Dachstuhl häuslich eingerichtet hat, genossen habe. Ich wusste, August würde Ärger bedeuten. Ich hatte nur nicht damit gerechnet, dass er meinem Herzen gefährlich wird.

Mom hat ihr Büro verlassen und es sich im Wohnzimmer gemütlich gemacht. Sie winkt mir aus dem überdimensionierten Sessel zu, in dem sie gern liest. Er hat Dad schon vor ihrer Hochzeit gehört. Das einzige Möbelstück, das er zum Haushalt beigesteuert hat. Ich habe ein Foto in meinem Zimmer, auf dem wir beide darin zusammen ein Nickerchen machen, als ich noch ein Baby war, ich an seine Brust gekuschelt, als wäre es der sicherste Ort der Welt.

»War das August, der sich vor ein paar Minuten weggeschlichen hat?« Sie legt den Finger auf die Seite, die sie gerade liest, schließt das Buch und deutet damit auf das vordere Fenster. Durch das sie einen direkten Blick auf die Straße hat, wo er geparkt hatte.

Ich schiebe das Buch zurück in ihren Schoß. »Er ist nicht geschlichen, sondern hatte keine Lust auf eine Abreibung von dir. Und ja, es war August.«

»Ich glaube nicht, dass ein Gespräch über sein Verhalten dir gegenüber so ausarten würde. Aber nach der Nummer, die er abgezogen hat, um seine Mom und Jason von unserem Essen abzuhalten, kann ich verstehen, dass er mir lieber nicht unter die Augen tritt.«

»Wie kommst du darauf, dass er sich absichtlich verletzt hat?« Wenn sie ihm auf der Spur ist, werden wir nicht mehr lange verhindern können, dass auch seine Eltern die Wahrheit herausfinden. Es wundert mich, dass meine Mom nicht schon mit seiner gesprochen hat.

»Ach, du Unschuldslamm. Ich war auch mal jung und

wollte etwas vor meinen Eltern verheimlichen. Ich kenne die Anzeichen. Und ihr beide wart nicht gerade sehr subtil. Du wolltest mir das Abendessen ausreden, und dann stürzt er praktischerweise, was genau das zur Folge hatte? Das ist kein Zufall, wie du mir weismachen willst.« Sie lächelt in ihre dampfende Tasse Hibiskustee hinein. »Und jetzt ist er hier, bei uns zu Hause, nach allem, was er angestellt hat. Ich versuche nur zu verstehen, was zwischen euch vorgeht. Ich will nicht, dass du wieder verletzt wirst.«

Die Schuldgefühle, die Moms sanfte, fürsorgliche Art hervorrufen, schnüren mir die Kehle zu. Ich lasse mich auf das Sofa sinken, ziehe die Beine an, lege die Wange an das Rückenpolster und sehe Mom an. »Es geht mir gut. August wollte nur bei meinem Projekt für die Kinsey mitmachen. Er weiß, wie viel es mir bedeutet, dort einen Platz zu ergattern. Einer der Jungs, die mich unterstützen wollten, hat mich hängen lassen, und da ist August eingesprungen. Mehr nicht.«

»Klingt für mich so, als möchte er, dass du erkennst, was er für dich empfindet, und ihm verzeihst. Ich weiß, dass er dich früher glücklich gemacht hat …«

»Mom, mach dir keine Sorgen. Zwischen uns läuft nichts.« Das meine ich ernst. Warum fühlt es sich dann aber so an, als würde ich sie noch immer anlügen? »Ich wüsste nicht, warum ich mich an der leidigen Sache aufhalten sollte, okay? Er hat mir das Herz gebrochen, was bedeutet, dass er nicht der Richtige ist. Jetzt kann ich nach vorn schauen, ohne dem Verlust nachzutrauern. Das hast du mir beigebracht.«

»Nur keine Eile. Die Liebe wird dich finden, wenn du bereit dafür bist.«

»Sagt die Frau, die sich alle Mühe gibt, der Liebe aus dem Weg zu gehen.«

»Fang nicht wieder damit an, Imogen«, warnt mich Mom. Ihre Nägel kratzen an der Keramiktasse, als sie fester zupackt.

Mir läuft ein Schauer über den Rücken. Ich ziehe die Decke von der Couchlehne und lege sie mir über die Beine. »Ich verstehe nur nicht, warum Alex nicht infrage kommt. Du musst nicht mit ihm ausgehen, aber du ziehst es ja nicht einmal in Erwägung.«

»Er war der Freund von deinem Dad. Sie standen sich lange Zeit so nahe wie Brüder.«

»Warum bin ich ihm dann nicht schon früher begegnet?«, bohre ich weiter.

»Nach dem Unfall deines Dads hat sich unser Leben in unterschiedliche Richtungen entwickelt. Wir haben uns aus den Augen verloren«, erwidert sie. In ihrer Stimme schwingt etwas mit. Der Teil der Geschichte, den sie auslässt. Den sie meidet.

Was will sie vor mir verbergen? Die Frage nagt an meinem Gehirn auf der Suche nach einer logischen Antwort.

»Hast du mich deshalb noch nicht gebeten, Soul-Match-Fotos von ihm zu machen?«

Mom schreckt hoch und kippt fast aus ihrem Sessel. Ihr Tee spritzt über den Rand der Tasse, bevor sie sich und die Tasse wieder aufrichtet. »Was?«

»Wenn er jetzt ein Kunde ist, muss ich dann nicht ein Profilfoto von ihm aufnehmen? Oder hältst du mich absichtlich von ihm fern, weil du denkst, es wäre für mich zu traurig, einen von Dads Freunden zu treffen, der dich in deinem Kummer allein gelassen hat? Oder ist etwas zwischen ihnen vorgefallen? Du hast gesagt, sie waren ›lange Zeit‹ wie Brüder. Was heißt, irgendwann nicht mehr. Was ist passiert?«

»Manchmal vergesse ich, dass die Fantasie gern mal mit dir durchgeht«, entgegnet Mom. Aber sie sieht mich nicht an. Stattdessen widmet sie ihre Aufmerksamkeit der Teepfütze auf dem Boden zwischen uns. »Ich habe dich nicht gefragt, weil du im Moment so viel um die Ohren hast. Die Trennung. Die Bewerbung für die Kinsey. Die Arbeit. Der ganze Teenager-Kram. Mit ein paar Kunden komme ich auch allein klar.«

Oberflächlich betrachtet, ergeben ihre Ausflüchte einen Sinn. In ihrem derzeitigen Zustand würde es sie allerdings nur wütend machen, wenn ich sie weiter bedränge. Daher lasse ich es gut sein. Soweit ich überhaupt etwas gut sein lassen kann.

»Wenn ihr nichts Unanständiges im Sinn habt, meinst du, ich könnte Alex treffen, wenn er das nächste Mal hier ist? Nicht nur, um ihm kurz *Hallo, wie geht's* zu sagen, bevor du ihn hinauskomplimentierst, sondern um mich wirklich mit ihm zu unterhalten? Ich würde gern ein paar neue Geschichten über Dad hören von jemandem, der ihn gut kannte. Ich verspreche, dass ich die Kuppelei auf ein Minimum beschränke.«

»Ich gehe davon aus, mit ›Minimum‹ meinst du ›null‹?«

»Davon kannst du ausgehen.« Solange Mom keine Liebesaura an ihm hervorruft, halte ich mich daran. Aber wenn er irgendetwas für sie empfindet, ist alles möglich.

Schließlich ist es ja unsere Aufgabe, Menschen bei der Partnersuche zu helfen.

Zwölftes Kapitel

Liebesregel #27: Du kannst dich nicht
dazu bringen, dich in jemanden zu verlieben,
wie sehr du es dir auch wünschst.

Es ist offiziell. August sieht auf jedem Foto toll aus. Ich kann nicht entscheiden, welches von den fünfzehn Bildern, die ich gestern von ihm gemacht habe – einschließlich des ersten, überfallartigen Schnappschusses – das beste ist. Normalerweise gibt es ein oder zwei, die ganz klar herausstechen. Aber die hier sind alle gleich gut. Als ich sie Gemma geschickt habe, damit sie mich bei der Auswahl berät, hat sie mit einem Auberginen-Emoji geantwortet. Das Gegenteil von hilfreich.

Und vielleicht trüben meine Gefühle für August – welche das auch immer nach gestern Abend sind – mein Urteilsvermögen. Das ändert aber nichts daran, dass ich eins aussuchen muss. Oder dass meine Zukunft davon abhängt, ob meine Fotos gut genug sind, um einen Platz an der Kinsey zu ergattern.

Deshalb stehe ich schließlich vor Augusts Ferienhaus. Schon wieder.

»Drei Tage hintereinander. Scheint zur Gewohnheit zu werden«, scherzt er, als er die Tür öffnet. In natura ist sein Lächeln noch faszinierender.

Wenn ich noch viel mehr Zeit mit ihm verbringe, muss ich bald einen persönlichen Defibrillator mit mir herumschleppen, falls ich einen Herzkasper kriege. Zu meiner eigenen Sicherheit vermeide ich es, August anzuschauen, und erwidere: »Ich dachte, du willst vielleicht die Fotos von gestern sehen. Und mir sagen, welches ich nehmen soll?« Meine flehentliche Stimme hebt sich am Ende wie bei einer Frage.

Er deutet auf die Yeastie-Boys-Tüte in meiner Hand und zieht herausfordernd eine Augenbraue hoch. »Das sieht mir nicht nach Bildern aus.«

»Das sind Biscuits mit Cheddar, Schinkenspeck und Jalapeños. Und du kannst sie haben, *wenn* du ein Bild aussuchst.« Ich halte den Umschlag mit den Fotos hoch und wedele damit effektheischend herum.

»Sind wir jetzt die Art von Freunden, die sich gegenseitig für Gefälligkeiten bestechen?«

»Wenn du sie nicht willst, kann ich sie auch gern jemand anderem geben.«

August entreißt mir die Tüte und tritt zur Seite, um mich hereinzulassen. »Hier entlang.«

»Dachte ich's mir«, sage ich triumphierend und werfe ihm im Vorbeigehen ein Grinsen über die Schulter zu. Aber August klebt mir bereits an den Fersen und unsere Lippen sind nur hauchdünn von einem unbeabsichtigten Zusammenstoß entfernt. Einen Herzschlag lang will ich dem nachgeben. Ihm nachgeben. Dann versetzt mir die Realität einen kleinen Schubs und erinnert mich daran, dass Ren, nicht August, das eigentliche Ziel ist. Hastig wende ich mich ab und stolpere über ein Paar Schuhe am Eingang. August schlingt die Arme um mich und bewahrt mich davor, auf die Nase zu fliegen.

Es ist, als wollte mich das Universum quälen.

Denn August zu küssen, sich in ihn zu verlieben, gehört so gar nicht zu meinem Plan.

Ren gehört dazu.

Ren.

Ren.

Ren.

Er ist der Grund, warum ich das alles mache. Warum August und ich diese Woche miteinander abhängen. Auch wenn Ren mich im Moment nur als gute Freundin betrachtet, hoffe ich, dass sich das mit der Zeit ändert.

Ich befreie mich aus Augusts Griff, bevor ich die Situation noch peinlicher mache. »Danke.«

»Jederzeit«, antwortet er. Keine Spur von Spott in seiner Stimme.

Im Wohnzimmer entdecke ich Owen in ein Handtuch gewickelt, Sandreste kleben noch an seinen Füßen und Waden, die auf dem Glas-Couchtisch lümmeln. Als er mich sieht, rappelt er sich auf. Obwohl ich vermute, dass er eher auf die Biscuit-Tüte scharf ist, die August mir abgenommen hat. »Mo! Kommst du mit uns an den Strand?«

Sein Anblick und seine sofortige Begeisterung zaubern mir unweigerlich ein Lächeln auf das Gesicht. »Sieht so aus, als wärst du schon dort gewesen.«

»Und hast etwas davon als Souvenir mitgebracht«, ergänzt August und schüttelt den Kopf, als weitere Sand- und Muschelbröckchen von den Beinen seines Bruders auf den Fliesenboden rieseln.

»Ich behalte es ja nicht. Deshalb habe ich es auch nicht abgewaschen. Ich bringe es zurück, wenn wir das nächste Mal runtergehen«, erwidert Owen. Er wippt mit den Zehen – zu viel Energie in einem so kleinen Körper. »Hast du wieder Biscuits mitgebracht?«

»Nicht die gleichen wie beim letzten Mal. Aber die hier sind auch lecker.«

August öffnet die Tüte, nimmt eines heraus und beißt hinein. Ein Dampfwölkchen steigt aus dem noch warmen Biscuit auf. »Das kann ich bestätigen, Owen. Allerdings könnte eins davon vergiftet sein, und deshalb muss ich alle essen und dafür sorgen, dass du nicht aus Versehen stirbst. Tut mir leid, Kumpel.«

Owen schnellt vom Sofa hoch und stürzt sich mit wild rudernden Armen auf seinen Bruder, um sich ein Biscuit zu schnappen. »Die sind nicht vergiftet! Du willst bloß nicht teilen.«

Ich trete zurück und bringe mich aus der Schusslinie.

»Es ist meine Pflicht als dein großer Bruder, dich zu beschützen. Aber wenn du darauf verzichten willst, dann liegt dein Schicksal wohl in deinen Händen.« August nimmt ein zweites Biscuit und läuft in die Küche.

»Das sagst du jedes Mal und ich bin nicht gestorben«, mault Owen.

»Dann fängst du jetzt auch besser nicht damit an«, erwidert August.

Owen flitzt zur Theke und reißt drei Papiertücher von der Rolle. Als er sie seinem Bruder hinhält, bedenkt August ihn mit einem »Was, keine Teller?«-Blick, und Owen zuckt die Schultern, als wären alle Teller wie vom Erdboden verschluckt. Sie einigen sich auf Servietten *an* der Küchentheke, setzen sich auf zwei der Barhocker und lassen den neben August für mich frei.

Die beiden zu beobachten, trägt nicht dazu bei, August weniger zu mögen. Dann lächelt er mich an und schiebt den Hocker in einer stummen Einladung mit dem Fuß zu mir. Und ich bin hin und weg. August ist zu gut, um wahr zu sein.

»Ich sollte dich warnen. Wenn du nur noch ein einziges Mal Biscuits vorbeibringst, werde ich dich fragen müssen, ob du mich heiratest.«

Ich winke ab. Glücklicherweise sind Übertreibungen etwas, womit ich gut umgehen kann. Viel besser, als wenn es August ernst ist. »Da wärst du nicht der Erste. Unsere Biscuits haben diese Wirkung auf die Leute.«

»Echt jetzt?«

»Es heißt nicht umsonst, Liebe geht durch den Magen. Aber bis jetzt haben sich die Heiratsanträge und Liebesschwüre erledigt, sobald die Gäste zur Tür hinaus sind. Ich verspreche dir, dass ich dich nicht darauf festnageln werde«, entgegne ich.

Mit vollem Mund nuschelt Owen: »Wenn du sie heiraten würdest, bekämen wir dann immer kostenlose Biscuits?«

»Die kriegst du doch jetzt schon umsonst«, sage ich.

August deutet mit dem letzten Bissen seines Biscuits auf mich. »Das ist ein *Tausch*geschäft. Ware gegen Dienstleistung. Wo wir gerade dabei sind, zeig mir mal die Fotos.«

»Welche Fotos?«, will Owen wissen.

Ich ziehe den Stapel Porträts aus dem Umschlag und schiebe ihn zu den Brüdern. »Eure fettigen Finger behaltet ihr bitte bei euch.«

In identischen Bewegungen heben beide die Hände und spreizen die Finger. Ich drehe die Bilder um und mache

174

nach jedem eine kurze Pause, damit sie es auf sich wirken lassen können.

»Das sind Fotos. Du solltest auf mehr davon lächeln«, meint Owen. Er versucht, seinen Bruder streng anzublicken, aber es sieht viel zu niedlich aus, um die gewünschte Wirkung zu erzielen.

Es ist schön zu hören, dass sich der Satz zur Abwechslung mal an einen Jungen richtet. Obwohl Augusts Lächeln mir gerade das Leben zur Hölle macht. »Ich wollte, dass er traurig blickt«, erkläre ich.

»Warum?«

»Weil ich schon so viele Bilder von glücklichen Menschen habe.«

Jetzt grinst August, nur um mich zu ärgern. »Imogen bewirbt sich beim selben Kunstprogramm wie ich. Sie beschäftigt sich mit Fotografie, und ich habe mich gestern von ihr fotografieren lassen, um sie bei ihrer Bewerbungsmappe zu unterstützen. Du weißt doch, dass ihre Mom unsere Mom und Jason zusammengebracht hat?« Er wartet, bis sein Bruder nickt. »Imogen macht viele Fotos von verliebten Menschen und da braucht sie zum Ausgleich Bilder von anderen Menschen.«

»Oh. Dann hättest du Shay anrufen sollen, bevor sie dich fotografiert«, sagt Owen.

Ich zucke zusammen, als ich den Namen von Augusts Ex höre. Aus dem Augenwinkel prüfe ich, ob es August ebenso geht, und ich werde nicht enttäuscht. Ich unterdrücke ein Lächeln und frage: »Warum denn?«

»Weil sie ihn immer traurig macht. Oder wütend. Oder grü-irgendwas.«

»Grüblerisch«, ergänzt August in näselndem Tonfall, womit er vermutlich seine Mom nachahmt, da Owen wie wild zu kichern anfängt. »So hat Mom mich immer beschrieben, wenn ich mit Shay zusammen war.«

Owen schielt zu mir hoch, Biscuit-Krümel kleben an seinen Lippen. Seine Begabung, sich mit irgendetwas vollzuschmieren, macht offenbar einen Teil seines Charmes aus. »Bei dir ist er nicht so, Mo. Als er gestern Abend zurückgekommen ist, hat Mom ihn gefragt, ob er Drogen genommen hat, weil er so gute Laune hatte.«

August gibt seinem Bruder einen leichten Klaps auf den Arm, das allseits verständliche Zeichen für *Halt doch die Klappe.* »Wahrscheinlich ist sie so sehr daran gewöhnt, dass ich mies drauf bin, dass ihr alles andere wie ein Wunder erscheint.«

»Wenn das so ist, muss ich ihr das hier geben«, werfe ich ein und halte das erste Foto von ihm hoch. Das ist August, wie er leibt und lebt. Unvorbereitet eingefangen mit seinem verspielten Lächeln und den funkelnden Augen. Ich versuche, die Tatsache zu ignorieren, dass *ich* diese Seite an ihm zum Vorschein gebracht habe.

»Das würde ihr echt das ganze Jahr retten.«

»Abgemacht.« Ich lege es beiseite und breite die anderen aus. »Also, was ist mit den übrigen? Welches bringt zum Ausdruck *Mein Herz wurde von dem Mädchen gebrochen, das ich zu lieben glaubte, aber wie sich herausstellt, hat sie mich nur zum Grübeln gebracht?*«

August und Owen tauschen einen Blick aus. Was auch immer sie nicht laut sagen wollen, wird mit den Augen verständlich kommuniziert, denn die beiden nicken und wenden sich wieder mir zu.

»Das hier hat irgendetwas. Es ist düsterer oder dynamischer oder so. Ich kann nicht genau beschreiben, was es ist, aber nimm das hier.« August tippt mit dem Knöchel auf eine Aufnahme, damit er keine Fettflecke auf dem Abzug hinterlässt.

Das, was er ausgewählt hat, hat Dynamik. Kann er den Liebeskummer und die Liebe wahrnehmen, die sich um ihn herum bekriegen? Wie sich Blaugrün und Roségold umeinander winden und verflechten, während sie durch die Luft wogen?

»Bist du in Liebesmagie bewandert und möchtest die Klasse gern daran teilhaben lassen?«, erkundige ich mich.

»Wenn ich es wäre, wüsste ich, ob das Mädchen, das mir langsam ans Herz wächst, mich auch mag.« Sein Handy auf der Theke piept. Er schaltet es auf stumm und würdigt das Display kaum eines Blickes. Es wird dunkel, bevor ich erkennen kann, von wem die Nachricht ist. »Du hast es länger betrachtet als die anderen. Als hätte es mehr an sich als der Rest. Und es bringt auf deinem Mund dieses süße kleine Zittern hervor.«

»Süßes kleines Zittern?« Er will mich ködern. Mich mit dem Versprechen locken, alles zu bekommen, wonach ich gesucht habe.

Alles, was ich von Ren will.

»Na, als würdest du angestrengt gegen das ankämpfen, was auch immer du fühlst«, erklärt er.

Ich presse meine Finger auf die Lippen, damit sie nicht mehr auf August reagieren. Dann löse ich die Hand so weit, dass ich sagen kann: »Nö. Ich fühle nix.« Definitiv nichts, was mich dazu bewegt, einen Jungen zum Teufel zu schicken, der nichts von mir will, um herauszufinden, was mit dem Jungen, der vor mir steht, eigentlich gerade passiert.

Augusts süffisanter Blick lässt erkennen, dass er genau weiß, welche Gefühle ich unterdrücke. Aber anstatt darauf herumzureiten, schlägt er vor: »Wollen wir spazieren gehen? Oder kommt das nicht infrage, weil uns jemand zusammen sehen könnte?«

Ich schaue an ihm vorbei zum Fenster und dem überfüllten Strand dahinter. Zusammen in der Öffentlichkeit gesehen zu werden, ist plötzlich sicherer, als hierzubleiben, wo ich seinem Mund, der noch immer vom Biscuit-Fett glänzt, viel zu nahe bin. »Ein Spaziergang hat noch keinem geschadet.«

»Das wage ich sehr zu bezweifeln. Aber du hast schon zugesagt, also gibt es kein Zurück mehr.«

»Ich habe mein Einverständnis *angedeutet*. Das ist nicht dasselbe wie zusagen.«

»Ah, verstehe. Du willst nur eine Ausrede, falls uns jemand erwischt, damit du alles auf mich schieben kannst.« Er grinst und wischt sich die Hände am Küchenkrepp ab, das Fett auf den Lippen überlässt er seiner Zunge.

Es ist viel zu leicht, mit August zu flirten. Zu natürlich. Manchmal vergesse ich – nur einen Augenblick lang –, dass wir uns kaum kennen. »Ach, ich kann dir einfach nichts vormachen. Als wären wir schon ein Jahr zusammen oder so«, versetze ich trocken. Den Dämpfer können wir beide gebrauchen, auch wenn ich es halb im Scherz meine.

»Oder so.«

Wir benötigen zehn Minuten, um Owen zu überreden, daheim zu bleiben und Videospiele zu spielen. Mit einem Eis und zwei *Avengers*-Filmen am Abend lässt er sich schließlich bestechen. Er lädt mich zu beidem ein. Ich sage ihm, dass ich es mir überlege.

Wer weiß, was so viel ungestörte Zeit mit August in mir auslösen würde?

August und ich laufen zum Strand. Dafür, dass wir so viel Platz hier draußen haben, gehen wir viel zu nahe beieinander, so wie der Mond das Wasser auf der Erde anzieht. Augusts Hand streift meine, und unsere kleinen Finger verschränken sich zwei Schritte lang ineinander, bevor wir uns voneinander lösen. Mein Herz ist so voller Sehnsucht und Möglichkeiten, dass es in meiner Brust zu zerspringen droht.

Wahrscheinlich verdiene ich das auch nach all meinen Lügen. Endlich die Liebe zu finden – oder zumindest die Aussicht darauf –, und zu sterben, bevor ich sie erleben kann.

»Weiß einer deiner Freunde Bescheid? Über mich, meine ich«, erkundige ich mich. Ich setze meine nächsten Schritte so, dass ich dreißig Zentimeter Sicherheitsabstand zwischen uns bringe.

»Ob sie wissen, dass du das coole Mädchen bist, das ich getroffen habe, als meine Mom mit Jason verkuppelt wurde? Ja. Aber alles darüber hinaus, nein. Sie hätten mir die Hölle heißgemacht, weil ich es so lange laufen lassen habe. Und dann hätten sie dir die Hölle heißgemacht, weil du dir das alles ausgedacht hast. Ich wollte sie dir vom Leib halten, bis ich mit dir geredet und herausgefunden habe, warum du das gemacht hast.«

Ich himmle ihn hinter meiner Sonnenbrille an. Gott sei Dank kann er die Cartoon-Herzen nicht sehen, die an die Stelle meiner Iris getreten sind. »Du bist vermutlich der netteste Junge aller Zeiten.«

Er tut so, als hätte man ihm ein Messer ins Herz gestoßen. »Nett? Echt jetzt? Das ist die schlimmste Abfuhr in der Geschichte der Abfuhren.«

»Hey, niemand erteilt hier jemandem eine Abfuhr. Es war einfach nur die Feststellung einer Tatsache. Und ich persönlich mag nette Jungs. Sie sind aufrichtig und behandeln mich normalerweise wie einen Menschen und nicht wie eine magische Verkupplungsmaschine.«

»Hast du Ren deshalb gern? Weil er die Art Junge ist, die deine Ehre vor deinem rücksichtslosen Ex verteidigt?«

Ich stehe schon so lange auf Ren, dass ich mich kaum noch an die Zeit davor erinnern kann. Oder daran, was meine Zuneigung ausgelöst hat. Ren war einfach immer da. Ein Lichtblick, der alle anderen in den Schatten gestellt hat.

Bis jetzt.

»Er lebt im Hier und Jetzt. Ganz im Moment, die Aufmerksamkeit auf die Person gerichtet, mit der er zusammen ist. Als ob nichts anderes auf der Welt wichtig wäre. Offen gesagt, ist das meine Sicht aus weiter Ferne, wenn ich ihn mit Lana beobachtet habe, also liege ich vielleicht total daneben. Aber wenn er mit mir redet, ist es, als wäre ein paar Minuten lang ein kleiner Scheinwerfer auf mich gerichtet, und ich weiß, dass er mich wahrnimmt.« Zugegeben, den Rest der Zeit steckt er mit dem Kopf in den Wolken – oder in seinem Fall in den Wellen –, und alles, was er sonst noch so vorhatte, wird mit ihm aufs Meer hinausgetragen. Als ich mich nach August umwende, stoße ich mit ihm zusammen, weil ich ihm, ohne es zu merken, schon wieder nahe gekommen bin. Er legt seine warmen

Hände auf meine Hüfte und hält mich aufrecht. Bei der Berührung bildet sich in der Luft zwischen uns ein Schimmer Roségold, ein Nebel, so fein wie die Gischt des Meeres.

August sieht so aus, als würde er verdursten und ich wäre der Regen.

Was gäbe ich nicht darum, dass er hier leben würde. Dass wir das die ganze Zeit hätten. Aber tut er nicht. Und haben wir nicht. Höchstens zeitweise. Gelegentlich.

Und ich will alles.

»Das hast du verdient. So geliebt zu werden.«

»Das hat jeder«, entgegne ich. »Regel Nummer sieben: *Gib dich nicht mit einfacher Zuneigung zufrieden, wenn da draußen die wahre Liebe wartet.*«

August hält an einem Flecken voller Muscheln an und schiebt mit dem Fuß die obere Schicht weg, um das zum Vorschein zu bringen, was sich darunter möglicherweise verbirgt. Er kauert sich hin, um in den Bruchstücken zu wühlen, dann schirmt er mit einer Hand seine Augen ab und schaut mich an. »Glaubst du wirklich an all das? Seelenverwandtschaft und so?«

Ich gehe neben ihm in die Hocke und denke nach. Nach einer Weile antworte ich: »Schon. Bei Moms Job wäre ich sonst eine ziemliche Heuchlerin.«

»Es ist aber der Job deiner Mom. Ich weiß, dass du ihr mit den Fotos hilfst, aber deshalb musst du ja nicht mit ihr einer Meinung sein. Es ist *schön*, dass es so ist, aber keine

Voraussetzung. Du kannst sie unterstützen und die Dinge trotzdem anders sehen.«

Moms Ansichten sind so tief in mir verwurzelt, dass ich wahrscheinlich nichts anderes glauben könnte. Selbst wenn ich es wollte. »Was ist mit dir? Glaubst du an Seelenverwandtschaft?«

»Ich möchte schon. Ich meine, wer möchte denn nicht daran glauben, dass es jemanden gibt, der nur für einen da ist. Aber auf der Welt leben Milliarden Menschen. Wie groß ist da die Chance, der Person zu begegnen, die für einen bestimmt ist? Und wer legt überhaupt fest, wer seelenverwandt ist? Gott? Was, wenn man Atheist ist? Hat man dann keinen Seelenverwandten, weil man nicht an Gott glaubt?«

Ich lache. »Das ist dann also ein Nein.«

Er schüttelt den Kopf, den Blick noch immer auf den Sand und die Muscheln gerichtet, die er mit dem Fuß hin und her bewegt. »Das ist ein *Ich möchte, dass es wahr ist, brauche aber einen endgültigen Beweis.*«

»Okay.«

»Mich beschleicht das Gefühl, wenn ich länger mit dir zusammen bin, bekomme ich vielleicht genau den«, sagt August. Dann, mit einem ehrfürchtigen »Sieh dir das an«, bückt er sich und klaubt einen schmalen schwarzen Haifischzahn aus dem Haufen zerbrochener Muscheln.

Und ich kann nicht umhin, mir zu wünschen, dass er recht hat.

Dreizehntes Kapitel

Liebesregel #24: Wenn du ihr hinterherjagen musst,
ist es keine Liebe.

Die Woche ist zur Hälfte um und ich habe nur ein Liebeskummer-Foto für mein Projekt. Das von August. Ich kann am Montag nicht in die Schule gehen, ohne etwas Vorzeigbares für Mrs. Clemente zu haben. Während meiner Arbeitspause ziehe ich mich mit einem »No Sleep Till Brooklyn« – einem Buttermilch-Biscuit, das in einer mit einem Shot Espresso gepimpten Filterkaffeesoße ertrinkt – in die hinterste Sitznische zurück und gehe meine Namensliste von Samstag durch. Ich verbringe geschlagene zwanzig Minuten damit, Mails an Interessenten zu schicken. Und zu beten, dass eine Handvoll von ihnen antwortet.

Und so kann sich Ren unbemerkt an mich heranpirschen.

Er gleitet auf den Platz mir gegenüber und streckt die

Arme auf dem Tisch aus, so weit, dass nur noch wenige Zentimeter fehlen, bevor wir uns berühren. Sein Lächeln ist vorsichtig, aber zum ersten Mal seit seiner Trennung von Lana wirkt es echt. Die blaugrüne Aura, die ihn umgibt, ist hauchzart, fast schon durchsichtig. Ein starker Kontrast zum Schwarz seines Neoprenanzugs. Tag für Tag wird sie weiter verblassen, während sein Trennungsschmerz nachlässt. Und er ist wieder hier, also habe ich ja vielleicht doch etwas damit zu tun. Auch wenn er das vor seinen Freunden bestreitet.

»Du hast mir gar nicht gesagt, dass du auf Surfer stehst«, begrüßt er mich.

Ich atme tief durch, um meine Nerven zu beruhigen, die bei seiner Andeutung schon wieder freidrehen, und frage: »Wer behauptet das?«

»Ich habe heute Morgen eine private Surfstunde gegeben. Einer Urlauberfamilie. Und dein August hat genauso viel Zeit damit verbracht, mich darüber auszuquetschen, was zwischen uns läuft, wie damit, von seinem Brett zu fallen. Der Typ ist nicht gerade ein Naturtalent. Aber er hat nicht aufgegeben, das muss ich ihm lassen. So, wie er über dich geredet, und so, wie er sich abgemüht hat, sich auf dem Brett zu halten, schien mir mehr dahinterzustecken. Als ob er dich beeindrucken wollte. Also bin ich zu dem Schluss gekommen, dass du auf Surfer stehen musst, was komisch ist, wenn man bedenkt, dass du nicht schwimmen kannst.«

»Ich kann schwimmen! Bloß nicht gut.«

»Also ja? Du magst Surfer?«

Eigentlich ist es eine harmlose Frage, aber ich weiß nicht, wie ich darauf antworten soll, ohne dass ich meine Gefühle für ihn verrate. Aber vielleicht sollte ich das. Ren zeigen, dass ich mit ihm mehr als nur befreundet sein will. Wenn er so weit ist. Also entgegne ich: »Ja. Selbst wenn sie den Ozean mehr mögen als mich.«

Ren zuckt die Schultern und blickt aus dem Fenster auf den Streifen Meer, den wir vom Café aus sehen können. Ein Hauch Roségold steigt um ihn auf. »Was soll ich sagen? Die See ist eine eifersüchtige Geliebte.«

Unsere Knie berühren sich unter dem Tisch und jagen mir einen Hitzeschauer durch den Körper. »Dann muss ich wohl dankbar sein, dass sie mir so viel abgibt.«

»Ich dachte echt, sie würde sich August heute holen.« Ren streicht sich das feuchte Haar aus der Stirn und sieht mich an. Wartet er auf eine Reaktion? Wie ich mich fühlen würde, wenn August nicht mehr da wäre? »Er ist ganz anders, als ich ihn mir vorgestellt habe.«

Ich versuche gar nicht erst, mein Lächeln zu unterdrücken. Ren hat sich die Mühe gemacht, darüber nachzudenken, wie der Typ ist, mit dem ich zusammen war? Das ist eine Fantasie, von der ich nie geglaubt hätte, dass sie wahr wird. Und doch … »Inwiefern?«, bringe ich hervor.

»Du wirkst einfach eher, als würdest du auf so geschniegelte Typen stehen, weißt du? Du wirkst immer so«, er deutet auf mich, »na ja, elegant. Und das passt perfekt zu dir. Du weißt, was du willst. Ich hätte einfach nicht gedacht, dass du jemanden magst, der eher so 'n bisschen rauer ist.«

Ren klingt hoffnungsvoll. Als würde er gar nicht von August reden. Mein Herz führt einen kleinen Freudentanz in meiner Brust auf. Dann, als August sich in meine Gedanken drängt, schlagen Schuldgefühle wie eine Flutwelle über mir zusammen und spülen mein Wohlbehagen hinweg. Nach dem Fotoshooting am Montag sind meine Gefühle für August – den echten August – verworren. Wenn Ren aber auch nur ein bisschen Interesse an mir zeigt, muss ich abwarten, ob mehr daraus werden kann. Er ist derjenige, mit dem ich zusammen sein will. Derjenige, nach dem ich mich schon ewig sehne. Daran können ein paar Tage mit August doch nichts ändern, oder?

Mein plötzlicher Stimmungswandel muss sich auf meinem Gesicht abzeichnen, denn Ren sagt: »Hey, ich habe dich doch hoffentlich nicht beleidigt. Das wollte ich absolut nicht. Eher das Gegenteil.«

»Nein, alles gut«, versichere ich ihm. Es ist nicht seine Schuld, dass ich meine Emotionen heute nicht in den Griff kriege. »Ich fühle mich geschmeichelt, dass du so über mich denkst. Ich glaube nicht, dass mich vorher schon mal jemand so beschrieben hat. Was meinen Jungsgeschmack betrifft, wärst du bestimmt angenehm überrascht.«

»Jaaa?«, fragt er.

»Ja.« Ich schenke ihm ein kurzes Lächeln, ehe ich ihn seinen Gedanken über unser Gespräch überlasse und meine Pause beende, indem ich mir eine Bestellung aus der Durchreiche schnappe. Dann drehe ich eine kurze Runde durch das Lokal, fülle Kaffee und Tee nach und vergewissere mich, dass alle versorgt sind. Gemma wirft mir einen »Was zur Hölle ist hier los?«-Blick zu, während sie eine Bestellung aufnimmt. Ich schwenke kurz die Hüften und sie verdreht die Augen. Als ich mich wieder Ren zuwende, hat er sich zum Tresen bewegt, als könnte er sich nicht entscheiden, ob er bleiben oder gehen soll. »Willst du etwas essen, oder bist du nur hergekommen, um mir von Augusts stümperhaften Surfkünsten zu berichten?«

Ren trommelt mit der Hand auf den Tisch und richtet sich auf. Ein verlegenes Lächeln umspielt seine Lippen, fast so, als hätte er vergessen, wo er ist. Dass wir nicht allein sind. »Ach ja. Was zu essen wäre gut. Ein normales Biscuit, denke ich. Mit Honigbeerenbutter. Und einen Kaffee.«

»Kriegst du.« Ich drehe mich um, um das Biscuit zu holen, aber er streckt den Arm aus und hält mich zurück. Seine Hand ruht warm auf meinem Handgelenk. Mein Puls rast bei dieser unerwarteten Berührung.

»Mo, warte mal. August war nur ein Vorwand, um dich zu sehen. Ich fühle mich beschissen, weil ich dich neulich versetzt habe, und ich hatte gehofft, dass du vielleicht heute Abend etwas mit mir unternehmen willst? Gegen halb elf soll ein Sternschnuppenschwarm vorbeiziehen, also dachte ich, wir könnten zum Nordstrand fahren und dort im Freien kampieren. Schauen, ob wir ein Stück vom Glück abbekommen.«

Ren Kano will mit mir ausgehen.

REN. KANO.

Ich gebe die Hoffnung auf, meinen Herzschlag wieder unter Kontrolle zu bekommen. »Hört sich cool an.« Und superromantisch. Strand. Decke. Sternschnuppen. Das ist die Art von erstem Date, das ich immer mit Ren haben wollte. Auch wenn ich mir nicht sicher bin, ob es ein Date ist. Vielleicht sind es auch zwei frischgebackene befreundete Singles, die zusammen ein Naturschauspiel verfolgen, weil einer von ihnen ein schlechtes Gewissen hat. »Du weißt schon, dass du das von neulich nicht wiedergutmachen musst, oder? Das ist schon okay.«

»Ja, nein. Das weiß ich. Ich *möchte*, dass du kommst.«

»Oh. Wenn das so ist, bin ich dabei. Wenn du vorher etwas essen gehen willst, sag mir Bescheid. Oder ich könnte auch was zu essen einpacken und mitbringen.«

»Cool. Ich schreibe dir später eine Nachricht mit den Einzelheiten.«

»Klingt gut. Willst du immer noch das Biscuit und den Kaffee?«

Er drückt meinen Arm zweimal, bevor er ihn loslässt.

»Auf jeden Fall. Aber zum Mitnehmen.« Noch immer ist er von Liebeskummer umgeben, ein halbes Dutzend verschiedener Nuancen von Blaugrün und Kupfer pulsieren in der Aura, die sich um ihn bewegt. Aber sie ist jetzt einen Tick heller.

Oder vielleicht hoffe ich das auch nur.

Falls ich seinen Trennungsschmerz beeinflusse – falls ich diejenige bin, die ihn davon befreien kann –, haben wir vielleicht eine Chance auf eine echte Beziehung.

»Gib mir nur eine Sekunde, ich bringe es dir gleich«, sage ich.

Gemma folgt mir in die Küche, lehnt sich an den Türrahmen und versperrt mir den Rückweg nach draußen. »Schlechte Idee, Mo.«

»Was?« Die Unschuldsmasche wird bei ihr nicht funktionieren. Wir sind schon fast unser ganzes Leben lang befreundet und sie kennt alle meine Tricks. Aber ich versuche es trotzdem. »Ich hole ihm nur ein Biscuit.«

»Nein, du spielst mit dem Feuer. Normalerweise finde ich so etwas gut, aber du bist so weit jenseits von verzweifelt, dass du damit nicht mehr in derselben Zeitzone liegst.«

»Es ist ja gar kein richtiges Date. Wir hängen bloß miteinander ab.« Aber vielleicht wird am Ende der Nacht mehr daraus.

Sie verdreht die Augen. »Er ist nicht derjenige, mit dem du abhängen solltest.«

»August steht nicht zur Debatte«, beende ich die Diskussion.

Wir verkaufen morgens so viele Biscuits, dass immer eine frische Ladung direkt aus dem Ofen da ist. Gabe ist eine Ein-Mann-Biscuit-Backmaschine. Ich nehme mir die Zange und befördere ein perfekt goldbraunes Biscuit in eine Klappschachtel zum Mitnehmen. Die Hitze dringt durch das kompostierbare Material und hätte mir die Finger verbrannt, wenn ich sie mir nicht schon eine Million Mal versengt hätte. Dann dränge ich mich an Gemma vorbei.

Ich mache am Tresen halt, schreibe eine Quittung auf den Block aus meiner Schürzentasche und nehme mir die Zeit, meine Handynummer auf den geschlossenen Deckel der Schachtel zu kritzeln. Auf dem Weg zurück zu Ren schnappe ich mir ein Plastikmesser, einen kleinen Becher mit unserer hausgemachten Honigbeerenbutter und einen Kaffee.

»Alles fertig. Und ich dachte, dass du die vielleicht brauchst«, sage ich zu Ren und klopfe oben auf die Schachtel, damit ihm meine Nummer nicht entgeht.

Er nickt, als würde es sich um eine Geheimoperation handeln, dann legt er seinen Daumen geschickt über die Tinte, falls jemand im Vorübergehen einen Blick auf sein Essen wirft. »Ja, die brauche ich definitiv. Bis heute Abend.«

Ich scheuche ihn hinaus, und meine Schultern entspannen sich erst, als die Glöckchen an der Tür nicht mehr bimmeln. Endlich habe ich ein Date mit Ren. Und das habe ich August zu verdanken. Wer hätte gedacht, dass ich von seiner Anwesenheit in Portree tatsächlich profitieren würde?

Wenn ich bei Ren Erfolg habe, kann ich August loslassen – beide Versionen von ihm – und endlich mit alldem abschließen. Und ich werde Ren und auch sonst niemandem gestehen müssen, dass ich gelogen habe. Ich atme tief ein und aus und beruhige mein rasendes Herz. Nach acht Atemzügen habe ich mich wieder im Griff, aber zur Sicherheit mache ich noch zwei weitere. Meine Gefühle dürfen mir nicht in die Quere kommen. Nicht heute Abend.

Heute Abend muss ich herausfinden, ob das zwischen Ren und mir mehr als nur Freundschaft ist.

Er hat mir gegen halb acht geschrieben, dass er sich auf den Weg macht, um einen guten Platz zu ergattern, bevor es am Strand voll wird, und dass er mir noch mitteilt, wo genau ich ihn finde.

Ich verzichte auf ein Kleid und entscheide mich für einen marineblauen Jumpsuit mit dünnen, überkreuzten Trägern auf dem Rücken. Er ist verspielt und sexy, aber so leger, dass ich hoffentlich nicht überbemüht wirke. Ich binde mir die Haare zu einem hohen Pferdeschwanz zusammen und trage etwas Parfüm auf. Obwohl ich nach meiner Schicht heute Morgen geduscht habe, bleibt der Geruch von gebackenem Teig und gebratenem Hähnchen gern haften. Nachdem ich mein Outfit ein letztes Mal geprüft habe, bin ich startklar.

Als ich Ren eine halbe Stunde später am Strand treffe, brauche ich nur zwei Sekunden, um zu merken, dass ich a) zu luftig gekleidet bin und dass es b) nicht nur kein Date ist, sondern eine volle Sternschnuppenschwarm-Beobachtungsparty für seinen gesamten Freundeskreis. Decken und Schlafsäcke sind im Sand ausgebreitet, liegen übereinander und bilden im schwindenden Licht einen Flickenteppich aus Farben und Mustern. Ein bisschen entfernt davon sind ein paar Wurfzelte in den Sand gespießt, um den Anschein von Privatsphäre zu erwecken. Die dünnen Stoffe zittern in der kühlen Brise, die vom Wasser herüberweht.

Ren läuft zu mir und umarmt mich kurz. »Hey, du hast uns gefunden!«

»Und ob. Die Gruppe ist ja zum Glück kaum zu übersehen.«

»Keine Sorge, du bist nicht die Letzte. Mindestens zehn Leute wollten noch kommen. Schon seltsam, vor ein paar Wochen wollte ich das Ganze noch von einem Berggipfel aus beobachten. Aber am Strand wird es viel toller sein.« Seine Stimme ist übertrieben aufgekratzt, das Gekünstelte klingt hohl.

Das ist also weniger ein Schritt nach vorn als ein Versuch, zu vergessen, dass er eigentlich mit Lana in einem Schlafsack kuscheln und sich bei jedem Stern, der über den Himmel streift, etwas wünschen wollte. Die Sonne scheint noch hell genug, um den Liebeskummer zu erkennen, der von ihm ausgeht, so dunkel und beständig wie die Wellen des Ozeans. Trotzdem hat er sich die Mühe gemacht, mich einzuladen. Und er ist sofort zu mir gelaufen, als ich hier aufgetaucht bin. Also ist vielleicht noch nicht alles verloren.

Ich lenke das Gespräch von Lana weg. Heute Abend soll es darum gehen, das Geschehene hinter uns zu lassen und uns etwas Neuem zu öffnen. Das muss ich mir ebenso ins Gedächtnis rufen wie ihm. »Ich habe tatsächlich noch nie einen Sternschnuppenschwarm gesehen, und deshalb bin ich superfroh, dass du mich eingeladen hast.«

»Wieso hast du noch nie einen gesehen? Das passiert doch jedes Jahr.«

»Ich habe mich nie damit beschäftigt. Meine Mom interessiert sich bei ihrem Job eher für Wissenschaft, nicht für so 'nen Hippie-Kram wie Astrologie. Die Sterne sind bei uns zu Hause also quasi tabu.«

»Tja, dann nehmen wir das eben jetzt in Angriff. Echte Sternenkunde, meine ich. Lana kennt sich irre gut mit Horoskopen aus, wie sich rückläufige Planeten auf Sternzeichen auswirken und so. Und ein bisschen was davon habe ich aufgeschnappt. Aber heute Nacht geht es um Sternschnuppen. Kein Hippie-Kram, versprochen.«

Ich lache. »Hört sich gut an.«

Ren legt den Arm um meine Schultern und zieht mich an sich. Er riecht nach Kiefern und Zitrusfrüchten. Ganz erdig und warm. »Komm mit. Ich zeige dir, wo meine Sachen sind, und dann schaffen wir Platz, damit du dich neben mich setzen kannst. Ich habe versucht, etwas für dich frei zu halten, aber als ich das Lagerfeuer gemacht habe, ging alles drunter und drüber.«

Und er meint es ernst. Als wir zu seinen Sachen kommen, trampelt er direkt über die Decken, die neben seinen liegen, und bittet mich, die letzte anzuheben, damit wir sie wegtragen können. Doch das führt nur dazu, dass wir Sand über alle verteilen. Ren verwirft den Plan, greift sich alle Decken, und als er so weit weg ist, dass der Sand nicht wieder zurückgeweht wird, schüttelt er sie aus. Dann legt er sie wieder zurück und lässt dazwischen ein, zwei Meter für mich frei. Alle schauen zu, aber keiner protestiert. Vielleicht sind sie einfach nur froh, dass er heute Abend nicht wegen der Trennung Trübsal bläst, und nehmen seine Faxen in Kauf, wenn ihn das bei Laune hält.

»Ich habe Extradecken dabei. Du siehst aus, als würdest du sie später brauchen. Hier draußen wird es kalt.«

»Ich komme darauf zurück. Offenbar habe ich das *Frühjahr* in Frühjahrsferien zu ernst genommen.«

Rens Blick schweift über meinen Körper, und er lässt sich Zeit, um jedes Detail zu erfassen. »Du siehst gut aus. Aber sobald dir kalt wird, sag Bescheid. Ich habe für dich vorgesorgt. Bis dahin können wir uns ans Feuer hocken, wenn du willst.«

Durch den Sonnenuntergang kühlt die Luft bereits ab. Bald wird es richtig frostig sein. Ich werde nie die Leute verstehen, die in Schottland oder Skandinavien leben, wo zwanzig Grad schon eine Hitzewelle sind. Sobald die Temperatur unter zweiundzwanzig Grad fällt, trage ich langärmlig. Aber da Ren versprochen hat, mich warm zu halten, bleibt mein Sweatshirt in der Tasche, die ich auf meine Decke fallen lasse, bevor ich mir auf Zehenspitzen den Weg durch die Menge bahne, damit ich nicht zu viel Sand aufwirble.

Die Blicke seiner Freunde gleiten über mich, abschätzend, einordnend. Verbuchen mich bestenfalls unter lästiges Anhängsel, schlimmstenfalls unter Trostpflaster. Keines davon ist wünschenswert.

Um ehrlich zu sein, weiß ich nicht, was ich bin.

Ich weiß nur, dass ich hier bin, weil Ren mich hergebeten hat. Und weil es das ist, was ich mir zu wünschen glaubte. Eine Gelegenheit, Ren zu zeigen, dass er auch ohne Lana glücklich werden kann. Mit mir.

Doch jetzt höre ich Gemma in meinem Kopf flüstern, dass Ren nicht derjenige ist, mit dem ich zusammen sein sollte. Und alles, was ich denken kann, ist, dass August mir einen Platz frei gehalten hätte, egal wie viele Leute ihn mir hätten streitig machen wollen. Und ich bin mir sicher, dass das nicht nur auf die Version von ihm zutrifft, die ich erfunden habe, sondern auch auf den echten August. Ich habe in den letzten Tagen genug Zeit mit ihm verbracht, um zu begreifen, dass er nichts aus einer Laune heraus tut.

Bei Ren verhält es sich da ganz anders.

Nach nicht einmal zehn Minuten zeigt er mir die kalte Schulter und spielt mit seinen Freunden eine Runde Beach-Volleyball. Er fragt nicht einmal, ob ich mitmachen will. Will ich nicht, aber darum geht es nicht. Er hat klargestellt, dass das kein Date ist, und daher brauche ich auch nicht zu denken, dass er die ganze Nacht mit mir verbringt, zumal ich nur eine von vielen bin, die er eingeladen hat. Das hält mich jedoch nicht davon ab, mich nach seiner ungeteilten Aufmerksamkeit zu sehnen. Zumindest für ein Weilchen.

Dieses Mal kann ich es nicht einmal auf die tollen Wellen schieben. Er surft ja nicht. Er steht einfach nicht auf mich. Und je angestrengter ich versuche, ihn dazu zu bewegen, etwas anderes in mir zu sehen, umso deutlicher wird, dass sich seine Gefühle nicht ändern werden, wie sehr ich es mir auch wünsche.

Ich mache Small Talk mit der Gruppe am Feuer und gebe die üblichen Kommentare ab, wenn mir ein Handy mit Bildern von jemandem gereicht wird, der an einem glamouröseren Ort als Portree im Urlaub ist. Ein paar Leute sind so dreist, mich nach August zu fragen. Ich habe die Beziehung beendet, damit ich nicht mehr lügen muss. Aber hier sitze ich nun und tue so, als hätte ich ihn nicht mehr gesehen, seit er am Samstagmorgen im Yeastie Boys aufgekreuzt ist. Als hätte ich mich nicht x-mal davon abhalten müssen, ihm heute Abend eine Nachricht zu schicken und zu fragen, was er vorhat.

Nach einer Stunde gehen alle zurück zu den Decken und machen es sich für den Sternschnuppenschwarm gemütlich. Selbst Ren. Er sitzt zwar neben mir, schafft es aber trotzdem, mich zu ignorieren, als wäre das sein Job und es würde eine Beförderung winken. Keine dreißig Zentimeter neben ihm könnte ich aufhören zu atmen und er würde es nicht einmal mitbekommen.

Fröstelnd wickle ich mich in eine der Decken ein. Als mein Handy piept, brauche ich gefühlt eine ganze Minute, um mich herauszuschälen und das Telefon aus meiner Tasche zu kramen.

DerEchteAugust: Ist zwar etwas kurzfristig, aber willst du heute Abend mit mir den Sternschnuppenschwarm beobachten?

MolmGlück: Tatsächlich bin ich deswegen gerade mit jemandem am Strand.

MolmGlück: Hättest du mich bloß zuerst gefragt.

DerEchteAugust: Servier ihn ab. Triff dich lieber mit mir.

MolmGlück: Kann ich nicht.

DerEchteAugust: Sag mir, wo du bist, und ich komme zu dir.

Das ist so verlockend. Und Ren müsste mich beachten, damit er überhaupt mitkriegt, dass August hier ist. Aber ich kann nicht riskieren, dass jemand die Wahrheit über uns herausfindet.

MolmGlück: Das geht auch nicht. Ren ist bei mir.

MolmGlück: Und ein Haufen anderer Leute.

MolmGlück: Zu viele Zeugen.

Zu spät merke ich, dass ich die letzten beiden Nachrichten nicht hätte schicken dürfen. Ich hätte August glauben machen müssen, ich hätte ein romantisches Date mit Ren. Denn August und ich sind schon zu vertraut miteinander. Wenn uns andere zusammen gesehen hätten, hätten sie nie geglaubt, dass unsere einjährige Beziehung mit einem gebrochenen Herzen geendet hat. Scheiße, ich bin mir nicht einmal sicher, ob ich jemanden davon überzeugen könnte, dass wir *derzeit nicht* in einer Beziehung sind.

DerEchteAugust: Du wirkst nicht so, als wärst du gern mit ihm dort.

MolmGlück: Wie kommst du darauf?

DerEchteAugust: Weil du immer noch mit mir chattest.

DerEchteAugust: Frag mal Gemma. Sie wird dir sagen, dass ich recht habe.

MolmGlück: Sie ist nicht hier. Und hör auf, meine beste Freundin auf deine Seite zu ziehen. Sie steht eigentlich hinter mir.

DerEchteAugust: Tut sie auch. Es ist nicht unsere Schuld, dass du nicht erkennst, was gut für dich ist.

DerEchteAugust: Falls das nicht klar ist – Ren ist es nicht.

DerEchteAugust: Du weißt, dass ich recht habe. In mehr als einer Hinsicht. 😉

Ich muss lachen und presse mir schnell den Handrücken auf den Mund, damit ich nicht zu viel Aufmerksamkeit errege. Zu spät. Dass ich mich mit jemand anderem amüsiere, reicht aus, damit sich Ren an meine Existenz erinnert.

Er dreht sich um und stößt mit dem Knie an meines. »Du weißt schon, dass du nach oben schauen musst, um die Sternschnuppen zu sehen, oder?«, erkundigt er sich und beäugt das Handy in meiner Hand.

»Ich habe ein paar gesehen.« Ich schalte mein Handydisplay aus, bevor er mich dabei erwischt, wie ich mit August chatte.

»Hast du dir etwas gewünscht?«

»Noch nicht.« Ich weiß nicht einmal mehr, was ich mir wünschen soll. Nach dem heutigen Abend werde ich mich nicht weiter um Ren bemühen. Er ist nicht über Lana hinweg. Vor allem aber bin ich nicht über August hinweg. Mir zu wünschen, dass es mit August anders sein könnte – dass wir miteinander ausgehen und uns ineinander verlieben könnten –, fühlt sich sinnlos an. Sosehr ich es auch möchte, ich kann die Lügen, die ich erzählt habe, nicht zurücknehmen, und ich habe keine Ahnung, wie ich mit August eine echte Beziehung anfangen soll, solange uns die Fake-Beziehung nachhängt. Und solange ich lieber hier sitze und mit ihm chatte, als mich mit den Leuten zu unterhalten, die nur eine Armeslänge von mir entfernt sind, werde ich auch nicht für einen anderen bereit sein. »Und du?«

»Ja. Wir ... Ich wünsche mir immer gleich bei der ersten etwas. Bei einem Sternschnuppenschwarm bekommt man immer mehr als eine zu Gesicht. Aber im Leben weiß man nie, und deshalb muss man zugreifen, wenn sich die Gelegenheit dazu bietet, weißt du?« Es ist zu dunkel, um Rens Miene zu erkennen, aber er klingt abwesend, nachdenklich.

»Ich wünsche mir etwas bei der nächsten. Versprochen.«

»Nö. Darauf verlasse ich mich lieber nicht. Rutsch rüber, ich komme zu dir.«

Er rückt näher und kriecht zu mir unter die Decke. Ein kalter Luftzug dringt in meinen kleinen, warmen Kokon ein und ich zittere. Ungestüm schlingt Ren beide Arme um mich, zieht mich an seine Brust und legt sein Kinn auf meinen Kopf. Ich bin in seiner Umarmung regelrecht gefangen, meine Wangen sind an seinen Brustkorb gepresst, in dem sein Herz regelmäßig schlägt. Keine Sicht auf den Himmel. Könnte ich die Sterne sehen, würde ich mir wünschen, dieser Moment könnte der Anfang von mehr sein. Dass ich nicht an August denken würde und Ren nicht an Lana, und dass unsere derzeitige Nähe das Ergebnis eines Verlangens wäre, das sich nicht verleugnen lässt. Aber wärmer ist mir jetzt, also könnte es auch schlimmer sein.

»Besser?«, fragt er.

»Viel besser. Danke.«

»Gut.« Dann, die Arme immer noch fest um mich geschlungen, lässt er sich rücklings in den Sand sinken, sodass ich halb auf ihm zu liegen komme. Gleich darauf gibt er mich frei und rutscht unter mir weg, sodass wir nebeneinanderliegen. »Sorry. Ich wollte nicht … Ich habe nicht versucht … Tut mir einfach leid.«

Ich lache, damit er weiß, dass alles gut ist. *Mehr* als gut. Dass, wenn er das will, ich es auch will. »Ich bin überrascht, wie wenig Sternschnuppen es gibt. *Schwarm* hat sich für mich nach mehr Action angehört.«

»Wie viele Sternschnuppen siehst du denn in einer normalen Nacht?«

»Keine.«

»Und wie viele heute?«

»Vielleicht zehn«, entgegne ich.

»Da hast du deine Action. Nur weil es nicht das ist, was du erwartet hast, heißt das nicht, dass es weniger beeindruckend ist.« Ren schaut mich an, als er das sagt. Sein Gesicht ist nur Zentimeter von meinem entfernt.

Und ich frage mich unwillkürlich, ob er mich meint. Nicht dass er hätte erkennen lassen, dass er auch nur das geringste Interesse an mir hegt, aber da ist eine Heiserkeit in seiner Stimme. Eine unterschwellige Botschaft in seinen Worten. Wenn ich den Kopf drehe und seinen Blick erwidere, würde er mich dann küssen? Würde ich das wollen?

Meine Unentschlossenheit lähmt mich. Dann streift ein Lichtblitz über den tiefschwarzen Himmel. »Uh, da ist eine!« Ich deute darauf, dankbar für die Ablenkung. Von seinen Worten. Von meinen Gedanken. Von seinen Lippen.

»Schnell, wünsch dir was!«, fordert er mich auf, und sein Atem kitzelt meinen Hals.

Mit den Augen folge ich der Sternschnuppe, die die Dunkelheit durchschneidet. Der einzige Gedanke in meinem Kopf ist nicht so sehr ein Wunsch, sondern ein Mensch. August.

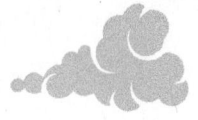

Vierzehntes Kapitel

Liebesregel #26: Die wahre Liebe findest du nicht,
wenn du an deinen Wünschen festhältst,
sondern wenn du deine Bedürfnisse akzeptierst.

Es ist kurz vor Mitternacht, als sich die Gruppe schließlich auflöst und die Leute übereinander stolpern, während sie ihre Decken und Taschen einsammeln. Ren und ich bleiben liegen. Sein Arm ruht unter meinem Nacken als provisorisches Kissen. Seine Brust hebt und senkt sich so gleichmäßig wie die Wellen. Noch ein paar Minuten länger und ohne den Lärm, und ich könnte direkt einschlafen. Wir tun beide so, als wären wir gerade mit einer anderen Person zusammen, und solange das keiner von uns laut ausspricht, können wir in unserer kleinen Fantasieblase bleiben.

Ren droht sie zerplatzen zu lassen, als er fragt: »Du hast vorhin mit jemandem gechattet. Mit August?« Er schaut

unverwandt nach oben, als würde er mit den Sternen sprechen. Aber vielleicht will er auch den sehnsüchtigen Blick
auf meinem Gesicht nicht sehen, wenn ich antworte.

Ich ziehe die Decke enger um mich, als könnte ich damit
meine Lügen zurückhalten. »Wie kommst du darauf, dass
es er war und nicht Gemma?«

»Du veränderst dich, wenn du dich mit ihm unterhältst.
Als würde alles an dir anfangen zu leuchten. Und so viel,
wie er heute Morgen über dich geredet hat, scheint es fast
so, als ob er die Trennung nicht will.«

»Mit August ist es kompliziert. Nachdem wir uns so
lange nicht gesehen haben, ist er nun plötzlich hier, und
keiner von uns weiß, wie er damit umgehen soll, nachdem unsere Beziehung so geendet hat. Er hat mich gefragt,
ob ich den Sternschnuppenschwarm mit ihm beobachten
will, aber ich habe ihm gesagt, dass ich das schon mit dir
mache.«

Ren wendet sich mir zu und ich kann sein Lächeln in
der Dunkelheit gerade so erkennen. »Läuft das jetzt wie bei
einem Fake-Date, bei dem wir so tun, als hätten wir etwas
miteinander, um ihn eifersüchtig zu machen, uns am Ende
aber dann ineinander verlieben?«

Das mit dem Fake-Date trifft ein bisschen zu sehr ins
Schwarze. Jetzt bin ich diejenige, die den Blickkontakt
meidet. »So etwas passiert nur in Liebeskomödien, nicht
in echt.«

»Du glaubst nicht, dass du dich in jemanden wie mich verlieben könntest?«

»Es ist erst eine gute Woche her, dass du und Lana Schluss gemacht habt. Und ich habe eindeutig Probleme damit, August loszulassen. Heute Abend etwas mit jemand anderem zu unternehmen, war aber echt schön. Und zumindest lässt du mich jetzt nicht mehr links liegen.« Ich pike ihm einen Finger in die Rippen und er krümmt sich zusammen.

Lachend versucht er, sich zu rechtfertigen. »Habe ich nicht.«

»Hast du wohl.«

»Okay, habe ich. Aber zu meiner Verteidigung muss ich vorbringen, dass du, abgesehen von Lana, das erste Mädchen bist, mit dem ich mich seit Ewigkeiten verabredet habe. Nachdem ich dich gefragt habe, ob du heute Abend mitkommst, bin ich total durchgedreht. Ich war mir nicht sicher, ob du denkst, wir hätten ein Date. Und da wollte ich cool bleiben und nicht an dir drankleben, damit du weißt, dass es nicht *diese Art* von Date ist.«

Durch seine Ehrlichkeit wiegen die Lügen noch schwerer in meiner Brust. Und ich kann nichts tun, um die Last zu lindern, doch sein Gewissen kann ich erleichtern. »Nur damit das klar ist, du warst voll der Eisblock. Als du mich nicht abgeholt hast, habe ich mir aber schon gedacht, dass es kein Date ist. Außerdem ist meine Mom Partnervermittlerin. Ich weiß, dass man viel länger als eine Woche braucht, um über eine dreijährige Beziehung hinwegzukommen.«

»Was ist mit einer einjährigen Beziehung?«, fragt Ren und stupst mich an.

»Es würde schneller gehen, wenn ich nicht jeden Tag mit ihm reden würde.« Sobald die Worte aus meinem Mund sind, könnte ich mich ohrfeigen. Als würde ein Teil von mir wollen, dass mein Lügengebäude einstürzt.

Rens Arm bewegt sich unter meinem Nacken, während er sich auf die Seite dreht und mich direkt ansieht. »Ihr unterhaltet euch noch jeden Tag? Lana redet kein Wort mehr mit mir. Wenn sie mich mit dem Auto angefahren hätte, würde sie sich nicht einmal reflexartig entschuldigen. Sie würde vermutlich einfach wieder einsteigen und weiterfahren.«

»Bestimmt würde sie erst den Rettungswagen rufen«, erwidere ich und entlocke Ren ein Lachen. »Aber mal im Ernst. Lana macht die Trennung genauso zu schaffen wie dir.«

»Das bezweifle ich. Sie hat ja mit mir Schluss gemacht.«

Ich setze mich auf und erschaudere, als die Kälte über mich herfällt. Aber ich kann es mir nicht mit Ren gemütlich machen, während wir über Lana reden. Nicht, wenn irgendetwas in mir noch immer hofft, mit ihm eine Zukunft zu haben. »Das heißt aber nicht, dass sie nicht auch leidet. Dass sie nicht das vermisst, was ihr beide hattet. Und wenn jemand weiß, wie sich andere fühlen, zumindest wenn es um Liebe und Liebeskummer geht, dann bin ich das ja wohl.«

»Glaubst du, dass du wieder mit August zusammen-kommst?«, erkundigt sich Ren. Er schüttelt den Arm aus, weil ich nun nicht mehr darauf liege und die Blutzufuhr behindere.

Wieder zusammenkommen? Unmöglich. Zusammen-kommen? Das ist eine Option, die ich noch nicht in Erwä-gung ziehen möchte. Nicht, wenn Ren so nahe ist. Sobald August wieder zu Hause ist, war's das mit ihm ohnehin höchstwahrscheinlich. Diese Woche #heißgeliebt live und in Person wird irgendeine lustige Geschichte, die er seiner nächsten Freundin erzählt.

Uff. Allein beim Gedanken an seine nächste Freundin zieht sich mein Herz zusammen.

Ich muss das echt mal auf die Reihe kriegen. Ich mache meine Chance bei Ren kaputt, weil ich an August denke. Ren ist hier. Wie sehr ich August auch mag, es ändert nichts daran, dass er nicht hier ist. »Ich glaube nicht«, sage ich schließlich. Hoffentlich schreibt Ren meine innere Panikattacke einfach der Tatsache zu, dass ich gründlich über seine Frage nachgedacht habe.

»Ja, Lana und ich sind eher auch miteinander fertig.« Seine Haltung wandelt sich gänzlich. Die Aura um ihn herum wird dunkler und ist fast schon greifbar. Ein schwar-zes Loch aus Emotionen.

Es zieht mich magisch an. Ich hätte nur zu gern meine Kamera zur Hand, um das in dieser unverfälschten Form festzuhalten. »Ich weiß, es ist spät, aber würdest du mit zu mir nach Hause kommen, damit ich ein Porträtfoto von dir für mein Projekt machen kann?« Die Frage ist raus, bevor ich darüber nachdenken kann. Ren geht es nicht gut, mein Timing ist also beschissen, doch das hier ist genau die Art von Stimmung, die ich einfangen muss.

Ren zieht die Decke wieder fester um meine Schultern und fragt: »Jetzt gleich? Hat deine Mom kein Problem damit, wenn du mitten in der Nacht einen Kerl in euer Haus schmuggelst?«

»Das Atelier ist hinter dem Haus, weitab von meinem Zimmer. Und sie weiß, wie wichtig das Projekt für mich ist. Sie wird nicht sauer sein.«

»Ja, okay. Ich muss nur kurz meinen Eltern Bescheid sagen, dass es mir gut geht und wann ich ungefähr daheim bin. Solange es nicht länger als eine Stunde dauert, wird es für sie kein Problem sein.«

»Ich brauche wahrscheinlich nur eine halbe. So lange hat es bei ...« Fast hätte ich *August* gesagt, aber ich fange mich gerade noch rechtzeitig. »... bei den anderen gedauert, die ich bisher porträtiert habe.«

Nach zehn Minuten haben wir unsere Sachen einge-packt – und viel mehr Sand, als wenn wir uns die Zeit genommen hätten, alles auszuschütteln – und machen uns auf den Weg zurück zu unseren Autos. Ren begleitet mich zu meinem Wagen, wartet, bis ich drinnen sitze und ihn verriegelt habe, und läuft dann zu seinem Fahrzeug, um mir nach Hause zu folgen. Zum ersten Mal seit Stunden schaue ich auf mein Handy. Keine neuen Nachrichten von August. Nicht dass ich wirklich welche erwartet hätte. Er hat mir den Ball zugeschoben, und ich habe ihn quasi in die Ecke gekickt, als ich Ren nicht seinetwegen abserviert habe.

Wahrscheinlich ist es das Beste so. In ein paar Tagen reist August ab, und dann ist das, was auch immer wir diese Woche gespielt haben, vorbei. Keine Gewinner. Nur Verlierer.

Ich schiebe mein Handy zurück in die Tasche und vergrabe es unter meinem Sweatshirt, als ob das auch meine Enttäuschung wie von Zauberhand verschwinden lassen würde. Auch wenn ich keine Gefühle für August haben will, ist es doch so. Ich muss sie im Keim ersticken, bevor sie zu etwas aufflammen, das ich nicht mehr kontrollieren kann.

Als wir bei mir zu Hause ankommen, habe ich meine Emotionen fast wieder im Griff. Ren hingegen ist so angespannt, dass man meinen könnte, ich hätte ihn um eine Aktsession gebeten. Da Mom das Licht auf der Veranda angelassen hat, ist Rens Nervosität deutlich sichtbar. Ich führe ihn um das Haus herum. Der Mond erhellt den

Steinweg zum Atelier, das sanfte Plätschern des Wassers am Steg und das mürrische Quaken der in der Dunkelheit verborgenen Frösche füllen die Stille zwischen uns aus. Ich schließe die Glastür auf und gehe voran, um das Licht anzuschalten.

»Wow. Das ist echt professionell hier«, meint Ren staunend und dreht sich auf der Stelle, um den ganzen Raum zu begutachten.

»Hast du einen finsteren Darkroom erwartet?«, spotte ich.

Ren lässt sich auf das Sofa fallen und legt lachend den Kopf in den Nacken. »Keine Ahnung. Wenn dich ein süßes Mädchen mitten in der Nacht fotografieren will, denkst du schon an ein verschwiegenes Plätzchen.«

Nicht an ein verschwiegenes, sondern an eines, wo man *Sex* hat. Ich hatte noch nie Sex, aber mein erstes Mal wird auf keinen Fall ein bedeutungsloser One-Night-Stand sein, um mich über irgendetwas hinwegzutrösten. Nicht einmal mit Ren Kano.

»Tut mir leid, dass ich dich da enttäuschen muss, aber ich habe dir doch gesagt, dass ich dich nicht in mein Zimmer lasse«, sage ich.

»Hast du. Ich schwöre, dass ich eigentlich gar nicht an so etwas gedacht habe. Und ich werde auch nichts versuchen. Nur brave Fotos.« Er hebt die Hände, sodass ich sie sehen kann, als wollte er damit seine ehrlichen Absichten untermauern.

Ich verdrehe die Augen, ergreife seine Hand und ziehe ihn wieder auf die Beine. »Ich weiß deine Zurückhaltung zu schätzen.«

»Was genau willst du mit den Fotos erreichen? Ich meine, ich habe ein paar deiner Sachen auf Kunstausstellungen in der Schule gesehen. Aber was soll ich machen?«

»Du musst gar nichts *machen*, außer dich auf den Hocker da setzen«, entgegne ich und deute darauf, »und über Lana reden.«

»Können wir uns nicht über irgendetwas anderes unterhalten? Also, über alles, außer das?«, fragt Ren.

»Nicht für die Bilder, die ich brauche. Du musst das nicht machen, wenn du nicht willst. Aber falls es dir hilft: Ich habe August neulich fotografiert, und wir haben es beide überlebt.« Und es gab einen Moment, in dem ich kurz versucht war, ihn zu küssen, aber das tut hier überhaupt nichts zur Sache. Und ist erst recht nichts, was Ren je erfahren muss.

Er ignoriert den Hocker und geht stattdessen zum Arbeitstisch, als ob ich die Fotos von August einfach so herumliegen lassen würde. »Kann ich es sehen?«

»Das Porträt von August?«

»Ja. Gibt mir vielleicht einen Eindruck, wie intensiv es ist, über das Mädchen zu sprechen, das man liebt – *geliebt hat.*«

Augusts Foto liegt ganz oben, aber ich blättere durch die

Fotos in meiner Mappe, als wäre es nicht das Erste, was ich jedes Mal sehe, wenn ich sie öffne. »Hier.« Ich halte es Ren hin und schaue auf alles, bloß nicht auf Augusts Gesicht, das mich von dem Zwanzig-mal-dreißig-Hochglanzabzug anstarrt.

Ren studiert die Aufnahme einen Moment lang und geht dann zum Leuchttisch. Er nimmt sich einen schwarzen Filzstift aus einem Becher und malt Teufelshörner auf Augusts Kopf.

»Was machst du denn da?«, frage ich. Ich will ihm den Marker entreißen, bekomme ihn aber nicht zu fassen, weil Ren ihn außer Reichweite hält.

»Wenn er so blöd ist, dich zu betrügen und dann in deiner Stadt aufzukreuzen, um dich zurückzuerobern, kann er zur Hölle fahren. Ich dachte mir, das Porträt sollte das widerspiegeln.«

Flirtet er mit mir? Oder tut ihm meine vermeintlich miese Situation leid? Wir sind uns heute Abend so nahegekommen, dass es beides sein könnte. Und ich habe keine Ahnung, was von beidem ich lieber hätte. »Danke für deine Anteilnahme, aber ich brauche das Foto eigentlich für meine Mappe.«

»Nee.« Er wirft das vollgekritzelte Bild in die Luft und es landet mit dem Gesicht nach unten auf dem Boden. »Du brauchst ihn nicht. Du hast ja jetzt mich.«

Ich sollte ihn küssen. Es wird keinen perfekteren

Moment mehr dafür geben als diesen. Aber warum bin ich dann vor lauter Vorfreude nicht ganz hibbelig? Ich wollte doch schon so lange wissen, wie es ist, Ren Kano zu küssen. Wenn ich es jetzt nicht tue, habe ich vielleicht keine Gelegenheit mehr dazu. Und dann bleibt mir stattdessen nur ein großes, fettes Was-wäre-wenn.

Als ich mich Ren nähere, laufen die Worte *Das ist es, was du willst, das ist es, was du willst, das ist es, was du willst* in Dauerschleife in meinem Kopf.

Aber wenn es wirklich das wäre, was ich will, müsste ich mich nicht so angestrengt davon überzeugen. Rens Finger schließen sich um mein Handgelenk, warm und stark, aber ob er mich damit näher an sich heranziehen oder mich aufhalten will, kann ich nicht sagen. Ich bin mir nicht einmal sicher, ob er es weiß. Ich blicke ihm tief in die Augen und suche nach etwas, das mir zu verstehen gibt, dass er das will. Ein Funke der Anziehung oder Aufforderung, den Abstand zwischen unseren Lippen zu schließen.

Ren entscheidet sich vor mir und lässt mich los.

Ein Anflug von Enttäuschung überkommt mich. So kurz, dass ich es kaum merke. Vor nicht allzu langer Zeit habe ich von einem einzigen Lächeln von Ren stundenlang gezehrt. Jetzt ist er nahe genug für einen Kuss und wir zögern beide.

»Ren …« Unsicher, was ich sagen soll, lasse ich seinen Namen in der Luft zwischen uns schweben.

»Lana trifft sich mit jemandem«, meint er, und der Schmerz manifestiert sich um seine Brust in einer tief blaugrünen Wolke.

Die Enttäuschung ist zurück, nun wiegt sie schwer. »Oh.«

Ren weicht zurück und lässt sich auf den Hocker fallen, als wäre diese Tatsache nicht zu ertragen. Selbst mit der Trauer, die um ihn wogt, ist er schön. Mit diesem gefühlvollen Blick und dem offenen Herzen. Er verstellt sich nicht, und ich frage mich, ob das einer der Gründe ist, warum ich mich immer zu ihm hingezogen gefühlt habe. Weil ich weiß, dass seine Freundlichkeit echt ist. Ich muss nie seine Beweggründe anzweifeln.

»Ja. Aber ich wusste, wenn ich den Abend heute mit dir verbringe, denke ich nicht darüber nach. Es war so lieb von dir, mir zu helfen, nicht in meinem Kummer zu ertrinken, deshalb muss ich ehrlich zu dir sein. Das wird mir jetzt klar. Bitte nimm das nicht persönlich, okay?«

»Mache ich nicht«, verspreche ich und hoffe, dass er mir das abkauft.

Fünfzehntes Kapitel

Liebesregel #7: Gib dich nicht mit einfacher Zuneigung zufrieden, wenn da draußen die wahre Liebe wartet.

Ich bringe Ren zum Weinen. Vielmehr bringt das Reden über Lana ihn zum Weinen und er redet nur meinetwegen über sie. Sein Liebeskummer ist so heftig, dass ich mich wundere, wie er nicht an der Last erstickt. Diese ganze Situation ist tiefgreifend, sehr intim, und danach haben wir beide das Gefühl, ein bisschen zu viel preisgegeben zu haben. Die Fotos gehören zu den besten, die ich bisher gemacht habe. Auch wenn Ren mir das Versprechen abnimmt, sie niemandem mit Ausnahme der Aufnahmejury zu zeigen. Denn obwohl es ihm nichts auszumachen scheint, in meiner Gegenwart verletzlich zu sein, geht es ihm gegen den Strich, dass der Rest der Welt ihn schwarz auf weiß heulen sieht.

Bevor er geht, zieht er mich an sich und besteht darauf, dass wir ein Selfie machen, um Lana und August zu demonstrieren, dass wir auch ganz gut ohne sie zurechtkommen.

Der Inbegriff von Instagram-Leben versus echtes Leben. Aber ich kann ihm den Wunsch auch nicht wirklich abschlagen.

Was der Grund ist, warum DerEchteAugust ein paar Stunden später meinen Instagram-Post kommentiert: **Ist es das, was man das Strahlen am Morgen danach nennt?** Ich schicke ihm postwendend eine Direktnachricht.

MoImGlück: Du kannst nicht als echter August meine Fotos kommentieren.

DerEchteAugust: Ich habe ja keinen Zugriff auf den Fake-August, um mit seinem Account zu kommentieren.

MoImGlück: Du solltest überhaupt keinen Kommentar abgeben.

MoImGlück: Alle glauben, dass wir uns getrennt haben.

MoImGlück: Wenn du weiterhin überall auftauchst, fangen sie an, Fragen zu stellen, und ich kann ihnen nicht die Wahrheit sagen.

DerEchteAugust: Ich dachte, ich soll versuchen, dich zurückzuerobern?

MoImGlück: Ja. Und dir dann eingestehen, dass es dir nicht gelingt.

DerEchteAugust: Das klingt nicht nach mir.

DerEchteAugust: Weder nach meinem wahren noch nach meinem erfundenen Ich.

DerEchteAugust: Wir könnten einfach wieder zusammenkommen und dieses Mal in echt eine Beziehung führen. Keiner müsste die Wahrheit je erfahren.

Er wirft die Idee in den Raum, als wäre es ganz einfach. Etwas, das wir tun können, ohne dass es Folgen hat. Und da könnte er recht haben. *Wenn* ich nicht behauptet hätte, dass er mich betrogen hat. Denn wie soll ich ihn danach »zurücknehmen«, wenn es allem widerspricht, woran ich bei der Liebe glaube? Außerdem ist da noch Ren. Er mag emotional noch nicht so weit sein, aber die letzte Nacht hat uns einander viel näher gebracht. Ich bin mir nicht sicher, ob ich ihn schon aufgeben will. Nicht einmal für August.

MoImGlück: Lass uns erst mal den Rest der Woche hinter uns bringen.

Vielleicht weiß ich bis dahin, was ich mit August *und* Ren machen soll.

Ich habe nur drei Stunden geschlafen und kippe mir um acht Uhr morgens schon die dritte Tasse Kaffee hinter die Binde. Zum Glück reißt der Besucherstrom nicht ab, sodass mein Körper ständig in Bewegung ist, und der Koffeinkick verhindert, dass ich die Bestellungen durcheinanderbringe. Obwohl mich schon allein der Gedanke wach hält, dass August heute Morgen hier reinschneien könnte.

Jedes Mal, wenn die Tür aufgeht und eine neue Gästeschar hereinströmt, drehe ich den Kopf und schaue nach, wer es ist. Jedes Mal bin ich darauf gefasst, dass es August ist. Jedes Mal *wünsche* ich mir, dass er es ist. Jedes Mal, wenn er es nicht ist, erstirbt das alberne Lächeln, das sich auf mein Gesicht geschlichen hat.

Gemma läuft an mir vorbei, nachdem sie eine Bestellung für einen ihrer Tische aufgegeben hat, und rempelt mich mit der Schulter an. »Wenn du ihn unbedingt sehen willst, schreib ihm doch einfach eine Nachricht.«

Offenbar bin ich so unauffällig wie eine Jazz-Beerdigung in New Orleans. »Kann ich nicht.«

»Nee, *willst* du nicht. Du kannst es und solltest es auch. Du hast erzählt, dass du neulich viel Spaß mit ihm hattest, also wo ist das Problem?«

»Abgesehen von dem offensichtlichen?« Ich schiebe Gemma weg. Diese Unterhaltung haben wir schon x-mal geführt. Praktischerweise vergisst sie – oder wahrscheinlicher noch, ist es ihr egal –, dass ich mit dem Rücken zur

Wand stehe, was August betrifft. Es ist eine Zwickmühle, aus der es keinen Ausweg gibt. Trotz Augusts Vorschlag, jetzt etwas miteinander anzufangen und so zu tun, als hätten wir uns wieder versöhnt.

Gemma ist von dieser Option voll begeistert, während ich noch zaudere. Zwar versucht bin, aber auf sicherem Boden bleibe.

Ich lasse Gemma stehen und mache eine Runde an meinen Tischen, um nachzuschenken und nach dem Rechten zu sehen. Bei jedem Tisch verweile ich kurz und plaudere mit den Touristen und Stammgästen. Das treibe ich fast eine Viertelstunde lang so, aber ich kann nicht ewig auf Zeit spielen, ohne die Gäste beim Essen zu stören. Und ohne dass Gemma merkt, dass ich ihr aus dem Weg gehe.

Als ich zurückkomme, wartet sie auf mich und nimmt das Gespräch dort wieder auf, wo wir es unterbrochen haben. »Paare trennen sich ständig und kommen wieder zusammen. Zugegeben, bei euch liegt der Fall ein bisschen anders, aber das muss außer uns dreien ja keiner wissen.«

Liebesregel Nummer vierzehn: Kehre nie zu einer Beziehung zurück, die schon beim ersten Mal nicht funktioniert hat.

Genau genommen gab es bei uns kein erstes Mal und daher dürfte die Regel eigentlich nicht zutreffen. Aber

Mom hält ihn noch immer für meinen Ex, was bedeutet, dass er nicht mehr infrage kommt. Es sei denn, ich beichte ihr alles und komme damit klar, dass ich sie gleich in mehrfacher Hinsicht enttäuscht habe. Ich schüttle den Kopf und wünschte mir, die Vorstellung, mit August zusammen zu sein, wäre nicht so verlockend. »Und was ist mit Ren?« Kann ich ihn wirklich aufgeben, nach allem, was ich getan habe, damit er mir Beachtung schenkt?

Gemma stemmt die Hände in die Hüften und zieht die Stirn kraus in einer perfekten Imitation ihres Dads Gabe, wenn eine Ladung Biscuits im Ofen nicht richtig aufgeht. »Was soll mit ihm sein? Du hast gesagt, er hängt immer noch an Lana. Und das gestern Abend war *kein* Date. Er braucht eine gute Freundin, die ihn aufmuntert, und du kommst ihm da gerade recht. August will *dich*. Wie kannst du dir dann überhaupt diese Frage stellen?«

»Du hast Ren gestern Abend nicht erlebt. Es gab Momente zwischen uns, aus denen mehr werden könnte«, verteidige ich mich.

»Wie viel Zeit willst du denn noch an ihn verschwenden, Mo? Ich hab dich echt lieb, aber du kannst mir nicht ernsthaft erzählen, dass du dich noch immer für ihn entscheiden würdest. Ich möchte, dass du mit jemandem zusammen bist, der dich glücklich macht, das ist alles.«

Die Andeutung wiegt schwer zwischen uns. August macht mich glücklich. Und wir beide wissen das.

am Strand nicht kommen sehen? Seine Blauäugigkeit entlockt mir ein schallendes Lachen.

»Was ist so lustig daran?«, will er wissen.

Ich tätschele ihm tröstend und besänftigend die Schulter.
»Sorry. Ich wollte nicht lachen. Es ist nur so, dass das Mädchen wild entschlossen ist und sich durch nichts aufhalten
lässt. Das ist irgendwie beeindruckend.«

»Beeindruckend? Wenn ich mich so aufführen würde,
würde mich jedes Mädchen in der Schule auf die No-Go-
Liste setzen.«

Seine Freunde akzeptieren schließlich, dass Astrid nicht
zurückkommt, und ihr Verstand setzt so weit wieder ein,
dass sie Kommentare wie »Yeah« und »Könnt ihr euch vorstellen, wir würden so 'nen Scheiß abziehen?« loslassen
können. Einer rät Ren, einem geschenkten Gaul nicht ins
Maul zu schauen. Alle lachen. Außer Ren. Der verfällt wieder in Angststarre.

»Und das zu Recht. Niemand sollte jemanden gegen seinen Willen zu einem Date zwingen.« Ich hake mich bei
Ren unter und ziehe ihn von seinen Freunden weg, damit
wir uns ohne ihre Bemerkungen unterhalten können.
»Und du willst das doch nicht, oder?«

Der Abstand scheint ihn zu beruhigen, und sein Kiefer
entspannt sich so weit, dass er sich ein Lächeln abringen
kann. »Nein. Absolut nicht. Nicht dass an Astrid etwas auszusetzen wäre. Ich bin einfach noch nicht bereit.«

Er ist noch nicht bereit.

Nicht für Astrid. Aber für die richtige Person – mich vielleicht – ist er es möglicherweise schon.

Ich ignoriere Gemmas Stimme in meinem Kopf, die mir zuraunt, dass ich mich für den Falschen entscheide.

»Du bist vielleicht noch nicht bereit, aber die Mädchen sind es mit Sicherheit. Dass du nach so langer Zeit wieder Single bist, öffnet vielen, die geglaubt haben, dass sie nie eine Chance bei dir hätten, eine Tür.« Als ich nach einem Stapel Speisekarten und Besteck greife, um ihn und seine Freunde zu einem Tisch zu führen, kommt er mit und weicht mir nicht von der Seite.

»Du auch?«, erkundigt er sich.

»Ja, ich auch.« Ich blicke zu ihm auf, damit er sieht, wie ich die Augen verdrehe, trotz meiner ehrlichen Antwort. Noch vor ein paar Wochen hätte mich die Aussicht, dass sich eine andere auf Ren stürzt, bevor ich ihm beweisen kann, dass ich die Richtige bin, völlig aus der Fassung gebracht. Ich sollte um Ren kämpfen. Das war ja einer der Gründe, warum ich mit dem erfundenen August überhaupt erst Schluss gemacht habe. Aber jetzt gibt es den echten August, der alles ganz schön kompliziert macht.

»Wenn jemand fragt, könntest du dann vielleicht sagen, dass wir quasi zusammen sind? Du weißt schon, nur um mir etwas Zeit zu verschaffen, damit ich beziehungstechnisch wieder einen klaren Kopf bekomme. Wir könnten auch immer mal was unternehmen, dann wäre es nicht komplett gelogen.« Rens Miene ist so offen, verletzlich, als könnte nur ich ihn retten. Wieder einmal.

Es mag näher an der Wahrheit dran sein als meine Beziehung zu August, aber ehrlich ist es trotzdem nicht. Ich weiß nicht, wie oft ich noch lügen kann, bevor mich das kaputtmacht. »Das ist keine gute Idee.«

»Oh, ja, okay. Wenn du das nicht machen willst, verstehe ich das total.« Eine Ranke aus blaugrüner Aura windet sich um sein Schlüsselbein, als er wegschaut.

Sein Blick fällt auf seine Freunde, die uns von dem Tisch aus rufen, den sie in Beschlag genommen haben, weil ich zu lange gebraucht habe, um ihnen einen Platz zuzuweisen. Ich winke ihnen mit den Speisekarten, damit sie wissen, dass ich sie nicht vergessen habe. Aber ich bin noch nicht fertig mit Ren.

»Doch, schon. Ich möchte nur niemandem bewusst etwas vormachen. Wir können Freunde sein, und wenn die Leute denken, dass es mehr ist, werde ich ihnen nicht unbedingt widersprechen. Aber wenn mich jemand direkt fragt, werde ich die Wahrheit sagen.«

Ren senkt den Kopf und schüttelt ihn fast unmerklich. »Ja, das verstehe ich. Ich weiß nicht, was ich mir dabei gedacht habe, dich um so etwas zu bitten. Ich will nicht, dass du meinetwegen gegen deine Prinzipien verstößt.«

Wenn meine Prinzipien nur tatsächlich noch so lupenrein wären. Ich schenke ihm ein entschuldigendes Lächeln. »Aber etwas miteinander zu unternehmen, ist gar keine schlechte Idee. Meine Mom sagt ihren Kunden immer, wenn sie über jemanden hinwegkommen wollen, müssen sie die Flucht nach vorn antreten und sich auf jemand anderen einlassen. Das klappt vielleicht nicht auf Anhieb, aber wenn man es nicht versucht, klappt es nie. Fake it till you make it, oder?«

»Ist das eine ihrer offiziellen Liebesregeln?«

»Ist es. Es ist auch eine ihrer Philosophien gegen Liebeskummer. Und wenn wir unsere Trauer hinter uns lassen wollen, schaffen wir das am besten gemeinsam. Wir können füreinander da sein, ohne den Druck, der aus einer Beziehung entsteht. Uns gegenseitig bemitleiden, wenn wir unserem Ex-Freund oder unserer Ex-Freundin über den Weg laufen und jemanden brauchen, bei dem wir uns darüber auskotzen können, wie beschissen das ist. Ich weiß, dass du neulich im Scherz zu Evans gesagt hast, wir wären ein Club der gebrochenen Herzen, aber das können wir sein. Wir können uns gegenseitig helfen.«

»Das finde ich gut. Wir bauen uns gegenseitig auf, bis wir bereit für etwas Neues sind.«

Oder bis er merkt, dass wir füreinander bereit sind.

Bei dem Gedanken kriegt mein Herz einen Wutanfall, es trommelt heftig und schnell gegen meinen Brustkorb.

Es will Ren nicht mehr. Vielleicht wollte es ihn auch nie wirklich. Denn alles, woran ich denken kann, ist August, und dass es sich ein bisschen so anfühlt, als würde ich ihn betrügen, wenn ich Zeit mit Ren verbringe.

Sechzehntes Kapitel

Liebesregel #28: Zeig deine Liebe offen,
sodass kein Raum für Unsicherheit bleibt.

Da die Frühjahrsferien fast vorbei sind, werkeln Gemma und ich am Freitagmorgen an ihrer Bewerbung für die Kinsey. Seit Tagen tüftelt sie an einer neuen Skulptur. Es ist ein lebensgroßer menschlicher Körper, derzeit ohne Kopf. Nach drei gescheiterten Versuchen, das Gesicht so hinzubekommen, wie sie es sich vorstellt, hat Gemma aufgegeben und beschlossen, es so zu lassen, wie es ist. Ich mache schnell Fotos davon, bevor sie es sich wieder anders überlegt.

Während ich arbeite, spielt Gemma auf ihrem Handy herum. »August hat ein Foto von dir gepostet«, verkündet sie.

»Was?« Mein Kopf schnellt zu ihr herum, doch sie hält mir das Bild gar nicht hin.

»Es ist ein Foto vom Strand, du bist darauf aber ganz deutlich erkennbar. Eigentlich ist es auch eine echt schöne Aufnahme von dir. Unter das Bild hat er geschrieben: *Das Schönste, was ich je gesehen habe.*«

Ich sollte weder den Post noch seine Meinung so charmant finden. Doch ich muss Gemma den Rücken zukehren, damit sie mein Lächeln nicht sieht und es mir ewig vorhält. »Warum schaust du dir seine Beiträge überhaupt an?« Mehr noch, warum postet August so etwas? Seine normalen Accounts sind privat, aber dieses – DerEchte-August – ist für alle sichtbar. Gehört das zu unserem Plan, Ren dazu zu bringen, mich zu beachten, oder hat er den über den Haufen geworfen, weil wir irgendwie Gefühle füreinander entwickelt haben?

»Warum tust *du* das nicht?« Gemma bewaffnet sich mit einer ihrer zusammengeknüllten Skizzen von vorhin und bewirft mich damit. Als ich sie böse anblicke, fragt sie: »Willst du nicht wissen, ob er dich und eure Fake-Beziehung vor allen bloßstellen will?«

»Das würde August nicht machen.« Wenn das in seiner Absicht läge, hätte er es in der Sekunde getan, in der er zum Casting für meine Mappe ins Yeastie Boys spaziert ist, und die letzten Tage nicht vorgegeben, mich zurückerobern zu wollen, um den Schein zu wahren.

»Willst du echt nicht einmal darauf reagieren, dass er dich ›schön‹ genannt hat?«

»Ich bin mir sicher, dass er damit die Aussicht auf das Meer gemeint hat.«

»Gott, du bist so bekloppt.« Gemma stöhnt und lässt sich zu Boden sinken, als wäre der Umgang mit mir zu anstrengend für sie. »Eigentlich wollte ich, dass du es selbst entdeckst, so als nette kleine Überraschung, aber bei deiner langen Leitung kriegst du es wahrscheinlich gar nicht mit. Komm mit.«

Ich mache noch ein paar Aufnahmen von ihrer Skulptur, bevor ich einlenke. »Wohin gehen wir?«

»Ich zeige dir etwas, das auf einem seiner anderen Fotos abgebildet ist. Da geht es auch um dich.« Sie hält mich am Handgelenk fest und stiefelt mit mir zu ihrem Auto. »Nee, jetzt musst du dein Handy auch nicht mehr herausholen und nachschauen. Warte einfach, bis du es persönlich siehst«, schimpft sie, als ich genau das versuche. Zur Sicherheit nimmt sie mir das Handy weg und klemmt es sich unter den Oberschenkel, damit ich es mir nicht schnappen kann, während sie fährt.

»Du hättest mir das Foto einfach zeigen können, bevor du mich durch die Gegend kutschierst, weißt du?«

»Dann macht es ja keinen Spaß. Außerdem bist du immer noch unschlüssig, ob du nun eigentlich Ren willst. Vielleicht triffst du die richtige Entscheidung, wenn du das siehst.«

Was auch auf dem Foto ist, das Letzte, was ich tun sollte,

ist, es mir persönlich anzuschauen. Ich brauche nicht noch mehr Gründe, August zu mögen. Aber das kann ich Gemma nicht sagen, sonst wird sie nie Ruhe geben. Zumindest nicht, bevor August und ich offiziell ein Paar sind. Ab dann müsste ich den Rest meines Lebens eine Lüge leben. Nein danke. Ein Jahr voller Lügen reicht.

»Und welche wäre das?«, erkundige ich mich.

Gemma wendet ihre Augen lange genug von der Straße ab, um mir einen genervten Blick zuzuwerfen. »Für eine, die behauptet, die Liebe sehen zu können, bist du erstaunlich begriffsstutzig.«

Ich lasse das Fenster herunter, sodass mir die kühle Morgenluft um die Nase weht. Es besteht kein Zweifel daran, dass August und ich uns zueinander hingezogen fühlen. Und diese Woche hat es zwischen uns auch ordentlich gefunkt. Aber nur, weil er jetzt glaubt, dass er mich gernhat, heißt das nicht, dass diese Gefühle anhalten, wenn er wieder zu Hause ist. Wie soll das überhaupt funktionieren? Wird er seinen Freunden die Wahrheit darüber sagen, wie wir zusammengekommen sind? Werde ich meine weiterhin anlügen und so tun, als hätten wir uns wieder versöhnt, obwohl ich Ren erzählt habe, dass August mich betrogen hat?

Liebesregel Nummer fünfundzwanzig. Verwechsle nicht Anziehung mit Liebe. Anziehung ist oberflächlich und schwindet mit der Zeit, während die wahre Liebe für immer ein Teil von dir wird.

Gemmas stumme Enttäuschung begleitet mich bis in den Gastraum. In der nächsten Stunde ist sie meine ständige Begleiterin und sorgt dafür, dass ich die Gedanken an August nicht allzu weit wegschieben kann.

Das Universum aber schickt mir Ren. Ich kann nicht anders, als das als Zeichen zu nehmen.

Letzte Woche hätte ich mir nichts mehr gewünscht, als Ren zu sehen. Nicht dass ich über sein Erscheinen jetzt unglücklich wäre. Mein Herz braucht nur wenige Sekunden, um sich nach den paar Tagen mit August wieder einzukriegen. Ren und seine Freunde blockieren den Eingang, während Astrid von ihnen wegschlendert und bewusst die Hüften wiegt, damit sie im Gehen alle Blicke auf sich lenkt. Und alle Augen sind auf sie gerichtet. Rens Freunde machen Faustchecks, ohne sich anzusehen. Sie genießen den Anblick, während Ren schockstarr mit weit aufgerissenen Augen und offenem Mund dasteht.

Ich tippe ihm auf die Schulter, um ihn aus seiner Benommenheit zu reißen, und frage: »Geht's dir gut?«

Er zuckt bei meiner Berührung zurück, entspannt sich aber sichtlich, als er sich umdreht und mich erblickt. »Ich glaube, Astrid hat mich gerade gefragt, ob wir miteinander ausgehen. Na ja, nein, sie hat mir *gesagt*, dass wir ausgehen. Ich hatte nicht den Eindruck, dass ich dabei irgendetwas zu melden habe.«

Wie konnte er das nach ihrer Begegnung letzte Woche

Das größere Problem? Ich will keinen Freund, den ich kaum sehe. Der nicht mehr ist als eine Stimme am Telefon. Eine Nachricht. Ich will jemanden, der hier ist. Wie Ren.

»Du bist so still geworden. Ich wollte nicht gemein sein«, sagt Gemma entschuldigend.

»Ich weiß. Und ich bin auch nicht wütend, jedenfalls nicht auf dich. Es ist bloß einfach sinnlos, etwas zu wollen, das nicht geht.«

»Glaubst du wirklich, du hast eine Zukunft mit Ren?«

Gestern Abend war etwas zwischen uns. Nicht gleich ein Funke, aber ein gegenseitiges Verständnis. Das Gefühl, dass wir beide das sein könnten, was der andere braucht. Ich habe keine Ahnung, ob das mehr als Freundschaft ist, aber ich müsste lügen, wenn ich behaupten würde, dass ich es nicht herausfinden will. »Vielleicht. Wir haben uns gut verstanden, nachdem er endlich angefangen hat, mir Beachtung zu schenken. Und ihn zu fotografieren, hatte etwas seltsam Vertrautes. Er hat sich mir gegenüber auf eine Weise geöffnet wie niemand zuvor.«

»Macht er dich glücklich?«

»Wird sich noch zeigen«, erwidere ich.

»Und August?«, bohrt sie weiter.

Das zaubert mir umgehend ein Lächeln aufs Gesicht. Ich könnte es nicht abstreiten, selbst wenn ich es wollte. »Du weißt, dass es so ist, sonst würdest du mich nicht davon überzeugen wollen, ihm eine Chance zu geben.«

»Das hast du dir doch immer gewünscht. Einen Typen, der dich um deiner selbst willen mag. Und das ist bei August ganz eindeutig der Fall. Du hast ihn nicht ohne Grund zu deinem Fake-Freund gemacht. Vielleicht, weil er in echt dein Freund sein sollte und du bloß zu viel Angst hattest, deine Gefühle zu offenbaren. Das ist deine Gelegenheit, das hinzubiegen, Mo.«

Sie sucht ihre Romantic-Playlist und dreht die Lautstärke auf. Wir singen »This Feeling« von den Chainsmokers aus voller Kehle mit. Und das völlig schief. Alle, an denen wir vorbeifahren, starren uns an. Aber das ist uns schnurzegal.

Als Gemma vor der Wunschwand anhält – einer Tafel der Gemeinde, auf der Passanten ihre Wünsche für alle sichtbar aufschreiben können –, habe ich schon vergessen, warum wir eigentlich hier sind. Dann sehe ich es. Ein Gedicht, das aus allen Nachrichten auf der Tafel besteht. Die Wörter sind zu klein, um sie aus der Entfernung zu erkennen. Von hier aus sind es nur farbige Kreidebalken, die sich über die Tafel erstrecken, unterbrochen von den Worten, die August hinterlassen hat. Gemma hat schon ihr »Ich hab's dir ja gesagt«-Lächeln aufgelegt, als ich die Tür öffne, um mir das Gedicht aus der Nähe anzuschauen und schnell ein Foto davon zu machen.

Ich ███████████████████████████████████

████████████ wünschte ███████████████████

du

könntest

erkennen

wie

glücklich

ich

dich

machen

würde

dann

würden

wir

keinen

Wunsch

mehr

brauchen

denn

wir

wären

einander

ein

Leben

lang

genug

»Ich kann nicht glauben, dass er das getan hat«, sage ich. Was ich eigentlich sagen möchte, ist: *Ich kann nicht glauben, dass er das für mich getan hat.* Dieses Gedicht ist romantischer als alles, was ich mir je erträumt hätte. Und er hat mir noch nicht einmal etwas davon erzählt. Daher ist es vielleicht gar nicht für mich. »Wir wissen aber nicht, ob es wirklich um mich geht. Es könnte auch Shay gemeint sein. Möglicherweise hat ihm das Gespräch mit mir neulich gezeigt, dass er sie noch liebt. Oder möglicherweise geht es auch gar nicht um eine bestimmte Person, sondern um seinen Wunsch, dass er das eines Tages mit jemandem findet.«

Gemma hält mir den Mund zu, damit ich keine weiteren Ausflüchte finden kann. »Mach das nicht kaputt. Falls es je einen #heißgeliebt-Moment gab, dann diesen. Genieß ihn, verdammt noch mal. Bitte.«

Greer Latimore senkt das Handy, nachdem they auch ein Foto von dem Gedicht gemacht hat. »Warte. Du weißt, wer das geschrieben hat?«

»August.« Der Name entfährt mir, bevor ich ihn zurückhalten kann. Dieses eine Wort ist so voller Sehnsucht und Hoffnung und Verlangen. Nach allem, was sein Gedicht heraufbeschwört.

»Es ist genial«, schwärmt Greer. »Ich wünschte, mir wäre so etwas eingefallen.«

»Ich wusste gar nicht, dass du dich mit Kunst beschäftigst«, erwidert Gemma mit leuchtenden Augen und plötzlich interessiert.

»Eigentlich schreibe ich. Meistens Prosa, aber ich versuche, mich auch mit Lyrik vertraut zu machen. Und mit dieser Art Lyrik kann ich durchaus etwas anfangen.« Greer lächelt, als würde das Gedicht jeden Moment sämtliche Geheimnisse der Liebe und der dichterischen Begabung preisgeben.

Gemma rückt näher an Greer heran, als würde sie von einer unsichtbaren Gravitationskraft angezogen werden. »Oh, wenn das so ist, musst du dir mal sein Insta anschauen. Dort hat August Hunderte Gedichte gepostet. Die meisten nicht in diesem Umfang, aber das Wichtigste sind ja ohnehin die Worte. Und wenn du ihm sagst, dass du mit Mo befreundet bist, wird er sich bestimmt sehr gern mit dir darüber unterhalten.«

Ich packe Gemma am Arm, um sie wieder auf den Boden der Tatsachen zurückzuholen. »Gemma«, mahne ich. Das Letzte, was ich brauche, ist, dass jemand hier mit August spricht.

Greer sieht mich verwirrt an. »Habt ihr euch nicht getrennt?«

»Haben wir.«

»Das ist nicht von Dauer. Die Trennung, meine ich. Er hat ganz offenbar noch Gefühle für sie«, wirft Gemma ein. Sie fuchtelt mit dem Arm vor dem Gedicht herum, als wäre dessen bloße Existenz ein Beweis dafür, dass ich damit gemeint bin.

»Deshalb will ich mich ja mit Lyrik beschäftigen. Sie ist so verdammt romantisch. Ich meine, wie kann man nur so viel Leidenschaft mit so wenigen Worten ausdrücken? Und dann den Mut haben, es zu veröffentlichen, damit alle Welt es lesen kann?«, überlegt Greer laut. Their Blick ist auf Gemma gerichtet und ein zaghaftes Lächeln umspielt their Lippen.

Gemma, der nie etwas peinlich ist, kriegt knallrote Wangen. »Ich weiß, was du meinst. Ich kann nicht mal der Person, die ich mag, sagen, dass ich sie mag.« Eine zarte rosafarbene Wolke baut sich um sie herum auf. Kein voll ausgeprägter Liebesschimmer. Noch nicht. Aber ihre Gefühle für Greer gehen eindeutig weit über Freundschaft hinaus.

Warum habe ich nicht früher erkannt, dass es nicht bloß eine Schwärmerei ist? Und vor allem, warum hat Gemma es mir nicht erzählt? Ich knuffe sie mit dem Ellbogen in die Rippen. »Ähem. Ich weiß ein, zwei Dinge darüber, wie man Leute zusammenbringt. Also wenn du in dieser Hinsicht meine Hilfe brauchst ...« Ich lasse den Satz unvollendet und sehe zu Greer. Their haifischblau gefärbten Haare heben die Röte auf their Wangen noch deutlicher hervor. Vielleicht werden meine Dienste ja gar nicht benötigt.

Ich warte, bis wir wieder im Auto sind, bevor ich

Gemma zur Rede stelle. »Entschuldige mal. Was war das denn eben?«

Sie prüft geschäftig die Spiegel, obwohl ich vermute, dass sie damit ebenso einen letzten Blick auf Greer erhaschen wie meiner fragenden Miene ausweichen will. Erst als wir wieder auf die Straße eingebogen sind, erwidert sie: »Was denn?« Vielleicht wäre sie mit ihrer Unschuldsmasche durchgekommen, wenn ihre Stimme nicht leicht gezittert hätte.

»Das atombombenmäßige Leuchten, das du gerade ausgestrahlt hast, als Greer dich angelächelt hat.«

»Du siehst Dinge, die nicht da sind.«

»Quasi schon. Und ich kann sehen, dass du *so* kurz davor bist, dich in Greer zu verlieben.« Ich halte meinen Zeigefinger und Daumen so, dass sie sich fast berühren.

Gemma schlägt meine Hand weg. »Ich bin nicht in Greer verliebt. Ich glaube, du projizierst deine Liebe zu August auf mich. Deine Liebesaura ist so grell, dass deine Sicht auf die Welt davon geblendet wird.«

Falsch. Ich bin mir meiner Gefühle für August wohlbewusst und darüber, wie verworren sie sind. »Ich bin vielleicht ein bisschen verknallt in August, aber nicht …«

»Nee. Da muss ich dich unterbrechen. Du flirtest schon die ganze Woche mit ihm. Das ist viel mehr als nur verknallt. Ich brauche deine Magie nicht, um zu erkennen, was du für ihn empfindest.«

»Na schön. Wenn ich zugebe, dass ich etwas für August empfinde, gibst du dann zu, dass es dir mit Greer genauso geht?«

»Ich habe dir schon gesagt, dass es nicht so ist.«

»Ich glaube dir nicht«, sage ich und dehne jedes einzelne Wort. »Aber mal im Ernst, von uns beiden bin ich ja wohl diejenige, die sich aus gutem Grund nicht auf den Menschen einlässt, den sie gernhat. Warum sträubst du dich so sehr dagegen?«

Gemma sieht mich kurz an, als wir an einer Ampel anhalten, und heftet ihren Blick dann wieder auf die Straße. »Ich möchte nicht das Paradebeispiel für die Republikaner sein, dass die Homo-Ehe abgeschafft werden sollte, weil sie Kinder queer macht.«

Das ist wohl das Dämlichste, was ich je aus ihrem Mund gehört habe. Und sie hat im Laufe der Jahre schon viel Abenteuerliches gesagt. Aber falls sie es ernst meint, will ich ihre Bedenken nicht übergehen. »Glaubst du wirklich, es liegt daran? Dass die Beziehung deiner Dads dafür verantwortlich ist, dass du auf Greer stehst?«, bohre ich nach.

»Natürlich nicht!«

»Gut, weil ich dir sonst den Kopf zurechtgerückt hätte. Du hast zwei der besten Dads der Welt und kannst absolut froh sein, dass du so bist wie sie.«

»Keine Einwände. Aber nicht alle sehen das so. Manche

Leute sind Arschlöcher und werden sich an zwei schwulen Dads und ihrer queeren Tochter aufhängen. Und ich will nicht der Grund sein, dass jemand noch mehr Hass auf sie ablädt oder auch nur eine Sekunde lang denkt, sie wären nicht die megatollsten Eltern überhaupt. Du weißt schon, wenn sie mich nicht gerade verrückt machen.«

»Aber du wärst ja nicht der Grund. Arschlöcher, schon vergessen? Deren Ansicht wirst du nicht ändern, also kannst du auch dein Leben so leben, wie du es willst, und glücklich sein, nur um ihnen eins reinzuwürgen.«

»Ah, Glück aus reiner Gehässigkeit. Warum ist mir das nicht eingefallen?«

»Weil dein Gehirn von Greer so benebelt ist, dass du nicht mehr klar denken kannst. Das macht die Liebe mit den Menschen.«

»Was uns direkt zu dir und August zurückbringt. Glaub nicht, mir ist entgangen, dass du vorhin gesagt hast, dass du ihn magst«, neckt mich Gemma.

Ich stöhne auf und lasse meinen Kopf zurück auf die Kopfstütze plumpsen. »Ich habe auch gesagt, dass ich nichts mit ihm anfangen sollte. Diesen Teil hast du geflissentlich überhört.«

Sie streckt die Hand aus und tippt auf mein Handy, um es zu aktivieren. Augusts Gedicht füllt das Display. »Na, wer ist jetzt hier bekloppt?«

Es ist schwer, ihr zu widersprechen, wo sie doch recht

hat. Und noch schwerer, weil ich ihr eigentlich zustimmen möchte.

Nachdem Gemma mich zu Hause abgesetzt hat, bearbeite ich die Fotos, die ich von ihren Skulpturen gemacht habe, und maile ihr mehrere Versionen, damit sie die Bilder für ihre Mappe auswählen kann. Dabei schaue ich mir das Foto von Augusts Gedicht bloß alle fünf Minuten oder so an. Es steht auf meinem Handy für eine Insta-Story bereit, die ich aber nicht veröffentlichen kann. Wenn jemand mitkriegt, dass er hinter dem Gedicht steckt, wird es eine Menge Fragen hageln.

Fragen, die ich nicht beantworten kann.

Das Klügste wäre, so zu tun, als hätte ich es überhaupt nicht gesehen. Aber wenn ich mit meinen Entscheidungen in letzter Zeit etwas bewiesen habe, dann, dass ich nicht klug bin, wenn es um August geht. Er hat etwas an sich, das mich leichtsinnig werden lässt. Mich dazu bringt, alles über Bord werfen zu wollen, was ich mir mit Ren aufgebaut habe, und stattdessen uns eine Chance zu geben.

Ich bin schon so lange hinter der Liebe her. Was, wenn August der Richtige ist und ich zu sehr in meine alten Gefühle für Ren verstrickt bin, um es zu erkennen?

Und dann sind da auch noch Rens Gefühle. Nicht für

mich, sondern für Lana. Vielleicht wird er mich nie so lieben, wie ich es mir wünsche. Eines steht jedoch fest. Wenn ich das Foto von Augusts Gedicht poste, weiß Ren, dass ich Zweifel an unserem Club-der-gebrochenen-Herzen-Deal und daran habe, ob ich wirklich über August hinwegkommen will.

Ich verwerfe den Insta-Entwurf, und die Künstlerin in mir weint, weil ich das Gedicht für mich behalten muss. Aber es ist zu schön, um nicht gewürdigt zu werden. Ich tippe eine Nachricht an August.

> **MolmGlück:** Gemma hat mir dein Gedicht gezeigt. Es ist unglaublich.
>
> **DerEchteAugust:** Danke. Freut mich, dass es dir gefällt.
>
> **DerEchteAugust:** Ich hatte Angst, dass es jemand abwischt, bevor du es zu Gesicht bekommst.
>
> **MolmGlück:** Selbst wenn, werden so viele Bilder davon in den sozialen Netzwerken auftauchen, dass ich es auf jeden Fall mitgekriegt hätte.
>
> **DerEchteAugust:** Schade, dass ich es dann nicht signiert habe. Ein Kunstprojekt, das viral geht, hätte meine Kinsey-Bewerbung mega gepusht.

Augusts Internetberühmtheit würde meine nach sich ziehen. Aber ein Fake-Dating-Skandal wird die Aufnahmejury wohl eher nicht beeindrucken. Ich trommele mit den Fingern gegen meinen Brustkorb, damit mein Herz mitkriegt, dass die Sache mit August alles vermasselt, wenn wir nicht aufpassen.

MolmGlück: Wo wir gerade dabei sind. Als wir dort waren, sind Gemma und ich Greer begegnet. They geht auf unsere Schule und wird sich vielleicht mit dir wegen deiner Gedichte in Verbindung setzen. They war ziemlich beeindruckt.

DerEchteAugust: Geht es nur mir so, oder versuchst du gerade, mich mit einem anderen Menschen zu verkuppeln?

MolmGlück: Das geht nur dir so.

DerEchteAugust: Gut.

MolmGlück: Gut?

DerEchteAugust: Falls es noch nicht klar ist, ich mag dich.

DerEchteAugust: Und bevor du sagst, dass ich das nicht sollte oder kann – schon zu spät.

DerEchteAugust: Es ist nämlich Fakt.

DerEchteAugust: Ich mag dich, Imogen.

DerEchteAugust: Und wen kümmert's, was die anderen denken?

Mich. Es sollte mich nicht kümmern, aber weil es mir eben nicht egal ist, was andere über mich denken, habe ich mir die Beziehung mit August ja überhaupt erst ausgedacht. Jetzt sagt er, es würde ihm nichts ausmachen, aber was, wenn die anderen es herausfinden? Wird er mich noch immer mögen, wenn seine Freunde merken, wie verkorkst ich bin, und ihm raten, er soll die Beine in die Hand nehmen und das Weite suchen?

Siebzehntes Kapitel

Liebesregel #17: Wenn du deine
Gefühle verleugnest,
werden sie nur noch hartnäckiger.

Normalerweise bin ich ein Morgenmensch. Aber heute nicht. Heute reist August ab. Und wenn er weg ist, habe ich keinen Grund mehr, mich mit ihm zu unterhalten. Solange er in der Stadt war, konnte ich mir zumindest einreden, dass ich mich bloß mit ihm treffe, um dafür zu sorgen, dass er mein Geheimnis für sich behält. Aber diese Gefahr ist gebannt, sobald er weg ist. Ich knalle die Kaffeekanne schwungvoller als nötig auf ihren Platz und Gemma wirft mir zum x-ten Mal seit Beginn unserer Schicht einen finsteren Blick zu. Ich glaube, sie hätte mich gern heimgeschickt, damit ich in Ruhe meiner schlechten Laune nachhängen kann, aber wir haben alle Hände voll mit Touristen zu tun, die sich noch einmal stärken, bevor sie sich auf den Weg machen.

»Ich habe sie ja nicht zerbrochen. Alles okay«, verteidige ich mich und halte zum Beweis die unversehrte Kanne hoch.

»Ich mache mir keine Sorgen, dass *sie* zerbricht«, erwidert Gemma.

»Um mich brauchst du dir auch keine Sorgen zu machen. Ich wusste, worauf ich mich in dieser Woche einlasse und dass es nicht von Dauer ist.« Ich hatte nur nicht damit gerechnet, dass es mir etwas ausmacht, wenn es zu Ende geht. Nicht dass ich das laut zugeben könnte.

Gemma kommt zu mir und zerquetscht mich quasi in ihrer Umarmung. »Oh, ich habe das völlig falsch verstanden.«

»Falsch verstanden?«, echoe ich. Wenn Gemma in Umarmungslaune ist, ist sie wie Treibsand. Je mehr man dagegen ankämpft, umso schlimmer macht man es. Also halte ich still und lasse mich von ihr trösten.

»Ich dachte, du wärst wütend, weil es mit August so gut läuft und du ihn eigentlich gar nicht mögen willst, und du würdest dich hier so aufführen, um dieses Gefühl loszuwerden. Aber du bist traurig, weil er wegfährt. Du willst, dass aus euch etwas wird.«

Ich schüttle den Kopf und rücke so weit von ihr ab, dass ich ihr in die Augen sehen kann. »Nein, *du* willst, dass daraus etwas wird.«

»Natürlich. Er ist perfekt für dich.«

»Das spielt keine Rolle.«

Sie lässt mich los und lacht. »Na, sieh mal einer an. Du bist mit mir einer Meinung.«

Nur Gemma würde es als Zustimmung auffassen, dass ich mich meinem Schicksal ergebe, weil mir nichts anderes übrig bleibt. Es ist egal, was ich will. Oder ob ich August gernhabe oder nicht. Morgen wird er weg sein. Meine Gefühle eher nicht.

»Das habe ich nicht gesagt. Du unterstellst mir nur Gefühle, die gar nicht da sind.« Ich schnappe mir eine Bestellung aus der Durchreiche, als Saint, einer der Köche, vier Teller hinstellt, und bedeute Gemma mit dem Ellbogen, die anderen beiden zu nehmen. Zum Glück hat die Arbeit Vorrang gegenüber Gesprächen über wirkliche oder eingebildete Verliebtheit.

»Sie sind auf jeden Fall da, ob du es nun wahrhaben willst oder nicht.« Gemma lädt sich die Teller auf. Dann hält sie neben mir inne und meint: »Und weil das Universum weiß, dass ich recht habe, wird es dir gleich den Beweis vor dein hübsches kleines Gesicht halten.«

Ich muss mich nicht einmal umdrehen, um mitzubekommen, dass August hier ist. Das siegessichere Grinsen, das Gemmas Miene erhellt, sagt alles. Ich werde meine Gefühle für ihn unmöglich verbergen oder Gemma davon überzeugen können, dass sie nicht existieren, wenn er direkt vor mir steht.

Ich lasse mir Zeit beim Servieren. Das verschafft mir nicht nur ein paar Minuten, um meinen Herzschlag wieder auf Normalpegel zu regulieren. Wenn ich die Gäste jetzt mit allem Nötigen versorge, werde ich mich auch ein bisschen länger mit August abgeben können, bevor ich wieder nach ihnen schauen muss.

»Ich dachte, ihr seid schon unterwegs«, sage ich, als ich zurück am Tresen bin, wo er und Owen sich hingesetzt haben.

»Wir können doch nicht ohne ein letztes Biscuit fahren«, erwidert August.

Gemma schiebt sich hinter mir vorbei und macht ein Kussgeräusch direkt in mein Ohr. Zu August meint sie: »Schon klar, die Biscuits wirst du vermissen.«

»Wirst du uns vermissen?«, fragt Owen, ganz unschuldig und hoffnungsvoll. Er hat keine Ahnung, dass die Lage zwischen mir und seinem Bruder auf sehr wackligen Beinen steht. Eine leichte Brise, und meine Lügen werden auf mich herabstürzen und die Schmetterlinge in meiner Brust zerquetschen.

Die beiden werden mir fehlen. Die Beziehung, die ich für die Öffentlichkeit mit August geführt habe, ist erfunden, aber was wir diese Woche miteinander erlebt haben, hat ein behagliches kleines Nest in meinem Herzen geschaffen, und nur ein Sturm in Orkanstärke könnte die Gefühle darin vertreiben. August hätte mir meine Lüge um die

Ohren hauen können. Stattdessen hat er mitgespielt und mich daran erinnert, warum ich ihn überhaupt zu meinem Fake-Freund erkoren habe. »Natürlich werde ich einen meiner Lieblingsgäste vermissen.« Ich will August eigentlich gar nicht ansehen, als ich das sage, aber meine Gefühle haben die Angewohnheit, mein Gehirn so zu kapern, dass ich es erst mitkriege, wenn es zu spät ist.

August durchschaut mich sofort. Er senkt den Kopf und ein zaghaftes Lächeln stiehlt sich auf seine Lippen.

Owen strahlt bei meinen Worten und denkt keine Sekunde daran, dass er vielleicht nicht der Bruder ist, den ich gemeint habe. »Bin ich wirklich dein liebster Gast?«

»Tut mir leid, Kleiner. Das geht nicht«, erwidert Gemma. Sie lehnt sich neben mir an den Tresen und stupst mich mit der Hüfte an.

»Wieso nicht?« Owens Brust schwillt an, als würde er es ihr gleich zeigen wollen.

»Weil du schon *mein* Lieblingsgast bist. Mo wird sich mit deinem Bruder begnügen müssen.«

Meine Wangen fangen an zu brennen, als würde ich vor einem offenen Herd stehen, der mich mit zweihundert Grad grillt. »Musst du dich nicht um deine Tische kümmern?«

Gemma lässt ihren Blick theatralisch über das gut besuchte Lokal schweifen und verdreht dann die Augen, als sie sich wieder mir zuwendet. »Und dir die Gelegenheit geben, mir meinen Lieblingsgast auszuspannen? Da hast du dich geschnitten.«

Sie genießt das viel zu sehr. Ist ihr entfallen, dass August für eine Beziehung nicht infrage kommt? Auch wenn ein Teil von mir sich wünscht, dass es so wäre, kann es nicht sein. Nicht nachdem alle denken, er hätte mich betrogen. Wie würde es denn aussehen, wenn ich ihn nach so einer Nummer zurücknehme? Offenbar braucht Gemma ebenso wie ich eine kleine Erinnerung daran. »Weißt du was? Es ist wahrscheinlich eh besser, wenn du dich um die beiden kümmerst. Ich will nicht, dass uns jemand hier plaudern sieht und anfängt, Fragen zu stellen.«

August runzelt die Stirn, seine ganze Miene wird hart. »Ja, das wollen wir doch nicht, oder?«

»Ach ja.« Gemma richtet sich auf und schenkt ihnen zwei Gläser Wasser ein. »Das habe ich irgendwie völlig vergessen.«

»Lügnerin«, zische ich und lege ihnen die Speisekarten hin.

»Was hast du vergessen?«, will Owen wissen.

August lässt die Speisekarte auf dem Tresen kreisen. »Das ist nur so ein Spiel, das Imogen und ich am Laufen haben. Sie tut so, als würde sie mich nicht mögen, wenn andere Leute dabei sind.«

»Das klingt nicht nach einem lustigen Spiel.«

»Ist es auch nicht«, meint August seufzend. Er sieht

mich direkt an und ein zartes kupfer-blaugrünes Leuchten umspielt ihn.

Ich kann nicht sagen, ob er meinetwegen Liebeskummer hat oder ob er an Shay und ihre Psychospielchen denkt. Dass sie ihn glauben lassen hat, er wäre nicht gut genug. Und ich hasse mich dafür, dass ich zu keinem von uns beiden ehrlich bin. »Habe ich eigentlich erwähnt, dass du einfach fürs Mitspielen ein Gratis-Biscuit bekommst?«

Owen reißt die Augen auf, als wäre ein Gratis-Biscuit der heißeste aller Preise. »Macht Gemma auch mit? Will sie dich deshalb zu Mos Lieblingsgast machen, damit Mo verliert?«

»Nein, Gemma macht nicht mit.« August wirft ihr einen Blick zu, den ich nicht deuten kann. Sagt er ihr, sie soll sich zurückhalten, weil er alles im Griff hat, oder bittet er sie, ihm zu Hilfe zu eilen, damit ihm die Sache nicht entgleitet? An mich gewandt sagt er: »Was das Gratis-Biscuit betrifft: Ich weiß, was *ich* will.«

»Zum Frühstück?«, erkundige ich mich und beiße mir auf die Innenseite der Wange, um mir das Lächeln zu verkneifen.

»In dem Fall nein. Da weiß ich nicht, was ich will. Wenn du hier frühstücken würdest, was würdest du dann bestellen?«

»›Sabotage‹, ein Biscuit mit Cheddar, Jalapeño, Schinkenspeck, in Buttermilch gebratenem Hähnchen, Paprikagelee und Ziegenkäse. Oder ›Time to Get Ill‹, ein Butter-milch-Biscuit mit Schinkenspeck, Avocado, gebratenen sauren Gurken, Kirschtomaten und Chili-Mayo«, erwidere ich, ohne nachzudenken. Das sind meine Biscuits der Wahl, auch wenn alles auf der Speisekarte gut schmeckt.

Er lacht. »Habt ihr etwas, das mich nicht umbringt?«

Gemma, die gerade einen Arm voller Teller zu einem Tisch bringt, bleibt stehen. »Wenn du auf so etwas aus bist, bist du im falschen Biscuit-Lokal.«

»Ignorier sie einfach. Ich verspreche dir, es wird ein schmerzloser, ehrenhafter Tod sein«, versichere ich ihm. Dann beuge ich mich über den Tresen, um ihm etwas auf der Speisekarte zu zeigen, und füge hinzu: »Aber wenn du etwas Leichteres willst, kannst du den ›Egg Man‹ nehmen. Das Biscuit und die Zubereitungsart des Eies kannst du dir dabei aussuchen.«

»Diese Namen sind voll komisch«, meint Owen und schaut von der Speisekarte auf.

Ich halte Gemma die Ohren zu und raune ihm zu: »Lass das Gemma oder ihre Dads nicht hören!«

»Wenn *du* das schon komisch findest, dann frag Mo mal nach dem Wochen-Special«, entgegnet Gemma.

»Imogen, würdest du uns bitte verraten, was das Wochen-Special ist?«, erkundigt sich August, als wäre das ein Drei-Sterne-Restaurant.

Ich deute auf die Kreidetafel an der hinteren Wand.

»Das ist das einzige Biscuit auf der Karte, das nicht nach einem Beastie-Boys-Song benannt ist. Es heißt Frankenbiscuit. Gemma und ich würfeln dieses Biscuit à la Frankenstein aus allen möglichen wilden Zutaten zusammen.«

»Was ist denn das Frankenbiscuit der Woche?«

Gemma lässt ein gackerndes Lachen hören und schreckt damit eine Handvoll Gäste auf, die von ihrem Essen aufschauen. Sie nimmt keine Notiz davon und schenkt August ein schadenfrohes Grinsen. »Oh, ich bin so froh, dass du gefragt hast. Du bist am Zug, Mo. Du bist noch nicht aus dem Schneider.«

Ich verschränke die Arme vor der Brust und funkle sie wütend an. »Das wälzt du jetzt den ganzen Tag auf mich ab, oder?«

»Das hast du davon, dass du dir diese Missgeburt ausgedacht hast. Du verdienst es, den entsetzten Gesichtsausdruck der Gäste zu sehen, wenn du aufzählst, was du dieses Mal alles in das Biscuit hineingefrankensteint hast.« Offenbar findet sie, dass sie mich mit den beiden nun allein lassen kann, denn sie trabt davon, um die Teller zu servieren und den anderen Gästen am Tresen Kaffee nachzuschenken.

»So schlimm ist es gar nicht«, beruhige ich August, als er mich skeptisch ansieht. »Also, es ist ein Schinkenspeck-Cheddar-Jalapeño-Biscuit mit in Buttermilch gebratener Hähnchenbrust und belegt mit Spiegelei und Paprika-Dip mit Sriracha-Chilisoße.«

»Du hast die Monster-Krokis vergessen!«, ruft Gemma.

Ich beachte sie gar nicht und wende mich stattdessen Owen zu. Er bringt mich nicht so aus der Fassung wie August, der über Gemmas unverblümten Ekel still in sich hineinlacht. »Die sind Beilage und gehören eigentlich nicht zum Frankenbiscuit.«

»Was sind Monster-Krokis?«, fragt Owen verwundert.

»Superriesige Käsekroketten«, kläre ich ihn auf.

Aufgeregt reißt er die Augen auf. »Die brauche ich *unbedingt*.«

»Ja, klar.« August trommelt mit dem Finger auf den Tresen, als würde er ernsthaft nachdenken. »Weißt du was? Ich probier's. Dein Frankenbiscuit. Ich vertrau dir hier, Imogen, also lass mich nicht hängen.«

Bei August bin ich immer Imogen. Nie Mo. Und wenn er meinen Namen sagt, klingt es wie Poesie. Es hat einen Rhythmus. Eine versteckte Botschaft. Da vergisst man leicht, dass er nicht die Version von August ist, die im vergangenen Jahr in mich verliebt war.

»Du wirst nicht enttäuscht sein.« Das Frankenbiscuit der Woche ist megalecker, auch wenn Gemma sehr lautstark und sehr oft das Gegenteil beteuert. Aber wenn August nicht mit Eigelb oder Paprika-Dip im eng anliegenden V-Ausschnitt hier rausgeht, wäre es ein Wunder.

»Ich nehme auch eins!«, ruft Owen.

»Ich dachte, du wolltest eins mit Honigbeerenbutter«,

erinnert ihn August und zieht fragend eine Augenbraue hoch.

»Das bestelle ich zum Mitnehmen. Dann habe ich im Auto was zu snacken, falls Jason nicht anhält, und werde nicht wieder vor Hunger sterben, wie auf dem Weg hierher.«

Mein Herz zieht sich zusammen, als ich lache. Die beiden werden mir echt fehlen. »Dann hast du dich aber ganz schön schnell erholt, wenn du diese Woche schon mal gestorben bist.«

Owen zuckt die Schultern. »Ich wäre nur *beinahe* gestorben.«

»Genau wie Spiderman«, erwidere ich. August gibt mir einen Faustcheck. Ich schreibe mir auf, dass Owen ein Biscuit mit Honigbeerenbutter zum Mitnehmen will, und eise mich von den beiden los. Das Letzte, was ich gebrauchen kann, ist ein weiterer Grund, August zu mögen.

Dann besitzt er die Frechheit, mich über den Kopf seines kleinen Bruders hinweg anzulächeln. Megacharmant und verschmitzt provokant. Mein Mund verrät mich und erwidert das Lächeln.

Da ich entschlossen bin, die beiden links liegen zu lassen, bis ihr Essen fertig ist, werde ich für meine anderen Gäste zur aufmerksamsten Kellnerin aller Zeiten. Einer von ihnen, Walter, ist ein Stammkunde, der mit seinen fünfundachtzig Jahren kein Blatt vor den Mund nimmt. Er fragt mich geradeheraus nach dem »Jungen, der mit dir flirtet«. Ich lüge nicht direkt, aber der Name »August« kommt mir nicht über die Lippen. Stattdessen sage ich, er sei ein Frühlings-Urlauber auf dem Heimweg. Kurz und bündig. Und es erstickt alle Fragen, die Walter vielleicht noch hatte, im Keim.

Er senkt enttäuscht den Kopf und murmelt etwas davon, dass ich nicht erkenne, was gut ist, selbst wenn es vor mir steht. Ein paar Tische weiter pfeift Gemma gaaanz unschuldig. Zweifelsohne hat sie Walter dazu angestiftet. Oder ihn zumindest auf August aufmerksam gemacht, damit Walter sich seinen Teil über mein Liebesleben denken kann. Im letzten Jahr hat er mich jede Woche gefragt, wann er »diesen Jungen von dir« endlich mal kennenlernen würde, und an dem Tag, als ich ihm erzählt habe, dass August und ich uns getrennt haben, hat er mir fünf Dollar Trinkgeld gegeben.

Schuldgefühle brennen auf meiner Haut wie heißes Öl, das aus einer Pfanne spritzt. Walter hat mich immer unterstützt und zum Dank dafür lüge ich ihn an. Lüge ich alle an.

Ich reibe meine Arme mit den Händen ab, als könnte ich mich so reinwaschen. Aber es gibt kein Zurück. Keinen Neuanfang. Entweder lasse ich August heute endgültig los, oder ich tue das, was Gemma mir immer wieder rät, und sage allen, dass wir uns versöhnt haben. Dann können wir wirklich ein Paar werden. Ich sollte mich für die erste Möglichkeit entscheiden und die Sache abhaken. Aber ich mache den Fehler, zu August hinüberzuschauen, und merke, dass das eigentlich nie eine Option war.

Ich habe mich längst für August entschieden.

Als Saint »Zwei Franken!« ruft und die Teller aus der Küche reicht, bin ich schon dort, bevor August überhaupt nachschauen kann, ob es ihre sind. Doch sobald ich wieder vor ihm stehe, heftet er seinen Blick auf mich, und ein Lächeln umspielt seine Mundwinkel. Owen schaut sein Essen mit dem gleichen andächtigen Blick an. Sein Teller ist noch ein paar Zentimeter vom Tresen entfernt, als er mit bloßer Hand nach dem faustgroßen, käsetriefenden Biscuit greift. August schiebt seinem Bruder wortlos eine Gabel zu.

Owen zieht die Hand zurück und schielt zu seinem Bruder, bevor er sich wieder seinem Frühstück zuwendet. »Nimmst du denn eine?«

»Hast du dieses Ding gesehen? Wenn man dafür eine Gabel benutzen würde, wäre das ein Sakrileg.«

Ein Lachen entweicht mir, als hätte August es mit einem Zauberspruch heraufbeschworen. Als hätte ich keine Kontrolle mehr darüber, was ich tue oder sage, wenn er in meiner Nähe ist. Und ich kann nicht behaupten, dass mich das stört. Aber ich sollte ihn auch nicht ermutigen. Also lasse ich stattdessen eine Handvoll Servietten vor ihm fallen. »Es würde eh nichts bringen. Man kann es nicht essen, ohne sich einzusauen.«

August schiebt die Gabeln wieder weg und seufzt, als Owen die Fäuste zum Sieg reckt. »Aber erzähl Mom nichts davon.«

Nach dem ersten Bissen sagt August nichts mehr, sondern schließt einfach die Augen und legt den Kopf in den Nacken, als wollte er den Geschmack Sekunde für Sekunde auskosten. Unweigerlich denke ich, dass er wahrscheinlich genauso aussieht, wenn er jemanden küsst.

Ich schütte einen Eimer kaltes Wasser auf meine Fantasie, bevor sie mit mir durchgeht.

»Siehst du das, Gemma?«, rufe ich ihr zu und lenke mein Hirn von diesen nutzlosen Gedanken ab. »Das Frankenbiscuit ist super.«

August wischt sich den Paprika-Dip von den Lippen und sieht mich direkt an. In der Luft um ihn herum baut sich eine blassrosa Aura auf, die ihm ein unverkennbares Strahlen verleiht. »Es gibt nichts, was du nicht kannst, oder?«

Ach, ich schaffe es nicht, meine Gefühle für August im Zaum zu halten. So was von gar nicht. Eine Woche mit ihm, und mein Herz ist bereit, sich neben Owens Biscuit in eine To-go-Tüte zu betten. Ich drehe mich zu Gemma um und sende ein SOS-Signal aus. Sie tut so, als würde sie meine Verzweiflung nicht bemerken, und plaudert ungerührt mit den Gästen weiter, während ihr Lachen einen schalkhaften Unterton annimmt. Wenn sie mich nicht aus diesem Schlamassel rettet, muss ich das eben selber machen. »Das würde ich nicht sagen. Ganz offensichtlich bin ich schlecht darin, mit jemandem Schluss zu machen.«

»Vielleicht heißt das ja bloß, dass es die falsche Entscheidung war«, entgegnet August.

»Es war die einzig mögliche Entscheidung und das weißt du.«

Owens Biscuit verharrt auf halbem Weg zum Mund. Käse kleckst auf den Tresen. »Tust du deshalb so, als würdest du August nicht mögen? Weil du schon einen Freund hast?«

»Nein, sie hat keinen Freund«, antwortet August an meiner statt.

»Gut.« Owen bemerkt die Sauerei, die er angerichtet hat, wischt den Käse mit einer Serviette auf und wirft sie auf den wachsenden Haufen, der den Tresen um ihn ziert. »Ich mag sie viel lieber als …« Er schlägt sich die Hand vor den Mund, als müsste er physisch verhindern, dass ihm der Name von Augusts Ex über die Lippen kommt. Sein Blick wandert zu seinem Bruder und er errötet schuldbewusst.

August macht sich die Hände an einer Serviette sauber, zerzaust Owens Haar und ruft damit einen Kicheranfall bei seinem kleinen Bruder hervor. Dann beugt er sich zu ihm und flüstert ihm hörbar ins Ohr: »Ich auch.«

Wie hätte ich der August-Owen-Kombi je widerstehen

können? Wenn August allein mich nicht schon für sich eingenommen hätte, wäre es um mich geschehen gewesen, sobald ich ihn mit seinem Bruder gesehen hätte. Ihre offenkundige Zuneigung zueinander würde selbst das kälteste Herz zum Schmelzen bringen. »Ihr schummelt«, murre ich und deute nacheinander auf die beiden.

Das Biscuit entgleitet Augusts Händen und plumpst auf den Teller, sodass sich Käse- und Chilisoßen-Spritzer auf seiner Brust verteilen. Sein Gesichtsausdruck ist eine zuckersüße Mischung aus Verwirrung und Verlegenheit. Ich verspüre ein überwältigendes Verlangen, ihn zu umarmen. Gott sei Dank ist ein Tresen zwischen uns, sonst hätte ich mit ziemlicher Sicherheit die Arme um ihn geschlungen und ihn nie wieder losgelassen.

Damit ich gar nicht erst in Versuchung gerate, werfe ich ihm einen sauberen Lappen von dem Stapel unter dem Tresen zu und gieße ein frisches Glas Wasser ein, damit er ihn darin anfeuchten kann. Ich lasse August allein, sodass er sich ohne Zuschauer sauber machen kann, und nehme ein paar Bestellungen von Gästen auf, die gerade Platz genommen haben.

»Bloß damit du Bescheid weißt«, fahre ich fort, als ich wieder bei ihm bin. »Nur weil du dich mit deinem Frühstück bekleckerst, heißt das nicht, dass du nicht auch gleichzeitig versuchst, mir den Kopf zu verdrehen, damit ich einen Fehler mache und vergesse, dass ich dich nicht mögen darf.«

August bearbeitet den wachsenden nassen Fleck auf seinem Shirt weiter. »Genau. Du hast mich dabei erwischt, wie ich mir den Sieg erschummeln wollte.« Seine Stimme ist ein klitzekleines bisschen rau, als wäre ihm etwas im Hals stecken geblieben.

Owen spitzt die Ohren, als August unser Spiel erwähnt. »Was bekommt eigentlich der Gewinner?«

Es ist ein erfundenes Spiel mit erfundenen Regeln. Wir haben keinen Hauptgewinn. Es sei denn, unerfüllte Liebe zählt, und das ist eher eine Nebenwirkung als ein Preis.

»Ruhm und Ehre«, entscheide ich spontan.

Gleichzeitig sagt August: »Ein Date.«

Das ist Herausforderung und Wunsch in einem.

Ich schmelze innerlich dahin und halte mich am Tresen fest, damit ich nicht zu einer Pfütze auf dem Boden zerfließe. »Du willst mit mir ausgehen?«, erwidere ich. Ich sollte wütend auf ihn sein, weil er sich so gar nicht an unsere Abmachung hält. Stattdessen möchte ich einfach nur Ja sagen, noch bevor er meine Frage beantwortet hat.

August hebt die Hände und lehnt sich auf seinem Hocker zurück. »Boah, wer hat denn etwas von *wollen* gesagt? So sind die Regeln, da kann ich auch nichts dafür.« Er bemüht sich, ein ernstes Gesicht zu bewahren, und schaut weg.

»Doch, kannst du. Du hast die Regeln ja aufgestellt«, berichtigt ihn Owen. Er macht eine energische Handbewegung, um seinen Worten Nachdruck zu verleihen, und stößt

Augusts Glas für den Lappen um. Es ergießt sich über den Tresen und rinnt in einem Wasserfall von der Kante herab.

August schießt vor und fängt den Großteil des verschütteten Wassers mit dem Lappen auf, bevor es ihm die Hose durchnässt. Fast so, als hätte er so etwas erwartet. Dann, als wäre nichts geschehen, meint er: »Tja, wenn das so ist, dann ja, ich möchte mit dir ausgehen, Imogen.«

Ich lege einen zweiten Lappen daneben, um den Rest aufzusaugen. Owens benutzte Servietten sind jetzt zwar ein klatschnasser, breiiger Haufen, dämmen aber das Wasser ein, sodass es nicht auch noch auf der anderen Seite herunterläuft. »Hilf mir mal auf die Sprünge. Steht in den Regeln, wie der Gewinner oder die Gewinnerin ermittelt wird?«, erkundige ich mich bei August und mache ebenfalls keine große Sache aus dem angerichteten Chaos. Es war ein Versehen, und weil es August nicht im Entferntesten in den Sinn kommt, mit seinem Bruder zu schimpfen, sollte man ihn ernsthaft heiligsprechen. Selbst die nachsichtigsten Mütter verlieren die Beherrschung, wenn ihre Kinder ihnen ein Getränk überschütten.

»Wenn ich dich dazu bringen kann, öffentlich zuzugeben, dass du mich magst, gewinne ich. Wenn du es nie jemandem erzählst, außer Gemma natürlich, hast du gewonnen. Beides endet in einem Date, damit das klar ist. Aber der Gewinner oder die Gewinnerin entscheidet, was bei diesem Date passiert«, sagt August.

Owen pflückt einen verirrten Eiswürfel von seinem Teller und wirft ihn in das leere Glas. »Du solltest August gewinnen lassen. Shay lässt ihn nie bestimmen, was sie unternehmen. Sie will bloß mit ihm in seinem Zimmer abhängen. Allein.« So, wie er »allein« knurrt, scheint er zu denken, dass sie dort drinnen Videospiele spielen und ihn dabei nicht mitmachen lassen, nicht, dass sie sich die Klamotten vom Leib reißen.

Ich schließe die Augen und versuche, das Bild von August zu verdrängen, wie er mit einem anderen Mädchen im Bett ist. Es wird sofort schlimmer. In den paar Nanosekunden, bevor ich die Augen wieder öffne, hat meine Vorstellungskraft alle unbekannten Details ergänzt.

»Owen!«, schimpft August. Offensichtlich kann Shay seine Wut direkt triggern. Oder Owen, weil er unwissentlich Einzelheiten von Augusts und Shays Sexleben dem Mädchen verraten hat, das August beeindrucken will. Ich trete einen Schritt zurück und hoffe, dass er meinen kurzen Aussetzer nicht bemerkt hat.

»Sorry!« Owen zuckt zusammen und stößt mit dem Ellbogen an seinen Teller.

Schnell greift August danach, bevor der Teller auch noch runterfällt. »Schon gut. Du musst aber mal aufpassen, was du machst, okay?« Obwohl der Vorwurf eher danach klingt, als sollte Owen aufpassen, was er *sagt*. »Vergiss das mit meinem Zimmer. Owen hat damit gemeint, dass ich immer etwas Romantisches geplant habe, von dem ich dachte, dass es Spaß macht. So wie das, was ich auf dem Insta-Account gesehen habe, dem ich folge. Aber man kann keine Dates, die für ein Mädchen gedacht sind, auf ein anderes übertragen, das praktisch das Gegenteil ist.«

Ein Teil von mir will sauer sein, weil er meine #heißgeliebt-Dates mit dem Mädchen ausleben wollte, mit dem er damals wirklich zusammen war, aber der größte Teil von mir macht einen Freudentanz, denn meine Ideen hätten dem echten August auch zugesagt. »Siehst du, das klingt für mich so, als sollte ich dieses Spiel hier gewinnen, damit ich zumindest weiß, dass *mir* unsere Verabredung gefallen wird.«

»Ich glaube, ich kenne dich so gut, dass mir etwas Hashtagwürdiges einfällt«, widerspricht er. Sein Handy auf dem Tresen leuchtet mit einer eingehenden Nachricht auf. Das hat August in dieser Woche in meinem Beisein so oft ignoriert, dass ich überrascht bin, als er nicht nur nachschaut, sondern auch antwortet. »Sieht so aus, als wäre die Zeit um. Mom und Jason warten auf dem Parkplatz auf uns.«

»Hast du ihnen schon geschrieben, oder kannst du so tun, als ob du es nicht gesehen hast, damit wir noch bleiben können?«, bettelt Owen und schaut aus dem Vorderfenster auf den wolkenverhangenen Himmel und den schüttenden Regen.

»Ich habe schon gesagt, dass wir kommen.«

Obwohl ich wusste, dass das Ende naht, fühle ich mich

jetzt, wo es da ist, als müsste ich unter Wasser atmen. Der Abschied lastet schwer auf meiner Brust. Alles, was ich August sagen möchte, staut sich immer weiter an, bis ich glaube, gleich ohnmächtig zu werden, wenn ich es nicht loswerde.

August kommt mir zuvor und meint: »Diese Woche war definitiv eine der besten Wochen meines Lebens.«

»Geht mir auch so.« Das ist keine angemessene Antwort. Wahr, aber unzureichend. Doch uns läuft die Zeit davon, und um ehrlich zu sein, habe ich keine Ahnung, wie ich in Worte fassen soll, was ich empfinde. Für ihn. Für das, was zwischen uns sein könnte.

Er zieht seine Brieftasche heraus und nimmt mehr als genug Geld heraus, um für das Frühstück zu bezahlen. Ich winke ab, aber er gibt Gemma ein Zeichen und steckt es ihr stattdessen zu. Dann dreht sich August wieder zu mir um und sieht dabei so aus, als wollte er noch etwas sagen. Aber alles, was er hervorbringt, ist: »Tja, das heißt dann wohl ›Tschüss‹.«

»Tschüss, Mo! Tschüss, Gemma!«, ruft Owen und durchbricht damit die Spannung.

Danach bleibt mir nichts weiter außer: »Auf Wiedersehen, ihr zwei.«

Und dann wenden sie sich zum Gehen.

Gehen.

Sind gegangen.

Sekunden nachdem sich die Tür hinter ihnen geschlossen hat, fällt mir Owens Biscuit zum Mitnehmen ein. Da die beiden den Parkplatz noch nicht einmal halb überquert haben, kann ich sie bestimmt noch einholen. Ich schnappe es mir, renne hinaus in den Regen und rufe Augusts Namen. Er dreht sich um, und um ihn herum explodiert eine roségoldene Aura. Ich muss die Augen zusammenkneifen, so hell ist sie. August bedeutet Owen, er solle zum Auto gehen, dann läuft er zu mir zurück.

Aus der Nähe wird man von seinem Leuchten fast schon geblendet. Aber ich kann nicht wegschauen. Wer braucht schon die Sonne, wenn August Tate mein persönliches Sonnensystem ist?

Er nimmt meine Hand, und als die dicken, kalten Regentropfen auf uns niederprasseln, zieht er mich unter den Schutz des Dachüberstands. August ist mir so nah, dass ich jeden seiner stoßhaften Atemzüge spüre.

»Für unterwegs«, sage ich und hebe die regendurchweichte Biscuit-Tüte zwischen uns hoch.

»Hast du Angst, dass mein Bruder sonst nicht überlebt?« Er senkt den Kopf, sodass sich unsere Stirn berührt. Sodass sich unser Atem und unsere Nervosität untrennbar miteinander verbinden. »Sag nicht, dass du ihn lieber hast als mich. Das wird er mir ewig vorhalten.«

»Wenn es so wäre, hätte ich mehr als ein Biscuit für ihn in die Tüte getan.«

August schüttelt die Tüte. »Und ich bin dir wohl kein Biscuit wert?« Seine Stimme ist ein Flüstern, aber die Enttäuschung dringt hindurch, als würde er schreien.

Zaghaft strecke ich die Hand aus und streichle ihm über die Wange. »Ich dachte, du willst vielleicht etwas anderes, das dir über die Runden hilft.«

»Wenn das deine Art ist, mich zu fragen, ob du mich küssen darfst, Imogen, ist die Antwort ›Ja‹.«

»Du nimmst mir den Wind aus den Segeln«, erwidere ich. Wie aufs Stichwort legt der Sturm zu und untermauert meinen Scherz mit einem Blitz, gefolgt von einem langsamen Donnergrollen.

»Na, dann los. Frag mich.« Er tritt zurück, direkt in den Regen, aber achtet darauf, dass Owens Biscuit geschützt unter dem Dachüberstand bleibt.

Ich schließe den Abstand zwischen uns wieder. »August, darf ich dich küssen?«

»Die Antwort kennst du schon.«

Die Welt bleibt stehen, als unsere Lippen sich berühren. Es gibt keinen Regen. Keine Familie, die auf ihn wartet, um mit ihm von mir wegzufahren. Keine Gäste, die sich ungeduldig nach einer unentschuldigt fehlenden Kellnerin umsehen.

Es gibt nur August und mich.

Unsere Hände, die sich festhalten. Unseren Atem, der stockt. Unsere Herzen, die leuchten.

Seine Lippen verweilen auf meinen, als wäre mein Mund Neuland, das es zu erkunden und vermessen gilt. Meine letzten Mauern brechen zusammen und lassen August freien Zutritt. Meine Finger vergraben sich in sein nasses Haar, um ihn so lange wie möglich bei mir zu halten.

Dann, nachdem nicht einmal annähernd genug Zeit vergangen ist, hupt ein Auto dreimal schnell hintereinander. Eher eine freundliche Erinnerung daran, dass es den Rest der Welt auch noch gibt und August die anderen aufhält, als ein wütendes »Beweg deinen Hintern sofort ins Auto«-Hupen. Trotzdem lässt es uns auseinanderfahren.

August winkt seiner Familie über die Schulter zu, damit sie wissen, dass die Botschaft angekommen ist. Dann küsst er mich ein letztes Mal. »Bis bald, Imogen.«

»Bis bald, August«, erwidere ich.

Keine konkrete Abmachung, wann das sein wird. Im Moment reicht es, zu wissen, dass wir beide uns wiedersehen wollen.

Achtzehntes Kapitel

*Liebesregel #6: Liebe kann schon durch einen Blick
oder eine Berührung zum Ausdruck gebracht werden.*

Liebe mag es nicht, wenn man sie ignoriert. Sobald sie in uns ist, unterbricht sie unsere Gedanken. Beeinträchtigt das tägliche Leben. Eine allgegenwärtige Erinnerung daran, dass unser Herz nicht mehr nur uns allein gehört.

Genau das hat August mit mir gemacht.

Wir haben uns keine Versprechen gegeben oder gar laut ausgesprochen, dass wir mehr wollen als diesen Wahnsinnskuss heute Morgen. Aber ein Teil von mir – okay, ein sehr großer Teil – hofft, dass August es will.

Dem Auto nach zu urteilen, das nach meiner Doppelschicht in unserer Einfahrt steht, hat Mom die gleiche Wirkung auf Alex. Das, oder sie hat im wahrsten Sinne des Wortes gezaubert, um so schnell eine Partnerin für ihn zu finden. Ich schicke ein Stoßgebet zu wem auch immer, dass sich Mom nicht mehr gegen ihre Gefühle für Alex wehrt.

Liebesregel Nummer siebzehn: Wenn du deine Gefühle verleugnest, werden sie nur noch hartnäckiger.

Alex wohnt ein paar Stunden entfernt, und durch seine Arbeit kann er unter der Woche nicht in die Stadt kommen, aber nicht alle Fernbeziehungen sind zum Scheitern verurteilt. Die Liebe wächst mit der Entfernung, oder? Daran muss ich glauben, um Moms und meiner selbst willen. Und tatsächlich sind Partner, die nicht hier leben, für uns die beste Wahl. Fast seit ich denken kann, waren Mom und ich nur zu zweit. Wer weiß, wie eine dritte Person sich auf unseren Alltag auswirken würde. Wir sollten es langsam angehen. Wie wenn man eine neue Sorte Katzenfutter kauft und die Katze an besagtes Futter gewöhnt.

Ich schleiche mich zu Moms Bürotür und achte darauf, nicht gesehen zu werden, damit ich unbemerkt lauschen kann. Die Wände in unserem Haus sind so dünn, dass ich selbst bei geschlossener Tür jedes gesprochene Wort verstehen kann, als wäre ich mit den beiden im selben Raum.

»Du scheinst dir ja absolut sicher zu sein, dass wir hier meine Seelenverwandte finden«, meint Alex und ein Anflug von Skepsis schwingt in seinem dröhnenden Bass mit.

»Ich habe eine außergewöhnliche Trefferquote. Eine der höchsten im ganzen Land«, erwidert meine Mom.

»Ich zweifle nicht an deinen Fähigkeiten, Claire. Aber wir wissen beide, dass ich nicht deswegen hier bin.«

Das ist der Auftakt zu einem Liebesgeständnis, wie er im Buche steht. Ich drücke mich an die Wand und versuche, meine Begeisterung im Zaum zu halten.

Moms Stuhl quietscht, und ich stelle mir vor, wie sie sich in Alex' Arme wirft und schließlich ihren Gefühlen für ihn nachgibt. Sie zerstört diese Fantasie, während sie noch im Entstehen ist, indem sie sagt: »Du bist zu mir gekommen, weil ich dich kenne.« Ein weiterer Protest vom Stuhl macht deutlich, dass Mom nur ihr Gewicht verlagert hat, um in ihren No-Nonsense-Modus zu wechseln.

Ich tue so, als würde ich mit dem Kopf gegen die Wand schlagen. Das würde ich ja in echt machen, aber dann hört Mom das Wummern und verjagt mich.

»Es gab eine Zeit, da hast du mich besser gekannt als alle anderen«, entgegnet er.

»Das ist schon ewig her.«

»So eine Verbundenheit vergisst man nicht.«

»Dann vertrau mir, dass ich die richtige Frau für dich finde«, entgegnet Mom. Ihr Tonfall ist rein geschäftlich – souverän und überzeugend.

Aber das leise Zögern, das ihre Worte sanft werden lässt, gibt mir Hoffnung. Hört Alex den Unterschied auch?

Ich stelle mich so hin, dass ich freien Blick durch die Glastür habe, und spähe hinein. Wenn sie die Profile der potenziellen Partnerinnen durchgehen, wird Mom seine Reaktion auf jedes beobachten und bewerten. Bildet sich bei einer Frau eine Aura, und sei es nur der kleinste Schimmer, wird Mom die Auswahl einschränken, bis nur noch eine übrig ist. Die Eine. Manchmal klappt das schon bei der ersten Sitzung, oft braucht es mehrere Runden, bis eine geeignete Partnerin zum Vorschein kommt. Und selbst dann ist es noch nicht hundertprozentig sicher, bis sich die beiden das erste Mal persönlich treffen. Aber Moms Bauchgefühl liegt selten daneben.

Doch so, wie ihre Liebe füreinander die beiden zum Strahlen bringt, kann Mom unmöglich erkennen, auf welche Frauen auf den Bildern Alex reagiert. Wenn er überhaupt auf eine reagiert. So verknallt, wie er in Mom ist, ist es ein Wunder, dass sie mit den feurigen Blicken, die sie sich zuwerfen, nicht den Raum in Brand stecken. Mom macht unermüdlich weiter und präsentiert pflichtbewusst jede potenzielle Kandidatin mit einem sorgfältig ausgearbeiteten Lebenslauf, der sie im besten Licht erscheinen lässt. Alex nickt unentwegt. Er lächelt und stellt weitere Fragen. Aber er lässt Moms Gesicht nicht eine Sekunde aus den Augen.

Als ich Mom dabei beobachte, wie sie sich so vehement gegen die Liebe wehrt, überkommen mich leise Zweifel. Was, wenn August nicht der Richtige ist? Nur weil wir aufeinander stehen, heißt das noch nicht, dass es auch funktioniert. Oder dass ich überhaupt das bin, was er will. Er hat meinen Kuss erwidert, und zwar so, als würde es ihm etwas bedeuten, aber wenn ich August nicht zurückgehalten hätte, wäre er gegangen, ohne seine Gefühle für mich zum Ausdruck zu bringen.

Ich kann Mom nicht direkt um Rat fragen, ohne ihr zu beichten, dass ich sie von Anfang an belogen habe, was August betrifft. Aber wenn ich herausfinde, warum sie absolut nichts mit Alex anfangen will, obwohl die beiden sich ganz offensichtlich mögen, wird mir vielleicht klarer, was ich mit August machen soll.

Normalerweise feiert meine Mom eine erfolgreiche Vermittlung mit einem Glas Champagner. Als Alex eine Viertelstunde später geht, gibt es Scotch ohne Eis. Früher dachte ich, Mom hätte nur diesen Hochprozentigen im Haus, weil sie weiß, ich würde ihn nie anrühren, wo er doch riecht, als würde man modrigen, moosigen Wald trinken. Aber tatsächlich ist es das Getränk ihrer Wahl, wenn sie einen beschissenen Tag hatte.

Da gönne ich mir doch lieber einen Becher Minzeis mit Schokosplittern.

Sie hat Alex mit einer ihrer wählerischsten Kundinnen

verkuppelt. Delaney Richards ist die letzte Person, die sie ihm hätte ans Bein binden sollen. Es sei denn, sie findet absichtlich keine passende Partnerin für ihn. Mom ist gut in ihrem Job. Sie ist noch nie bei der Partnervermittlung gescheitert, auch wenn sie fast ein Jahr dafür gebraucht hat. Und sie hat nie zuvor einen Kunden manipuliert. Jedenfalls nicht, dass ich wüsste. Also kann sie mir so oft erzählen, wie sie will, dass zwischen ihr und Alex nichts ist, ich glaube ihr kein Wort. Nicht nach dem heutigen Treffen.

Sie hat ihren Drink mit zurück in ihr Büro genommen. Das Leuchten, das sie vorhin ausgestrahlt hat, ist dunkler geworden, blaugrüne Aura rankt sich nun um ihr Haar und windet sich um ihre schmalen Schultern. Mit jedem Schluck wird ihr Liebeskummer ein bisschen größer. Und ich kann das nicht mehr mit ansehen.

Ich gehe zu ihr, hocke mich auf den Stuhl, auf dem Alex vorhin saß, ziehe die Beine an und schlinge die Arme um meine Knie. »Warum hast du ihn angelogen?«

»Habe ich doch gar nicht.« Mom leert das Glas und mustert die Flasche auf ihrem Schreibtisch. Dann wendet sie ihre Aufmerksamkeit mir zu, denn anscheinend ist sie zu dem Schluss gekommen, ein zweiter Drink wäre ein eindeutiges Anzeichen dafür, dass sie nicht ehrlich zu mir ist. »Alex und Delaney passen gut zusammen.«

»Aber er ist nicht an ihr interessiert. Er interessiert sich für dich.«

»Wie oft muss ich dir noch sagen, dass du damit aufhören sollst, Imogen? Zwischen mir und Alex läuft nichts.«

»Könnte es aber.« Ich lasse die Beine sinken und beuge
mich vor, damit Mom mir, wenn sie mich weiter anschwin-
delt, in die Augen schauen muss. »Ich habe dich noch nie
so mit jemandem erlebt. Nicht seit Dad.«

Sie hebt ihren Drink wieder an, starrt in den leeren
Whiskytumbler und flüstert: »Da auch nicht.«

Ich erstarre, meine Muskeln werden zu Stein. Die Worte
wirbeln in meinem Kopf, während ich versuche, sie in eine
sinnvolle Reihenfolge zu bringen. Denn »Da auch nicht«
kann nicht wahr sein. Wenn es so wäre, will sie damit ja
sagen, dass sie nie so für meinen Dad empfunden hat. Sie
hat ihn aber geliebt. Liebt ihn noch. Ihre Liebe zu ihm
definiert ihre Regeln. Macht ihre Partnervermittlung so
erfolgreich.

Bevor ich fragen kann, was sie damit meint, sieht sie auf.
Die Erkenntnis, dass sie das laut ausgesprochen hat – dass
ich es gehört habe –, treibt ihr die Röte ins Gesicht. »Du
warst noch so klein, als dein Vater gestorben ist, dass du
dich daran wahrscheinlich nicht erinnern kannst.«

»Klein oder nicht, ich erinnere mich sehr wohl«, widerspreche ich, als müsste ich beweisen, dass das, was ich gerade
gehört habe, nicht stimmen kann. »Du hast ein langes gel-
bes Sommerkleid mit Flügelärmeln getragen. Dein Haar war
dir über eine Schulter geflochten und hat an meiner Wange

gekitzelt, als du mit mir im Wohnzimmer herumgetanzt bist. Du hast so sehr gestrahlt, dass ich mir deine Haare über die Augen gezogen habe, damit ich dir ins Gesicht blicken konnte. Dad war irgendwo gewesen, ich weiß nicht wo, aber er ist von einer Reise oder so nach Hause gekommen, und du hast dich mega auf ihn gefreut. Du warst so glücklich. So sehr in ihn verliebt. Das ist eine meiner ersten Erinnerungen, und ich weiß noch, dass ich so überwältigt von deinem Leuchten war. Davon, wie es dich verändert hat. Ich will, dass du das noch einmal erleben kannst.«

Ich will das auch erleben.

Aber woher soll ich wissen, ob ich mein Glück mit August finde?

Alex' Akte, auf deren Deckblatt sein Bild getackert ist, ruht noch immer auf Moms Schreibtisch. Sie öffnet die oberste Schublade und wirft sie hinein, als könnte sie den echten Alex auch einfach so verschwinden lassen. »Das war an dem Abend, an dem er gestorben ist.«

»Was?« Warum kann ich mich nicht daran entsinnen, dass es derselbe Abend war? Ich strecke die Hand über den Schreibtisch und verschränke meine Finger mit Moms.

»Er hat seine Reise verkürzt und sich früher auf den Heimweg gemacht, um uns zu überraschen.«

»Nein, du wusstest, dass er kommt. Du hast auf ihn gewartet, denn du hast ihm ja etwas Besonderes zum Abendessen gekocht. Auf dem Tisch standen Kerzen. Ich erinnere mich noch an die Kerzen, weil du ja schon so geleuchtet hast.«

Sie drückt einmal meine Hand, dann entzieht sie sich mir und faltet ihre Hände im Schoß. »Das hast du wahrscheinlich an einem anderen Abend gesehen und in deinem Gedächtnis vermischt. An jenem Abend gab es keine Kerzen. Kein romantisches Abendessen, weil er noch eine Nacht hätte weg sein müssen. Er ist früher heimgekommen. Wenn er doch nur noch die eine Nacht weggeblieben wäre ...« Ihre Stimme versagt, und ihre Augen werden glasig, weil sich Tränen darin sammeln. Von einem Drink würde sie nicht so gefühlsselig werden, daher muss es wegen Dad sein.

Super gemacht, Mo. Du hast deine Mutter zum Weinen gebracht.

Ich rudere zurück: »Tut mir leid, Mom. Mir war nicht bewusst, dass es dieser Abend war. Du hast recht. Vermutlich war ich noch zu klein, um das richtig in Erinnerung zu haben. Aber ich möchte wirklich, dass du diese Art von Liebe noch einmal findest. Du verdienst es, glücklich zu sein.«

»Ich bin glücklich«, erwidert sie. Doch ihr Herz ist nicht mit von der Partie. Das hat sie schon Alex geschenkt, ob sie es nun wahrhaben will oder nicht.

Und ich habe Angst, dass August meines vielleicht auch mitgenommen hat.

August und ich haben die ganze Nacht gechattet, bis unsere Handyakkus leer waren. Was wahrscheinlich auch besser so war, denn ich musste wegen der Arbeit *früher als früh* aufstehen. Gemma ist erst mittags eingeteilt und daher wird meinen Gästen zum ersten Mal seit einer Woche meine volle Aufmerksamkeit zuteil. Falls Lee und Gabe meine Nachlässigkeit bemerkt haben, haben sie mich nicht darauf angesprochen. Obwohl Gemma bei den beiden vermutlich ebenso für mich in die Bresche gesprungen ist wie bei den Tischen, die ich stiefmütterlich behandelt habe.

Ich versuche das wiedergutzumachen, indem ich während meiner Schicht mein Handy kein einziges Mal checke. Als ich es schließlich nachhole, sobald ich Feierabend habe, rutscht mir das Herz in die Hose. Keine neuen Nachrichten von August. Er weiß, dass ich arbeiten muss, also wollte er mich womöglich nicht ablenken. Aber was, wenn der Zauber, den wir in den Frühjahrsferien erlebt haben, verflogen ist? Mit der Entfernung schwächer geworden ist? Ich hole meine Tasche und Jacke und mache mich vom Acker, bevor Gemma mich erwischt und beschließt, dass ich erst gehen darf, wenn sie mich aufgemuntert hat.

Ich brauche keine Aufmunterung. Ich muss mich bloß sortieren. Mich auf meine Mappe konzentrieren. Die Bewerbungsfrist läuft in zwei Wochen ab, und ich bin noch nicht einmal annähernd so weit, dass ich meine einreichen könnte.

Der Regen von gestern hat sich längst verzogen und ist einem Frühlingsnachmittag wie aus dem Bilderbuch gewichen. Als ich nach Hause komme, lasse ich die Tür zum Atelier offen, damit die frische Luft hereinkann. Im Luftzug flattern die Fotos, die ich über dem Arbeitstisch aufgehängt habe. Augusts Lächeln springt mir ins Auge, und mein Gehirn fängt an, von unserem Kuss am Vortrag zu träumen. Das Gegenteil von produktiv. Gerade als ich das Foto abnehmen will, klopft es an der Tür.

August.

Das ist er nicht. Ich weiß, dass er es nicht ist. Aber er ist mein erster Gedanke. Ren steckt den Kopf durch die offene Tür. Er lächelt, als er mich sieht. Seinen Liebeskummer hat er unter Kontrolle oder vorübergehend vergessen.

»Ich hoffe, es ist okay, dass ich kurz vorbeigeschneit bin.«

Wenn jemand wettmachen kann, dass August nicht hier ist, dann Ren. »Ich freue mich immer, wenn ich dich sehe«, erwidere ich.

Wir gehen zum Steg und machen es uns auf dem sonnengewärmten Holz gemütlich. Das Wasser ist noch zu kalt, um die Füße darin zu baden, aber wir setzen uns trotzdem an den Rand und lassen die Beine knapp über der sich kräuselnden Oberfläche baumeln. Ich stütze mich auf die Hände, lege den Kopf zurück, schließe die Augen und genieße die Schönheit des Augenblicks.

»Also du und August, hm?«, fragt Ren.

Mein Herzschlag beschleunigt sich und versetzt meine Nerven direkt in Panik. Ich schaue Ren in die Augen und bemühe mich, so unbeteiligt wie möglich zu klingen, als ich antworte: »Nee, nix mit August und mir.«

»Ach ja? Das sah gestern aber ganz anders aus, als ich zum Frühstücken vorbeigekommen bin und euch beide draußen beobachtet habe.«

»Ich weiß nicht, wovon du redest.«

Natürlich kauft er mir diese Lüge nicht ab. Sein Lachen hüllt mich ein wie eine warme Umarmung, keine Spur von Bosheit oder Eifersucht. »Nein, das ist cool, wenn ihr wieder zusammen seid. Du hättest nicht vor mir verbergen müssen, dass ihr euch versöhnt habt, nur weil sich an meiner Situation mit Lana nichts verändert hat. Ich bin echt nicht der Typ, der dir so etwas übel nimmt.«

»Weiß ich doch.« Ich richte mich auf, drehe mich zu ihm und setze mich in den Schneidersitz. »Und ich bin nicht wieder mit August zusammen. Das, was du da zwischen uns gesehen haben willst …«

»Mit ›das‹ meinst du, dass du August geküsst hast, als würde er sich in Luft auflösen, wenn du aufhörst?« Ren grinst mich an.

Ich werde feuerrot. Zu blöd, dass die brennende Scham mich nicht verzehrt und nur ein Häufchen Asche von mir übrig lässt, damit ich dieses Gespräch nicht zu Ende führen muss. »Ach so, das. Tja, das hätte nicht passieren dürfen.

Wir haben uns von dem Augenblick mitreißen lassen und uns vergessen.« Und alle anderen auch und was sie denken würden, wenn sie mitkriegen, dass wir uns küssen.

»Das ist doch toll. Oder? Ich meine, wenn du den ganzen Scheiß vergessen hast, der euch auseinandergebracht hat, vielleicht ist es dann ein Zeichen, dass ihr es noch einmal versuchen solltet.« Er klingt so ernst. So hoffnungsvoll. Als ob es, wenn es Hoffnung für August und mich gibt, auch für ihn und Lana noch nicht zu spät ist.

Ein Teil von mir hasst es, dass ich ihm diese Hoffnung nehmen muss. Und ein Teil von mir hasst es, dass er noch immer an sie denkt. »Dieser Kuss hat nicht wie von Zauberhand alles weggewischt, was zwischen uns stand. Wenn überhaupt, hat er alles nur noch unüberwindbarer gemacht.« Denn nun sind meine Lügen über August genau das, was verhindert, dass ich mit ihm zusammen sein kann.

Ren streckt die Hand aus und tippt mein Knie an. Er lässt den Finger darauf liegen und sagt: »Kann ich dich etwas fragen?«

»Klar.«

»Willst du eigentlich auch, dass ihr wieder zusammenkommt?«

Vielleicht kann ich Ren nicht die ganze Wahrheit sagen, aber ich kann zumindest zugeben, was ich für August empfinde. »Ich wünschte, ich könnte das verneinen. Ich möchte echt keine Gefühle für ihn haben, aber so ist es nun mal.

Als ich diese Woche mit ihm zusammen war, hatte ich Momente, in denen es sich absolut richtig angefühlt hat. Wenn es immer so zwischen uns wäre, wäre es perfekt.«

»Ja, ich weiß, was du meinst. So war es eigentlich bei Lana und mir die ganze Zeit. Zumindest habe ich es so empfunden. Sie offensichtlich nicht.«

»Würdest du sie denn zurücknehmen, wenn sie sagt, eure Trennung war ein Fehler?«

Er beißt sich auf die Lippe und mustert mich, als würde er darüber nachdenken, ob er mir die Wahrheit sagt oder das, was er seiner Meinung nach hören will. »Bleibt die Antwort unter uns?«

»Natürlich.«

»Cool. Meine Freunde drohen mir schon eine Tracht Prügel an, sobald ich bloß in Lanas Richtung schaue, aber ja, das würde ich in Kauf nehmen, wenn sie uns noch eine Chance gibt.«

Eigentlich sollte mich das nicht kümmern. Nicht nachdem ich August gestern geküsst habe. Doch die Enttäuschung hinterlässt einen bitteren Nachgeschmack in meinem Mund. Auch wenn Ren hier bei mir ist, gehört sein Herz noch immer Lana. »Und wenn sie das nicht tut? Wenn es mit euch beiden wirklich vorbei ist, kommst du dann damit klar?«

»Muss ich ja wohl irgendwie, oder? Gefühle lassen sich nicht erzwingen.«

Ren lässt die Hand sinken, doch er rückt näher an mich heran. Für den Bruchteil einer Sekunde fällt sein Blick auf meine Lippen. Das geht so schnell, dass ich mir nicht sicher bin, ob es wirklich passiert ist.

Er hat recht. Das ist Liebesregel Nummer siebenundzwanzig: *Du kannst dich nicht dazu bringen, dich in jemanden zu verlieben, wie sehr du es dir auch wünschst.*

Neunzehntes Kapitel

Liebesregel #20: Dein Herz weiß es eher als dein Kopf. Gib ihm Zeit aufzuholen, bevor du entscheidest, ob es Liebe ist.

Die Frühjahrsferien hätten die Zeit sein sollen, in der ich esse, schlafe und über meiner Kinsey-Bewerbung brüte. Und obwohl ich mein Ziel, Extraschichten zu arbeiten, um mein Bankkonto aufzubessern, erreicht habe, sind meine Fortschritte an der Porträtfront mangelhaft. Neben den Fotos von August und Ren habe ich dank den zwei Leuten, die einfach nicht erschienen sind, nur ein weiteres. Die permanente Ablenkung in Form von August hat auch ihren Teil dazu beigetragen. Daher müssen drei Liebeskummer-Fotos erst einmal reichen.

Gemma und ich haben Mitte der Woche in der Mittagspause eine Besprechung mit Mrs. Clemente. Während wir unsere Fotos auf einem der Arbeitstische im Kunstraum arrangieren, hebt Gemma immer wieder das Foto von August hoch und macht Kussgeräusche in meine Richtung. Sie hat Glück, dass wir uns mit bildender Kunst und nicht mit Kampfkunst beschäftigen, sonst hätte sie einen Wurfstern im Nacken stecken, als Mrs. Clemente zu uns stößt. Ich entreiße Gemma das Foto und lege es so weit wie möglich von ihr weg.

»Hallo, ich hoffe, Sie haben die Ferien genutzt, um Ihre Schaffenskraft zu regenerieren und künstlerisch produktiv zu sein.«

Als wüsste sie, dass ich gebummelt habe. Abgelenkt war. Ich lächle sie an, um meine Schuldgefühle zu verbergen. »Das kann man wohl sagen.« Sie muss ja nicht gleich wissen, dass das nicht der Wahrheit entspricht. Sobald sie sich meine Fotos anschaut, wird sie sehen, dass ich letzte Woche kaum vorangekommen bin. Diese Enttäuschung würde ich gern so lange wie möglich hinauszögern.

Gemma prescht vor, um mich zu retten. Oder vielleicht ist sie auch nur stolz darauf, dass sie auf Kurs ist. »Ich glaube, ich bin fast so weit. Ich muss mich nur noch entscheiden, ob ich alle in die Mappe nehme.«

In den nächsten Minuten, in denen Mrs. Clemente Gemmas Arbeiten durchgeht, wird viel mit »Das gefällt mir« und »Das ist brillant« um sich geworfen. Nicht dass Gemma es nicht verdient hätte – das hat sie absolut. Aber vielleicht war es für mein Selbstwertgefühl nicht die klügste Entscheidung, die Mappe gemeinsam mit ihr vorzuzeigen, denn nach einem solchen Ausbruch der Begeisterung kann es nur noch bergab gehen.

Als die beiden fertig sind, erkläre ich Mrs. Clemente mein überarbeitetes Konzept. Ihre Miene ist neutral, undurchschaubar. Was sie an Lächeln aufbringen kann, hat sie bereits aufgebraucht. Als sie zu Rens Foto kommt, nickt sie allerdings, als könnte sie die Magie dieser Aufnahme und die Gefühle, die um ihn herumwirbeln, spüren. Dann nimmt sie das nächste Bild und der Moment ist verstrichen.

Ich halte den Atem an und warte auf das Urteil.

Mrs. Clemente lehnt sich zurück an den Tisch und schlägt die Beine an den Knöcheln übereinander. Sie faltet ihre Hände, als würde sie um Geduld beten, ehe sie mich mit einem Blick bedenkt, der so voller enttäuschter Hoffnung ist, dass sie glatt eines meiner Modelle mit gebrochenem Herzen hätte sein können. »Auch wenn Mr. Kano sehr fotogen ist, sehe ich immer noch keinen Unterschied. Es ist toll, dass Sie ein Thema für die Bewerbung haben, aber es kommt in diesen Fotos nicht genug zum Ausdruck. Wir haben vor den Ferien darüber gesprochen, dass Sie es mit einem anderen Motiv versuchen. Haben Sie sich das noch einmal durch den Kopf gehen lassen?«

Natürlich habe ich nicht das Glück, dass Mrs. Clemente das vergessen hat. Da ich keinen Zweifel an meiner künstlerischen Integrität aufkommen lassen will, gebe ich nicht klein bei. »Ich habe darüber nachgedacht, aber ich möchte keine Gegenstände fotografieren. Meine Leidenschaft drückt sich in Menschen aus. In *Gesichtern*.«

»Okay. Dann probieren Sie doch mal verschiedene Winkel, Entfernungen oder Einstellungen aus. Es gibt viele Möglichkeiten, Ihre Arbeiten abwechslungsreicher zu gestalten. Das ist alles, wofür ich hier plädiere. Ich möchte keinesfalls Ihre Kreativität oder Leidenschaft ausbremsen, aber Sie sind zu mir gekommen und haben mich um Hilfe gebeten. Und das ist mein Rat. Versuchen Sie mal etwas anderes.«

»Aber um das rüberzubringen, was ich mit meiner Arbeit vermitteln will, müssen es Porträts sein, damit man den direkten Vergleich hat. Wenn es keine Gemeinsamkeiten gibt, wird der Sinn entstellt.« Oder ist hinfällig. Und wenn die Fotos keinen Sinn ergeben, dann hat es auch keinen Sinn, irgendetwas einzureichen.

»Gemma, macht es Ihnen etwas aus, wenn ich Sie als Beispiel nehme, wo Sie gerade hier sitzen?«

Sie schaut mich kurz an, ein *Es tut mir leid* blitzt in ihren Augen auf. »Nein.«

Mrs. Clemente fächert die Fotos auf, die ich von Gemmas Skulpturen gemacht habe. »Gemmas Arbeiten sind zwar Variationen einer Holzskulptur, aber jedes Stück ist einzigartig. Sie sind in Bewegung. Haben verschiedene Formen und Größen. Und Gemma spielt mit Erwartungen. Hier hat sie eine neunzig Zentimeter große Biene. Da einen zwölf Zentimeter großen Hai. Und die Trauerweide wird mit Draht zusammengehalten, sodass sich ihre hängenden Zweige nicht im Wind wiegen können.« Mrs. Clemente deutet nacheinander auf die Aufnahmen, als hätte ich die Fotos nicht selber gemacht. Als wüsste ich nicht, dass meine beste Freundin ein künstlerisches Genie ist und daher wahrscheinlich ohne mich auf die Kinsey gehen wird. Aber Mrs. Clemente ist zu nett, um das unverblümt zu sagen.

Dann wendet sie sich wieder mir und meiner Mappe zu und fährt fort: »Wenn Sie Liebe und Liebeskummer in Ihrer Arbeit zeigen möchte, dann bin ich absolut dabei. Aber Sie müssen mir mit Ihren Fotos schon etwas mehr bieten. Selbst wenn Sie sie am Ende verwerfen. Ich denke, Sie werden angenehm überrascht sein, wenn Sie sich die Freiheit nehmen, zu experimentieren. Sie müssten sich nur beeilen. Heute ist der Zehnte und bis zum Sechsundzwanzigsten muss die Bewerbung für den Sommerkurs eingereicht werden. Ich möchte nicht, dass Sie diese Gelegenheit verpassen, nur weil Sie auf Nummer sicher gehen. Geben Sie alles. Ich weiß, dass Sie das schaffen.«

Ihr Zuspruch fühlt sich eher so an, als würde sie meinen Kopf aufmunternd tätscheln. Etwas, das mein Bedürfnis nach Bestätigung befriedigt, ohne auch nur irgendetwas wirklich zu bestätigen.

»Ich versuch's noch mal«, sage ich, mehr um das Gespräch zu beenden, als dass ich wirklich etwas an meinen Fotos ändern will.

»Gut, dann freue ich mich auf die letzte Besprechung vor dem Abgabetermin.« Ihr Lächeln ist absolut echt, und ich hasse mich ein bisschen, weil ich dachte, sie stünde nicht hundertprozentig hinter mir.

Jetzt muss ich bloß noch eine Lösung finden, die für uns beide funktioniert.

Als ob diese verbale Klatsche nicht schon heftig genug gewesen wäre, wartet Lana, nachdem ich meine Sachen zusammengepackt habe, im Flur auf mich. Was sie auch von mir will, es kann nichts Gutes sein.

»Du hast jetzt eine Freistunde, oder?«, fragt sie.

»Ja, ich wollte mit meinen Hausaufgaben anfangen«, erwidere ich.

Soll heißen: *Ich schmolle in einem leeren Klassenzimmer, wo keiner sieht, wenn ich weine.*

Gemma wirft mir einen Blick zu, zieht die Augenbraue hoch und deutet mit dem Kopf weg von Lana – eine stumme Frage, ob sie mir diese Unterhaltung ersparen soll. Als ich den Kopf schüttle, winkt sie mir über die Schulter zu und stiefelt zu ihrer nächsten Stunde.

Lana schiebt sich ihren Rucksack höher auf die Schulter. »Ich wollte nicht lauschen oder so, aber ich habe gehört, wie du mit Mrs. Clemente über dein Projekt gesprochen hast. Es klang so, als hätte Ren da mitgemacht?«

»Ja, es hat ein bisschen Überredungskunst gebraucht, aber schließlich hat er sich von mir fotografieren lassen.«

»Ist da das Foto entstanden, das ihr beide von euch gepostet habt?«

In meinem Kopf schrillen die Alarmglocken los. Lanas anklagender Ton verheißt, dass sie mich fertigmachen wird, wenn ich sie nicht beschwichtigen kann. Auch wenn sie sich von Ren getrennt hat, ist sie längst nicht über ihn hinweg. Ich lächle, als wäre das alles ein großes Missverständnis, und sage: »Die Aufnahmen waren ziemlich ernst. Das Foto haben wir nur gemacht, um die Atmosphäre aufzulockern. Nichts weiter.«

»Ich habe auch gehört, dass ihr euch zusammen den Sternschnuppenschwarm angeschaut habt. Klang so, als hättet ihr zwei es euch ziemlich kuschelig gemacht.« Lanas Stimme ist pures Eis. Kalt und scharf und gewillt, mein Herz direkt zu durchbohren und nicht die Spur eines Beweises zu hinterlassen, während ich verblute.

Da hat wohl jemand praktischerweise vergessen, ihr von der Hälfte des Abends zu erzählen, in der Ren mich ignoriert hat. Oder von dem Fotoshooting, zu dem er nicht aufgetaucht ist. Aber Ren kreuzt immer wieder bei mir auf, und ich weiß nicht, was das bedeutet, wenn es überhaupt etwas bedeutet, nun, wo es mit August und mir vielleicht wirklich etwas wird. »Ich habe meine Jacke vergessen. Er hat nur dafür gesorgt, dass mir nicht kalt wird. Mit dem Wind am Strand war nicht zu spaßen.«

»An deiner Stelle würde ich nicht darauf zählen, dass diese Art Aufmerksamkeit anhält. Du bist einen Freund gewohnt, der dir gezeigt hat, wie sehr du ihm am Herzen liegst. Möglicherweise deshalb, weil er nicht hier war, aber du musstest nie daran zweifeln. Bei Ren wirst du dich das immer fragen. Gute Wellen werden immer Vorrang haben. Und nach einiger Zeit wird sich das Gefühl, dass du für den Menschen, den du liebst, nur ein Anhängsel bist, in dein Leben fressen, bis du nur noch einen Schlussstrich ziehen kannst, bevor nichts mehr übrig ist, was du noch erkennst.«

Ren hat Lana angebetet. Selbst ohne meine Begabung hätte ich das sehen können. Natürlich hat sich das innerhalb der Beziehung anders angefühlt, aber von außen betrachtet, ist an seinen Gefühlen für sie nie ein Zweifel aufgekommen. Aber weil ich Lanas Zorn besänftigen und nicht schüren will, frage ich: »Warum bist du dann so lange mit ihm zusammengeblieben?«

»Weil ich ihn geliebt habe. Und weil ich ihn nicht verlieren wollte.« Tränen steigen ihr in die Augen. Lana sieht an die Decke und blinzelt sie wütend weg, bevor sie fließen können. Einen Moment darauf drückt sie den

Rücken durch, als wären ihre Emotionen nur ein Anflug von Schwäche gewesen. »Wie sich herausstellt, ist es viel schlimmer, sich selbst zu verlieren. Ich bin *so* viel glücklicher jetzt, wo wir nicht mehr zusammen sind. Ich hatte Angst, dass sich in mir ein riesiges Loch an der Stelle auftut, die Ren früher eingenommen hat, aber jetzt, wo er aus meinem Leben verschwunden ist, ist wieder Platz für mich.«

Ich weiß nicht, ob sie glaubt, was sie da sagt, oder ob sie sich gut etwas vormachen kann. Ihrem zur Schau getragenen Selbstbewusstsein zum Trotz erzählt ihr gebrochenes Herz eine andere Geschichte. Ihre ganze Aura ist ein dunkles Blaugrün, das nicht von einem Fünkchen Kupfer oder Roségold aufgehellt wird. Sie legt sich um Lana wie ein undurchdringlicher Mantel der Traurigkeit.

»Darf ich dir etwas sagen?«, bitte ich.

Sie zuckt die Schultern, als wäre das, was ich zu sagen habe, so interessant, wie sich Fusseln vom Pullover zu zupfen.

Ich fahre trotz ihres Desinteresses fort. »Wenn du nach außen so tust, als würde dich die Trennung überhaupt nicht jucken, damit du Rens Aufmerksamkeit bekommst, wird das nicht funktionieren. Er wird dir das nämlich abkaufen.«

»Oh, kennst du ihn jetzt nach einer Nacht am Strand schon so gut?«

»Nein, aber ich weiß, dass er dich geliebt hat, ob du es nun gespürt hast oder nicht. Und wenn er glaubt, du bist ohne ihn besser dran, wird er nicht versuchen, dich zurückzuerobern.«

»Gut. Das soll er auch nicht«, entgegnet Lana.

»Dann ist der ganze düstere, bedrückende Liebeskummer, der buchstäblich aus dir herausquillt wie Rauch bei einem Großflächenbrand, nur Show?« Ich beschreibe mit der Hand einen Kreis in der Luft, um die Herzschmerz-Aura um sie anzudeuten.

»Ich kann um das trauern, was ich verloren habe, auch wenn ich es nicht zurückwill.« Sie schürzt die zartrosa Lippen, als würde sie sich davon abhalten wollen, noch mehr zu sagen. »Bei August und dir ist es doch auch so, oder? Er war in den Frühjahrsferien hier. *Persönlich* hier, zum ersten Mal seit wer weiß wie langer Zeit, und du bist nicht zu ihm zurückgerannt. Nein, du hast ihm gezeigt, dass du ihn und seine Entschuldigungen nicht brauchst. Dass du ohne ihn besser dran bist.«

So viel zu Gemmas Theorie, ich könnte still und heimlich mit August »wieder zusammenkommen«, ohne dass es jemanden interessiert.

Ich weiß nicht, wo August und ich nach unserem Kuss stehen, aber ich möchte, dass wir die Chance auf eine echte Beziehung haben. Selbst wenn ich dafür weiterhin alle anlügen muss.

293

Mein Handy vibriert auf dem Nachttisch und reißt mich Freitagnacht aus einem Dämmerschlaf. Augusts Gesicht leuchtet auf dem Display auf. Normalerweise schickt er mir eine Nachricht, bevor er anruft. Um fair zu sein, vielleicht hat er das auch getan, und ich habe sie verpennt, weil ich morgen so früh aufstehen und zur Arbeit muss. Ich ziehe das Handy unter die Bettdecke, damit mir nicht kalt wird, und gehe ran. »Es ist mitten in der Nacht. Ist alles okay?«

»Kann nicht schlafen«, sagt August, seine Stimme ganz rauchig. »Und ich habe daran gedacht, wie viel schöner es wäre, wenn ich da wäre. Bei dir.«

Bei dem Gedanken wird mir ganz warm. Drei Sätze – und noch nicht einmal vollständige – von August reichen aus, um mich zum Schmelzen zu bringen. Ren hatte nie eine Chance. »Schade, dass du so weit weg wohnst, sonst würde ich dich fragen, ob du vorbeikommst.«

»Dann können wir ja vielleicht einfach so tun, als ob ich da wäre?«

»Und wie soll dir das beim Einschlafen helfen?«

»Du hast eine echt beruhigende Stimme. Und ich habe eine sehr lebhafte Fantasie«, meint er.

»Das glaube ich sofort.« Ich lege mich auf die Seite, schiebe mir das Laken unter den Oberschenkel und frage mich, wie er sich mich gerade vorstellt. »Okay, und wie soll das jetzt ablaufen?«

»Hast du die Augen geschlossen? Ich meine nämlich

schon. Ich liege auf der Seite, und du bist neben mir, den Rücken an meine Brust geschmiegt. Und ich habe meine Arme um dich geschlungen, weil ich dich genau dort haben will. Dein Herz klopft zu schnell, als dass du schon schlafen könntest. Und ich bin mir ziemlich sicher, dass es an mir liegt, weshalb an Schlaf nicht zu denken ist.«

»Oh, das liegt nicht an dir. Oder zumindest nicht so, wie du denkst«, widerspreche ich und beschließe mitzumachen. Aber wenn er sich ausmalt, wie wir miteinander kuscheln, und mir dann die Schuld daran gibt, dass er nicht schlafen kann, obwohl er mich aufgeweckt hat, werde ich nicht mit fairen Mitteln spielen. »Ich leide an Platzangst, und wenn du mich so festhältst, fühle ich mich eingeengt.«

»Warum hast du mich dann nicht schon weggestoßen?«, will er wissen.

»Vor Angst gelähmt?«, erwidere ich.

Sein dunkles Lachen dröhnt durch das Handy und jagt mir eine Gänsehaut über den Körper. »Als wir uns draußen vorm Yeastie Boys geküsst haben, schien dir das nicht so viel auszumachen.«

Dieser Kuss waren vielleicht die besten paar Minuten meines Lebens. Nicht dass ich ihm das sagen könnte. »Die Betonung liegt auf *draußen*. Frische Luft und so. Außerdem war mein Bewegungsradius nicht beeinträchtigt.«

»Willst du damit sagen, dass du unsere jetzige Position nicht magst, weil sie dich zu sehr einschränkt?«

»Echt mal, August, rutsch rüber. Du drängst mich fast schon aus dem Bett.«

»Sorry. Ist nicht meine Schuld, dass dein Bett so verdammt klein ist.«

»Ich habe nicht damit gerechnet, dass ich es teilen muss. Nächstes Mal kaufe ich ein größeres.«

»Gott, ja, bitte. Wenn ich die ganze Nacht mit deinen Eiszehen an meinen Waden zubringen muss, überlege ich mir das Ganze vielleicht noch mal. Ich meine, im Ernst jetzt, zieh dir Socken an«, nörgelt August. Seine Stimme ist tief, fast schon rau, er geht in seiner Rolle viel zu sehr auf.

Ich presse mir den Handrücken auf den Mund, damit mein Lachen nicht Mom aufweckt. Wir bewegen uns noch im jugendfreien Bereich, aber gerade so. Mein Kopf beschwört Bilder herauf, wie er sich an mich drängt und unsere Beine ineinander verflochten sind. Ich öffne die Augen und starre das leere Kissen neben mir an, damit meine Sinne auf den Boden der Tatsachen zurückkehren. Dann atme ich tief durch und sage: »Wozu brauche ich Socken, wenn du meine Füße wärmen kannst. Irgendetwas muss ich doch davon haben, oder? Du als persönliche Heizung, das würde mir genügen.«

»Ich bin schockiert, dass du mich so schamlos ausnutzen würdest, Imogen.« Seine Stimme zittert vor gespielter Entrüstung.

»Du hast mich doch angerufen, schon vergessen?«

Dann wird es eine Minute lang still. Ich nehme das Handy vom Ohr und blinzle auf das leuchtende Display. Die Anrufdauer wird noch immer gezählt. Er ist also noch dran. Ich mache die Augen wieder zu und lasse die Stille zwischen uns andauern.

»Imogen?« Er sagt meinen Namen so, wie er es getan hat, bevor er mich geküsst hat. So viel Verlangen und Zuneigung, gepackt in drei kleine Silben.

Mit geschlossenen Augen kann ich seinen Atem auf meinem Hals fast spüren, genau wie seine Hände, die über meine Haut streichen, sich unter mein Shirt schleichen und einen Hitzeschauer an jeder Stelle hinterlassen, die er berührt hat. Wenn er heute Nacht wirklich hier wäre, wie weit würden wir dann gehen?

Ich stecke meine Beine unter der Bettdecke hervor, um mich abzukühlen. »Ja?«

»Du bohrst mir deinen Ellbogen in die Rippen.« Ein kaum hörbares Lachen entweicht ihm und knistert durch das Handy.

Er weiß mit Sicherheit, was das mit mir anstellt. Dass diese – unschuldige, wie er mir weismachen will – Unterhaltung uns dazu bringt, uns nach mehr zu sehnen. Tja, was er kann, kann ich schon lange. »Oh, tut mir leid. Wäre es besser, wenn ich mich einfach auf dich drauflege?«

»Jetzt, wo du es erwähnst, wird es wohl das Beste sein«,

erwidert er. »So, wie du gerade da liegst, werde ich nie in den Schlaf finden.«

»Wir könnten auch …«

Die Tür von meinem Zimmer fliegt so schnell auf, dass sie mit einem ohrenbetäubenden Knall gegen meine Wand donnert. Ich setze mich ruckartig auf, drücke mein Bettzeug an meine Brust und lasse mein Handy irgendwo zwischen den zerwühlten Laken fallen. »Scheiße!«

»Imogen Eliza!« Moms Stimme eilt ihr in mein Zimmer voraus, aber nur hauchknapp. Dann knipst Mom das Deckenlicht an und durchsucht den Raum mit eiskalter, verkniffener Miene. Ich sehe sie unverwandt an, damit sie mich nicht unvorbereitet erwischt, falls sie plötzlich Laserstrahlen aus ihren Augen abfeuert. Als ihr Blick auf mir landet, zucke ich zusammen. Von meiner Mutter und ihrem überfürsorglichen Zorn in zwei Hälften geteilt zu werden, steht heute Nacht eigentlich nicht auf meinem Plan. »Was ist hier los?«

»Nichts. Ich unterhalte mich bloß mit August«, erwidere ich.

Meine Mom greift nach dem Bettzeug und schlägt es zurück, sodass ich fast auf den Boden falle. Sie starrt auf das leere Bett, als würde sie erwarten, dass August dort wie aus dem Nichts auftaucht. Nach einem Moment lässt sie die Bettdecke los, die sich auf den Dielen zusammenkringelt. Dann geht Mom zum Schrank und schiebt Bügel hin und her, als müsste sie ihn ums Verrecken dort aufspüren.

»Wo ist er?«, will sie wissen.

Ich taste nach dem Handy und vergewissere mich, dass August noch dran ist, bevor ich es meiner Mom unter die Nase halte. Sie ignoriert mich. Ich stelle auf laut und sage: »August, sag doch bitte meiner Mom, dass du wirklich nicht in meinem Zimmer bist.«

»Hallo, Mrs. Finch.« Er klingt irgendwie belustigt, als würde er sich ein Lachen verkneifen, während seine Stimme durch den Lautsprecher dringt. »Ich schwöre, dass ich nicht unter dem Bett bin, also brauchen Sie da gar nicht erst nachzuschauen.«

Mom hockt sich auf den Boden und schleudert die Bettdecke, die sie dorthin verfrachtet hat, zurück aufs Bett.

»Nicht lustig«, keife ich August an. Daraufhin schallt sein Lachen durch das ganze Zimmer. »Ich lege auf. Viel Glück beim Einschlafen.«

»Gute Nacht, Mrs. Finch. Ich bin wirklich nur am Telefon«, entgegnet er. Als ob mir das jetzt noch helfen würde. »Gute Nacht, Imogen Eliza.«

Ich fahre mit den Fingern über das Handydisplay, nachdem es erloschen ist.

»Kannst du mir das mal erklären?«, faucht Mom. Ihre Augen suchen noch immer den Raum ab, weil sie mir nicht glaubt.

Als sie ihren Blick schließlich wieder auf mich heftet, weiche ich ihm nicht aus. »August konnte nicht schlafen.«

»Und da dachtest du, Telefonsex wäre das Mittel der Wahl?«

Mein Gesicht brennt und ich pfeffere das Handy ans Ende meines Bettes. Eventuell hatte ich ein oder zwei Gedanken sexueller Natur, aber das Gespräch war zu hundert Prozent harmlos. Na ja, vielleicht zu neunundneunzig Prozent. »Gott, Mom! Nein. So ist es nicht. Wir haben nur herumgealbert. Vollständig bekleidet. Wir haben nur über meine Füße geredet. Nicht als Fetisch, sondern die normale Diskussion über kalte Füße.«

»Was ich gehört habe, klang nicht nach Herumalbern.«

»Du hättest uns überhaupt nicht belauschen dürfen.«

»Ich bin mir nicht so sicher, dass du noch mit August reden solltest. Ihr zwei habt euch nicht gerade im Guten getrennt, und es macht mir Sorgen, dass du das so schnell vergessen hast. Seit du ihn in den Ferien getroffen hast, bist du wie ausgewechselt.«

»Ja, weil ich, bevor er hier aufgetaucht ist, unsere Beziehung nur erfunden habe, damit keiner mitkriegt, dass die Tochter einer Partnervermittlerin so eine Loserin ist, dass sich kein einziger Junge für sie interessiert. Jetzt zufrieden?« Ich spucke die Worte aus, ohne nachzudenken. Das Geständnis lässt alles Leben im Zimmer schneller erstarren, als es ein Zauberbann je könnte.

Mom sinkt neben mir auf das Bett und streicht das Laken um uns glatt. »Wovon redest du?«

»August und ich waren nicht wirklich zusammen. Deshalb wollte ich auch nicht, dass du mit seinen Eltern essen gehst. Damit du nicht dahinterkommst. Aber das ist vorbei, das müssen wir nicht wieder aufwärmen. Lektion gelernt. Kein Fake-Freund mehr. Versprochen.«

»Damit ist es nicht getan. Du kannst mir nicht einfach sagen, dass du mich und alle anderen ein Jahr lang angelogen hast, und das Ganze dann mit einem Achselzucken abtun, als wäre es keine große Sache. Es ist eine *sehr* große Sache. Was hat dich denn dabei geritten?«

»Dass keiner etwas mit mir anfangen wollte. Und ich wollte mich begehrenswert fühlen. Und dass andere glauben, ich werde begehrt. Es tut mir leid, dass ich dich angeschwindelt habe, aber ich habe mein Singledasein nicht mehr ausgehalten und keinen anderen Ausweg gesehen. August weiß Bescheid und ist nicht sauer auf mich. Erstaunlicherweise. Und ich mag ihn, Mom. Bitte sei mir deshalb nicht böse.«

»Ob ich sauer bin, ist meine Entscheidung. Aber für heute Nacht lasse ich es gut sein, denn ich bin zu müde, um mich jetzt mit dir zu streiten. Du hast die Liebe noch nicht gefunden, weil sie dich noch nicht gefunden hat. Und ich verspreche dir, du willst nicht glauben, dass du verliebt bist, und dann feststellen, dass du eigentlich mit einem anderen zusammen sein solltest. Manchmal ist es klüger abzuwarten.« Die Schärfe ist aus ihrer Stimme gewichen. An ihre Stelle ist eine Traurigkeit getreten, die mich mitten ins Herz trifft.

Mom hätte nie erfahren dürfen, dass ich so eine Null in Liebesdingen bin. Sie hat ihr ganzes Leben darauf aufgebaut, und ich verknalle mich einfach in einen Jungen, von dem ich es nicht erwartet hatte.

»Was, wenn es mit August Liebe ist? Oder zumindest werden kann.« Mein Blick wandert zu dem Gedicht, das er mir geschickt hat und das nun an der Wand neben meinem Bett hängt. Wenn ich wirklich diese Gefühle in ihm hervorrufe, kann ich das mit uns nicht aufgeben. Nicht, ohne es wenigstens versucht zu haben. »August und ich stehen noch ganz am Anfang, aber ich mag ihn. Und er mag mich. Und aus irgendeinem Grund fühlt er sich besser, mehr wie er selbst, wenn er mit mir zusammen ist. Wenn ich ihm helfen kann, mache ich das auch.«

»Kannst du ihm vielleicht so helfen, dass es jugendfrei bleibt?«

»Ich denke, das kriege ich hin.«

Sie streicht mir mit einer Hand über das Haar und schnippt einen Finger über meine Nasenspitze. »Sei vorsichtig mit August, okay? Du willst doch nicht, dass dein gebrochenes Herz Teil deines Projekts wird.«

»Ich *bin* vorsichtig.«

Aber zum ersten Mal will ich es nicht sein.

Zwanzigstes Kapitel

Liebesregel #23: Den Launen des Herzens nachzugeben,
wenn die Gefühle nachlassen, endet nur in Schmerz.

Es dauert ewig, bis ich wieder einschlafe, und als mein Handy erneut von einer eingehenden Nachricht summt, braucht mein Gehirn ein paar Sekunden, bis es realisiert, dass es Morgen und nicht mitten in der Nacht ist. Draußen ist es noch dunkel, doch weil ich seit Jahren wegen des Jobs vor Sonnenaufgang rausmuss, sind mir die verschiedenen Färbungen des Himmels vor der Dämmerung bestens vertraut. Dem dunstigen Blau nach zu urteilen, das durch meine Jalousien dringt, wird mein Wecker jeden Moment losschrillen.

Ich schaue auf mein Handy. August war zwei Minuten schneller als der Weckruf.

Entweder ist er letzte Nacht überhaupt nicht mehr eingeschlafen, oder er ist absichtlich früh aufgestanden, damit er noch vor der Arbeit mit mir chatten kann. Allein der Gedanke, dass es so sein könnte, katapultiert mein Herz auf Wolke sieben. Ich stelle den Wecker aus, bevor er losgeht, dann klicke ich auf Augusts Nachricht.

DerEchteAugust: Lebst du noch nach letzter Nacht?

DerEchteAugust: Soll ich den Behörden einen anonymen Hinweis geben, dass sie das Wasser um euren Steg nach deiner Leiche absuchen?

DerEchteAugust: Mrs. Finch, falls Sie Imogen abgemurkst haben und das lesen, das mit den Cops war nur ein Witz.

DerEchteAugust: Ihr Geheimnis ist bei mir sicher.

MoImGlück: wow.

MoImGlück: Du bist ja schnell über meinen angeblichen Tod hinweg. Schätze, ich weiß, wen ich zuerst heimsuche.

DerEchteAugust: Versprochen?

MoImGlück: So leicht wirst du mich nicht los.

DerEchteAugust: Ich nehme dich beim Wort.

MoImGlück: Versprochen?

DerEchteAugust: Ich schwör's.

DerEchteAugust: Und falls dir heute bei der Arbeit langweilig ist – als ich letzte Nacht nicht schlafen konnte, hatte ich eine Idee für ein Frankenbiscuit.

DerEchteAugust: Hast du schon mal ein Monte Cristo gegessen? Das ist quasi ein frittiertes Schinken-Käse-Sandwich.

MoimGlück: Nein, noch nie. Klingt aber interessant.

Ich checke das Rezept im Internet und bringe damit meinen Magen zum Knurren.

DerEchteAugust: Interessant? Versuch's mal mit megalecker.

MoimGlück: Das glaube ich dir aufs Wort.

DerEchteAugust: Ich meine es ernst mit dem Frankenbiscuit.

DerEchteAugust: Probier es.

DerEchteAugust: Und dann erzähl mir mal, dass ich kein kulinarisches Genie bin.

MoimGlück: Du bist doch schon ein genialer Dichter. Wie viele Genie-Titel brauchst du denn noch?

DerEchteAugust: Ich muss dich ja irgendwie davon überzeugen, dass du etwas mit mir anfangen willst.

Das ist keine Frage des Wollens. Ich bin schon überzeugt. Ich muss mich bloß noch von der Ren-und-ich-Vorstellung lösen, an die ich mich so lange geklammert habe. Aber für August lohnt es sich vielleicht.

MolmGlück: Das muss ja ein Hammer-Sandwich sein, wenn du das Schicksal unserer Beziehung davon abhängig machst.

DerEchteAugust: Ich müsste nicht auf solche hochriskanten Taktiken zurückgreifen, wenn du mich einfach so daten würdest.

DerEchteAugust: Ich will es nur wert sein, verstehst du?

DerEchteAugust: Um mit dir zusammen zu sein, würde ich alles tun, egal was es kostet.

Das lässt sich leicht sagen, wenn sich das Zusammensein nur im Kopf abspielt. Scheiß auf das echte Leben. Aber zur Hölle, ich will alles, was er mir verspricht.

Als ich Gemma ein paar Stunden später bei der Arbeit von Moms Ausraster berichte, lacht sie so laut, dass ein Gast vor Schreck sein Getränk fallen lässt. Sie schiebt mir die Schuld in die Schuhe und wirft mir einen Lappen zu, damit ich aufwische. Ich entschuldige mich bei dem Gast, fülle sein Getränk nach und biete ein Gratis-Zimt-Biscuit als Entschädigung an. Er nimmt alles freudig an. Dann brechen Gemma und ich wieder in Gelächter aus, dieses Mal in der Abgeschiedenheit der Vorratskammer, wo keine Gäste – oder ihr Frühstück – in Mitleidenschaft gezogen werden.

»August hatte eine Idee für ein Frankenbiscuit. Ich dachte, wir könnten es mal ausprobieren«, sage ich, nachdem der Frühstücksansturm am späten Vormittag endlich abgeklungen ist.

Gemma legt sich den Handrücken an die Stirn und tut so, als würde sie am Tresen in Ohnmacht fallen. »Scheiße, du bist ja echt in diesen Jungen verknallt. Wir haben Gäste, die seit Jahren fast jede Woche hier essen, und die dürfen das nicht machen.«

»Sie bestellen auch jedes Mal wieder das Gleiche, daher würde ich nicht besonders viel auf ihren Geschmackssinn geben.«

»Da ist was dran. Was ist denn das für ein Rezept, das wir unbedingt sofort testen müssen?«

Ich tue so, als würde ich sie erwürgen. »Weißt du noch, als er mein Fake-Freund war und du alles mitgemacht hast, ohne Fragen und Kommentare?«

»Nö. Da klingelt bei mir nichts.«

»Okay, vielleicht war es ja nicht *so* einfach, aber ich vermisse die Zeiten, als du *etwas* offener für meine Vorschläge warst, ohne dich ständig darüber lustig zu machen.«

Gemmas Lächeln wird weich. »Ich mache mich nicht über dich lustig, sondern necke nur meine beste Freundin. Es ist süß, wie dich ein echter Junge megaglücklich macht.«

Sie schlingt die Arme um mich und drückt mich so fest an sich, dass meine Rippen protestieren.

»Es fühlt sich auch gut an, so glücklich zu sein.« Mein Liebeskummer-Pakt mit Ren kommt mir in den Sinn und will sich nicht verdrängen lassen. Ich habe Ren erzählt, ich wäre fertig mit August. Dass ich die Sache hinter mir gelassen hätte. In dem Moment habe ich das auch so gemeint. Aber je mehr ich mich mit dem Gedanken anfreunde, mit August wirklich zusammen zu sein, umso mehr will ich es auch. »Hilfst du mir nun bei dem Biscuit oder nicht?«

»Kommt drauf an. Ist es essbar, oder machst du es nur, weil August das will?«

Gespielt gekränkt rücke ich von ihr ab. Und ehrlich gesagt, bin ich auch tatsächlich ein bisschen angepisst. Biscuits sind für mich eine ernste Angelegenheit. »Ich tue mal so, als hättest du mich nicht gerade beleidigt, und erzähle dir von seiner Idee. Dann kannst du dich ja entschuldigen. Und dann darfst du *vielleicht* kosten, wenn wir fertig sind.«

»Niedlich, dass du denkst, ich würde dir helfen, ohne dann das Werk dieses Wahnsinnsgenies am Ende auch kosten zu dürfen. Jetzt sag schon, was es ist«, sagt Gemma.

»Im Grunde ist es ein Monte Cristo in Biscuitform. Also ein frittiertes Biscuit mit Schinken, Schweizer Käse und Spiegelei. Dann wird es mit Puderzucker bestäubt und mit Himbeermarmelade als Dip gereicht.«

Gemma leckt sich die Lippen und meint: »Gar kein schlechter Einfall. Es verstopft zwar wahrscheinlich sofort unsere Arterien, aber es klingt lecker.«

»Schon, oder? Warum ist uns das nicht eingefallen?«

»Vermutlich, weil meine Dads die frittierten Biscuit-Bällchen von der Karte genommen haben nach dem Vorfall mit dem ranzigen Fett von 2018.«

Meine Mundwinkel zucken, aber ich verkneife mir wohlweislich ein Lächeln. Die Biscuit-Bällchen waren Gemmas Leibspeise, und sosehr sie auch gebettelt hat, ihre Dads ließen sich nicht davon überzeugen, sie wieder auf die Karte zu setzen. »Oh, Shit. Das hatte ich ganz vergessen.« Aber mal ehrlich, wer bittet denn auch zwei klapperdürre Mädchen, Zwanzig-Liter-Bottiche mit altem Fett allein zum Recycling-Behälter zu schleppen? »Sie werden nicht Nein sagen, wenn es um ein Frankenbiscuit geht, oder?«

Gemma überlegt laut: »Hängt davon ab, wie viel Mitspracherecht wir ihnen einräumen.«

»Wir sagen es ihnen erst, wenn wir fertig sind, nur zur Sicherheit.«

In der Küche überredet Gemma Saint dazu, uns an einer neuen Kreation tüfteln zu lassen, und gibt dabei so wenige Details wie möglich preis. Ich klaue ein bisschen Biscuit-Teig von dem Blech, das darauf wartet, in den Ofen geschoben zu werden. Dann übernehmen wir eine der Gasflammen am Herd und eine fünfzehn Zentimeter breite

Fläche der Grillplatte und machen uns an die Arbeit. Und mit *wir* meine ich Gemma. Sie ist von uns diejenige, die kochen kann. Ich bringe die ausgefallenen Ideen und den Appetit mit. Da die Fritteuse nicht infrage kommt, frittiert Gemma den Teig in der Pfanne, bis die Biscuits aufgehen und eine herrlich goldbraune Farbe annehmen. Sie wendet die Biscuits, um sie von beiden Seiten zu frittieren, zwischendurch schlägt sie zwei Eier auf der heißen Grillplatte auf und legt Schinkenscheiben daneben, die sich an den Rändern kräuseln, sobald sie mit der Hitze in Berührung kommen.

Mir läuft schon das Wasser im Mund zusammen, bevor die Biscuits den Teller berühren. Nachdem ich sie aufgeschnitten habe, lege ich die untere Hälfte beiseite, damit Gemma die restlichen Zutaten darauf verteilen kann. Als wir fertig sind, bringen wir unsere Schöpfung nach draußen und setzen schnell ein Foto auf dem Tresen in Szene, bei dem wir die Speisekarte vom Yeastie Boys geschickt unter dem Teller drapieren. Die Betonung liegt auf *schnell*, damit wir reinhauen können, solange die Biscuits noch warm sind. Das Bild zu posten, kann warten.

Ich beiße hinein und sterbe fast, weil meine Geschmacksknospen ein Feuerwerk veranstalten. Das Äußere des Teigs ist perfekt knusprig, die Innenseite wie eine Wolke, ganz fluffig und leicht. Vielleicht muss ich mich bei Gemmas Dads doch dafür einsetzen, die frittierten Teigbällchen wieder auf die Karte zu setzen. Ich habe vergessen, wie sehr ich sie geliebt habe. Aber dieses Biscuit-Sandwich hebt sie auf ein ganz neues Niveau.

»O Gott! So gut«, murmelt Gemma mit vollem Mund.

»Ich denke, die Marmelade gehört auf das Biscuit, nicht daneben. Sie sollte keine optionale Beilage sein, wenn wir das den Gästen vorstellen.«

»Absolut.«

Ich schaffe drei Viertel von meinem, bevor ich den Teller wegschiebe, weil ich nicht mehr kann. Ich wische mir das Fett und die Marmelade von den Fingern und lasse ein zufriedenes Seufzen hören. Dann rufe ich das Foto auf meinem Handy auf und lege einen Halo-Filter darüber, der dem Biscuit einen Heiligenschein verleiht. Da die Idee von August stammt und ich ihm nicht öffentlich die Ehre erweisen kann, unterschreibe ich das Foto mit »Ich habe vom Rapadies gekostet.«

Gemma liest über meine Schulter mit und prustet los. »Ist das eine neue Umschreibung für Sex, die ich noch nicht kenne?«

»Igitt. Nein. Das hat Augusts kleiner Bruder gesagt, als er das erste Mal ein Biscuit von uns verdrückt hat. Aber jetzt muss ich das ändern.«

»Bloß nicht. Ich will das auf einem T-Shirt.«

»Das habe ich auch gesagt.«

Eine neue Nachricht pingt auf meinem Handy.

DerEchteAugust: Ihr habt es gemacht!

DerEchteAugust: Warum gibt es keinen Duft-Stream???

MoImGlück: In diesem Fall wäre es wohl eher ein Duftbild. Foodstagram trifft es noch besser. Und ja, du verpasst was.

DerEchteAugust: Wenn es nur halb so gut schmeckt, wie es aussieht …

DerEchteAugust: Glaubst du, ich schaffe es zu dir und zurück, ohne dass meine Mom merkt, dass ich weg bin?

MoImGlück: Das ist eine lange Fahrt für ein Biscuit.

DerEchteAugust: Ist es mir wert.

DerEchteAugust: Wenn ich heute nicht mit Owen zum Fußballtraining müsste, würde ich kommen.

Wenn August nicht zum Biscuit kommt, kommt das Biscuit eben zu ihm. Und das ist *keine* Umschreibung.

Als meine Schicht zu Ende ist, stöbere ich in Moms Akten nach Augusts Adresse. Dann hinterlasse ich eine Nachricht in meinem Zimmer, falls Mom nach mir sucht. Darauf steht, wo ich hinfahre, welche Route ich nehme und wann ich ungefähr zurück bin. Wenn alles gut geht, wird

Mom die Nachricht überhaupt nicht lesen. Wenn nicht, habe ich vermutlich für den Rest meines Lebens Hausarrest, aber zumindest weiß sie ungefähr, wo ich stecke, und wird nicht so ausflippen, als wenn ich die Stadt ohne eine Erklärung verlasse. Lieber um Vergebung als um Erlaubnis bitten, oder?

Ich schleiche mich an Moms Büro vorbei, wo sie sich abmüht, Delaney zu überzeugen, dass Alex zu ihr passt. Nach Delaneys verkniffener Miene zu urteilen, werden sie wohl noch eine Weile da drin sein. Dann bin ich zur Tür hinaus und auf der Straße, eine stundenlange Playlist mit energiegeladener Musik auf dem Handy voll aufgedreht, um mich wach zu halten. Und eine Literkanne Kaffee, auf der Gemma bestanden hat. Sie war hin- und hergerissen, als ich ihr von meinem Plan erzählt habe. Einerseits fand sie die romantische Geste total süß. Anderseits wollte sie nicht, dass ich hinter dem Steuer einschlafe und bei einem Unfall auf der Autobahn sterbe.

Am Ende hat die Romantik gewonnen. Wie immer.

Ich halte einmal zum Tanken und für eine Pinkelpause an und schaffe die vier Stunden bis zu Augusts Haus in gefühlt der Hälfte der Zeit. Erst jetzt, wo ich hier bin, scheint mir das Ganze doch eine schlechte Idee zu sein. Vielleicht hätte ich ihm sagen sollen, dass ich komme. Oder mich mit ihm irgendwo treffen sollen, wo seine Mom mich nicht sieht, sofort meine anruft und mich in Schwierigkeiten bringt. Oder noch schlimmer, was, wenn unser Kuss und alles danach ein ausgeklügelter Scherz war, um sich an mir zu rächen, weil ich ihn in eine Fake-Beziehung hineingezogen habe, und ich jetzt als Witzfigur ende, über die sich seine Freunde totlachen?

Das kann auf x Arten in die Hose gehen.

Er hat gesagt, dass er zu mir kommen würde, rufe ich mir ins Gedächtnis. Und er hat mir genauso oft geschrieben wie ich ihm. Ich schüttle die plötzlichen Zweifel ab. Sie haben keinen Platz in meinem Leben.

Gerade als ich aus dem Auto gestiegen bin, öffnet sich seine Haustür. August kommt heraus, gefolgt von einer zierlichen Blondine mit einem verstrubbelten Kurzhaarschnitt, die abgeschnittene schwarze Shorts und ein übergroßes Flanellhemd trägt, dessen Ärmel sie bis zu den Ellbogen hochgekrempelt hat. Die perfekte Emo-Freundin. Shay. Genau so, wie er sie beschrieben hat. Und sie sieht absolut wie eine aktuelle Freundin, nicht wie eine Ex aus. Sie ergreift seine Hand und nimmt seine Aufmerksamkeit völlig in Beschlag. Von meinem Standort auf der anderen Straßenseite aus wirkt ihr Gespräch ernst, aber das kann auch daran liegen, wie intensiv sie sich in die Augen schauen. Als wären sie die beiden einzigen Menschen auf der Welt. Sie ist umringt von widerstreitenden Gefühlen, von Liebe und Liebeskummer. Und je länger sie August anblickt, umso dunkler wird die Wolke.

Aber August ist ganz Roségold. Die Liebe bringt ihn zum Strahlen wie ein beschissener Atomreaktor.

Shay stellt sich auf Zehenspitzen und drückt ihren Mund auf seinen. August zieht sie näher an sich heran. Und welche Zweifel Shay auch an ihm hatte, sie weichen einem Ausbruch neu entfachter Liebe.

Mein Herz vergisst zu schlagen. Oder vielleicht hat es sich auch komplett abgemeldet, sich verkrümelt und ein »Zu vermieten«-Schild hinterlassen. Endlich fällt meinem Körper wieder ein, wie man sich bewegt, und ich fummle an dem Schlüssel herum und drücke Knöpfe, um das Auto zu entriegeln, damit ich hier sofort abhauen kann. Ich bringe es fertig, die Paniktaste zu drücken in meiner, ähm … Panik. Das passt, aber ist alles andere als hilfreich. Die Autohupe plärrt los und die Lichter blinken wie verrückt. Ich malträtiere die Taste, um es abzustellen, aber zu spät.

August löst sich von Shay.

Ruft meinen Namen.

Rennt auf mich zu.

»Was machst du denn hier?«, fragt er aus ein paar Metern Entfernung.

Ich halte die Yeastie-Boys-Tüte hoch, unfähig, meine Blödheit in Worte zu fassen.

»Du hast mir mein Frankenbiscuit gebracht? Weil ich gesagt habe, ich würde mir eins holen, wenn ich könnte? Du hättest mir sagen sollen, dass du kommst.«

Das sehe ich genauso. Wäre ich mal lieber zu Hause geblieben. Dann hätte sich zumindest nicht das Bild, wie er Shay küsst, auf meiner Netzhaut eingebrannt. »Ist das Shay?« Ich kann sie nicht ansehen. Oder ihn. Also richte ich meine Fragen an die Luft neben ihm.

Er schaut über seine Schulter zu dem Mädchen, das allein auf seiner Veranda zurückgeblieben ist und uns mit ihren Blicken gern abfackeln würde. »Yep.«

Ich werfe ihm die Tüte zu und bringe mühsam hervor: »Viel Spaß mit deinem Biscuit.«

Und damit meine ich *Viel Spaß mit deinem Leben, denn ich bin dann mal weg.*

Ich habe keine Lust auf eine Dreiecksbeziehung. Oder auf seine Ausflüchte.

Ich weiche einen Schritt zurück, aber lasse ihn nicht aus den Augen. Mich umzudrehen, würde zu viel Zeit kosten. Außerdem habe ich gehört, ein wahrer Freund erdolcht dich von vorn, also kann ich es ihm ja leicht machen.

»Imogen, warte.« Er tritt einen Schritt vor und schließt damit wieder zu mir auf.

»Es ist eine lange Fahrt. Ich muss los.«

Ich muss von ihm weg. Von *ihnen* und was immer ich da gestört habe.

Shay ruft seinen Namen, mega-enttäuscht und besitzergreifend.

August erstarrt, reagiert aber nicht auf sie. Stattdessen

streckt er die Hand nach mir aus, bis er beinahe meinen Arm berührt. »Du bist doch gerade erst angekommen. Bleib ein paar Minuten, gönn deinen Beinen eine kurze Pause vom Fahren. Ich würde es dir gern erklären. Bitte.«

Als er nicht gleich zu ihr zurückgelaufen kommt, stürmt Shay zu uns und zieht eine Wolke blaugrünen Liebeskummers hinter sich her. Ihr feindseliger Blick lässt keinen Zweifel daran, dass August ihr von mir erzählt hat. »Echt jetzt? Nach allem, was du getan hast, kreuzt du einfach hier auf, und was? Spannst mir den Freund aus? Es hat dir wohl nicht mehr gereicht, so zu tun, als würde er dir gehören?«

»Ich wusste nicht, dass du hier bist«, sage ich.

»Und das macht es dann besser?«

»Nein, das nicht …«

»Es ist nicht ihre Schuld«, schaltet sich August ein.

Einen Moment lang glaube ich, dass er mich verteidigt. Dass ich vielleicht die ganze Situation falsch verstanden habe und er sich für mich entschieden hat. Aber er fixiert Shay, und die roségoldene Liebesaura, die sich um ihn aufbaut, bringt die Luft zum Leuchten. Sie ist so intensiv, dass ich einen Schritt zurückweiche. Ich hatte nie eine Chance. Nicht, wenn seine Liebe für sie so stark ist. »Sieht so aus, als bräuchte Shay eine Erklärung, nicht ich. Ich habe das schon verstanden.«

Er schüttelt den Kopf, und der roségoldene Nebel um ihn wogt, während sich eine kupfer-blaugrüne Strähne dar-

317

untermischt. Er senkt die Stimme und sagt zu mir: »Hast du ganz und gar nicht. Und wenn du so lange bleibst, bis ich sie zum Gehen bewegt habe, können wir reden. Ich kann das aufklären.«

Er ist so ernst, dass ich ihm fast schon glaube. Fast. Aber ich will seine Ausreden nicht hören. Ich will nicht hören, dass es ihm leidtut. Dass er sich für sie entschieden hat. Ich habe gesehen, was er empfindet, mehr muss er nicht sagen. »Da gibt es nichts aufzuklären, August. Ich hätte nicht herkommen sollen. Ich hätte es überhaupt nicht so weit kommen lassen sollen.«

August öffnet den Mund, vermutlich um mir zu widersprechen, aber Shay ruft wieder seinen Namen. Unschlüssig schaut er zwischen mir und ihr hin und her. Er folgt mir nicht, als ich die paar Schritte zurück zum Auto laufe, und es ist klar, dass er seine Wahl getroffen hat. Und ich bin es nicht.

Als er vor zwei Wochen im Yeastie Boys aufgetaucht ist, hätte ich ihn sofort in die Wüste schicken sollen. Eine Beziehung zwischen uns hätte nie zu etwas geführt. Jedenfalls nicht zu etwas Gutem. Wenn ich mich an Moms Regeln gehalten hätte, hätte ich das erkannt, bevor ich so dumm war, mir von ihm das Herz brechen zu lassen.

Einundzwanzigstes Kapitel

Liebesregel #16: Du kannst dich in Sekundenschnelle verlieben, aber Liebeskummer bleibt, bist du bereit bist, ihn loszulassen.

Noch bevor ich die Autobahn erreicht habe, piept mein Handy von einer neuen Nachricht. Ich halte an einer Tankstelle, um zu tanken. Und um meinen Händen Zeit zu geben, mit dem Zittern aufzuhören, bevor ich heimfahre. Bei Letzterem ist August keine große Hilfe, denn er bombardiert mich mit Nachrichten.

DerEchteAugust: Es ist nicht so, wie du denkst.

DerEchteAugust: Bitte gib mir einfach eine Chance, es dir zu erklären.

DerEchteAugust: Ich will das nicht über Chat machen.

Mein Telefon klingelt. Ich gehe nicht ran.

DerEchteAugust: Geh ran.

Klingel. Klingel. Klingel. Klingel. Klingel. Klingel. Klingel.

DerEchteAugust: Geh ran.

Klingel. Anruf abgelehnt. Ich würde mein Handy ja aus-
schalten, wenn ich wüsste, dass Mom nicht versucht, mich
anzurufen, und durchdreht, wenn sie direkt auf der Mail-
box landet.

DerEchteAugust: Geh ran.
DerEchteAugust: Ich deute dein Schweigen mal so,
dass du fährst und dein Handy nicht checken kannst.
DerEchteAugust: Denn du musst mit mir reden und
mir die Möglichkeit geben, das wieder einzurenken.
DerEchteAugust: Gib mir wenigstens Bescheid, ob
du sicher zu Hause angekommen bist. Bitte.

*Damit du mir erzählen kannst, dass du Shay noch immer
liebst? Klar doch.*

Während der ganzen Heimfahrt denke ich an August. Ich analysiere jeden Moment, den wir zusammen verbracht haben. Jedes Lächeln. Jeden Blick, der mich zu der Überzeugung gebracht hat, dass ich ihn will, nicht Ren. Ich versuche, irgendein Anzeichen zu finden, das mir entgangen ist und das mir verraten hätte, dass es zwischen uns so enden würden. Dass er mich ausnutzen oder in eine Falle locken würde, um mich dann zu demütigen. Das führt aber bloß zu einem solchen Heulkrampf, dass ich rechts ranfahren muss, bis ich mich wieder eingekriegt habe.

Als ich heimkomme, antworte ich auf keine seiner Nachrichten. Nicht einmal auf die letzte, trotz Gemmas Einwand, er verdiene es, wenigstens zu wissen, dass ich nicht bei einem Monster-Crash auf der Autobahn umgekommen bin. Sie hat hier auf mich gewartet, und seit meiner Rückkehr habe ich ihr mindestens zehn Mal berichtet, was vorgefallen ist. Sie hofft, dass meine Geschichte irgendwann einen anderen Verlauf nimmt. Dass ich mich plötzlich an ein wichtiges Detail erinnere, das August entlastet, damit ich ihn anrufen und die Sache mit ihm klären muss. Ich verstecke mein Handy, damit sie ihm nicht hinter meinem Rücken schreiben kann.

Wenn ich schlau wäre, würde ich ihn blockieren. Ich versuche es, kann mich aber nicht dazu durchringen. Was, wenn er eine absolut einleuchtende Erklärung hat, warum Shay heute bei ihm war? Was, wenn es wirklich ein Missverständnis war und ich daraus ein Riesending mache?

Nein. So bin ich nicht. Das ist die Wirklichkeit und kein Märchen.

Was er auch zu sagen hat, würde nichts an dem ändern, was ich gesehen habe. Wie *sie* an August diese mega Liebesaura zum Vorschein gebracht hat. Die Fünkchen der Zuneigung, die ich während der Frühjahrsferien in ihm entfacht habe, waren nichts dagegen. Mit dieser Art von Liebe kann ich nicht mithalten. Und selbst wenn ich es könnte, würde ich es nicht wollen.

Sein Herz hat sich bereits entschieden, ob sein Kopf damit nun einverstanden ist oder nicht.

Gemma versteht nicht, was ich gesehen habe. Oder wie ich mir so sicher sein kann, dass alles, was er zu mir gesagt hat, gelogen war. Das Foto von August, das Ren mit Teufelshörnern verziert hat und das ich an die Atelierwand gepinnt habe, fällt mir ins Auge. Und ich weiß, was ich zu tun habe. Ich ziehe es von der Klammer ab und ignoriere die Stiche in meiner Brust. Moms Entscheidung, das Atelier in Roségold und hellem Blaugrün neu anzustreichen, kommt mir gerade recht – ich nehme die Farbmusterdosen aus dem Regal und breite alles auf dem Leuchttisch aus.

»Was machst du denn da?«, fragt Gemma. Da sie ihre Hand gern behalten will, ist sie so klug, das Foto nicht vor dem retten zu wollen, was ich damit vorhabe.

»Ich werde dir zeigen, wie er in ihrer Gegenwart ausgesehen hat. Als ich dieses Foto von ihm aufgenommen habe, dachte ich, dass vielleicht ich die Liebe, die ich erkennen konnte, hervorgerufen habe. Aber das lag nur an ihr. So wie heute. Sie mag sein Herz gebrochen haben, aber er liebt sie immer noch. Und das musst du mir glauben.«

Da ich keinen Pinsel zur Hand habe, muss ich die Finger in die kühle blassrosa Farbe tunken und über dem Bild verstreichen. Mit Sicherheit gibt es besser geeignete Farbe. Dicker, deckender. Aber ich mache ja keine Kunst. Ich will es Gemma nur verdeutlichen.

Ich zeichne die wirbelnde Liebesaura, die von ihm ausgeht, mit den Fingern nach, wieder und wieder, bis sie sich deutlich vom Untergrund abhebt. Dann öffne ich das helle Blaugrün und ziehe ein paar Striche durch das Roségold. Das Gleiche mache ich mit dem dunklen Blaugrün. Obwohl das Foto schwarz-weiß ist – oder vielleicht gerade deshalb –, wirkt Augusts Lächeln mit den ihn umgebenden Emotionen noch strahlender.

Das Ergebnis ist chaotisch, konfus und schön.

Wie die Liebe.

Wie Liebeskummer.

Gemma reicht mir einen Bausch Küchenkrepp, den sie von einer Rolle abreißt. »Das siehst du? Die ganze Zeit?« Ihre Stimme ist ehrfürchtig, beeindruckt.

»Nicht die ganze Zeit.« Ich wische mir die Hände ab und

deute mit dem Kopf auf die anderen Fotos, die an dem Seil hängen. »Und es unterscheidet sich immer. Von Mensch zu Mensch, aber auch jedes Mal, wenn ich die Aura bei ein und demselben Menschen wahrnehme. Sie verändert sich ständig. Sie wird heller oder dunkler, je nachdem, ob die Gefühle nachlassen oder sich verstärken. So sieht August auf *diesem* Bild aus. Aber auf dem für meine Mappe, das seinen Liebeskummer zeigt, überwiegt Blaugrün, und nur ein Hauch von Roségold schimmert durch.«

»Und wie hat er heute ausgehen?«

»So«, erwidere ich und hebe die Dose Roségold hoch.

Sie hält mich zurück, bevor ich die Farbe über sein Bild kippe. »Okay, okay. Ich hab's ja kapiert.« Dank meiner spontanen Maleinlage liegt mein Handy offen herum. Gemma lässt es vor und zurück kreisen. »Ist es okay, wenn ich ihm eine Nachricht schicke?«

»Du kannst ihm mitteilen, dass ich es nach Hause geschafft habe.«

Sie tippt eine Nachricht, die viel länger ist als *Mo ist nicht tot*, und drückt auf Senden. Erst dann lässt sie mich lesen, was sie geschrieben hat.

MoImGlück: Gemma hier. Mo braucht ein bisschen Zeit für sich. Ich weiß, dass du dich entschuldigen, es erklären oder was auch immer willst, aber sie hat den Kopf dafür im Moment nicht frei.

August schreibt postwendend zurück. Als hätte er sein Handy nicht mehr aus der Hand gelegt, seit er mir vor Stunden die ersten Nachrichten geschrieben hat.

> **DerEchteAugust:** Wie lange braucht sie?
>
> **MolmGlück:** Kann ich noch nicht sagen.
>
> **DerEchteAugust:** Sagst du ihr, dass ich hier bin, wann immer sie bereit ist?
>
> **MolmGlück:** Lass dir erst mal eine gute Entschuldigung einfallen. Ich sorge dann dafür, dass sie dir zuhört.

Ich lese mir die Nachrichten durch, und mein Herz fühlt sich an, als würde es ausgewrungen wie ein alter Waschlappen. »Das hättest du nicht machen sollen«, sage ich.

»Du hast doch gesagt, dass ich antworten darf.«

»Antworten, ja. Aber ihm Hoffnung machen, dass ich ihm nach dem heutigen Tag vergeben werde, nein. Das war nicht Teil der Abmachung.«

Gemma hält mir das Handy unter die Nase, als hätte ich nicht alles schon gelesen. »Es tut ihm ganz offensichtlich leid.«

»Ja, dass ich ihn erwischt habe.« Ich nehme ihr das Handy weg und lasse es sicherheitshalber in meiner Gesäßtasche verschwinden.

»Das meinst du nicht so. Du bist nur sauer, dass er deine

Fantasie-Beziehung vermasselt hat, damit du dich wirklich auf ihn einlässt.«

Nachdem ich die Farben verschlossen habe, stelle ich sie zurück ins Regal. Die Dose Roségold ist deutlich leerer als zu Beginn. Zum Glück braucht Mom nur ein bisschen für einen Probestreifen, um zu entscheiden, ob sie die ganze Wand damit streichen will. Als ich mich wieder zu Gemma umdrehe, hat sie sich über das bemalte Foto gebeugt und starrt es einfach nur an. Als würde seine Liebe sie in den Bann ziehen.

»Klar bin ich wütend«, räume ich ein. »Weil alles genauso erstunken und erlogen war wie unsere Fake-Beziehung. Er hat mich nur benutzt, um wieder mit Shay zusammenzukommen.«

»Sorry, aber das glaube ich erst, wenn du dir angehört hast, was er zu sagen hat. Wenn er wirklich ein Arsch ist, helfe ich dir, jedes Bild von ihm zu verschandeln, das existiert. Aber ich glaube nicht, dass er einer ist.«

»Du hast ja eine Menge Vertrauen in einen Typen, den du kaum kennst«, werfe ich ein.

»Nein, ich vertraue fest darauf, dass es sehr einfach ist, dich zu lieben.«

Das ist ein schöner Gedanke, und ich weiß, dass sie es ernst meint. Aber wenn das stimmen würde, wäre ich nicht schon wieder kurz vorm Heulen, weil der Junge, den ich mag, in eine andere verliebt ist.

Mom ist in der Küche, als ich hereinkomme. Sie klopft auf den Hocker neben sich, eine Einladung, mich zu ihr zu setzen. »Ich habe dich den ganzen Tag noch nicht zu Gesicht bekommen. Heißt das, du bist mit deinem Projekt vorangekommen?«

Nachdem ich auf den Hocker gerutscht bin, lasse ich meinen Oberkörper auf den Tresen sinken. Ich bin emotional ausgelaugt, und nach acht Stunden im Auto und meiner spontanen Malaktion zusätzlich zu der Arbeitsschicht heute Morgen habe ich auch körperlich kaum noch Energie. »Es war eher ein Tag, an dem ich einige meiner Dämonen ausgetrieben habe.«

»O nein. Du und Gemma habt doch nicht beschlossen, ohne mich das Atelier zu streichen, oder?«

Erst da bemerke ich meine farbverschmierten Hände. Ich verwandle mich wieder in so etwas wie einen Menschen, richte mich auf und kratze an der Farbkruste unter meinen Nägeln. »Nein, aber wir müssen vielleicht noch ein paar Musterdosen kaufen. Ich habe etwas von dem, was wir dahatten, benutzt, um Gemma zu veranschaulichen, wie ein verliebter Mensch aussieht.«

»Und worauf genau hast du ihr das gezeigt?«, will Mom wissen und reicht mir ein Papiertuch, damit ich die Farbkrümel darauflege, statt sie auf die Küchentheke fallen zu lassen.

»Auf den Wänden. Dem Boden. Der Decke. Oh, und auch an der Außenwand. Sie ist echt begriffsstutzig.«

»Also nichts davon?«

»Auf einem meiner Bilder. Aber keine Bange, nicht auf denen, die ich für meine Mappe brauche.« Zumindest nicht, wenn ich Mrs. Clementes Rat befolge und meine Liebeskummer-Idee in die Tonne trete. Wie ich mich auch entscheide, August hat keinen Platz in meiner Mappe und in meinem Leben. Nicht nach dem heutigen Tag.

Mom streicht mir tröstend über das Haar. »Hat es etwas gebracht?«

»Gemma hat endlich kapiert, wovon ich rede, wenn ich sage, dass jemand leuchtet. Das hätten wir.«

»Ich meinte, mit den Dämonen. Trotzdem schön für Gemma«, erwidert sie.

»An den Dämonen arbeite ich noch.« Gefühle loszuwerden, ist viel schwieriger, als sie zu entwickeln. Fairerweise muss man sagen, dass ich bei August ja schon Vorarbeit geleistet hatte. Nach einem Jahr Fake-Beziehung war es kinderleicht, diese Zuneigung auf den echten August zu übertragen, ohne dass ich es überhaupt bemerkt hätte. Nun muss ich herausfinden, wie ich diese Gefühle sortiere und hinter mir lasse. Ich schmiege mich an Moms Hand und frage: »Woher wusstest du, dass du Dad liebst?«

Sie seufzt und hört auf, mich zu streicheln. Dann dreht sie ihren Hocker so, dass sie mir ins Gesicht sehen kann, und erwidert: »Das war nicht einfach so. Ich glaube, ich habe es zuerst gar nicht bemerkt. Das ist bei den meisten

Menschen so. Und dann habe ich ihn eines Tages angeschaut und es einfach gewusst. Ich konnte sehen, dass er
mich liebt, und da ist so ein wohliges Gefühl über mich
gekommen. Ich war so erfüllt davon, dass ich dachte, ich
würde platzen. Und mir war klar, wenn ich in den Spiegel
schaue, werde ich ebenso hell leuchten wie er.«

Dieses Leuchten ist jetzt verschwunden, zumindest was
meinen Dad betrifft. Ihre Gefühle für Alex sind an seine
Stelle getreten, haben es ersetzt. Nicht dass sie das mir oder
sich selbst gegenüber zugeben würde.

»Wie hört man auf, so etwas für jemanden zu empfinden?« Die Worte *in jemanden verliebt zu sein* kommen mir
nicht über die Lippen. Ich bin *nicht* in August verliebt.
Aber bevor ich ihn mit Shay gesehen habe, war ich definitiv gerade dabei. »Muss man einfach damit leben, bis man
dasselbe für jemand anderen empfindet?«

»So funktioniert das mit der Liebe nicht, Schatz. Sie ist
nicht so geordnet, so linear. Liebe ist verworren und ver-
wirrend, und so gern ich auch etwas anderes behaupten
würde, sie ist unberechenbar. Du kannst nicht kontrollieren, in wen du dich verliebst. Oder wann.«

»Aber nehmen wir mal an, ich will es. Wie kann ich diese
Gefühle umkehren oder verhindern, dass sie stärker werden?
Es muss doch einen Weg geben, wenn der Mensch, auf den
diese Gefühle gerichtet sind, schon vergeben ist. Wenn er
nicht der Mensch ist, für den man ihn gehalten hat.«

»Deshalb wollte ich ja, dass du vorsichtig mit August bist. Etwas an ihm hat mir nicht gefallen. Besonders, nachdem du mir die Wahrheit über eure Beziehung erzählt hast. Vielleicht gerade da. Was ist passiert?«

Ich senke den Kopf, damit ich ihre »Ich wusste ja gleich, dass er Ärger macht«-Miene nicht sehen muss. Ich brauche keine Belehrung. Sie soll mir bloß sagen, wie ich über August hinwegkomme. »Ich habe heute gesehen, wie er seine Ex-Freundin – oder ich schätze mal, Freundin – geküsst hat. Und ich konnte erkennen, wie sehr er sie liebt. Er wollte es mir erklären, aber da gibt es nichts zu erklären. Er liebt sie. Nicht mich.«

»Die Liebe ist chaotisch, schon vergessen? Man kann mehr als einen Menschen gleichzeitig lieben«, erwidert Mom. Ihre Stimme bleibt ruhig, aber da ist ein scharfer Unterton, den ich nicht einordnen kann.

»Nicht wenn es diese Art von Liebe ist. Wenn sie alles verzehrt und dich bis zum Platzen ausfüllt. Das habe ich heute an August wahrgenommen. Wie das, was du und Dad miteinander hattet. Man verliebt sich nicht in einen anderen Menschen, wenn man das schon hat.«

Sie hebt mein Kinn an, damit ich ihr in die Augen schauen muss. »Ich maße mir nicht an, zu wissen, was im Herzen dieses Jungen oder in deinem vorgeht. Aber mit der Liebe kenne ich mich aus. Wenn du Gefühle für August hegst, echte Gefühle, dann verschwinden sie nicht einfach, nur weil du das willst oder weil er dich verletzt hat. Sie werden dich noch eine Weile begleiten. Vielleicht für immer. Und das ist okay, denn was immer du für ihn empfindest, ist ein Teil von dir.«

In der Theorie ist das ja schön und gut. Aber in der Praxis ist *beinahe* in jemanden verliebt zu sein, der einen nicht liebt, wie langsam von innen heraus zu sterben. Und ich würde alles tun, damit dieses Gefühl aufhört.

Zweiundzwanzigstes Kapitel

Liebesregel #5: Ein guter Kuss kann nicht das wettmachen,
was deinem Herzen fehlt.

Augusts Frankenbiscuit ist ein Hit. Zumindest nach meinen Insta-Benachrichtigungen zu urteilen. In Dutzenden Kommentaren wird gefragt, wann es auf der Speisekarte steht und in unserem Café probiert werden kann. Allein bei dem Gedanken daran dreht sich mir der Magen um, obwohl das eher an August als an dem Biscuit liegt.

Auch von ihm habe ich eine neue Benachrichtigung. Zum Glück keine Nachricht, doch er hat mich auf einem von seinen Fotos getaggt. Seit ich vor einer Stunde aufgewacht bin und es gesehen habe, habe ich vermieden, es anzuklicken. Aber ich muss nachsehen, was es für ein Bild ist, bevor ich Gemma treffe, sonst überfällt sie mich damit. Sie hat ihm gesagt, dass er sich entschuldigen soll, und wenn er es auf diese Weise macht, wird sie dafür sorgen, dass ich dem Bild meine Aufmerksamkeit widme. Und August.

Ich kann es nicht länger hinauszögern.

Also öffne ich es und ein Gedicht erscheint auf dem Display. Es ist nicht wie die anderen, die August gepostet hat – alles dunkle Gedichte, düster und gebrochen, die Seiten voll schwarzer Tinte, sodass nur ein paar Worte sichtbar sind. Das hier ist ganz Roségold – hell und verheißungsvoll. Die Druckertinte scheint an manchen Stellen durch den roségoldenen Filzstift hindurch. Wortgespenster, die nicht weichen wollen, obwohl sie nicht länger gebraucht werden. Was stehen bleibt – was ich sehen soll –, ist das:

du

bist

ein

Licht

in

dieser

sternenlosen

Nacht

so

strahlend dass

ich

██████████ nur ████████████████████
████ dich ████████████████████████████
████████████████████ sehen ████████████
████ kann ████████████████████████████

Seine Farbwahl ist mir nicht entgangen. Sie war ebenso wohlüberlegt wie die Worte, die er freigelassen hat. Es ist weniger eine Entschuldigung als eine clevere Art, an mein hoffnungslos romantisches Herz zu appellieren. Bei einem anderen Mädchen hätte es vielleicht auch funktioniert. Oder vielleicht sogar bei mir, wenn ich nicht gesehen hätte, wie Shay ihn gestern zum Strahlen gebracht hat. Er kann sagen, was er will – was er glaubt, dass ich hören will –, aber das wird nichts an seinen Gefühlen für sie ändern. Und darauf zu hoffen, ist ungefähr genauso sinnlos, wie sich bei einer Sternschnuppe etwas zu wünschen.

Ich muss mir August einfach aus dem Kopf schlagen und mich daran erinnern, warum ich das alles überhaupt erst angefangen habe.

Vor ihrer Trennung waren Ren und Lana vor der ersten Stunde immer auf dem Schulhof zu finden. Danach ist der Treffpunkt an Ren und seine Freunde gegangen, während Lana und ihre Freundinnen den angestammten Tisch beim

Mittagessen für sich beansprucht haben. Am Montagmorgen chillt Ren auf dem Hof auf einem der Gartenstühle, die die Verwaltung seit Jahren nicht mehr wegräumt, weil die Schüler und Schülerinnen jedes Mal, wenn die vorhandenen einkassiert wurden, einfach wieder neue aufgestellt haben.

Als ich zu Rens Gruppe gehe, sind keine Stühle mehr frei. Auch gut. Ich bin nicht zum Plaudern gekommen. Ren bemerkt mich aus drei Metern Entfernung und sagt etwas zu Evans neben ihm. Evans mustert mich, und als er sich wieder zu Ren dreht, zieht er eine »Echt jetzt?«-Miene. Allein das bringt mich beinahe schon dazu, mir die Sache noch einmal zu überlegen. Aber ich habe es satt, mein Leben davon bestimmen zu lassen, was andere über mich denken. Dann grinst Ren mich an, mit seinen geraden weißen Zähnen und den perfekten Grübchen. Mein Herz reagiert entsprechend und schlägt Purzelbäume in meiner Brust angesichts dessen, was ich gleich tun werde.

Evans springt von seinem Stuhl auf und bietet ihn mir mit einer schwungvollen Geste an. »Suchst du noch nach Leuten für dein Liebe-Schrägstrich-Hass-Projekt?«, fragt er.

Er will mich ablenken. Ich gehe nicht darauf ein. »Eigentlich will ich zu Ren. Aber wenn mir von euch jemand helfen will, sage ich nicht Nein.« Mir ist wieder ein Modell abhandengekommen, jetzt, wo August mit Shay zusammen ist. Sein Liebeskummer war nur vorübergehend und hat in meinem Projekt nichts verloren. So wie August in meinem Herzen nichts verloren hat. Ich konzentriere mich wieder auf mein Vorhaben, wende mich an Ren und sage: »Kann ich dich ein paar Minuten entführen?«

Ren schnellt so ruckartig hoch, dass sein Stuhl auf zwei Beinen schwankt, bevor einer seiner Freunde ihn aufrichtet. »Verdrücken wir uns.« Er wirft sich seinen Schulrucksack über die Schulter und winkt seinen Freunden kurz zum Abschied.

»Wie war's am Samstag mit Astrid?«, erkundige ich mich, als wir außer Hörweite seiner Freunde sind.

»Ich sag nur eins: Jachtclub.«

»Du hast ein Boot geklaut?«

Er lässt den Kopf hängen und seufzt. »Schön wär's. Dann wären wenigstens die Cops gekommen und hätten der Nacht viel früher ein Ende gesetzt.«

»So schlimm, hm?«

»Ihre Eltern waren da. Ich musste ein Sakko tragen und sollte den Unterschied zwischen drei verschiedenen Gabeln kennen. Sagen wir einfach, ich bin eher ein Eis-zum-Abendessen-Typ.«

Ich lächle ihn an, um ihn zu bestärken, sich auf diese Gefühle und mich einzulassen. »Da braucht man kein Besteck.«

»Außerdem war die Gesellschaft gar nicht so übel«, meint er und stupst mich an der Schulter an. Um ihn herum explodieren keine Farben, als er das sagt, aber zumindest muss ich nicht mit ansehen, wie stark sein Liebeskummer noch ist.

»Vielleicht können wir uns ja in echt mal verabreden? Und nicht nur, weil du mich brauchst, damit ich dich vor Astrid rette.« Ich ignoriere das Schuldgefühl, das mich bei *echt* überkommt, und dass es sich so anfühlt, als würde das Wort jetzt August gehören.

»Ich dachte, nachdem du August geküsst hast, stehst du gar nicht mehr unbedingt auf mich.«

Klingt er da ein bisschen enttäuscht? Oder lässt mich das, was ich noch für ihn empfinde, Dinge hören, die gar nicht da sind? Ich greife nach dem Riemen seines Rucksacks, damit er stehen bleibt. Dann stelle ich mich vor ihn und lege den Kopf in den Nacken, sodass ich seine dunklen Augen sehen kann. »Tja, da liegst du daneben. Eigentlich hätte ich *dich* fast geküsst, als du neulich zur Fotosession bei mir warst.«

»Hast du aber nicht«, erwidert er. »War das wegen August?«

»August hat mit meinem Leben rein gar nichts mehr zu tun«, versichere ich.

Um es Ren – und mir selbst – zu beweisen, stelle ich mich auf Zehenspitzen und drücke meinen Mund auf seinen. Als er überrascht die Luft einzieht, überkommt mich ein Anflug von Panik. Ich fahre mit den Händen durch

337

das Haar in seinem Nacken und bitte ihn stumm, meinen Kuss zu erwidern. Die Welt und all unsere Gefühle für andere verschwinden zu lassen. Rens Lippen bewegen sich fast roboterhaft an meinen. Eher ein Reflex als ein Verlangen. Aber er weicht nicht zurück. Als ob er das genauso bräuchte wie ich.

Dann verändert sich der Kuss. Vertieft sich. Seine Finger bohren sich in meine Hüften und er zieht mich fest an sich. Wir lassen alles, was wir fühlen – den Verlust, den Liebeskummer, das verzweifelte Bedürfnis nach körperlicher Verbundenheit mit jemandem, der sich genauso sehr danach sehnt –, in diesen Kuss einfließen.

Die Welt bleibt zwar nicht stehen, aber einen Moment lang fühlt es sich verdammt gut an.

Jemand, vermutlich einer von Rens Freunden, ruft: »Leg sie doch gleich hier flach!«, und macht alles kaputt.

Ren zuckt zurück und wischt sich mit dem Daumen alle Spuren unseres Kusses vom Mund. »Sorry«, sagt er, als wäre er derjenige, der mich ungefragt geküsst hätte. Er bleibt nicht so lange, dass ich die Sache richtigstellen könnte. Oder ihm versichern könnte, dass ich mit dem, was da gerade zwischen uns passiert ist, mehr als nur einverstanden bin.

Ein Chor von Buhrufen seiner Freunde folgt ihm, als er wegläuft. Weg von ihnen. Weg von mir. Weg von unserem Kuss in aller Öffentlichkeit.

Bevor ich ihm nachgehen und schauen kann, ob es ihm gut geht, stellt sich mir Lana in den Weg.

Sie hat die Arme vor der Brust verschränkt und gräbt die Nägel in den cremefarbenen Stoff ihres Langarmshirts. »So viel dazu, dass zwischen dir und Ren nichts ist, hm?«, faucht sie.

»Du hast gesagt, du wärst über ihn hinweg. Und dass du mich nur davor warnen willst, etwas mit ihm anzufangen, weil es eine schlechte Idee wäre.«

»Diese Warnung hat ja echt was gebracht, wie ich sehe. Aber ich schätze mal, was ich zu sagen hatte, war dir so ziemlich schnurz, wo du doch sowieso vorhattest, dich ihm bei der ersten Gelegenheit an den Hals zu werfen. Vermutlich hast du dir einen abgefreut, als du erfahren hast, dass ich mit ihm fertig bin. Ehrlich gesagt bin ich überrascht, dass du eine ganze Woche gewartet hast, bevor du dich an ihn ranschleimst.«

An Lana habe ich keinen Gedanken verschwendet, als ich mir heute Morgen vorgenommen habe, Ren zu küssen. Ich wusste, dass sie die Trennung noch nicht überwunden hat, egal wie sehr sie es beteuert. Ihr Liebeskummer türmt sich auf ihren Schultern auf wie Neuschnee, eine dicke Decke kalter blaugrüner Aura, die ihre Worte noch eisiger erscheinen lässt. Aber wenn Lana sich ihre wahren Gefühle nicht eingestehen will, werde ich mich nicht dafür entschuldigen, dass ich Ren geküsst habe. Er ist vielleicht meine einzige Chance, meine Gefühle für August auszumerzen, auch wenn unser Kuss mir nichts bedeutet hat.

»Tja, dann gewöhnst du dich mal lieber daran«, entgegne ich.

»Ich wusste, dass du auf ihn scharf bist«, sagt sie, und die Genugtuung entfacht ein Feuer in ihren Augen. »Da war etwas an diesem Foto von euch beiden, die Art, wie du ihn angeschaut hast. Es war so offensichtlich.«

»Ren ist ein toller Typ. Nur weil er für dich nicht der Richtige war, heißt das ja nicht, dass es bei jemand anderem auch so sein muss. Er wollte die Sache hinter sich lassen. Sich mit anderen Mädchen treffen. Es tut mir leid, dass das schneller geht, als dir lieb ist, aber du hast mit ihm Schluss gemacht. Sein Leben dreht sich nicht mehr um dich.«

»Warte. Willst du damit sagen, dass wir nie eine Chance hatten? Konntest du sehen, dass unsere Beziehung die ganze Zeit über zum Scheitern verurteilt war? Denn wenn nach mir sowieso eine andere gekommen wäre, dann habe ich praktisch gerade drei Jahre meines Lebens an einen Typen vergeudet, der mich nie richtig geliebt hat. Und du hast danebengestanden und zugeschaut. Sollte ich ihn für dich warm machen? Oder macht es dir einfach Spaß, zuzusehen, wie die Herzen anderer wieder und wieder brechen?«, fragt Lana.

Genau aus diesem Grund mische ich mich nie in das Liebesleben anderer Leute ein. Irgendwie geben sie immer mir die Schuld, wenn es nicht so läuft, wie sie es gern hätten.

Ich lasse mich nicht kleinkriegen. »Es ist egal, was ich gesehen habe. Deine Gefühle – oder die von anderen – gehen mich nichts an. Du hast ja keine Ahnung, wie sehr ich mir wünsche, ich würde sie nicht sehen können.« Wenn ich normal wäre und in echt mit jemandem gehen würde, hätte ich nie eine Beziehung mit Fake-August erfunden. Und ich hätte todsicher nicht miterleben müssen, wie er Shay geküsst hat, als würde die Sonne nur für sie auf- und untergehen.

»Für so eine Gabe würde ich töten. Sofort zu wissen, ob dich der, den du liebst, auch liebt.«

»Klar, es sei denn, die Antwort auf diese Frage ist jedes Mal ein Nein.«

Lana tippt sich nachdenklich auf ihre Lippen. »Du musst bei Ren aber noch etwas anderes wahrgenommen haben. Oder vielleicht hast du einfach nur gespürt, dass er momentan verletzlich ist, und ihn dann dazu gebracht, in Mitleid zu versinken, weil ihr beide gerade abserviert worden seid.«

»Warum? Weil du nicht glaubst, dass Ren jemanden wie mich mögen könnte?«

»Nein, aber ich weigere mich zu glauben, dass ich ihm so wenig bedeute, dass er sich mit der Erstbesten tröstet, die sich an ihn ranschmeißt.«

Ich habe keine Gelegenheit, vor dem Mittagessen mit Gemma zu reden. Da weiß quasi schon die ganze Schule von meinem Kuss mit Ren. Die Hälfte hat es wahrscheinlich direkt mitbekommen, weil ich heute Morgen ja nicht gerade auf Privatsphäre bedacht war. Ihre Spekulationen verfolgen mich, als ich mich zwischen den Tischen hindurch zu dem schlängle, den Gemma und ich uns normalerweise teilen.

»Klasse, Mo!«

»Glaubst du, sie haben in der Pause gepoppt?«

»Hätte ich gewusst, dass Ren zu haben ist, hätte ich ihn mir zuerst geschnappt.«

»Was glaubst du, wie lange wollte sie das schon tun?«

»Lana meinte vorhin, Mo hat praktisch zugegeben, dass sie ihr Ren ausgespannt hat.«

»Vielleicht ist sie *der eigentliche Grund, warum sich Lana von Ren getrennt hat.«*

Trotz des ohrenbetäubenden Geschnatters in der Cafeteria ist das Gemunkel über Ren und mich irgendwie am lautesten. Als würden sie hoffen, dass ihre Mutmaßungen zu mir durchdringen und ich sie bestätige. Ihnen etwas Anstößigeres gebe, über das sie herfallen können. Ich halte den Kopf gesenkt, schaue niemanden an und tue so, als würde ich sie nicht hören.

Dann lasse ich mich auf den Platz neben Gemma gleiten. »Ich nehme mal an, du hast es schon mitgekriegt.«

»Dass du und Ren heute Morgen auf dem Hof rumgeknutscht habt? O ja. Das ist mir ein-, zweimal zu Ohren gekommen«, erwidert sie. Ihr Ton ist unbekümmert, aber hinter den Worten verbirgt sich etwas Düsteres. Etwas, das tiefer geht als alles, was die anderen über mich sagen.

»Tut mir leid, dass ich es dir nicht erzählt habe. Ich wusste, dass du dann die Team-August-Fahne schwenkst, und ich wollte nicht, dass du mir ein schlechtes Gewissen einredest, weil ich vorhatte, Ren zu küssen.«

Gemma zeigt mit einem Karottenstick auf mich, von dessen Ende Hummus tropft. »Falls du dich schuldig fühlst, liegt das ganz allein an dir.«

»Tu ich nicht.« Es gibt nichts, weswegen ich mich schuldig fühlen müsste. Egal, was die Leute sagen, ich hatte nichts mit der Trennung von Ren und Lana zu tun. Und was auch immer ich mit August zu haben glaubte, war eine Lüge. Ich schulde ihm nichts. Nicht, nachdem ich herausgefunden habe, dass er noch mit Shay zusammen ist. Ich öffne meine Lunchtüte und ziehe mein Truthahn-Apfel-Cheddar-Sandwich und ein Päckchen Kartoffelchips heraus. »Aber ich weiß, du willst, dass ich mit August rede. Und daher freust du dich wahrscheinlich nicht gerade, dass ich Ren geküsst habe.«

»Wenn ich davon ausgehen würde, dass du ihn geküsst hast, weil du es so wolltest, würde ich mich für dich freuen.«

»Echt? Und du würdest nicht darauf beharren, dass ich August die Möglichkeit gebe, alles zu erklären?«

»Ich denke echt, du solltest ihn fragen, was das mit Shay war. Nach dem, was ich in den Frühjahrsferien gesehen habe, glaube ich einfach nicht, dass er mit ihr zusammen sein will. Er ist megaverknallt in dich, Mo. Aber ...« Und bevor ich sie unterbrechen und ihr sagen kann, dass sie sich irrt, fügt sie hinzu: »... wenn er gelogen hat und wirklich ein Stück Scheiße ist, bin ich absolut dafür, dass du dir einen anderen suchst.«

»Aber nicht Ren?«, bohre ich weiter.

»Du kannst mir nicht ernsthaft erzählen, dass du das noch willst.«

Ich blicke mich um, um mich zu vergewissern, dass wir nicht belauscht werden. »Du klingst schon wie Lana. Weißt du, dass sie mich quasi erst beschuldigt hat, eine Sadistin zu sein, bevor sie mir an den Latz geknallt hat, Ren würde mich nur deshalb mögen, weil er verzweifelt ist?«

Gemma zieht zustimmend eine Schulter hoch. »Kannst du es ihr verdenken? Sie hat den Typen, mit dem sie drei Jahre zusammen war, dabei beobachtet, wie er eine andere geküsst hat. Du warst gestern am Boden zerstört, als du August mit Shay gesehen hast, und ihr beide seid ... was immer ihr auch seid. Also bin ich in diesem Punkt auf Lanas Seite.«

»Aber dass ich mit Ren zusammenkomme, war doch immer Teil des Plans«, rufe ich Gemma ins Gedächtnis.

»Anfangs ja. Aber dann hast du dich in August verliebt

und der Plan hat sich geändert. Dass du Ren heute geküsst hast, war reiner Trotz, nicht weil du ihn haben willst.«

Ich schrecke vor der Wahrheit in ihren Worten zurück. Nur weil ich sauer auf August bin, heißt das nicht, dass Ren mir nicht auch etwas bedeutet. »Aber ich *mag* ihn.«

»Das würde ich dir vielleicht glauben, wenn du es nicht vor aller Augen getan hättest.«

»Ich bin ja nicht mitten im Unterricht auf ihn draufgesprungen.«

»Du wolltest etwas klarstellen. Beweisen, dass August dich nicht verletzt hat«, erwidert Gemma. »Oder du hast Ren benutzt, damit du dich besser fühlst, was noch schlimmer ist. So oder so, es war nicht gerade nett.«

Ich pfeffere mein unangetastetes Essen zurück in meine Lunchtüte, der Appetit ist mir gründlich vergangen. »Das ist ein starkes Stück von einem Mädchen, das sich nicht traut, dem Menschen, den es gernhat, seine Gefühle zu gestehen, weil es Angst davor hat, was die anderen dann sagen.« Etwas Schlimmeres hätte ich Gemma nicht an den Kopf werfen können. Mal abgesehen davon, dass es mir mit August genauso ging, bevor ich gemerkt habe, dass er noch mit Shay zusammen ist. Ich bereue meine Worte schon, noch bevor sie ganz aus meinem Mund gekommen sind, aber ich kann die Lawine nicht mehr aufhalten, nachdem sie einmal ins Rollen gekommen ist. »Tut mir leid. Das habe ich nicht so gemeint.«

Gemma beißt in die Karotte, das Krachen klingt wie ein Schuss, dann schiebt sie ihren Stuhl vom Tisch zurück. »Doch, hast du. Und das ist schon okay. Wenn du in vierundzwanzig Stunden Kleinholz aus deinem Leben machen willst, lass dich von mir nicht aufhalten.«

»Gemma, komm schon. Sei bitte nicht sauer auf mich.«

»Wenn du nicht willst, dass die Leute sauer sind, solltest du vielleicht aufhören, dich aufzuführen, als würde sich die Welt nur um dich drehen. Denn einige von uns haben Wichtigeres zu tun, als dir das Händchen zu halten, während du ausflippst, weil dein Fake-Freund seine echte Freundin küsst. Statt andere in deinen Scheiß hineinzuziehen, könntest du mit August reden, wie ich es dir gestern Abend vorgeschlagen habe. Ich kann nichts dafür, dass dir dieser Gedanke nicht gefällt. Und Ren mit Sicherheit auch nicht. Also rede mit August oder lass es bleiben, aber verschon den Rest von uns damit.«

Ich greife nach Gemmas Arm, um sie am Weggehen zu hindern. »Du hast ja recht. Es tut mir leid, okay?«

»Okay«, murrt sie und setzt sich wieder hin. Aber die Bitterkeit, die in diesem Wort mitschwingt, sagt mir, dass sie es nicht ernst meint.

»Wirklich. Ich bringe das mit Ren in Ordnung. Versprochen.«

Ob ich auch die Sache mit August einrenken will, bleibt abzuwarten.

Dreiundzwanzigstes Kapitel

Liebesregel #19: Schenke die Art von Liebe,
die man dir entgegenbringen soll.

Meine Entschuldigungsrunde beginnt bei Ren.

Da ich das nicht noch einmal so zur Schau stellen will wie gestern, komme ich früh zur Schule und warte auf dem Parkplatz auf ihn. Als er aus seinem Auto aussteigt, winke ich, und er steuert auf meinen Kofferraum zu, auf dem ich mit zwei dampfenden Tassen Kaffee und einer To-go-Tüte vom Yeastie Boys für ihn sitze.

Ich halte Ren mein Friedensangebot hin und frage: »Hast du eine Minute?«

»Hey«, sagt er und lächelt augenblicklich, aber verhalten. »Ich wollte dich gestern Abend anrufen, aber ich war mir nicht ganz sicher, was das gestern war. Ich meine, offensichtlich war es ein Kuss. Ein guter. Ich habe einfach nur

347

sehr lange niemanden mehr geküsst außer Lana. Also sind mir Zweifel gekommen, und ich habe mir den Kopf zerbrochen, was er dir wohl bedeutet hat. Hast du darauf gewartet, dass ich dich anrufe?«

Als ob die Situation nicht schon peinlich genug wäre, erreicht sie durch Rens nervöses Geplapper eine ganz neue Dimension. Ich würde so ziemlich alles sagen, um seiner Selbstkasteiung ein Ende zu bereiten. Doch was er nach meinem gestrigen Verhalten verdient, ist die Wahrheit.

»Nein, ich hätte dich anrufen sollen. Um mich zu entschuldigen. Es tut mir so leid wegen des Kusses und dass ich dich damit so überfahren habe. Ich dachte, dass ich am besten über August hinwegkomme, wenn ich etwas mit einem anderen anfange. Deshalb habe ich dich geküsst. Und das war eine echte Scheißaktion von mir, vor allem weil ich dich nicht vorgewarnt oder mich davon überzeugt habe, dass du das auch willst. Es war egoistisch und ein Fehler, den ich nicht noch mal machen werde. Versprochen.«

»Also bin ich dein Trostpflaster?« Er verzieht gekränkt – oder vermutlich auch erleichtert – das Gesicht, weil es bei dem Kuss nicht nur um ihn ging.

Was er auch empfindet, ich stelle das Ganze direkt klar. »Nein. Ganz und gar nicht. *Trostpflaster* bedeutet, dass es vorübergehend und bedeutungslos ist. Und keins von beidem trifft auf dich zu. Ich habe dich geküsst, weil ich dich

schon lange mag. Aber so, wie ich gestern deine Gedanken beansprucht habe, so beansprucht August meine. Ich
dachte, ich könnte ihn endgültig aus meinem Kopf ver-
bannen, wenn du und ich mehr als nur befreundet sind.«

Ren nimmt einen großen Schluck von seinem Kaffee,
ohne sich darum zu kümmern, ob er sich dabei den Mund
verbrennt. So macht er es jedes Mal, wenn ich ihn trinken
sehe. Als würde das, was er liebt, seine volle Aufmerksamkeit verlangen, sobald er es vor sich hat. Und was Lana
für den immer gleichen Trott hält, ist in Wirklichkeit Ren,
wenn er zufrieden ist. Er hat gefunden, was ihm gefällt,
und er bleibt dabei. Deshalb habe ich ohne Nachdenken
gewusst, welches Biscuit ich ihm heute Morgen mitbringe.
Doch erst jetzt wird mir klar, warum Ren so beständig, so
berechenbar ist.

»Also hast du doch auf einen Anruf von mir gewartet.
Ich bin so ein Idiot«, entgegnet er.

»Du bist etwas, das so weit von einem Idioten entfernt
ist wie nur irgendwie möglich. Was auch immer dieses
Etwas ist, das bist du. Ich bin hier die Zicke. Ich habe dich
mega unter Druck gesetzt, obwohl ich wusste, dass du so
kurz nach Lana noch nicht bereit für eine neue Beziehung
bist. Und ich muss die Sache mit August auch eindeutig
erst mal verarbeiten. Aber nichts davon ist deine Schuld.
Es tut mir wirklich leid, dass ich dich in meine Probleme
hineingezogen habe.«

»Ich weiß nicht, wie lange ich brauchen werde, um mit Lana abzuschließen, aber du hast recht, ich bin noch nicht so weit. Vermutlich wird es noch eine Weile dauern, denn wenn ich nur an sie denke, fühle ich mich, als würde mir jemand das Herz mit einem stumpfen Buttermesser herausschneiden. Was so quälend und schmerzhaft ist, wie es klingt. Ich kann nicht von dir verlangen, dass du wartest, bis das aufhört. Aber wenn es passiert – und ich glaube, dass es irgendwann passiert – und wir beide an einem Punkt sind, an dem wir herausfinden wollen, wohin das mit uns führt, bin ich dabei.«

»Ich auch«, entgegne ich und lege den Kopf auf seine Schulter. Zumindest sind Ren und ich durch das alles Freunde geworden. Ich weiß nicht aus eigener Erfahrung, was er gerade durchmacht, aber ich kann trotzdem für ihn da sein. Alles in meiner Macht Stehende tun, damit er wieder glücklich wird. Auch wenn es nicht mit mir ist. Als ich mich aufrichte, kommt mir noch ein anderer Gedanke. »Wenn es sich so beschissen anfühlt, nicht mit Lana zusammen zu sein, vielleicht solltest du dann versuchen, eure Beziehung zu kitten?« Das widerspricht allem, was ich über Liebe weiß. Wenn Lana ihm das Herz brechen konnte, dann kann es eigentlich *nicht* wahre Liebe sein. Und doch drücke ich Ren und Lana die Daumen, dass sie mir das Gegenteil beweisen.

»Nicht, wenn unsere Beziehung so ätzend war, wie sie

behauptet. Ich möchte, dass sie glücklich ist, und mit mir war sie das nicht. Zumindest nicht in letzter Zeit.« Die Papiertüte knistert, als er sie in seinen Fingern knetet.

»Ihr geht es ohne dich auch beschissen.«

»Hat Lana dir das erzählt? Habt ihr *darüber* gestern gesprochen? Ich habe euch zusammen gesehen nach du weißt schon, aber ich dachte, wenn es um mich geht, halte ich mich da lieber raus.«

Ich schüttle den Kopf. »Nein, hat sie nicht. Aber ich kann den Herzschmerz von anderen sehen, schon vergessen? Obwohl sie so tut, als hätte sie keine Probleme damit, stimmt das nicht. Sie war mega-angepisst, dass ich dich geküsst habe.«

Rens Liebeskummer flammt um ihn herum auf, ein Blaugrün, so dick, dass es sich anfühlen muss, als würden hundert Pfund auf ihm lasten. »Ich wünschte, ich könnte glauben, dass ihre Eifersucht mehr bedeutet. Aber vermutlich war es eine Kurzschlussreaktion, nachdem wir so lange zusammen waren. Ich würde durchdrehen, wenn ich mit ansehen müsste, wie sie einen anderen küsst. Bei unserer Trennung hat sie klar gemacht, dass sie mit mir fertig ist. Selbst wenn ich glauben würde, dass ich eine Chance hätte, sie zurückzugewinnen, wird das nicht passieren, denn sie ist nicht lange genug mit mir im selben Raum, dass ich es versuchen könnte.«

»Bleib dran. Sie wird sich schon wieder einkriegen«, sage

ich. Obwohl das die Taktik ist, die August bei mir anwendet, und ich beharrlich so tue, als würde er nicht existieren. Wenn Lana nur halb so stur ist, wird Ren noch eine Weile schmoren müssen.

»Warum willst du mich davon überzeugen, dass zwischen Lana und mir das letzte Wort noch nicht gesprochen ist?«

Ich blicke ihm tief in die Augen und räume ein: »Die Sache mit August hat mich dazu gebracht, meine Ansichten über die Liebe zu überdenken. Vielleicht habe ich ja danebengelegen. Vielleicht gelten die Regeln nicht immer.«

»Vielleicht hat er aber auch einfach nicht erkannt, was er da Gutes vor sich hat«, wirft Ren ein.

Das würde Ren nicht von mir denken, wenn er wüsste, dass meine Beziehung zu August von A bis Z erfunden war. Oder dass die Tatsache, dass ich Ren gestern geküsst habe, weniger mit ihm und eher – okay, ausschließlich – etwas damit zu tun hat, dass ich August und Shay gesehen habe. »Kann sein«, murmle ich, so tief in der Grube, die ich mir selbst geschaufelt habe, dass ich das Licht an der Oberfläche nicht mehr sehen kann.

Nächste Entschuldigung: Gemma. Ich versuche, sie in den paar Kursen, die wir zusammen haben, abzupassen, aber sie muss seit gestern einen Intensivkurs im Ausweichen absolviert haben, denn sie schafft es, mir den ganzen Morgen aus dem Weg zu gehen. Beim Mittagessen sitzt sie neben Greer. An einem normalen Tag würde ich lautstark feiern, dass sie endlich einen Move gemacht hat. Heute fühlt es sich wie eine Botschaft an: *Mir fehlt die Energie für deinen Bullshit.*

Am Tisch ist noch Platz, also könnte ich mich zu ihnen setzen – sie hat mich nicht völlig ausgeschlossen. Aber ich habe keine Lust, mich danebenzuhocken und so zu tun, als wäre alles in Butter. Und ich kann mich auch nicht gerade vor Zeugen entschuldigen.

Also nehme ich mein Mittagessen in den Kunstraum mit und beschließe, mich auf meine Mappe statt auf mein vermurkstes Leben zu konzentrieren. Ich habe nichts Neues, was ich Mrs. Clemente zeigen könnte. Abgesehen davon, dass ich das Foto von August am Sonntag verschandelt habe, habe ich mein Projekt seit Tagen nicht angerührt. Ich habe keinen einzigen Gedanken daran verschwendet. Wenn ich es nicht auf die Reihe kriege – sowohl den Schlamassel als auch meine Mappe –, habe ich nichts, was ich in zehn Tagen für den Sommerkunstkurs einreichen kann.

Das ist vielleicht auch besser so. Mrs. Clemente war sowieso nicht gerade begeistert von meinen Porträts. Und ich will nicht herausfinden, dass sie unzureichend sind, indem ich von meiner Traumschule eine Abfuhr kassiere.

Der erste Eindruck zählt. Es ist klüger, auf den Kurs im Sommer zu verzichten und die Zeit und Mühe stattdessen in meine Mappe für die offizielle Bewerbung an der Kinsey zu stecken. Vielleicht habe ich im Herbst ja eine zündende Idee, wie ich meinen Arbeiten den nötigen Wow-Faktor verleihe, damit sie sich von den anderen abheben.

Jetzt muss ich nur noch Mrs. Clemente davon überzeugen. Ich treffe sie in ihrem Büro an, dessen Fenster trotz des Regenschleiers draußen geöffnet sind. Der Geruch von Aceton hängt im Raum, was das Lüften erklärt. Sie blickt von ihrem Mittagessen auf und winkt mich herein.

Ich lasse meine Tasche zu Boden fallen, achte aber darauf, dass sie nicht in dem Wasser landet, das sich unter den Fenstern sammelt. »Ich möchte, dass Sie ehrlich zu mir sind, auch wenn Sie damit vielleicht meine Gefühle verletzen. Ich weiß, dass ich Kritik gegenüber nicht immer aufgeschlossen bin, aber ich lege wirklich großen Wert auf Ihre Meinung. Also wenn Sie mir sagen, dass ich nicht gut genug bin und meine und Ihre Zeit mit dem Projekt verschwende, lasse ich es sein.«

Mrs. Clemente wickelt ihr halbes Sandwich ein, damit es nicht austrocknet, und mustert mich aus besorgt zusammengekniffenen Augen. »Wo kommt das denn her? Ich weiß, dass Sie das nicht wollen. Die Imogen Finch, die ich kenne, würde alles tun, um mir zu beweisen, dass ich ihre Arbeit falsch einschätze.«

»Was, wenn Sie sie *nicht* falsch einschätzen?«, frage ich. Ich habe in den letzten Wochen so oft danebengelegen, dass ich jetzt alles infrage stellen muss.

»Was, wenn doch und Sie mir glauben? Dann hätte ich als Ihre Lehrerin versagt, und das ist absolut inakzeptabel. Also frage ich noch einmal: Woher kommt das?«

Ich lasse mich auf einen Stuhl ihr gegenüber fallen und lege los. »Mein Urteilsvermögen war in letzter Zeit … fragwürdig. Mir haben Sachen gefallen, die mir eigentlich nicht gefallen sollten. Ich habe voreilige Entschlüsse getroffen, die in einem kompletten Desaster geendet sind. Emotional gesehen.« Mir fällt das Foto von August ein, das ich für Gemma bemalt habe, und ich ziehe es als Beweis für meine Fehlentscheidungen aus der Mappe. »Und auch *tatsächlich* gesehen. Keine Bange, bei der Herstellung dieser Missgeburt wurde kein Junge verletzt.«

Sie nimmt mir das bemalte Foto ab, und auf ihrem Gesicht zeichnet sich der anerkennende Blick ab, der normalerweise Gemmas Arbeiten vorbehalten ist. »Was finden Sie denn daran so schlecht?« Sie fährt mit den Fingern über die Farbschichten und spürt förmlich die Emotionen, die von August ausgehen.

»Es ist nicht so sehr das Bild, sondern der Junge darauf, der mich so aufregt, dass ich eines meiner Porträts verstümmelt habe.«

»Tja, dann sollten Sie wohl mehr Zeit mit ihm verbringen. Das ist eine unglaubliche Arbeit, Mo. Vielleicht technisch noch nicht ganz ausgereift, aber die Idee ist faszinierend.«

Ich glotze Mrs. Clemente geschlagene fünf Sekunden an, bis ihre Worte zu mir durchdringen. Auch dann bin ich mir noch nicht sicher, ob ich mich verhört habe. »Moment mal. Es gefällt Ihnen?«

»Ich liebe es. Ist es das, was Sie sehen, wenn Sie Ihre Aufnahmen machen? Was Sie die ganze Zeit in Ihren Arbeiten rüberbringen wollten?«

»Ja und ja.«

Mrs. Clemente studiert wieder das Bild und analysiert jeden Wirbel und Farbklecks. »Und das ist ein verliebter Mensch?«

»Ja«, sage ich wieder.

Ein Junge, der in ein Mädchen verliebt ist, das nicht ich bin.

»Das sollten Sie als Mappe einreichen. Die Farbauswahl und die Farbschicht verleihen dem Bild zusätzlich Tiefe und Bewegung. Und genau das wird Sie von den anderen Fotografen abheben.« Sie dreht das Bild zu mir, als wäre es plötzlich ein bewundernswertes Kunstwerk und kein künstlerischer Akt der Befreiung.

Ich entreiße es ihr, bevor Augusts lächelndes Gesicht sie noch mehr verzaubern kann, als es bereits getan hat. Er hat diese Wirkung auf Menschen. Bringt ihre Gedanken durcheinander, bis sie etwas für eine gute Idee halten, obwohl es das nicht ist. »Aber wenn ich das mache, hat es nichts mehr mit Fotografie zu tun. Ich bin keine Malerin.«

»Nein, Sie sind Künstlerin. Und Künstlerinnen arbeiten mit dem, was sie haben«, widerspricht Mrs. Clemente. Sie blättert durch den Stapel Fotos, wählt ein paar Aufnahmen aus und legt sie beiseite. »Liebeskummer hat eine andere Farbe, richtig? Es ist seltsam – jetzt, wo ich weiß, was Sie sehen, ist es einfacher, die Unterschiede auf den eigentlichen Fotos zu erkennen. Das ist nur eine Überlegung, aber diese fünf erscheinen mir am kontrastreichsten, wenn Sie sie bemalen würden. Neben Ihren Schwarz-Weiß-Porträts würde das die Leute dazu bringen, innezuhalten und wirklich hinzuschauen, wirklich über Ihre Arbeit und die Botschaft, die Sie damit vermitteln wollen, nachzudenken.«

Das sollte eigentlich gar nicht in meine Mappe. Und bestimmt nicht zu meiner *gesamten* Mappe werden. »Das ist wohl ein Missverständnis. Ich habe Ihnen das als Beispiel meiner schlechten Entscheidungen gezeigt, nicht als Vorschlag für meine Arbeiten.«

Mrs. Clemente legt eine Hand auf meinen Arm, tröstend und doch bestimmt. »Sie haben gerade gesagt, dass Sie meinem Urteil vertrauen. Und jetzt sage ich Ihnen, *das* ist Kunst auf einem ganz anderen Niveau, Fehlentscheidung hin oder her. Nur weil es nicht das ist, was Sie vorhatten, heißt es nicht, dass Sie es nicht umsetzen sollten. Und daher bitte ich Sie als Experiment, eine Ihrer Liebeskummer-Aufnahmen so zu gestalten. Nur damit wir uns einmal anschauen können, wie sie dann aussieht, okay?«

»Meine Bewerbung ist in anderthalb Wochen fällig. Ist es nicht zu spät, jetzt noch grundlegend etwas daran zu ändern?«

»Es ist erst zu spät, wenn die Frist abgelaufen ist. Bis dahin möchte ich, dass Sie alles, was Sie haben, in dieses Projekt stecken. Ich für meinen Teil bin schon sehr gespannt, was dabei herauskommt.«

Ich hätte mir denken können, dass die Ausrede, es sei zu spät, bei Mrs. Clemente nicht zieht. Ich hatte auch nicht erwartet, dass sie damit einverstanden ist, wenn ich bei der Bewerbung kneife, aber meine Fotos zu bemalen, empfinde ich irgendwie als Verschandelung.

Zur Hölle mit August, weil er mir das auch noch versaut hat.

Vierundzwanzigstes Kapitel

*Liebesregel #14: Kehre nie zu einer Beziehung zurück,
die schon beim ersten Mal nicht funktioniert hat.*

Bis Samstag haben die meisten meinen kurzen Aussetzer vergessen. Selbst Ren. Er kommt mit Evans ins Yeastie Boys, setzt sich an einen Tisch in meinem Bereich und
lächelt mich an, als hätte ich in dieser Woche nicht ein paar
Tage lang sein Leben auf den Kopf gestellt.

»Morgen, Mo. Du siehst heute besonders unterneh-
mungslustig aus«, meint Evans.

Ren beugt sich über den Tisch und boxt Evans in die
Schulter. »Du hast gesagt, du bleibst cool. Das ist das
Gegenteil.«

Evans reibt sich den Arm und verzieht den Mund zu
einem halben Lächeln. »Sie weiß, dass ich sie nur verarsche.
Außerdem, uncool wäre es gewesen, ihr zu sagen, dass ich

zur Verfügung stehe, falls sie heute wieder jemanden einfach so abschlecken will. Ich denke, du könntest meine Zurückhaltung ruhig mal anerkennen.«

Ich trete einen Schritt zurück, falls er meine Nähe als Einladung versteht. »Zurückhaltung nennst du das?«

Er grinst mich an. Wenigstens zwinkert er dabei nicht. Hätte er es getan, hätte mir niemand verübeln können, wenn ich ihm die Kanne mit brühend heißem Kaffee auf den Schoß gekippt hätte. Kellnerinnen-Regel.

»Sorry«, entschuldigt sich Ren bei mir. Er wirft Evans einen »Lass den Scheiß«-Blick zu und Evans vergeht das Grinsen. »Wenn wir gehen sollen, sag's einfach.«

»Alles gut. Aber danke«, erwidere ich. Und das meine ich auch so. Ren hat jedes Recht, mich nach den letzten Wochen zu hassen, aber trotzdem ist er hier. Und behandelt mich noch immer wie eine gute Freundin.

Was mehr ist, als ich von Gemma behaupten kann. Sie hat sich heute abgemeldet. Oder vielmehr hat sie ihren Dads irgendeine Geschichte aufgetischt, dass sie ein paar Tage frei bräuchte – wofür, weiß ich nicht –, und Lee und Gabe waren damit einverstanden. Falls sie die Arbeit schwänzt, um mir aus dem Weg zu gehen, erreicht ihre Vermeidungstaktik ein ganz neues Level.

Wenn Ren mir verzeihen kann, wird sich auch Gemma wieder einkriegen, da bin ich mir sicher. Der längste Krach, den wir je hatten, hat fast einen Monat gedauert, damals in der vierten Klasse, als ihre Dads mit ihr über Weihnachten nach Colorado in den Skiurlaub gefahren sind. Sie hat sie angebettelt, dass ich auch mitdarf. Hinter ihrem Rücken habe ich Lee und Gabe erzählt, dass ich gar nicht mitfahren will. Ich wollte Mom über die Feiertage nicht allein lassen. Also haben ihre Väter ihr den Wunsch abgeschlagen, doch sie hat herausgefunden, dass ich mich eingemischt habe, und hat bis weit ins neue Jahr hinein nicht mehr mit mir geredet.

Ich hoffe mal, dass Gemma diese Sache schneller abhakt.

Nachdem ich die Bestellungen von Ren und Evans aufgenommen habe, kümmere ich mich um meine anderen Gäste. Wir haben gerade eine kleine Flaute, weniger als die Hälfte der Tische ist besetzt. Normalerweise würde ich dann mit den Gästen plaudern oder mich mit Gemma unterhalten, während wir gemächlich die leeren Tische abwischen oder den Gehweg vorm Eingang fegen. Lees Lieblingsmotto bei der Arbeit lautet: *Hast du zu viel Zeit, der Besen steht bereit.* Gabe unterschreibt diese Einstellung mit: *Du kannst, darfst und wirst nicht ruhen.*

An diesem Morgen schlage ich beides in den Wind und schlürfe eine Tasse Kaffee mit Sahne und Zucker, während ich mich an den Tresen lehne, der von der Küche aus nicht zu sehen ist. Als ein Auto auf den Parkplatz einbiegt, richte ich mich auf. Die Sonne reflektiert von der Windschutzscheibe und blendet mich. Ich zucke zusammen, schütte mir den Kaffee vorn über die Schürze und verpasse meiner Brust wahrscheinlich eine Verbrennung ersten Grades. Ich fluche so lautstark, dass sich alle Köpfe in meine Richtung drehen. Im Nu steht Lee im Gastraum und untersucht mich auf Blutungen oder Knochenbrüche.

»Der Kaffee ist heiß«, wiegele ich ab und bearbeite mit einem Lappen den braunen Fleck auf meinem Oberkörper.

»Du sollst den Kaffee auch trinken und dich nicht damit schmücken.«

»Ach, das mache ich also falsch?«

»Sarkasmus ist ein gutes Zeichen. Du wirst nicht den Löffel abgeben, wenn du so schlagfertig bist.« Lee nimmt meinen Kopf zwischen seine Hände und drückt mir ein Küsschen auf die Stirn. »Geht's dir gut?«

Körperlich ja. Emotional bleibt das noch abzuwarten. Ich nicke, um ihn loszuwerden. »Mir geht's gut. Ein blödes Missgeschick, aber ich werde es schon überleben.« Zum Glück hat die Sahne den Kaffee so weit abgekühlt, dass er nur noch brühwarm und nicht mehr brandblasenheiß war.

»Das will ich meinen«, erwidert Lee.

Der feuchte Stoff reibt auf meiner Haut, und ich scheuche Lee weg, damit ich mich relativ ungestört von diesem peinlichen Vorfall erholen kann. Dann geht die Eingangstür auf, und als ein zierliches, ganz in Schwarz gekleidetes Mädchen hereinstolziert, dämmert mir, dass ich neben der Verbrennung auch gleich noch mein Fett wegkriege.

»Shay.« Ihr Name entfährt mir, bevor ich es verhindern kann.

Shay hat die Hände zur Faust geballt und baut sich am Tresen vor mir auf. An ihr leuchtet nichts mehr. Ihr Liebeskummer bricht los wie Regen aus einer dunklen Wolke und taucht Shay in kupferfarbene und blaugrüne Farbtöne. »Da bin ich jetzt echt überrascht, dass du nicht so tust, als würdest du mich nicht kennen.« Ihre Miene wird hart und ihre Lippen werden spitz wie Dolche.

»Was willst du denn hier?«

»Meine Mom hat mich hergefahren«, entgegnet sie und deutet auf das Auto, wegen dem ich meinen Kaffee verschüttet habe. »Ich wollte dir das ins Gesicht sagen.«

Nach ein paar Sekunden fällt meiner Lunge wieder ein, wie man atmet, doch sie brennt vor Anstrengung. Was Shay auch zu sagen hat, ich weiß jetzt schon, dass ich es nicht hören will. Aber noch weniger will ich, dass es alle anderen hören. Ich muss sie so schnell wie möglich hier hinausbefördern. »Vielleicht sollten wir nach draußen gehen.« Ich laufe ein paar Schritte auf die Tür zu, aber Shay verschränkt die Arme vor der Brust und bleibt wie angewurzelt stehen.

»Ich finde es ganz gut hier.« Shay vergewissert sich, dass sie die Aufmerksamkeit der Leute an den umliegenden Tischen hat, bevor sie loslegt: »Mir dir stimmt echt etwas nicht, das ist dir schon klar? Was für ein Mensch tut so, als wäre er mit jemandem zusammen, der erstens schon eine

Freundin und zweitens keinen blassen Schimmer hat, dass du ihn benutzt, damit alle denken, du wärst Gott weiß was?«

Ihre Worte sind wie eine Granate mit gezogenem Splint. Sie fliegen auf mich zu und ich kann nur dastehen und auf die Explosion warten. Es gibt kein Entrinnen. Kein Ausweichen. Kein In-Deckung-Gehen.

Drei.

Zwei.

Eins.

Bumm.

Rens Tisch steht nur ein, zwei Meter entfernt. Gut in Hörweite, obwohl ich bezweifle, dass es im Restaurant irgendjemanden gibt, der Shays vernichtende Anschuldigung nicht mitgekriegt hat.

Ren hört abrupt auf zu essen. Er fixiert mich, die Stirn vor Verwirrung und vermutetem Verrat gerunzelt. »Wer ist sie und wovon redet sie?«

»Ich bin Augusts *echte* Freundin«, klärt Shay ihn auf, während ich damit beschäftigt bin, mich zu sammeln. »Oder zumindest war ich das bis zum letzten Wochenende, als er sich wegen Imogen von mir getrennt hat. Und ich rede davon, dass Imogen und August nie ein Paar waren. Das hat sie alles bloß erfunden. Die ganze Beziehung war ein Schwindel.«

»Aber er war in den Frühjahrsferien hier. Er wollte mit

ihr über die Trennung sprechen, genau da«, sagt Ren und deutet auf eine Stelle etwas weiter weg von sich.

»Ja, weil er ihr auf die Schliche gekommen ist«, antwortet Shay.

Ich kann mich nicht verteidigen, selbst wenn ich es wollte. Es gibt nichts, was ich zu meiner Verteidigung vorbringen könnte. Was ich getan habe, ist nicht zu rechtfertigen, und jetzt werden es alle erfahren. Doch ein zweites Mal werde ich mich nicht kampflos geschlagen geben. Ich blicke mich über die Schulter nach Lee um, der zum Glück nirgends zu sehen ist. Wenn ich Shay hier hinausbugsieren kann, kann ich das Schlimmste vielleicht verhindern. »Du kennst nicht die ganze Geschichte. Ich erzähle dir alles, aber nicht hier drin.«

Ihr Blick wandert zu Ren, und sie kaut auf ihrer Lippe, als würde sie spüren, dass er der Schlüssel zu meiner Vernichtung ist. »Nur wenn er mitkommt. Ich brauche einen Zeugen, damit du mich nicht anlügst.«

»Er weiß nicht alles«, werfe ich ein. Und das soll auch unbedingt so bleiben, aber welche Wahl habe ich?

»Aber gleich«, kontert sie, »wenn du willst, dass ich gehe.«

Ren erhebt sich bereits von seinem Platz, und ich habe keine Ahnung, ob er sich auf Shays Bedingungen einlässt, um mir zu helfen, oder einfach, um die Wahrheit zu erfahren. »Mo?«

Ich nicke, weil ich mir nicht sicher bin, ob meine Stimme die Panik unterdrücken kann, die aus mir herausbrechen will. Zitternd führe ich die beiden nach draußen.

»Dann lass mal hören. Welche Ausrede willst du nicht vor allen da drin ausbreiten?«, ätzt Shay.

Ich hasse mich dafür, dass ich August mit in den Abgrund reiße, aber er ist ja auch nicht ganz unschuldig an dieser Situation. Wenn die Wahrheit ans Licht kommt, dann schon die *ganze*. »August hat es gewusst.«

Shay starrt mich an, aus ihren Augen sprühen Zorn und der Wille, mich zu vernichten. »Wie bitte?«

»Er hat seit Monaten gewusst, dass er mein Fake-Freund ist. Er hat mich erst damit konfrontiert, als ich es beendet habe.«

Ren formt mit seinen Händen ein T für Time-out. »Ich kapiere überhaupt nichts mehr. Warst du nun mit August zusammen oder nicht?«

»War ich nicht«, gestehe ich. Meine Stimme ist gleichzeitig ein Flüstern und ein Wimmern. All die Geheimnisse, die ich für mich behalten, all die Lügen, die ich verbreitet habe, lassen mein Geständnis das Zehnfache wiegen.

»Dann hat sie also recht, du hast dir das alles ausgedacht? Die ganzen Posts und die romantischen Überraschungen und so? Das ist alles auf deinem Mist gewachsen?«, erkundigt sich Ren und weicht einen Schritt zurück, als hätte ich ihm eine Ohrfeige verpasst.

Ich schlinge die Arme um meine Brust, damit ich nicht entzweibreche. Aber die Risse sind zu tief, der Schaden zu groß, sodass die Wahrheit aus mir herausquillt. »Nichts davon war echt. Ich meine, August ist echt, und ich kenne ihn wirklich. Aber er war nie mein Freund. Das habe ich mir alles ausgedacht.«

»Warum?«

Shay gibt einen erstickten Laut von sich und schiebt die Ärmel ihres Kapuzenpullovers bis über die Ellbogen hoch. Verblasste schwarze Filzstiftlinien, die verdächtig nach einem Gedicht aussehen, ringen sich um ihren Unterarm. »Das spielt keine Rolle. Sie hat es getan. Und ihretwegen hat August mich abserviert.«

»Mit eurer Trennung habe ich nichts zu tun. Er war nicht glücklich. Und er hat gesagt, du wärst auch nicht glücklich«, verteidige ich mich. Er hat noch so viel mehr gesagt. Über ihre Beziehung und dass Shay ihm das Gefühl gegeben hat, unzulänglich zu sein. Darüber, dass ich mich für ihn echter angefühlt habe als sie. War das alles eine Lüge? »Aber als ich dich neulich mit ihm gesehen habe, wirkte es so, als wärt ihr beide wieder zusammen und alles wäre gut. Ihr habt euch geküsst.«

»Da waren wir nicht *wieder* zusammen, denn wir hatten uns ja noch gar nicht getrennt. Als du uns unterbrochen hast, wollte er gerade Schluss mit mir machen, weil er *dich* mag.«

In meinem Kopf dreht sich alles, ich versuche zu verstehen, was sie da sagt. Ich gehe in Gedanken alles durch, was August mir über Shay erzählt hat. Es sind alles Bruchstücke. Halbwahrheiten. Er hat mir so wenig wie möglich verraten und es mir überlassen, mir den Rest zu denken. »Nein, bei ihm hat es so geklungen, als wäre es mit euch schon seit Monaten vorbei.«

»Tja, offenbar bist du nicht die einzige Lügnerin«, faucht sie.

Wenn sie sich erst diese Woche getrennt haben, dann war August noch mit ihr zusammen, als er hier war. Als er mich geküsst hat.

Liebesregel dreiundzwanzig: Den Launen des Herzens nachzugeben, wenn die Gefühle nachlassen, endet nur in Schmerz.

Ren, der verstummt ist, seit er mich nach dem Grund für mein Verhalten gefragt hat, bricht nun sein Schweigen. »Was zum Teufel, Mo? Hast du mich deshalb aus heiterem Himmel geküsst? Weil du sie mit August gesehen hast und es ihm heimzahlen wolltest?«

»Nein, so war es nicht.« Doch, genau so war es. Auch wenn es mir vielleicht nicht bewusst war. Ich wende Shay den Rücken zu und widme Ren meine volle Aufmerksamkeit. Ich muss dafür sorgen, dass er mir zuhört. Mir glaubt. »Ich habe dir doch gesagt, dass ich dich seit Langem mag. Und das ist wahr. Ich mag dich wirklich. Als du und Lana

euch getrennt habt, dachte ich, jetzt könnte ich dich vielleicht dazu bringen, das Gleiche für mich zu empfinden.
August hätte in meinem Leben nie wirklich in Erscheinung
treten sollen. Die Leute sollten glauben, dass er existiert,
aber ihm nie tatsächlich begegnen.«

»Aber er ist mehr als das«, wirft Ren ein.

»Hörst du dir eigentlich selber mal zu?«, will Shay wissen. »Wie kannst du es nur rechtfertigen, dir eine Beziehung mit jemandem auszudenken und ihn dann sogar
noch als Ausrede zu benutzen, wenn dir deine Lügen um
die Ohren fliegen?«

»Es tut mir leid. Das alles«, erwidere ich und drehe mich
wieder zu Shay um. »Ich wusste nicht, dass er eine Freundin hat, und als er in den Ferien hier war und ich von dir
erfahren habe, hat er gesagt, es wäre vorbei. Ich habe echt
gedacht, dass ihr zwei getrennt seid, sonst hätte ich nie
etwas mit ihm angefangen.«

»Entschuldigung nicht akzeptiert.«

»Was willst du dann?«, frage ich.

»Ich will, dass alle wissen, was für ein Mensch du bist.
Dass du eine Lügnerin und eine echt fiese, manipulative
Bitch bist, die keinen Respekt vor den Beziehungen anderer hat. Da du Leute, die vor Kurzem abserviert worden
sind, für dein Fotoprojekt anwirbst, sollten sie das wissen,
bevor du ihr Leben auch noch verpfuschst. Dir ist zuzutrauen, dass du ein paar dieser Trennungen selbst angezet-

telt hast, damit du mehr Freiwillige hast.« Sie wendet sich an Ren, der seinen Autoschlüssel aus der Tasche kramt. »Sieht so aus, als würden wenigstens einem die Augen aufgehen.«

»Ren, das stimmt nicht. Das mit meinem Projekt, meine ich. Ich würde nie absichtlich die Beziehungen von anderen kaputt machen.«

Er mustert mich von oben bis unten, als würde er nach einem kleinen Stück von mir suchen, das er wiedererkennt. Sein Blick ist kalt, als er meinem begegnet. »Vielleicht nicht, aber du hast es mit Sicherheit ausgenutzt. Mich ausgenutzt. Was ist bloß los mit dir?«

Ich strecke meine Hand nach ihm aus, wage es aber nicht, ihn zu berühren. Die Freundschaft, die wir geschlossen haben, zerbricht mit dem Rest von mir. »Es tut mir leid. Ich wollte nicht, dass das alles passiert.«

»Es ist egal, was du wolltest. Was zählt, ist, was du angerichtet *hast*. Daran sieht man, was du für eine bist. Du bist kein guter Mensch, Imogen«, sagt Shay.

Sosehr ich mich auch dagegen wehren möchte, sie hat nicht ganz unrecht.

Fünfundzwanzigstes Kapitel

Liebesregel #1: Wahre Liebe bricht keine Herzen.

»Was war *das* denn?«, will Lee wissen, als ich wieder reinkomme. Das halbe Lokal beobachtet mich. Die Leute tun gar nicht mehr so, als würden sie essen, sondern verfolgen gespannt das Spektakel. »Alles gut?«

»Tut mir leid«, ist alles, was ich herausbringe.

Nach einer dicken Umarmung schickt Lee mich heim. Er sagt, damit ich mich um mich kümmern kann, aber vermutlich will er einfach nicht, dass ich vor den Gästen, die ich noch nicht vergrault habe, zu heulen anfange. Das ist schlecht fürs Geschäft. Genauso wie die Tatsache, dass meine dunkelsten Geheimnisse vor den Besuchern beim Frühstück enthüllt worden sind.

Ich zittere, als ich zu meinem Auto laufe. Obwohl ich auf dem Parkplatz größtenteils ungestört bin, habe ich Mühe, meine Atmung wieder in den Griff zu kriegen. Die Luft im Auto ist von der Sonne erwärmt und stickig, was nicht gerade hilfreich ist. Ich öffne das Fenster einen Spalt und lasse einen kleinen Windhauch herein. Vielleicht liegt es an der Hitze. Oder daran, dass der Adrenalinrausch nach meiner Begegnung mit Shay langsam aus meinem Körper weicht. Oder vielleicht brauche ich auch nur eine Ausrede – irgendeine Ausrede –, um meinen Frust an jemandem auszulassen. Ich hole mein Handy hervor und schicke August eine Nachricht.

MoImGlück: Ich habe Shay heute getroffen. Unser Gespräch war sehr aufschlussreich.
DerEchteAugust: Scheiße.
DerEchteAugust: Was hat sie gesagt?
DerEchteAugust: Wobei, ist mir eigentlich egal. Ich will dir nur meine Seite der Geschichte erzählen.
DerEchteAugust: Ich rufe dich an.
DerEchteAugust: Bitte geh ran.

Ich habe mich inzwischen so daran gewöhnt, dass August mich mit Nachrichten bombardiert, dass ich erst antworte, wenn mehrere eingegangen sind. Dieses Mal warte ich zu lange. Mein Handy klingelt, und ich starre auf sein Bild, das das Display einnimmt.

»Ich will deine Seite nicht hören«, sage ich zur Begrüßung.

»Hi«, antwortet er. Es klingt erleichtert, überrascht und nach etwas, das ich nicht ganz einordnen kann.

»Mach das nicht.«

»Was denn? Bis jetzt habe ich nur ›Hi‹ gesagt.«

Die Tränen, die ich zurückgehalten habe, wittern meine Schwäche und versuchen, die Oberhand zu gewinnen. Ich kneife die Augen zusammen und presse Zeigefinger und Daumen auf die inneren Augenwinkel, damit ich den Kampf nicht verliere. Als ich mir sicher bin, dass meine Stimme nicht mehr zittert, erwidere ich: »Mich bereuen lassen, dass ich rangegangen bin.«

»Warum bist du dann rangegangen?« Er klingt so normal. So nach *August*. Als wäre alles, was wir bei unserem Kuss füreinander empfunden haben, noch da. Unverändert.

Er ist so ein guter Lügner, dass er sogar selber glaubt, was er sagt.

Aber ich nicht. Nicht mehr.

»Weil ich mega-angepisst bin und es viel einfacher ist, das alles mündlich loszuwerden, als es zu tippen«, antworte ich.

»Es tut mir leid. Wegen Shay. Dass du das gesehen hast, als du hier warst, und dass sie dir geschrieben hat. Ich weiß nicht, was sie dir erzählt hat …«

»Sie hat mir nicht geschrieben. Sie ist heute bei der Arbeit aufgekreuzt und hat mir und jedem, der in Hörweite war, erklärt, was für ein Psycho ich ihrer Meinung nach bin und dass ihr die ganze Zeit über zusammen wart, obwohl du mich hast glauben lassen, es sei schon eine ganze Weile vorbei. Und plötzlich hat alles einen Sinn ergeben. Zum Beispiel, dass Owen sich auf die Zunge gebissen hat, wenn er ihren Namen in meiner Gegenwart aussprechen wollte. Oder warum dein Liebeskummer nicht so stark war, wenn du von ihr gesprochen hast. War das die Rache dafür, dass ich mir unsere Beziehung ausgedacht habe?«

»Nein, natürlich nicht«, erwidert er, und Panik lässt seine Worte verschwimmen. »Alles, was ich dir über Shay erzählt habe, war wahr, außer dass wir uns quasi noch nicht getrennt hatten. Aber die Beziehung war vorbei. Wir hatten uns seit Wochen kaum gesehen.«

»Aber du warst noch mit ihr zusammen«, beharre ich.

»Ich wollte es nicht mehr.«

»Warum warst du es dann?«

»Weil ich ihr nicht sagen wollte, dass ich mich in eine andere verliebe. Oder dass sich das Mädchen, in das ich mich verliebt habe, eine fiktive Version von mir ausgedacht hat, die sich viel echter angefühlt hat als die Version von mir, die mit Shay zusammen war.« August verstummt. Ich fülle das Schweigen nicht aus. Er wollte seine Sicht der Dinge darlegen und ich werde es ihm nicht leicht machen. Nicht nach dem, was ich gerade mit Shay durchgemacht habe. Schließlich fährt August fort: »Aber ich habe es ihr dann doch gestanden. Das war an dem Tag, an dem du hier aufgetaucht bist. Und der Kuss, den du gesehen hast, da hat sie mich überrumpelt, das ist alles. Sie wollte mich umstimmen, aber ich will nicht mehr mit ihr zusammen sein.«

Ich möchte ihm glauben. Wenn ich eine andere wäre, würde ich das wahrscheinlich auch. Aber bin ich nicht. Und ich kann nicht vergessen, was ich gesehen habe. »Willst du doch. Als sie bei dir war, konnte ich erkennen, wie sehr du sie liebst. Im Präsens gesprochen. Sie bringt dich zum Strahlen, auch wenn du es selbst nicht merkst.«

»Nein, das war nicht wegen Shay. Das war deinetwegen. Ich habe ihr alles gebeichtet. Dass ich dich vor zwei Jahren kennengelernt habe, dass ich die Frühjahrsferien mit dir verbracht habe und mir klar geworden ist, dass das zwischen uns das ist, was ich mir unter einer Beziehung vorstelle. Es ist das, was ich mit ihr immer haben wollte, aber nie bekommen werde, weil sie nicht du ist.«

»Warum hast du mich dann angelogen? Warum hast du mir nicht gesagt, dass du noch mit Shay zusammen bist, damit ich dich nicht küsse?« *Oder mich in so einen verlogenen Arsch verknalle.*

Mom glaubt vielleicht, dass man zwei Menschen gleichzeitig lieben kann, aber wenn das wahr wäre, hätte sie ihre Liebesregeln nicht.

Und wenn August nicht mehr Shays Freund sein wollte – egal, ob ich in seinem Leben eine Rolle spiele oder nicht –, dann hätte er den Mut haben müssen, einen Schlussstrich zu ziehen, bevor er etwas mit mir anfängt.

»Ich habe dich nicht absichtlich angelogen. Ich wusste, dass es mit Shay nicht funktioniert, aber nicht, ob ich etwas daran ändern kann. Oder ob ich es überhaupt ändern will. Als du bei mir vorbeigekommen bist, um dich zu entschuldigen, und ich dir von ihr erzählt habe, hast du gedacht, Shay und ich wären getrennt, weil du sehen konntest, wie traurig sie mich macht. Und ich habe dich in diesem Glauben gelassen, denn ich wollte deinen Rat, ohne dass du dich von etwas anderem als meinen Gefühlen leiten lässt. Dann haben wir angefangen, uns zu unterhalten, und ich wollte nicht damit aufhören. Wenn ich bei deinem Projekt mitmache, dachte ich, würde ich genau das erreichen. Ich weiß, ich hätte dir die Wahrheit sagen sollen, aber in deiner Gegenwart ist alles so easy. Da habe ich vergessen, dass wir gar nicht wirklich zusammen sind.«

Ich habe kein Recht, wütend auf ihn zu sein, nach dem, was ich ausgefressen habe. Bin ich aber. Dank ihm bin ich die Sorte Mädchen, die ich nie sein wollte. Die Sorte, die anderen die Liebe kaputt macht, damit sie selber glücklich sein kann. Es spielt keine Rolle, dass ich es nicht mit Absicht getan habe. Shay gibt mir trotzdem die Schuld.

Ich gebe mir trotzdem die Schuld.

»Das entschuldigt nicht, dass du deine Freundin betrogen hast. Oder mich in besagten Betrug mit hineingezogen hast«, erwidere ich. Die Tränen tragen schließlich den Sieg davon und sprudeln schneller heraus, als ich sie wegwischen kann. Meine Worte folgen dem Beispiel. »Und jetzt werden alle nicht nur erfahren, dass ich mir die Beziehung mit dir nur ausgedacht habe, sondern dass ich dabei auch noch deine echte Freundin beschissen habe. Ihre Mom hat sie den ganzen Weg hierherkutschiert, damit sie mich persönlich zur Rede stellen und dafür sorgen kann, dass es so viele Leute wie möglich mitkriegen. Ren hat direkt danebengesessen. Und jetzt weiß er, dass ich ihn nur deshalb geküsst habe, weil ich gesehen habe, wie du Shay küsst. Er ist stinksauer.«

August atmet hörbar ein, als hätte ich ihm einen Schlag versetzt. »Du hast Ren geküsst?«

»Das ist alles, woran du dich jetzt hochziehst?«

»Du hast mir gerade gesagt, dass du einen anderen geküsst hast, zwei Wochen nach unserem Kuss. Wie soll ich da so tun, als wäre nichts?«

Er betrügt seine Freundin, aber dass ich einen anderen geküsst habe, ist jetzt das Problem? Scheiß drauf. Ich schulde ihm nichts. »Weil das Mädchen, das *du* geküsst hast, gerade versucht, mein Leben zu zerstören.«

»Ich denke, das hast du ganz allein geschafft, Mo.«

»Wenn du das denkst, dann ist das, was auch immer wir zusammen hatten, offiziell vorbei. Sag Shay, sie kann dich haben.«

Ich lege auf, bevor er etwas erwidern kann. Ich darf mich nicht von Augusts Gefühlen einwickeln lassen. Nicht noch einmal.

Ich hätte gedacht, Gemma würde sich melden, nachdem heute Morgen mit Shay alles den Bach runtergegangen ist, aber es herrscht Funkstille. Jetzt reicht es. Ich brauche meine beste Freundin, auch wenn sie mich nicht will. Nachdem ich den Code in das elektronische Türschloss an der Eingangstür eingegeben habe, verschaffe ich mir Zutritt zu ihrem Haus. Der neunzehnjährige Norwegische Waldkater der Familie McCallie, Sir Stewart Wallace, öffnet ein Auge und funkelt mich böse an, weil ich seinen Schlaf gestört habe. Aber als ich stehen bleibe und ihn unter dem Kinn kraule, dreht er sich auf den Rücken und hält mir seinen Bauch hin. Ich vergrabe mein Gesicht in dem flauschigen grauen Fell.

»Warum bist du die Einzige, bei der er das zulässt, ohne dir das Gesicht zu zerkratzen?«, fragt Gemma, als sie ins Wohnzimmer kommt.

Ich richte mich auf und beim Klang ihrer Stimme steigen mir die Tränen in die Augen. Sie trägt den Batik-Overall, den sie beim Bildhauen immer anhat, und hat das Haar links und rechts zu lockeren Knoten geschlungen. Sieht so aus, als hätte ich Gemma auch bei etwas gestört. »Ich weiß, dass du immer noch sauer auf mich bist, aber kann ich heute Nacht hierbleiben? Du musst auch nicht mit mir reden.«

»Na klar. Und ich bin nicht mehr sauer.« Gemma öffnet die Arme, um mich an sich zu ziehen, dann überlegt sie es sich anders und rubbelt an den Rinden-, Schlamm- und Sandspritzern auf ihrer Kleidung.

Zumindest glaube ich, dass sie den Körperkontakt deshalb meidet. »Echt? Dann hast du eine komische Art, das zu zeigen. Du gehst mir schon die ganze Woche aus dem Weg.«

»Ich arbeite nur gerade an einem Stück, das ich unbedingt fertigstellen möchte, damit ich es in meine Bewerbung aufnehmen kann. Es nimmt mich seit Tagen in Anspruch. Deshalb war ich nicht im Café. Das hat nichts mit dir zu tun. Ehrlich.«

»Ich dachte, das sagen deine Dads bloß, damit du nicht in meiner Nähe sein musst«, erwidere ich.

»Das ist das Bekloppteste, was ich je gehört habe.« Sie tippt mir auf die Stirn, als wollte sie mir die Dummheit austreiben.

Ich schiebe ihre Hand weg und unterdrücke ein Lachen. »Na ja, du hast dich seit unserem Streit nicht gerade damit überschlagen, dich bei mir zu melden.«

»Die Kunst, schon vergessen? Und du hast auch nicht gerade mein Handy zum Glühen gebracht.«

»Weil du sauer auf mich warst. Ich bin auf Abstand geblieben, damit du dich beruhigen kannst.«

Gemma öffnet den Reißverschluss an der Vorderseite ihres Overalls und streift sich das Oberteil bis auf das Tanktop ab. Die untere Hälfte behält sie an. Dann wirft sie eine Decke über die Couch und lässt sich darauffallen. Ich nehme meinen üblichen Platz auf dem anderen Sofa ihr gegenüber ein. Ihre Dads haben vor Jahren zwei Sessel aufgestellt, damit sie auch eine Sitzgelegenheit haben, wenn wir bei unseren häufigen Filmabenden die Sofas mit Kissen, Decken und Eimern voller Popcorn in Beschlag nehmen.

»Also, warum bist du heute Abend zu mir gekommen?«, erkundigt sich Gemma und wendet mir ihr Gesicht zu.

Wie kann es denn sein, dass sie das nicht weiß? Hat Lee ihr denn nicht berichtet, was passiert ist, als er nach Hause gekommen ist? »Baust du deine Skulptur in einem Bunker?«

»Ich nehme mal an, ich habe etwas verpasst.«

»Das kannst du laut sagen. Shay – Augusts Shay – ist heute ins Café spaziert und hat Ren und allen anderen erzählt, dass ich mir das mit August nur ausgedacht habe. Jetzt hasst mich Ren. Und ich habe mich mit August gestritten, das war's endgültig zwischen uns. Alles, was hätte sein können, ist jetzt nur noch ein rauchendes Häufchen Asche. Was auch eine schöne Metapher für mein ganzes Leben ist, wenn wir mal ehrlich sind.«

Gemma setzt sich so abrupt auf, dass sie von der Kante

der Couch abrutscht. Sie kniet auf dem Boden mit der Decke um den Kopf und sagt: »Warum zum Teufel hast du mir das nicht gesagt? Selbst wenn ich noch sauer auf dich wäre, hätte ich meine Wut jederzeit gern an einem von denen ausgelassen.«

Ich hätte schon vor Tagen zu ihr kommen sollen. Das hätte zwar Shay nicht davon abgehalten, hier aufzukreuzen und allen zu erzählen, dass ich eine megaverlogene Bitch bin, aber zumindest hätte meine beste Freundin mir zur Seite gestanden, als es passiert ist. Ich beuge mich über den Rand des Sofas und strecke mich, um über den Couchtisch hinweg nach Gemmas Hand zu greifen.

»Es ist nicht Shays Schuld. Versteh mich nicht falsch, ich bin nicht froh, dass sie aufgetaucht ist und mir mein Leben um die Ohren gehauen hat. Aber offenbar war August nicht ganz ehrlich zu mir, was sie betrifft. Als ich die beiden beim Küssen erwischt habe, wollte er gerade mit ihr Schluss machen. Er hat ihr alles über mich erzählt und dass er sie meinetwegen verlässt. Also hat sie allen Grund, mich zu hassen.«

»Okay, das muss ich erst mal klarkriegen.« Gemma krabbelt zurück aufs Sofa und zählt die Fakten auf, um sich zu vergewissern, dass sie alles richtig verstanden hat: »Also … dein Geheimnis ist nun gelüftet, dein Traumtyp sagt, er will mit dir zusammen sein, und du findest trotzdem einen Grund, ihm eine Abfuhr zu erteilen?«

Es hat keinen Sinn, mit Gemma zu streiten. Ich stehe bei keinem Szenario gut da. »Im Prinzip ja. Aber ich fange aus gutem Grund nichts mit ihm an. Ist dir entgangen, dass er mich geküsst hat, obwohl er da noch mit Shay zusammen war?«

»Nein, das habe ich schon verstanden. Ich muss es nur noch verdauen. Ich kann echt nicht glauben, dass ich das alles verpasst habe.«

»Wenigstens hast du eine Mappe, die du bis zum Abgabetermin einreichen kannst«, sage ich seufzend und nutze die Gelegenheit für einen Themenwechsel. Ich bin hier, um nicht an den ganzen Mist erinnert zu werden, nicht, um noch tiefer darin zu versinken.

»Ja, jetzt, wo du dein Leben in Brand steckst, ist es wahrscheinlich schwierig, sich auf die Fotos zu konzentrieren.«

»Hey, vielleicht könnte ich die ja verbrennen, so als Aktionskunst, und meine Mappe in eine Verkörperung der ›Leben in Flammen‹-Metapher verwandeln. Meinst du, Mrs. Clemente würde das gut finden, oder ist das immer noch zu brav?«

»Du verbrennst deine Fotos nicht. Obwohl das echt krass aussehen würde.« Gemma setzt sich in den Schneidersitz, stützt die Ellbogen auf die Knie, legt die Fingerspitzen unter dem Kinn aneinander und mustert mich. »Jetzt, wo ich auf dem neuesten Stand bin, kann ich Wasser auf alle Feuer schütten, die ich löschen soll.«

»Ich hoffe, du hast viele Eimer«, erwidere ich. Aber vielleicht gibt es gar nicht genug Wasser auf der Welt, um den Großflächenbrand einzudämmen, den ich entfacht habe.

Sechsundzwanzigstes Kapitel

*Liebesregel #11: Liebe sollte dich erfüllen,
nicht aufzehren.*

Den größten Teil des Sonntags habe ich damit verbracht, das Foto von Ren anzustarren und mich zu motivieren, seinen Liebeskummer zu malen. Ich weiß nicht, ob es daran liegt, dass ich Rens Porträt für mein Experiment ausgewählt habe, oder ob ich einfach keine Lust habe, Mrs. Clementes blöde Theorie zu testen, aber ich kann mich nicht dazu durchringen, den Pinsel in die Hand zu nehmen.

Es hilft auch nicht gerade, dass ich mir immer wieder Augusts letztes Gedicht ansehe und mir wünschte, die Dinge zwischen uns wären anders.

Ich habe einen Screenshot davon gemacht, für den Fall, dass er mitkriegt, wenn ich mir seine Posts anschaue. Es ist bei Weitem das meistangesehene Foto auf meinem Handy. Ich will gar nicht darüber nachdenken, was das über mich aussagt. Nichts Gutes, nehme ich mal an.

Leere

dunkel

und

schwer

erfüllt

mich

raubt

das

Gute

das

du

in

mir

gefunden

hast

Ich schleudere den Pinsel über den Tisch, beuge mich vor und schlage den Kopf gegen das kühle Holz.

Es dauert eine Minute, bis mir klar wird, dass das Klopfen, nachdem ich damit aufgehört habe, von jemandem kommt, der an der Tür des Ateliers meine Aufmerksamkeit erregen will.

Toll, jetzt habe ich auch noch Zuschauer bei meiner Existenzkrise.

Mom lugt zur Tür herein und Sorgenfalten zieren ihre Stirn. »Läuft es so schlecht, hm?«

»Die Fotos oder mein Leben? Denn es trifft beides zu«, erwidere ich.

»Ich habe eigentlich die Fotos gemeint. Aber wenn du über das andere reden willst, ist das für mich auch okay.«

Lee hat Mom wegen Shay angerufen, bevor ich den Parkplatz verlassen habe. Mom hat schon zu Hause auf mich gewartet, als ich schließlich von Gemma zurückgekommen bin, damit ich alles bei ihr ablassen kann. Als sich im Laufe des Wochenendes herumgesprochen hat, was ich verbockt habe, wurde mein Instagram-Account mit Kommentaren überflutet, in denen ich als Lügnerin, Schwindlerin und Heuchlerin beschimpft wurde. Ich habe mein Konto auf privat gestellt und die Kommentare gelöscht, aber der Schaden war bereits angerichtet. Mom schaut mehrmals am Tag nach mir, als wollte sie nicht zu weit weg sein, falls ich zusammenbreche und sie die Scherben auflesen muss.

»Was gibt es da schon zu reden?«, frage ich. »Es ist ja nicht so, dass es nicht wahr wäre, was die anderen von mir behaupten. Ich habe mir das eingebrockt und jetzt muss ich mit den Konsequenzen leben.«

Mom setzt sich aufs Sofa und klopft auf das Polster neben sich, damit ich mich zu ihr geselle. Als ich das tue, legt sie den Arm um mich. »Ich weiß, dass du niemanden verletzen wolltest. Und es ist gut, dass du die Verantwortung für dein Handeln übernimmst. Es wird eine Weile dauern, bis die Leute dir wieder vertrauen. Aber alle werden sehen, dass es dir leidtut. Da wird schon Gras über die Sache wachsen.«

Der einzige Mensch, bei dem ich Angst habe, dass er mir nicht vergibt, ist Ren. Auch wenn ich nicht mehr in ihn verliebt bin, ist er mir immer noch als Freund wichtig. Und ich will nicht, dass er mich hasst. Ich lehne den Kopf an Moms Schulter und lasse meinen Sorgen freien Lauf. »Was, wenn sie es nicht können? Wenn ich alles kaputt gemacht habe?«

»Die Menschen, denen du wirklich etwas bedeutest, werden dir noch eine Chance geben, auch wenn du denkst, dass du sie nicht verdienst.« Um Mom herum manifestiert sich eine blaugrüne Wolke, die vor Bedauern pulsiert. Mom reibt sich über die Brust, als wollte sie sie vertreiben.

»Vielleicht solltest du diesen Rat selber beherzigen«, schlage ich vor.

»Wobei?«

»Was zweite Chancen und Alex betrifft. An ihn hast du doch gerade gedacht, oder? Ich kann sehen, wie sehr es dir wehtut, dass du dich gegen ihn wehrst. Du kannst nicht kontrollieren, in wen du dich verliebst, schon vergessen?«

Mom erstarrt neben mir, und ich hebe den Kopf, um

sie anzusehen. Sie entwindet sich unserer Umarmung und steht auf, als könnte sie den Gedanken nicht länger ertragen, mich zu berühren. »Versuch nicht, meine Regeln gegen mich zu verwenden, Imogen. Du siehst, was du sehen willst. Ich weiß, ich predige meinen Kunden die Liebe, als wäre sie das Allerwichtigste im Leben, aber deswegen kommen sie ja auch zu mir. Ich dachte, ich hätte dich zu mehr Weitblick erzogen. Dass du erkennst, dass es mehr im Leben gibt als die Liebe, denn die kann dir von einem Moment auf den anderen genommen werden.«

Meint sie das jetzt ernst? Ich warte kurz, dass Mom zurückrudert oder klarstellt, was sie damit sagen will. Als sie keines von beiden macht, hake ich nach: »Wie kommst du darauf, dass mir irgendetwas wichtiger sein könnte als die Liebe? Den Glauben daran hast du mir doch eingeimpft. Das *Verlangen* danach. Das kannst du jetzt nicht einfach wieder rückgängig machen, nur weil du Angst davor hast, dich neu zu verlieben.«

Mom verlässt das Atelier, ohne mir zu antworten. Oder sich auch nur zu verabschieden. Auch gut. Wenn sie wirklich so über die Liebe denkt, habe ich ihr ohnehin nichts mehr zu sagen.

Ich höre, wie Mom mit Alex telefoniert, als sie denkt, dass ich ins Bett gegangen bin. Er hatte gestern Abend ein Date mit Delaney, das ohne Nachtisch oder die Verheißung auf ein Frühstück im Bett am nächsten Morgen geendet hat. Nach Moms Antworten zu urteilen, klingt es so, als hätte er ihr endlich gesagt, was er für sie empfindet. Ich schnappe Sätze auf wie: »Das können wir nicht noch einmal machen« und »Nein, ich würde es nicht als Fehler bezeichnen, aber es war falsch«. Dann: »Imogen denkt schon, dass da etwas zwischen uns läuft. Das Beste ist, wir ziehen jetzt einen Schlussstrich.«

Was auch zwischen den beiden passiert ist, Mom ist wild entschlossen, es vor mir zur verheimlichen. Aber warum?

Am Morgen darauf hat Mom zwei Kundentermine nacheinander, was bedeutet, dass ich ein kleines Zeitfenster habe, Alex aufzusuchen und herauszufinden, was sie mir verschweigt, bevor die Schule sie über meine Abwesenheit informiert. Zum Glück wohnt er im selben Bed & Breakfast wie bei seinen letzten Reisen, sodass er nicht schwer aufzuspüren ist. Es ist noch so früh, dass er beim Frühstück im Speiseraum sitzt. Ich begrüße Mrs. Wareham und nehme die Tasse Kaffee an, die sie mir anbietet, als ich ihr sage, dass ich zu Alex will.

Alex schaut von seinem Teller mit Rührei und Toast auf, ein Bissen Ei und Brot ist auf seine Gabel gespießt. Wir sind uns noch nicht offiziell vorgestellt worden, aber so, wie er mich mit großen Augen anstarrt, ist ihm sofort klar, wer ich bin. »Weiß deine Mom, dass du hier bist?«

»Nein. Sie ist gerade nicht gut auf mich zu sprechen.« Untertreibung des Jahres. Ich bleibe zögernd in der Tür des Speiseraums stehen und versuche abzuschätzen, ob er mir die Schuld daran gibt, dass Mom die Brücken hinter sich abgebrochen hat. Da er mir nicht den Frühstücksteller an den Kopf wirft oder Mrs. Wareham bittet, mich an die Luft zu setzen, trete ich einen Schritt vor. »Können wir reden?«

»Klar. Komm, setz dich.« Er schiebt den Stuhl neben sich zurück. Der Tisch ist groß genug für zehn Personen, obwohl er heute Morgen der einzige Gast hier ist.

Ich beobachte die Dampfwölkchen, die von meinem Kaffee aufsteigen, und weiß nicht so recht, wo ich anfangen soll. Wie frage ich jemanden, ob er in meine Mutter verliebt ist? Kurze Antwort: Gar nicht. Jedenfalls nicht sofort. Das gehe ich lieber langsam an. Oder auf Umwegen, damit mein Gegenüber so perplex ist, dass ihm die Wahrheit herausrutscht.

»Das mit meiner Mom tut mir leid«, beginne ich. Gute Manieren haben immer eine beruhigende Wirkung auf Erwachsene. »Wir haben uns in letzter Zeit über vieles gestritten, und ich glaube, sie lässt es an Ihnen aus.«

»Das ist nicht deine Schuld. Hätte ich mich aus eurem Leben rausgehalten, hätte ich nicht eine Menge alter Gefühle aufgerührt, von denen sie dachte, sie hätte sie hinter sich gelassen. Sie hat jedes Recht, wütend auf mich zu sein.«

Falsch. Er hat Mom ja bloß seine Gefühle gestanden. Mom ist diejenige, die daraus eine Riesensache macht, weil sie nicht zu ihren Gefühlen steht. Ich umschließe die Kaffeetasse mit meinen Händen und wünschte, die Wärme könnte das Unbehagen wegbrennen, das Moms Worte gestern Abend – sowohl mir als auch Alex gegenüber – in mir hervorgerufen haben. »Warum haben Sie Mom gebeten, Ihnen bei der Partnersuche zu helfen? Ich habe zufällig das Gespräch beim ersten Termin mitbekommen, und da klang es so, als wären Sie möglicherweise aus einem anderen Grund hier.«

Alex räuspert sich und scheint dann zu dem Schluss zu kommen, dass er mir lieber nicht darauf antworten will. »Ich denke, das solltest du mit deiner Mom besprechen.«

»Habe ich ja versucht«, erwidere ich. Nur Lügen und Ausflüchte, wenn ich eine klare Aussage über Alex will. »Sie will nicht zugeben, dass da etwas ist, aber ich kann es sehen. Es ist so offensichtlich, dass sie es auch sehen muss. *Fühlen* muss. Ich will nur wissen, warum sie mich anlügt.«

»Ich glaube nicht, dass sie dich anlügt. Nicht absichtlich.«

»Das läuft auf dasselbe hinaus.«

»Stimmt. Aber deshalb macht sie es trotzdem nicht bewusst«, erwidert er bestimmt, aber nicht unfreundlich. Die Aura seines Liebeskummers ist so schwach, dass sie mir fast entgeht. Das fahle Blaugrün ist von Kupfer und Roségold durchzogen, wie hartnäckige Glitzerpartikel, die das Licht einfangen und Aufmerksamkeit verlangen. »Deine Mom versucht nur, dich zu beschützen.«

Nein, sie will sich selber beschützen. Aber da er sie verteidigt, appelliere ich an den Teil in ihm, der sie noch immer liebt. »Wovor denn? Dass ich erlebe, wie sie glücklich ist? Ich wüsste nämlich keinen Grund, warum es etwas Schlechtes sein sollte, dass sie zum ersten Mal seit dem Tod meines Dads wieder verliebt ist.«

»Da hast du recht. Das ist nichts Schlechtes. Aber in mich verliebt zu sein, ist nicht einfach für deine Mom. Und ich bin mir nicht sicher, ob sie das wirklich glücklich machen wird.«

»Das ergibt keinen Sinn«, erwidere ich.

Er lehnt sich zurück, und der Holzstuhl ächzt unter ihm, als würde das Gewicht von Alex' Trauer zu schwer werden. »Ich war mit deinem Dad befreundet.«

Das ist eines der wenigen Dinge, die Mom mir über Alex erzählt hat. »Was heißt, dass Sie ihm etwas bedeutet haben. Und deshalb sind Sie für Mom eher besser als schlechter geeignet.«

»Deine Mom sieht das anders.«

Ich verdrehe die Augen. In Sturheit stehe ich Mom in nichts nach. »Warum nicht? Dad ist tot. Es ist ja nicht so, dass sie ihn mit Ihnen betrügt.«

Alex verschluckt sich an seinem Kaffee. Er schlägt sich mit der Faust auf die Brust, hustet, und sein Herzschmerz vertieft sich und vertreibt alle Spuren der Liebe. Er lässt den Kopf hängen, als würde er sich schämen, während das dunkle Blaugrün um ihn tobt.

Es gibt nur einen Grund, warum die Vorstellung, dass die beiden fremdgehen, eine derartig heftige Reaktion hervorruft.

»Stopp mal. Sie hat meinen Dad doch nicht betrogen, oder? Sie beide waren nur Freunde. Das hat sie gesagt. Sie hat meinen Dad *geliebt*.«

»Das hat sie mit Sicherheit. Und ich auch.« Er beugt sich vor und faltet die Hände auf dem Tisch. Ob er um Gnade oder Vergebung betet, kann ich nicht sagen. »Wir wollten nicht, dass zwischen uns etwas passiert, aber es ist nun mal so gekommen. Und dann ist dein Dad gestorben, und sie war überzeugt davon, dass es ihre Schuld war. Dass es ihre Strafe für das war, was wir füreinander empfunden haben, und dann hat sie Schluss gemacht. Gott, ich hätte dir das eigentlich gar nicht erzählen dürfen.« Er lehnt sich auf seinem Stuhl zurück und fährt sich mit beiden Händen durch das Haar.

Was.

Zur.

Hölle?

Plötzlich ergibt es einen Sinn, dass sich Mom ihre Gefühle für Alex nicht eingestehen will. Sie hat keine Angst, sich in ihn zu verlieben. Sie hat Angst, dass sie nie *aufgehört* hat, ihn zu lieben. Hat sie mir deshalb eingeredet, es wäre möglich, zwei Menschen gleichzeitig zu lieben? Weil sie meinen Dad *und* Alex geliebt hat?

In diesem Moment spielt das keine Rolle. Sie hat meinen Dad betrogen und mich jeden Tag seit seinem Tod glauben lassen, dass sie den Schmerz über seinen Verlust nur durch ihre Liebe zu ihm verkraftet hat. So eine Lügnerin. In dieser Beziehung komme ich wohl auch nach ihr.

»Nein, Sie hätten nicht mit meiner Mutter schlafen dürfen. Punkt. Ende. Aus.«

»Ich weiß. Das sage ich mir auch jeden Tag, aber ich habe nie jemanden so geliebt wie sie. Das macht es nicht richtig, das ist mir schon klar, aber du musst das wissen. Es war keine beiläufige, unbedachte Sache zwischen uns.«

»Sind Sie deshalb hierhergekommen? Um Mom davon zu überzeugen, Ihnen noch eine Chance zu geben?«

»Ich hatte gehofft, es wäre so viel Zeit vergangen, dass wir beide unsere Schuldgefühle hinter uns lassen und herausfinden können, ob unsere Gefühle noch da sind. Bei mir war ich mir da sicher – ich habe nie aufgehört, sie zu lieben –, aber sie war so wütend auf mich, auf uns, dass die Möglichkeit bestand, dass sie mir nie vergeben würde. Ich musste mir Gewissheit verschaffen, ob ich mir Hoffnung auf etwas mache, das nie geschehen wird.« Die Niedergeschlagenheit lastet bleiern auf ihm und nagt an seinen Worten, bis nichts mehr von ihnen übrig ist.

Mich beschleicht das Gefühl, dass er mir nichts weiter sagen wird und die meisten Fragen, die mir Löcher in den Bauch brennen, dort schwelen werden, bis sie von selbst erlöschen. Aber eine züngelt höher als der Rest und ringt verzweifelt nach Luft. »Wusste er davon?«, frage ich.

»Dein Dad? Nein, ich glaube nicht.«

»Dann hat ihm das Universum wohl den Gefallen getan, ihn um die Ecke zu bringen, bevor er es herausgefunden hat.«

»Imogen ...«, sagt er warnend. Sein Pflichtgefühl meinem Dad gegenüber ist quicklebendig, auch wenn es sich praktischerweise verdünnisiert hat, als es um meine Mom ging.

Ich schiebe meinen Stuhl so heftig vom Tisch zurück, dass sein Teller mit dem halb aufgegessenen Frühstück und unsere Kaffeetassen auf der Holzplatte scheppern. »Schrecklich, aber wahr. Wenn er etwas von der Affäre erfahren hätte, hätte es ihm das Herz gebrochen.«

Es erklärt auch, warum der Tod meines Dads meiner Mom nicht das Herz gebrochen hat. Nicht, weil Herzen nicht brechen, wenn es wahre Liebe ist. Sondern weil sie es bereits einem anderen geschenkt hatte.

Siebenundzwanzigstes Kapitel

Liebesregel #3: Nur wer wagt, findet die wahre Liebe.

Ich habe die erste Stunde verpasst. Wenn ich sofort in die Schule düse, kann ich mich bestimmt damit rausreden, dass ich einfach Probleme mit dem Auto hatte. Aber heute in der Schule zu sitzen, wäre eine einzige, endlose Folterstunde, jetzt, wo ich die Wahrheit kenne.

Als ich unser Haus betrete, stolpere ich über Moms Yogamatte, die sie an der Hintertür liegen gelassen hat, und halte mich an der Waschmaschine fest. Das Metall quietscht unter meinem Gewicht. So viel zum Überraschungsmoment.

»Mo, bist du das?«, ruft Mom aus der Küche.

»Ich dachte, du hättest heute Morgen Termine.« Ich schwinge die Matte wie einen Schild, eine Barriere, damit Mom mir nicht zu nahe kommt.

»Nach dem ersten Termin habe ich beschlossen, den zweiten nach hinten zu schieben, damit ich zum Kurs gehen und meine Mitte wiederfinden kann.« Mom hat ihre Wasserflasche an der Kühlschranktür aufgefüllt und verstaut sie zusammen mit einem Handtuch in der Trage- tasche auf der Theke. Als wäre es ein ganz gewöhnlicher Tag. Und ein ganz gewöhnliches Gespräch, das wir schon x-mal geführt haben. Falls sie wegen unseres Streits gestern Abend noch sauer auf mich ist, verbirgt sie es gut. »Apro- pos Unterricht, solltest du nicht gerade in der Schule sein?«

»Wollen wir jetzt echt so tun, als wäre alles in Butter?«

»Nein, aber ich gehe nur deshalb zum Yoga, um mich zu beruhigen und die ganze negative Energie, die mich momentan umgibt, loszuwerden. Da bringt es nichts, wenn ich mich so kurz vorm Gehen noch aufrege.«

An jedem anderen Tag hätte ich meine Klappe gehal- ten und Mom in einen besseren Gemütszustand kommen lassen, bevor ich meinen Scheiß bei ihr abgeladen hätte. Heute nicht. Nicht nachdem ich erfahren habe, dass sie mich fast mein ganzes Leben lang angelogen hat. »Ich habe mich mit Alex unterhalten«, sage ich. Die Worte schlagen ein wie Bomben, explodieren eine nach der anderen rasch hintereinander. Ich lasse eine zweite Welle vom Stapel. »Ich weiß von deiner Affäre.«

Mom lässt die Tasche auf die Theke fallen, ihr Wider- stand bricht. Als sie mich ansieht, sind ihre Augen feucht.

»Es tut mir so leid, Süße. Ich wollte nicht, dass du es auf diese Weise erfährst.«

»Nee, du wolltest, dass ich es überhaupt nicht erfahre.«

»Stimmt. Ich wollte nicht, dass du etwas davon mitbekommst. Ich habe mich so sehr geschämt für das, was ich getan habe, was ich für Alex empfunden habe. Und dann deinen Dad zu verlieren …«

All der Liebeskummer und Schmerz, der sich in mir aufgestaut hat, bricht sich Bahn. Er schlägt um sich, damit Mom sich genauso mies fühlt. »Deine ganzen Liebesregeln, war das deine Art, die Vergangenheit umzuschreiben? Dir einzureden, dass du Dad geliebt hast?«

»Ich habe deinen Dad geliebt. So sehr.«

»Nicht genug, wenn du dich in einen anderen verliebt hast«, ätze ich, bevor ich mich davon abhalten kann. Oder vielleicht will ich das auch gar nicht. Wir haben uns beide so lange angelogen, dass es sich gut anfühlt, endlich die Wahrheit zu sagen. Zu sagen, was ich wirklich denke.

Mom wird rot. Sie sinkt auf einen Hocker, stützt den Kopf in die Hände und atmet ein paarmal tief durch, bevor sie antwortet: »Liebe ist nicht so einfach. Manchmal kannst du jemanden lieben, wirklich lieben, mit allem, was du hast, und es reicht trotzdem nicht. Dein Herz will mehr. Wenn du dem Menschen begegnest, der dich erfüllt und dein Herz zufriedenstellt, nachdem du dich bereits an einen anderen gebunden hast, musst du eine schwere Entscheidung treffen. Leider gibt es in dieser Situation keine richtige Lösung. Irgendjemand wird dabei immer verletzt. Ich hatte nicht vor, deinem Dad wehzutun oder mein Ehegelübde zu brechen, aber meine Gefühle für Alex waren so mächtig, dass ich sie nicht ignorieren konnte. Ich wünschte, ich wäre damals stärker gewesen. Ich wünschte, ich hätte angestrengter für deinen Dad und unsere Ehe und dafür kämpfen können, dass du zwei Eltern hast, die einander ebenso sehr lieben wie dich. War ich aber nicht. Und habe ich nicht.« Ihre Stimme versagt unter dem Druck von so viel Wahrheit. Die Tränen, die sie so lange zurückgehalten hat, fangen an zu fließen und strömen ihr über die Wangen. Mom wischt sie weg, als ob sie sie verraten hätten.

»Du wolltest dich in der Nacht, in der Dad gestorben ist, eigentlich mit Alex treffen, stimmt's? Als du mit mir im Wohnzimmer herumgetanzt bist? Deshalb hast du so gestrahlt. Das war nicht wegen Dad. Das lag daran, dass du in Alex verliebt warst und er vorbeikommen wollte.« Sobald ich es ausspreche, weiß ich, dass es wahr ist. Und ich hasse Mom dafür. »Mein ganzes Leben lang habe ich mich an dieses Bild geklammert, wenn ich mir die wahre Liebe vorgestellt habe, und es war alles eine Lüge. Du hast mich glauben lassen, Liebe wäre das Wichtigste auf der Welt. Dass deine Liebe zu Dad dir so viel Rückhalt gegeben hat, dass du nach seinem Tod weitermachen konntest. Aber es ging nie um ihn. Hat es dich überhaupt gejuckt, dass er gestorben ist, oder warst du froh darüber, weil du dich dann nicht dafür entscheiden musstest, ihn zu verlassen?«

Meine Wut entfacht ihre, und ihre Traurigkeit geht in Flammen auf, bis kein Fünkchen mehr davon übrig ist. Als sie den Kopf hebt, um mich anzusehen, ist ihre Miene so finster, dass ich sie fast nicht mehr wiedererkenne. »Sag das nie wieder. Ab dem Moment, in dem man mich angerufen und mir mitgeteilt hat, dass dein Dad einen Unfall hatte, war ich am Boden zerstört. Ich hätte alles gegeben, um ihn zu retten, um ihn wieder bei uns zu haben.«

Das darf sie nicht sagen! Nicht nachdem sie einen anderen Dad vorgezogen hat. Ich lasse ihre Yogamatte fallen. Sie entrollt sich zwischen uns und mit ihr bewegen sich alle Worte der Vergebung aus meiner Reichweite. »Dumm nur, dass du das nicht so gesehen hast, bevor er gestorben ist.«

Das ist gemein und ungerecht. Aber ich kann mich nicht dazu bringen, dass mich das kümmert. Ich kann es nicht zurücknehmen oder mich dafür entschuldigen. Nicht wenn Dad nicht mehr da und sie immer noch in einen anderen verliebt ist.

»Ich verstehe, dass du sauer bist, aber ich bin immer noch deine Mutter, und das lasse ich dir nicht durchgehen.« Moms Stimme ist so scharf, dass sie ein Loch in die Atmosphäre lasern könnte. Doch die aufblitzende blaugrüne Aura schwächt ihren Zorn ab. »Es vergeht kein Tag, an dem ich nicht bereue, was ich getan habe. Wenn ich die Zeit zurückdrehen und es ändern könnte, würde ich es. Aber das kann ich nicht, also musste ich einen Weg finden, damit abzuschließen und uns beiden ein Leben aufzubauen.«

»Du sagst, du würdest es ändern, aber wenn das wahr wäre, wärst du nicht immer noch in Alex verliebt.«

Mom streckt den Arm nach mir aus, doch ich weiche zurück und hebe die Hände, um weitere Versuche abzuwehren. Sie erwidert: »Nur weil dein Herz etwas will, heißt das nicht, dass man dem nachgeben muss. Das habe ich auf die harte Tour gelernt.«

»Du bist so eine Heuchlerin, Mom. Du schwingst große Reden darüber, wie man die wahre Liebe findet, aber du selbst hast ihr den Rücken gekehrt. Kapierst du nicht, dass das alles noch schlimmer macht? Du hast Dad mit einem von seinen Freunden hintergangen, und das für nichts. Du hast Dad *nicht* so sehr geliebt, dass du ihn nicht betrogen hättest, aber du hast den anderen Typen auch nicht so sehr geliebt, dass es sich gelohnt hätte, das Leben mehrerer Menschen zu zerstören. Wenn du wenigstens dazu stehen und um Alex kämpfen würdest, hätte ich vielleicht noch ein winziges bisschen Respekt vor dir. Du redest deinen Kunden ein, sie sollen der Liebe vertrauen. Du *bringst* sie dazu, daran zu glauben. Aber das ist alles erstunken und erlogen, denn die Liebe, die du verkaufst, ist nicht echt. Du weißt ja nicht einmal mehr, wie sie aussieht.«

Und ich jetzt auch nicht mehr. Vielleicht habe ich es ja nie gewusst.

Schule schwänzen ist eine Sache, aber meine Abendschicht im Yeastie Boys kann ich nicht sausen lassen. Scheiß auf die Sinnkrise.

Es ist ein ruhiger Abend, doch ich werde alles tun, damit ich nicht nach Hause gehen und Mom unter die Augen treten muss. Das Café schließt jedes Jahr im Frühling und im Herbst einen Tag lang für eine Grundreinigung. Der letzte Putztag liegt erst einen Monat zurück, also hat sich noch nicht viel Dreck angesammelt, an dem ich meine Aggressionen abarbeiten könnte. Nicht dass mich das davon abhalten würde, es zu versuchen. In der Küche muss es doch versteckte Fettreste geben, denen ich zu Leibe rücken kann. Wenn nicht, bin ich nicht abgeneigt, selber Chaos zu stiften, damit ich mich auf etwas anderes als auf mein Leben konzentrieren kann.

Als ich in der Vorratskammer nach Reinigungsmitteln krame, werfe ich versehentlich ein halbes Dutzend Schlauchtüten mit To-go-Bechern zu Boden. Die Regale sind so vollgestopft, dass ich die Tüten nicht wieder an ihren Platz legen kann, ohne etwas anderes umzustoßen.

Hallo, Ablenkung.

Ich lasse die Becher zurück auf den Boden fallen und zerre alles andere aus der Kammer. Um mich herum stapelt sich so viel Müll, dass sich jeder Sortierversuch innerhalb von Minuten zerschlägt. Bei diesem Tempo werde ich die ganze Nacht brauchen. Allerdings habe ich dann beim Einräumen genug Zeit, mir zu überlegen, wie ich da eine Ordnung reinbringe. Und außerdem muss ich dann nicht so bald nach Hause.

Die Kammer ist erst zur Hälfte geleert, als Gabe vom Gang meinen Namen ruft. Er klingt gleichzeitig genervt und mitleidig. Als könnte er sich nicht wirklich über mich aufregen, weil er weiß, wie bedauernswert ich bin. Ich steige vorsichtig über die Stapel, die ich gemacht habe, damit ich nichts umremple, und gehe zu ihm.

Gabe zieht mich in eine halbherzige Umarmung. »Es ist nicht so, dass ich deine Initiative nicht zu schätzen wüsste, aber den Weg zu den Toiletten blockiert man vermutlich lieber, wenn keine Gäste im Haus sind.«

Ich mustere den zugemüllten Gang und überlege, wie schnell ich ihn aufräumen kann. Nicht schnell genug. »Sorry. Die Organisation ist mir ein bisschen entglitten.«

»Das nennst du organisieren?« Er stupst einen Stapel mit dem Fuß an, der daraufhin ins Wanken gerät und einzustürzen droht.

Da hat Gabe mit seiner Stichelei wohl recht. Das hier

hat mit Ordnung nichts zu tun. »Ich beseitige das Chaos«, versichere ich ihm.

»Willst du darüber reden?«

»Worüber?«

»Über deine jüngsten Lebensentscheidungen, die dich in diese Putzwut getrieben haben«, erwidert Gabe.

Ich bin mir sicher, er hat genug darüber gehört, was ich angestellt habe, um sich irgendetwas zusammenzureimen, das der Wahrheit nahekommt. Aber ich finde es gut, dass er das jetzt nicht haarklein vor mir ausbreitet. Vor allem, weil *meine* Entscheidungen ausnahmsweise einmal nicht für das hier verantwortlich sind. »Nicht wirklich.« Gabe hat meinen Dad gekannt. Was bedeutet, es ist gar nicht so unwahrscheinlich, dass er auch von der Affäre meiner Mom gewusst hat. Und dass er mich, genau wie sie, die ganze Zeit angelogen hat. Wenn das so ist, will ich es nicht wissen. Ich kann nicht mehr viel einstecken, bevor ich endgültig zu Boden gehe. »Aber danke für das Angebot.«

Er drückt mir einen Kuss auf das Haar, wie er es schon immer getan hat. Als wäre ich für ihn wie eine Tochter. Und die Tränen, vor denen ich den ganzen Tag weggelaufen bin, holen mich schließlich doch ein. Ich wische mir über die Augen in dem vergeblichen Versuch, sie am Fließen zu hindern, und halte den Atem an, bis meine Lunge brennt. Wenn der menschliche Körper gezwungen ist, zwischen Atmen und Weinen zu wählen, wird er sich immer für das Überleben entscheiden. Danach brauche ich noch ein paar tiefe Atemzüge, bis ich mich wieder unter Kontrolle habe. Nur wenige Gäste bekommen von alldem etwas mit. Gabe bringt mich zwar nicht irgendwohin, wo wir ungestört sind, dreht sich aber so, dass er die Sicht auf meinen Zusammenbruch versperrt. Es steht außer Frage, dass er damit mich schützen will und nicht das Café.

»Geh nach Hause. Ich mache das hier fertig«, sagt er und lässt mich los.

»Mir geht's gut. Wirklich«, lüge ich.

»Nein, dir geht's *wirklich* nicht gut.«

Ich funkle ihn herausfordernd an, aber ich bezweifle, dass das mit meinem tränenüberströmten Gesicht etwas bringt. »Na ja, mir ging es gut, bis du hier aufgetaucht bist und mich betuttelt hast.« Ich stupse Gabe mit dem Ellbogen an und reibe mir mit den Handballen das Salz von den Wangen, das auf meiner Haut trocknet.

»Diese missglückte Aufräumaktion, wenn man sie denn so nennen kann, erzählt etwas anderes.«

»Bevor du mich dabei unterbrochen hast, habe ich nicht geweint.«

»Vielleicht hättest du das lieber.« Gabe legt mir die Hände auf die Schultern, bugsiert mich in die Küche und drückt mich auf einen Hocker in der Ecke. »Sieht so aus, als müsstest du dich mal richtig ausweinen. Und als bräuchtest du einen Shortcake.«

Erdbeer-Shortcake hat er Gemma und mir immer gemacht, um uns aufzumuntern, als wir noch klein waren. Aufgeschürftes Knie? Shortcake. Schlechte Note? Shortcake.

Erkennen, dass dein Leben eine Lüge ist? Shortcake.

»Da sage ich nicht Nein«, erwidere ich. Ich bringe sogar ein zaghaftes Lächeln zustande.

Gabe packt ein extragroßes Biscuit in einen Karton und löffelt haufenweise marinierte Erdbeeren und Schlagsahne in zwei weitere Behälter, damit nicht alles durchweicht ist, wenn ich nach Hause komme. Das Biscuit schafft es nur bis zum Auto. Noch auf dem Parkplatz gönne ich mir ein paar Bissen, in der Hoffnung, dass der tröstende Geschmack schon mal meine aufgewühlten Emotionen besänftigt. Als ich zehn Minuten später heimkomme, bin ich ruhig. Meine Nerven haben sich endlich so weit entspannt, dass ich klar denken kann. Trotzdem schleiche ich mich durch die Seitentür hinein, um meiner Mom aus dem Weg zu gehen.

Um unseren schief hängenden Haussegen wieder gerade zu rücken, wird es mehr als einen Shortcake brauchen.

Ich kuschle mich in die Ecke der Couch im Atelier. Die Polster sind verschlissen und passen sich meinem Körper wie eine Umarmung an. Ich hole mein halb aufgegessenes Biscuit heraus und schütte die Erdbeeren darüber. Nachdem ich einen Happs aufgegabelt habe, tunke ich ihn in den Behälter mit der Schlagsahne und schicke Gabe ein stummes Dankeschön, weil er gewusst hat, dass ich das brauche. Die Erdbeeren sorgen für einen Zuckerrausch auf meiner Zunge. Das Biscuit ist so fluffig und buttrig, das es praktisch in meinem Mund zergeht. Man kann unmöglich schlechte Laune haben, wenn man Shortcake isst.

Meine Atempause hält nicht lange an. Eine neue Benachrichtigung summt auf meinem Handy und erinnert mich daran, dass ich mich nicht ewig vor der Welt verstecken kann.

DerEchteAugust: Geht's dir gut?

DerEchteAugust: Deine Mom hat meine Mom angerufen. Offenbar hat sie gedacht, dass ich dir helfen kann.

DerEchteAugust: Klang so, als wäre die Kacke bei dir am Dampfen.

DerEchteAugust: Ich weiß, dass wir uns verkracht haben. Aber ich mache mir Sorgen um dich.

DerEchteAugust: Sag mir bitte einfach, ob es dir gut geht.

Ich bin noch immer aufgewühlt von dem Streit mit Mom und nicht in der Stimmung, ihn ausgerechnet mit August noch einmal durchzukauen.

MoImGlück: Wie sich herausstellt, bin ich von Betrügern umgeben. Verglichen mit meiner Mom ist das, was du angestellt hast, gar nicht so wild. Glückwunsch!

DerEchteAugust: Scheiße. Also nicht gut.

DerEchteAugust: Was kann ich tun?

MoImGlück: Nichts. Es gibt nichts, was irgendjemand tun könnte.

DerEchteAugust: Ich rufe dich an.

MoImGlück: Ich gehe nicht ran.

DerEchteAugust: Gehst du doch.

DerEchteAugust: Wenn du nicht mit mir reden wollen würdest, hättest du mir nicht zurückgeschrieben.

Da hat er mich erwischt. Ich *will* mit ihm reden. Etwas an der Art, wie August die Welt sieht, schärft meine Sicht auf die Dinge. Mir seinen Standpunkt anzuhören, hilft mir vielleicht dabei, eine Lösung zu finden. Dabei, wie ich weitermachen kann, wenn alles, was ich über die Liebe zu wissen glaubte, eine Lüge ist.

Als mein Handy klingelt, gehe ich ran. »Glaub bloß nicht, das heißt, dass wir uns wieder vertragen«, sage ich.

August lacht und es ist wie eine kühlende Salbe auf meiner brennenden Haut. »Das würde mir im Traum nicht einfallen. Aber im Ernst, wie geht es dir? Das mit deiner Mom – der Betrug – klingt beschissen.«

Ein scharfes Lachen entfährt mir. »Beschissen‹ ist noch milde ausgedrückt. Sie hatte was mit einem anderen, als mein Dad gestorben ist. An dem *Tag*, an dem er gestorben ist. Aber es kommt noch besser. Sie hat nämlich mit Dads bestem Freund geschlafen, der jetzt wieder in ihr Leben geplatzt ist, und sie lieben sich immer noch. Als wäre der Tod meines Dads nur eine lästige, dreizehnjährige Unterbrechung ihres Glücks gewesen.«

»Wow. Okay, das ist nicht das, was ich erwartet hatte. Und dass du darüber mit jemandem reden musst, selbst wenn ich es bin, ergibt jetzt viel mehr Sinn.«

»Wie soll ich ihr das bloß verzeihen?« Wie soll ich ihr irgendetwas glauben, was sie mir über die Liebe erzählt hat, wenn sie jede einzelne ihrer Regeln gebrochen hat?

»Du musst es mal von ihrer Warte aus sehen. Glaubst du, sie hat deinen Dad geliebt?«

Noch vor ein paar Tagen hätte ich das vehement bejaht. Oder wahrscheinlicher noch hätte ich jedem, der mich das gefragt hätte, hulkmäßig eine reingeballert, wenn er das Gegenteil auch nur angedeutet hätte. »Ich glaube schon. Also … ja?«

»Und glaubst du, sie wollte ihn absichtlich verletzen und hat sich deshalb in einen anderen verliebt?«

»Nein«, entgegne ich. Meine Mom hat eine saudoofe Entscheidung getroffen, aber sie ist kein schlechter Mensch.

August seufzt, als wäre er irgendwie genervt davon, dass

er mich durch diese Fragen und Antworten führen muss, die doch auf der Hand liegen. »Glaubst du, sie bereut es? Dass sie mit dem anderen zusammen war, obwohl sie wusste, was sie deinem Dad damit antut?«

Wir könnten genauso gut über August reden. Ich schiebe den Rest von meinem Shortcake weg, weil mein flauer Magen ihn nicht mehr will. »Ja. Aber das ändert nichts daran, dass es passiert ist. Oder dass sie immer noch in Alex verliebt ist, ob sie es nun will oder nicht.«

»Dann kannst du ihr ja vielleicht verzeihen, weil die Menschen sich nicht aussuchen, in wen sie sich verlieben. Es klingt so, als hätte sie es versucht. Und es hat nicht geklappt. Das muss sie jetzt akzeptieren und du auch«, sagt er. Seine Stimme ist so leise, fast schon flehend. Als würde das Schicksal der Welt von meiner Antwort abhängen.

Unter dem Druck knicke ich ein und frage: »Was, wenn ich es nicht kann?«

»Dann verstehst du für eine, die sich so sehr darauf konzentriert, die Liebe für alle sichtbar zu machen, eigentlich gar nichts davon«, erwidert er.

Vielleicht hat er recht. Denn die Liebe sehen zu können, ist nicht dasselbe, wie zu wissen, wie sie aussieht.

Oder wie sie sich anfühlt.

Ich wünschte, ich könnte behaupten, dass August sich irrt. Dass er von uns derjenige ist, der nichts von der Liebe versteht. Wie könnte er auch, wo er doch ein Mädchen geküsst hat, das nicht seine Freundin war? Aber wenigstens war er in einer ernsthaften, (größtenteils) festen Beziehung. Er hat praktische Erfahrung mit dem Verliebtsein. Ich habe ein Herz voller Fantasien.

Deshalb ist meine Mappe auch so saft- und kraftlos. Ich weiß nicht, wie es sich anfühlt. Weder echte Liebe noch echter Liebeskummer. Und solange ich mich beidem nicht öffne, werde ich nie die Verbindung dazu haben, von der ich gern hätte, dass andere sie zu meinen Fotos aufbauen. Von meinem Herzen gar nicht zu reden.

Ich lasse alle Lichter im Atelier aus bis auf eines, damit Mom mich hier nicht sieht. Ich bin noch nicht bereit, mit ihr zu reden. Auch wenn August mir ihr Verhalten erklärt hat, habe ich keine Ahnung, ob ich ihr verzeihen kann. Wenn ich mich der Liebe hingebe, finde ich dabei vielleicht auch einen Weg, das zu tun. Ich schnappe mir die Töpfe mit der Musterfarbe, setze mich in den kleinen Lichtkreis am Tisch und betrachte das Porträt von Ren – und zwar eingehend. Das Foto ist statisch, sein Liebeskummer aber pulsiert um ihn herum. Ein halbes Dutzend Nuancen von Blaugrün, von einem öligen Dunkelgrün bis zu einem zarten Gischt-Türkis. An manchen Stellen schimmern kupferfarbene und roségoldene Streifen hindurch, seine Liebe zu

Lana hält diesem Strudel stand. Ich mische die verschiedenen Farben an und versuche, den Farbtönen so nahe wie möglich zu kommen. Dann male ich.

Und male.

Und male.

Bis jedes Foto in meiner Mappe so lebendig und chaotisch ist wie die Liebe oder der Liebeskummer, die ich vor mir sehe.

Und darum geht es wohl in der Kunst: nicht darum, etwas Vollkommenes zu erschaffen, sondern etwas, das widerspiegelt, was man so tief im Inneren fühlt, dass es niemand wahrnehmen kann, bis man es herauslässt.

Jetzt muss ich nur noch hoffen, dass es überzeugend ist.

Achtundzwanzigstes Kapitel

Liebesregel #13: Es gibt kein Problem,
das die Liebe nicht überwinden kann,
wenn du bereit bist, es zu klären.

Moms Lügen über ihre Beziehung mit Alex und ihre dämlichen Liebesregeln haben in meinem Kopf echt etwas durcheinandergebracht. Und daraufhin habe ich unbeabsichtigt das Leben anderer durcheinandergebracht. Jetzt liegt es an mir, das in Ordnung zu bringen.

Falls ich das kann.

Das Yeastie Boys ist neutrales Gebiet, und als ich Ren und Lana unabhängig voneinander bitte, sich dort am Mittwoch nach der Schule mit mir zu treffen, sind beide einverstanden. Nach anfänglichem Zögern. Da ich heute nicht arbeiten muss, kann ich mich so lange mit den beiden zusammensetzen, wie es nötig ist.

»Weiß deine Mom, dass du ihr ihren Job streitig machst?«, erkundigt sich Gemma.

»O nein. Ich habe keine Lust auf Partnerschaftsvermittlung. Ich will nur etwas wieder geradebiegen.«

»Wenn es funktioniert, hast du gleich zweimal Erfolg gehabt.«

Ich ziehe die Stirn kraus und blicke Gemma verwirrt an. »Wovon redest du? Sonst habe ich niemanden zusammengebracht.«

Gemma lächelt nur, während sich ein warmer rosiger Schein um sie herum aufbaut.

»Heilige Scheiße. Du und Greer? Wann ist das denn passiert? Und warum erfahre ich erst jetzt davon?«

»Letzte Woche. Bei dir war so viel los. Ich wollte dir mein Glück nicht unter die Nase reiben, wo du doch so traurig warst«, sagt sie.

Ich schlinge die Arme um Gemma und tanze mit ihr hin und her. »Das ist die beste Nachricht aller Zeiten! Du darfst mir nie wieder eine gute Neuigkeit vorenthalten, weil du denkst, dass ich meinen Scheiß nicht gebacken kriege. Ich werde mich immer für dich freuen. Egal was es ist.«

»Das weiß ich doch.« Sie drückt mich fest an sich, dann löst sie sich aus meiner Umarmung. »Ich erzähle dir später alles. Jetzt musst du dich erst mal *darum* kümmern.«

Ich folge ihrem Blick zur Eingangstür, durch die Ren

gerade das Lokal betritt. Erleichterung überkommt mich. Halb habe ich erwartet, dass Ren nach unserem letzten Gespräch kneift. Lana, so dachte ich, würde schon allein deshalb auftauchen, um mitzuerleben, wie ich mich winde. Nicht dass ich es ihr verdenken kann. Ich war so geblendet von meiner Vorstellung von Liebe, dass ich sie nicht erkannt habe, obwohl ich sie direkt vor mir hatte. Auch wenn die zwei meine Entschuldigung vielleicht nicht annehmen, muss ich es zumindest versuchen.

Die Nerven blubbern in meinem Magen wie aktivierte Hefe. Ich spanne die Mitte an, wie Moms Yogalehrer ihr andauernd predigt, und laufe Ren entgegen. »Hey. Ich bin froh, dass du hier bist.«

Ren beachtet mich kaum und studiert das Schachbrettmuster auf dem Boden. »Es klang wichtig.«

»Ist es. Hast du Hunger? Ich lade dich ein.«

»Zu einem Essen sage ich nicht Nein.« Er riskiert einen kurzen Blick auf mich. »Kann ich es zum Mitnehmen haben?«

Ich hole tief Luft, um auch die Schuldgefühle zu bezwingen. Ich mache das zu seinem Besten. Wenn es klappt, wird er mir dankbar sein, dass ich ihn nicht habe gehen lassen. »Nö. Sorry. Lana kommt noch.« Ich nicke zur Tür, die sich gerade öffnet und in der Lana auftaucht.

»Was soll das, Mo?«, fragt er.

»Gib mir nur ein paar Minuten, okay? Wenn du nicht

bleiben willst, nachdem du gehört hast, was ich zu sagen habe, werde ich dich nicht aufhalten«, verspreche ich.

Nach ein paar Schritten bemerkt uns Lana und stöhnt. »Das darf doch nicht wahr sein.«

Gemma eilt zu Hilfe und verstellt die Tür, bevor Lana auf dem Absatz kehrtmachen kann. »Tut mir leid, dieser Ausgang ist derzeit gesperrt. Bitte versuch es später noch einmal«, meint sie.

Ich forme mit den Lippen ein stummes Danke. An Lana gewandt sage ich: »Du kannst dich ebenso gut hinsetzen, denn sie lässt dich erst gehen, wenn du mich angehört hast.«

»Das ist Freiheitsberaubung«, mault Lana.

»Eher Festhalten gegen deinen Willen«, meint Ren.

Lana wirft ihm einen Blick zu. Ihre Mundwinkel zucken, als wollte sie lächeln, aber sie presst die Lippen aufeinander. Offenbar will sie ihm nicht mal diesen Gefallen tun. »Ist beides verboten.«

»Ich will die Sache klären. Darf ich das bitte?« Ich deute auf einen leeren Tisch, an dem wir so ungestört sind, wie es eben geht.

Ren trottet zuerst los und rutscht auf seinen Stammplatz in der Sitznische. Lana braucht zehn Sekunden, um ihm zu folgen.

»Hach. Na schön. Bringen wir es einfach hinter uns.« Sie setzt sich Ren gegenüber auf die Mitte der Bank. Dann lehnt sie sich zurück, verschränkt die Arme, legt die Beine übereinander und gibt damit praktisch zu verstehen, dass sie nichts zu diesem Gespräch beitragen wird.

Ah, sie wird es mir also so schwer wie möglich machen. Das ist *so* nett von ihr. Ich setze mich neben Ren und achte darauf, ihn nicht zu berühren. »Zuerst möchte ich mich dafür entschuldigen, dass ich euch angelogen habe. Na ja, alle. Aber euch besonders. Was ich getan habe – eine Beziehung zu August zu erfinden –, hätte nie so aus dem Ruder laufen dürfen. Ich wollte das haben, was ihr beide hattet, und dabei habe ich euch alles kaputt gemacht. Das tut mir aufrichtig leid.«

»Dann gibst du es also zu?«, fragt Lana, und in ihrer Stimme schwingt Genugtuung mit. »Dass du uns mit Absicht auseinandergebracht hast, damit du etwas mit Ren anfangen kannst?«

Ren stützt die Arme auf den Tisch, in einer etwas entspannteren Version von Lana. Er durchbohrt mich mit seinem Blick und wartet auf meine Antwort.

»Habe ich nicht. Ich schwöre es. Ich habe Augusts Namen nur missbraucht, damit *ich* mich nicht mehr so allein fühle. Habe ich es dabei übertrieben? Absolut. Man kann einen Menschen nicht ewig als Liebes-Wahrsagekugel benutzen, ohne dass er irgendwann daran zerbricht. Aber ich habe nicht absichtlich versucht, einen Keil zwischen euch zu treiben.«

Lana stößt mit dem Fuß gegen das Tischbein und bringt Salz- und Pfefferstreuer zum Scheppern. »Das hat dich nicht davon abgehalten, dich sofort auf ihn zu stürzen, sobald er verfügbar war.«

»Wenn ich es nicht gewesen wäre, wäre es eine andere gewesen«, erwidere ich.

»Könnt ihr beide mal aufhören, über mich zu reden, als wäre ich nicht hier?«, wirft Ren ein und trommelt mit den Fingern auf den Tisch. Sein einziges Anzeichen von Nervosität.

Ich drehe mich so, dass ich sowohl ihn als auch Lana sehen kann. »Klar. Wie viele Mädchen haben dich gefragt, ob du mit ihnen ausgehst, seit ihr euch getrennt habt?«

Er gibt seinen Fingern eine sinnvollere Aufgabe und zählt an ihnen ab. »Vier.«

»Und mit wie vielen bist du ausgegangen?«, will ich wissen.

»Mit einer. Aber das war gezwungenermaßen.«

»Stimmt nicht«, entgegnet Lana. »Du hast Mo eingeladen, unseren Sternschnuppenschwarm zu beobachten.«

»Da waren so an die zwanzig Leute da. Das war *kein* Date,« verteidigt er sich.

Ich versuche, die Heftigkeit in seiner Stimme nicht persönlich zu nehmen. Unsere Eis-zum-Abendessen-Nacht war eine Einzelverabredung und so nah an einem echten Date wie möglich, ohne dass es als echtes Date zählt.

Aber das jetzt zur Sprache zu bringen, wäre kontraproduktiv. »War es nicht. Aber es geht darum, dass Ren mehrere Möglichkeiten hatte, mit anderen auszugehen, und es nicht getan hat. Weil er dich noch liebt, Lana. Und du liebst ihn auch noch.«

»Die Leute würden vielleicht aufhören, dich wie eine Liebes-Wahrsagekugel zu behandeln, wenn du dich nicht mehr wie eine aufführen würdest«, meint Lana.

Ich ignoriere den Seitenhieb und fahre fort, als hätte sie nichts gesagt. »Ich wurde in dem Glauben erzogen, dass es sich bei einer Beziehung, die dir das Herz bricht, nicht um wahre Liebe handelt. Dass die Liebe dein Herz beschützt, selbst wenn etwas Schreckliches passiert, damit du weitermachen kannst. Als ihr euch getrennt habt und ich an euch beiden nur großen Kummer wahrgenommen habe, habe ich gedacht, es ist vielleicht gut, dass es vorbei ist. Nicht nur, weil ich dachte, ich würde etwas von Ren wollen, sondern weil ihr beide jetzt die Freiheit hattet, eure Seelenverwandten zu finden. Aber durch die jüngsten Ereignisse ist mir klar geworden, dass diese Lebensweisheit völliger Blödsinn ist.«

Ren schaut Lana an und seine Liebeskummer-Aura erwacht zu neuem Leben. Strahlen aus Kupfer und Roségold lodern hell in der Mitte, während seine Liebe um das Wiederaufflammen kämpft. »Wenn das Quatsch ist, wie ist es dann?«

»Ich denke, dein Liebeskummer ist der Beweis, dass du Lana geliebt hast. Dass du sie immer noch liebst. Er hat die gleiche Intensität wie deine Liebe zu ihr, nur in einer anderen Farbe. Als wärst du so sehr darin gefangen, dass du nichts anderes mehr empfinden kannst.«

Lana wirft ihm einen Blick zu, und weil sie nicht sehen kann, was ich sehe, verdreht sie die Augen. »Du musst uns nicht erzählen, dass wir uns geliebt haben. Wir waren dabei. Wir wissen es.«

»Ach ja? Ich dachte, du hättest dich allein aus dem Grund von ihm getrennt, weil du nicht mehr an seine Liebe geglaubt hast«, sage ich.

»Ja, weil du und deine perfekte Fake-Beziehung mich dazu gebracht habt, mir etwas zu wünschen, das es nicht gibt«, erwidert sie.

»Das ist es ja gerade. Ich habe euch beide zusammen lange genug beobachtet, um zu wissen, wie wahre Liebe aussieht. Wenn ich mir etwas Romantisches ausdenken musste, das August für mich macht, habe ich überlegt, was Ren tun würde. Was er für dich im Laufe der Jahre getan hat. Ich habe keine Ahnung, ob er das dann irgendwann nicht mehr gemacht hat oder ob du es irgendwann nicht mehr mitbekommen hast, weil es einfach so alltäglich für dich geworden ist. Aber ich wollte das, was ihr hattet, so unbedingt, dass ich deshalb gleich eine ganze Beziehung erfunden habe.«

Ich habe geglaubt, dass ich Ren will. Dass er ein Traumtyp ist – gutes Aussehen, ebenso gute Persönlichkeit und ein noch besseres Herz. Und obwohl er all diese Dinge in sich vereint, wollte ich nur das, wofür sie stehen. Nicht unbedingt ihn.

»Und das rechtfertigt jetzt alles?«, erkundigt sich Ren. Seine Stimme ist noch immer rasierklingenscharf, aber seine Miene wird sanfter. Als würde er darauf bauen, dass ich die Sache hinbiege.

Ich lege die Hände in den Schoß und ziehe die Schultern nach vorn, um mich so schmal wie möglich zu machen. »Nein. Ich weiß, dass ich das, was ich getan habe, nicht rückgängig machen kann. Mir wieder zu vertrauen, wird Zeit brauchen. Aber ihr müsst mir glauben, wenn ich euch sage, dass eure Liebe eine zweite Chance verdient.«

Lana beugt sich vor, ihre Beine stoßen unter dem Tisch gegen Rens. Ihre Blicke treffen sich, und das Verlangen auf beiden Seiten ist so stark, dass es alles hier in Brand stecken könnte. Lana schaut zuerst weg. In ihren Augen lodert noch immer ein Feuer, als sie sich mir zuwendet, aber jetzt fühlt es sich zornig an. »Warum sollten wir dir glauben? Du hattest ja noch nie einen Freund.«

»Das heißt nicht, dass ich nicht weiß, wie die Liebe aussieht.« Das kommt schroffer rüber als beabsichtigt, die angestaute Wut auf Mom vergiftet alles. Aber wenn ich Lana und Ren anzicke, behalten sie ihre Abwehrhaltung bei. Ich lasse die Schultern kreisen, um die Anspannung zu lösen, und ringe mir ein Lächeln ab. »Und nein, ich hatte noch nie einen Freund. Aber was ich mir unter Liebe vorgestellt habe, das wolltest du ja auch haben. Also weiß ich, wovon ich rede.« Zumindest wenn es um andere geht. Mein eigenes Liebesleben steht auf einem anderen Blatt.

Rens Augen werden ganz groß und hoffnungsvoll. Auch wenn er sauer auf mich ist, will er mir nun doch Glauben schenken. Zu Lana sagt er: »Mo hat mir erzählt, dass du auch traurig über unsere Trennung bist. Stimmt das?«

»Hat sie dir das erzählt, bevor oder nachdem du sie geküsst hast?«

»Davor. Und der Kuss kam völlig überraschend. Mo und ich haben über dich und August geredet und darüber, dass keiner von uns beiden bereit für etwas Neues ist, weil wir euch immer noch lieben. Ich meine, weil ich dich noch liebe, und ich dachte, Mo wäre noch in August verliebt. Da die beiden nie ein Paar waren, kann sie nicht *immer noch* in ihn verliebt sein. Aber es sind definitiv starke Gefühle im Spiel und die gelten nicht mir. Stimmt's, Mo? Du hast dich doch sogar dafür entschuldigt, dass du mich geküsst hast. Das beweist ja, dass es nichts bedeutet hat.«

Lana lässt die Erklärung einen Moment auf sich wirken und kaut auf ihrer Lippe, während sie darüber nachdenkt, ob dieses Eingeständnis sie umstimmen kann. »Na schön. Du wolltest sie nicht küssen. Können wir noch mal darauf zurückkommen, dass du mich noch liebst?«

Ren kämpft gegen ein Lächeln an. Während er sich in die Sitznische zurücksinken lässt, schlägt sein Verhalten um. Mit angespanntem Kiefer und auf dem Tisch geballten Händen sagt er: »Nicht, wenn du mir gleich vorwirfst, dass ich dich nie geliebt habe – das ist eine Lüge, und du weißt es. Dass du mit mir Schluss gemacht hast, war der schlimmste Schmerz, den ich je erlebt habe. Als hätte mir jemand das Herz aus der Brust geschnitten, während es noch schlägt.«

Das würde ich für eine Übertreibung halten, wenn ich seinen Liebeskummer nicht mit eigenen Augen gesehen hätte. »Ich kann dir zeigen, wie er sich gefühlt hat.«

»Wie?«, fragen beide im Chor. Wie Hälften eines Ganzen.

»Auf dem Bild, das ich gemacht habe. Das für mein Liebeskummer-Projekt.«

»Ich wüsste nicht, was das hier bringen soll«, wirft Ren ein. »Es ist doch nur ein Bild. Nichts für ungut.«

»Das denkst du bloß, weil du die endgültige Version noch nicht zu Gesicht bekommen hast. Ich habe es so bearbeitet, dass dein Kummer über die Trennung von Lana Teil des Porträts wird. Also falls ihr es sehen wollt …?«

»Warum kümmert es dich überhaupt?«, will Lana wissen. Aber sie beugt sich vor, und es wird offensichtlich, dass sie es sich unbedingt anschauen will.

Ich hole meine Tasche unter dem Tisch hervor. »Weil ich nicht der Grund für eure Trennung sein will. Nicht mal im Geringsten. Was ihr auch für Probleme habt, das müsst ihr unter euch klären. Aber ich würde gern wiedergutmachen, dass ich deine Erwartungen an eine Beziehung verzerrt habe. Und der einzige Weg, der mir einfällt, ist, dir klarzumachen, wie sehr er dich liebt.«

Nachdem ich das Porträt aus meiner Tasche herausgefischt habe, schiebe ich es über den Tisch zu ihr hin. Lana zieht erstaunt die Luft ein, irgendwo zwischen Ehrfurcht und Ungläubigkeit. Ren neben mir wird stocksteif.

»Die Farben sind ein bisschen zu fröhlich für Liebeskummer, meinst du nicht?«, befindet Lana. Aber sie kann den Blick nicht davon abwenden. »Ich hätte gedacht, du nimmst Schwarz oder irgendetwas Bedrückenderes.«

»Hängst du dich jetzt echt an der Farbgebung auf? Denn ich habe die Farben nicht zufällig gewählt. So sieht Liebeskummer tatsächlich aus. Das Rosé und Kupfer, das da drinnen wirbelt, ist seine Liebe zu dir, die sich noch nicht in Blaugrün verwandelt hat.«

»Und Blaugrün ist die Liebe, die ich empfunden habe, aber die jetzt weg ist?«, erkundigt sich Ren.

»Nein, nicht weg. Sie ist nur zu Liebeskummer geworden«, erwidere ich.

»Kann sie sich wieder zurückverwandeln?«, fragt Lana.

Ren streckt die Hand über den Tisch nach Lana aus. Eine Einladung. Ein Flehen. »Willst du das denn?«

Sie schüttelt den Kopf. Ihre Zöpfe fallen ihr ins Gesicht,

und sie streicht sie zurück, damit ihre Hände beschäftigt sind. Außer Reichweite. »Ich will nicht diejenige sein, die dir *so etwas* antut. Und wenn die ganze Farbe einmal Liebe war, dann hast du mich wirklich geliebt. Und zwar sehr.«

»Ja. Mehr als alles andere«, antwortet Ren. »Ich will aber nicht, dass du nur mit mir zusammen bist, weil du ein schlechtes Gewissen hast.«

»Eigentlich möchte ich nicht mit dir darüber reden, wenn Mo danebensitzt. Du?«, meint Lana und lässt Ren nicht aus den Augen.

»Stimmt.« Ren stupst mit dem Knie mein Bein unter dem Tisch an. »Kannst du uns vielleicht allein lassen?«

Ich habe noch immer keine Ahnung, ob meine Porträts für die Kinsey reichen, aber wenn sie die Hoffnung der beiden auf Liebe – und auf ein Miteinander – neu entfachen können, ist das vielleicht sogar noch besser.

»Klar«, erwidere ich und lächle Lana an, die mit den Fingern die Farbschwünge nachzeichnet. »Du kannst das Bild behalten, wenn du willst.«

Sie würde es mir ohnehin nicht zurückgeben.

An diesem Abend macht Mom Brathähnchen und Waffeln. Das ultimative Frühstück-zum-Abendessen-Gericht. Sie ist die Einzige, mit Ausnahme des Yeastie-Boys-Teams, der Lee und Gabe ihr Rezept für Sriracha und Ahornsirup verraten haben. Wenn sie das heute hervorgekramt hat, um mir mein Lieblingsabendessen zu kochen, führt sie etwas im Schilde. Und ich kann nur herausfinden, ob es etwas Gutes oder Schlechtes ist, wenn ich ihr nicht länger aus dem Weg gehe.

»Riecht nach einem Waffenstillstand«, sage ich.

Mit einer Zange hebt sie eine goldbraune Hähnchenbrust aus dem Öl und legt sie auf einen Stapel Küchenkrepp. Ein zweites Stück folgt, dann nimmt sie die Pfanne von der heißen Herdplatte. Sie lässt sich auf einem Hocker an der Kücheninsel nieder und klopft auf den Hocker neben sich. »Setz dich. Wir müssen reden.«

Ich stelle meine Tasche auf die Theke, setze mich aber nicht hin. Setzen bedeutet Vergebung. Es bedeutet, dass ich bereit bin, dem zu glauben, was sie sagt, trotz all ihrer bisherigen Lügen. Dazu bin ich noch nicht bereit. »Ich will mich nicht mit dir streiten.«

»Das will ich auch nicht. Lass uns ein ehrliches, aber ruhiges Gespräch führen. Ich fange an.« Mom dreht ein halb leeres Glas Weißwein zwischen ihren Fingern. Sie seufzt und sieht mich mit müden Augen an. »Was du gesagt hast, war unglaublich verletzend und völlig daneben. Ich verstehe, dass du wütend über das bist, was ich getan habe, und ich habe die Sache mit deinem Dad nicht so gehandhabt, wie ich es hätte sollen. Aber ich habe getan, was ich konnte, um dir ein glückliches Leben zu ermöglichen. Auch wenn du sauer auf mich bist, erwarte ich, dass du mich mit Respekt behandelst. Verstanden?«

»Verstanden.« Von der Nachsicht, die Ren und Lana mir vielleicht entgegengebracht haben, ist hier nichts zu spüren. Ich schlucke die brennende Scham herunter.

»Gut. Es tut mir sehr leid, dass ich dir die Wahrheit vorenthalten habe. Meine Beziehung mit Alex ist nichts, worauf ich stolz bin, und ich wollte nicht, dass du weißt, wie sehr ich unser Leben durcheinandergebracht habe. Außerdem konnte ich den Gedanken nicht ertragen, dass du dich für mich schämst. Ich kann nicht wiedergutmachen, was ich deinem Dad angetan habe. Oder dir. Ich wollte dir nie eine falsche Vorstellung von Liebe vermitteln. Aber du irrst dich, wenn du glaubst, ich hätte die Regeln nur aufgestellt, um die Vergangenheit zu ändern. Ich hatte nie vor, dir etwas von Alex und mir zu erzählen. Die Regeln waren meine Art, dafür zu sorgen, dass du verstehst, was wahre Liebe ist. Damit du den Unterschied begreifst und nicht die gleichen Fehler machst wie ich.«

»War Dad der Fehler oder Alex?«

»Keiner von beiden. Oder beide. Da bin ich mir nicht mehr sicher.«

Ich bin nicht einverstanden mit dem, was sie getan hat, aber ich kann versuchen, es zu verstehen. Ihr zu verzeihen. Sie um Verzeihung zu bitten.

Ich setze mich neben sie und lehne den Kopf an ihre Schulter. »Du hast gesagt, du würdest es heute anders machen, wenn du könntest. Was würdest du anders machen?«

Sie streicht mir das Haar aus der Stirn und küsst mich so, wie sie es getan hat, als ich noch klein war. »Ich glaube nicht, dass ich darauf eine Antwort habe. Ich habe deinen Dad nicht so geliebt, wie eine Frau ihren Mann lieben sollte. Versteh mich nicht falsch, ich *habe* ihn geliebt. Er war ein wundervoller Mann, aber sosehr ich auch in ihn verliebt sein wollte, ich war es nicht.«

»Nicht so wie in Alex.«

»Nein, nicht so wie in Alex«, räumt Mom ein, und ihre Stimme ist ganz leise vor Bedauern. »Mich in Alex zu verlieben, war gleichzeitig die schönste und schlimmste Erfahrung in meinem Leben. Ich habe Jahre damit zugebracht, mir zu wünschen, ich wäre ihm nie begegnet. Aber wenn ich es nicht wäre, hätte ich vielleicht nie erfahren, wie sich diese Art von Liebe anfühlt. Dann wäre ich vielleicht mit der Wahl, die ich getroffen hatte, zufrieden gewesen.«

»Warst du wirklich so unglücklich mit dem Leben, das du mit Dad und mir geführt hast?«, frage ich.

»Nein, keineswegs. Seit dem Tag, an dem ich erfahren habe, dass du unterwegs bist, warst du das Wichtigste auf der Welt für mich. Ich hätte das, was ich mit deinem Dad hatte, nie ändern wollen, denn ich würde keine Sekunde etwas daran ändern wollen, dass ich deine Mom bin.«

Sie dreht sich, sodass mein Kopf von ihrer Schulter gleitet. Als ich ihrem Blick begegne, ergreift sie meine Hände und zieht sie in ihren Schoß. »Wir leben unser Leben in dem Glauben, wir hätten eine unsichtbare Grenze erreicht, wie sehr wir lieben können. Und dann tritt jemand in unser Leben und eröffnet uns eine völlig neue Dimension der Liebe, von deren Existenz wir gar nichts geahnt haben. Ich wusste nicht, wie sehr ich einen Menschen lieben kann, bis du auf die Welt gekommen bist. Bei Alex ist mir das auch so ergangen. Auf eine andere Weise natürlich, aber irgendetwas an ihm hat etwas in mir angesprochen und mich erkennen lassen, dass da draußen mehr auf mich wartet. Und als ich es einmal gesehen hatte, konnte ich unmöglich so tun, als würde ich es nicht wollen.«

So war es auch mit August und mir. Nicht dass ich ihn lieben würde, aber ich könnte es.

Es wäre so leicht.

Und was ich mit ihm hatte, ist so viel größer als alles, was ich vorher empfunden habe. Mit weniger könnte ich mich nicht mehr zufriedengeben, nicht, wo ich weiß, dass diese Art von Liebe mich erwartet, wenn ich keine Angst habe, danach zu suchen. Das Gleiche hätte auch für Mom gelten sollen.

»Warum hast du mit ihm Schluss gemacht, wenn du ihn so sehr geliebt hast? Als ich mit Alex geredet habe, hat er gesagt, dass du dich an Dads Tod schuldig fühlst.«

»Ich habe mir lange Zeit die Schuld daran gegeben. Sie ist immer noch da, vor allem, seit Alex wieder in mein Leben getreten ist. Womit habe ich es verdient, die Liebe zu finden und glücklich zu werden, wenn dein Dad nicht die Möglichkeit dazu hatte? Alex aufzugeben, war meine selbst auferlegte Strafe dafür, dass ich deinen Dad nicht so geliebt habe, wie ich es hätte sollen«, erwidert Mom.

»Du weißt schon, wie bescheuert das klingt, oder? Dich zu bestrafen, weil du einen anderen liebst, wo Dad doch schon tot war, hat auch nichts gebracht.«

»Da hast du recht. Aber das hat nur Alex und mir wehgetan, nicht dir. Ich wollte nicht, dass du das Gefühl hast, ich würde deinen Dad ersetzen oder dass er für mich nicht an erster Stelle stand.«

»Ich verstehe, dass du mich beschützen wolltest, als ich klein war. Aber du hast eindeutig noch Gefühle für Alex. Ich finde es nicht gut, dass du Dad mit ihm betrogen und mich mein ganzes Leben lang angelogen hast, aber du verdienst es, die Liebe zu finden«, sage ich und drücke Moms Finger, damit sie weiß, dass ich das auch so meine.

Sie lässt meine Hand los und greift nach ihrem Wein. »Ich kann nicht mit ihm zusammen sein.«

»Warum nicht? Wenn ich kein Problem damit habe, was hält dich dann davon ab?«

»Das kann ich deinem Dad nicht antun. Nicht noch einmal.«

Das ist bloß eine Ausrede. Mom fürchtet sich davor, verletzt zu werden. Ich kann ihre Angst an den Falten um ihre Augen und dem verkrampften Mund erkennen.

Aber so kommt sie mir nicht davon. Kopfschüttelnd sage ich: »Dad ist nicht mehr da. Das heißt nicht, dass er es verstehen würde, aber ich glaube, er würde wollen, dass du glücklich bist. Und vor allem will *ich*, dass du glücklich bist. Und was ich so sehen kann, kann Alex das bewirken. Ihr seid es euch schuldig, es zu versuchen. Liebesregel Nummer drei, schon vergessen?«

»*Nur wer wagt, findet die wahre Liebe*«, sagt Mom. »Ich kann ihn ja mal fragen, ob er am Wochenende Lust auf einen Kaffee hat.«

»Kannst du.«

Und wenn Mom sich traut, Alex zu sagen, was sie empfindet, kann ich vielleicht den Mut aufbringen, es August auch zu gestehen.

Neunundzwanzigstes Kapitel

Liebesregel #12: Wenn du es weißt,
dann weißt du es einfach.

Zwei Tage. Das ist alles, was zwischen mir und meiner Kinsey-Bewerbung steht, die ich am Freitag einreichen muss. Na ja, das und die Tatsache, dass sie noch nicht fertig ist. Die Fotocollagen sind abgeschlossen, und ich habe morgen eine Besprechung mit Mrs. Clemente, wo sie mir (hoffentlich) grünes Licht gibt, aber ich muss noch einen Essay dazu schreiben. Den ich auf keinen Fall jemandem außerhalb der Aufnahmejury zu lesen gebe.

Zunächst habe ich einen allgemeinen Aufsatz über die Liebe in Angriff genommen, aber sobald Augusts Name auf dem Bildschirm erschienen ist, bin ich so weit abgeschweift, dass ich ihn verwerfen und von vorn beginnen musste. Und irgendwie wurde aus meinem zweiten Essay über Fotografie und Kunst und die Gründe, warum ich am Sommerkunstkurs teilnehmen möchte, auch wieder bloß eine Abhandlung über Liebe und Liebeskummer. Und darüber, dass ich das alles völlig missverstanden habe.

Gemma versucht ständig, über meine Schulter hinweg einen Blick auf meinen Laptop zu erhaschen. Mein Handabdruck wird sich auf ewig auf ihrem Gesicht einbrennen, weil ich sie schon x-mal wegschieben musste. Sie hat ihren Aufsatz schon vor einer Woche hinter sich gebracht. Daran erinnert sie mich jedes Mal, wenn sie nur ein oder zwei Wörter aufschnappt. Ich dachte, wenn Greer hier ist, wäre Gemma abgelenkt. Zumindest so lange, bis ich mir das hier aus dem Ärmel geschüttelt habe. Aber die Einzige, die sich von den beiden aus der Ruhe bringen lässt, bin ich.

»Wenn du weiter so strahlst, stecke ich *dich* in meine Mappe«, drohe ich.

Selbstgefällig wie immer strahlt Gemma einfach weiter, ihr Lächeln verstärkt den Glanz. »Das musst gerade du sagen.«

»Erstens leuchte ich nicht. Zweitens, selbst wenn, könntest du es nicht sehen.«

»Du könntest es mir zeigen. Oder besser noch, du könntest August zeigen, was du empfindest. Ihm sagen, dass du mit ihm zusammen sein willst, statt hier herumzuhocken und dich nach ihm zu verzehren.«

Gemma ist zwar nicht so nahe, dass sie etwas erkennen

könnte, doch ich neige das Display trotzdem etwas, falls das auch wieder nur einer ihrer Tricks ist. »Ich verzehre mich nicht nach ihm.«

Greer schaut von their Buch auf, mit dem they sich auf Gemmas Seite der Couch im Atelier gekuschelt hat. Offensichtlich ist Greer aber nicht so in their Buch vertieft, wie ich gedacht habe, wenn they unser Gespräch verfolgt hat. »Ich bin noch nicht so vertraut mit euch, aber darf ich da widersprechen?«

»Nein«, sage ich im selben Moment, als Gemma »Na klar« ruft.

Als Gemma sich vorbeugt und Greer küsst, explodiert im Raum ein stummes Feuerwerk. Dramatisch schirme ich meine Augen ab – und auch ein bisschen, weil ich mir nicht die Netzhaut kaputt machen will. Gemma schleudert ein Kissen nach mir. Greer versteckt die knallroten Wangen hinter dem Buch.

Ich wende mich wieder dem eigentlichen Problem zu und frage: »Was soll ich ihm überhaupt sagen? *Es tut mir leid, dass ich dich einen Lügner und Betrüger genannt habe, aber eigentlich will ich mit dir zusammen sein, also glaubst du, dass du mir verzeihen kannst?*«

»Klingt gut«, meint Gemma.

»Du weißt schon, dass ich das nicht bringen kann, oder?«

Gemma löst sich von Greer und gesellt sich zu mir an den Tisch. »Ich glaube, es ist egal, wie du es ausdrückst, solange du mit ihm redest. Denn wenn nicht, sitzt ihr beide da und wartet darauf, dass der andere den ersten Schritt macht, und so sitzt ihr dann da, bis ihr gestorben seid.«

Schließlich spreche ich den Zweifel laut aus, der mir im Kopf herumschwirrt. »Was, wenn er nicht wartet?«

»Tut er.«

»Und woher willst du das wissen?«, frage ich.

Gemma verdreht die Augen. »Bloß weil du nicht mit ihm redest, heißt das nicht, dass *ich* es nicht tue.«

Ich packe sie, bevor sie mir so etwas um die Ohren hauen und sich danach einfach verziehen kann. »Sorry, was?«

»Er hat sich Sorgen um dich gemacht, aber wollte auch deine Grenzen respektieren.«

»Ich bin mir ziemlich sicher, mit meiner besten Freundin hinter meinem Rücken zu sprechen, geht ein paar Schritte zu weit.« Und ist genau das, was August und Gemma tun würden. Ich bin so bescheuert, dass ich nicht damit gerechnet habe.

»Jetzt blas dich mal nicht so auf. Ich habe von Anfang an klargestellt, dass ich zum Team August gehöre. Und da das ja auch auf dich zutrifft, stehen wir auf derselben Seite«, entgegnet sie.

Greer wedelt mit dem Buch in der Luft und mischt sich wieder in die Unterhaltung ein. »Außerdem musste sie ihm die Meinung geigen, weil er so ein Blödmann war und sich seine Chancen bei dir fast vermasselt hätte.« Greers Lächeln ist schüchtern, als wüsste they nicht, ob they das hätte verraten sollen.

Ich schenke Greer ein aufmunterndes, dankbares Lächeln. »Tja, *das* sehe ich genauso.«

Während ich abgelenkt bin, klappt Gemma das Display wieder nach hinten. »Es war eher eine Warnung, seinen Scheiß geregelt zu kriegen, bevor es zu spät ist.«

»Und wie ist das so gelaufen?«, frage ich und ziehe mir den Laptop zur Sicherheit auf den Schoß.

»Da du immer noch auf ihn stehst, hat er ja noch Zeit.«

Bis er so weit ist, weiß ich vielleicht auch, wie ich ihm meine Gefühle begreiflich machen kann. Bis dahin muss ich den Gedanken an ihn jedoch beiseiteschieben. Meine Bewerbung für die Kinsey schreibt sich nicht von allein. »Im Gegensatz zu mir und meiner Mappe für die Kinsey.«

»Ich dachte, du wärst zufrieden damit«, meint Greer.

»Mo ist zu perfektionistisch, um lange mit etwas zufrieden zu sein«, sagt Gemma. »Selbst wenn alles tipptopp ist.«

»Es fühlt sich irgendwie unvollständig an. Als würde etwas fehlen.« Als würde *ich* fehlen. Die Porträtserie verdeutlicht allen, wie ich die Liebe wahrnehme, aber das ist nur ein Teil der Geschichte, die ich erzählen will. Denn die Liebe zu sehen und sie zu erfahren, sind zwei ganz unterschiedliche Paar Schuhe. »Ich denke, ich mache ein Selbst-porträt, um beide Seiten meiner Perspektive zu zeigen.«

»Mach das. Mach das. Mach das«, singt Gemma.

Greer legt das Buch weg, denn offensichtlich ist they zu dem Schluss gekommen, dass man nicht ungestört lesen kann, wenn Gemma und ich zugegen sind. »Boah. Komm mal wieder runter. Es in die Mappe zu stecken, ist nicht dasselbe, wie es August zu schicken.« They wirft mir einen vielsagenden Blick zu. So direkt und selbstbewusst war Greer noch nie in meiner Gegenwart.

Botschaft angekommen.

»Vielleicht nicht«, urteilt Gemma, der sowohl entgangen ist, wie Greer mich angeschaut hat, als auch, dass ich die Message kapiert habe. »Aber es beweist, dass sie Gefühle für ihn hat. Und wenn sie mal kurz nicht hinschaut, schicke ich es ihm einfach heimlich.«

Ich umklammere meinen Laptop fester und entgegne: »Wenn du weiter so redest, wird nichts aus dem Bild.«

»Lügnerin«, spottet Gemma.

»Äh, ja. Alle wissen, dass ich eine Lügnerin bin, schon vergessen?« Ich hauche ihr ein Küsschen zu, damit sie weiß, dass ich sie nur auf den Arm nehme. »Aber du hast recht. Ich mache das Foto – du wirst es nur nie zu Gesicht bekommen.«

August hingegen? Er verdient es, zu erfahren, was ich für ihn empfinde. Aber das muss ich mir später durch den Kopf gehen lassen. Denn jetzt muss ich mich erst einmal auf meine Bewerbung für die Kinsey konzentrieren.

Vor dem Büro von Mrs. Clemente kommen mir Bedenken. Wenn sie meine Arbeit für unzureichend befindet, habe ich keine Zeit mehr, mir etwas anderes einfallen zu lassen. Entweder habe ich mir einen Platz im Sommerkunstkurs verdient oder die Kinsey ist vom Tisch. Nicht nur für diesen Sommer, sondern für immer.

Als Ren von weiter hinten im Flur meinen Namen ruft, frage ich mich, ob das Universum mir damit sagen will, dass ich auf verlorenem Posten kämpfe und aufgeben soll, bevor all meine Träume zerplatzen. Ich versuche, die Zweifel abzuschütteln, und setze ein Lächeln für ihn auf.

»Hast du eine Minute?«, bittet er mich, als ich ihn auf halbem Weg treffe.

»Ja, klar.«

Er schiebt sich den Riemen des Rucksacks hoch auf die Schulter. »Wegen neulich …«

»Es tut mir leid. Wirklich.« Es fühlt sich so an, als würde ich mich bloß noch bei Ren entschuldigen. Aber ich bringe es lieber gleich hinter mich und erspare ihm die Mühe, mir vorzuwerfen, dass ich es voll vermasselt habe. »Ich weiß, dass ich bei dir und Lana den Bogen überspannt habe, aber ich wollte es wiedergutmachen, ehrlich.«

»Nein, das war gut. Das wollte ich dir gerade sagen. Wir haben geredet, nachdem du weg warst, und zwar viel. Mehr als in den letzten Monaten. Zumindest über etwas Ernsthaftes. Und ich habe mich gefragt, ob du so ein Foto von Lana machen kannst? Es hat echt etwas gebracht, zu *sehen*, was ich für sie empfinde, und darüber zu sprechen, wie es uns beiden so geht. Und da dachten wir, wenn wir so ein Foto von ihr hätten, bringt uns das wieder näher.«

Er mag mir verziehen haben, doch Lana ist eher der Typ, der nachtragend ist. Und zwar ewig. Ich möchte lieber nicht den Rest meiner Tage auf der Hut vor ihrer Rache sein müssen. Obwohl es ihr möglicherweise schon reicht, dass ich mein Leben verpfuscht habe. »Ich glaube nicht, dass Lana mich in eurer Nähe haben möchte.«

»Nach diesem Bild hat sie mehr für dich übrig, als du denkst. Du bist nicht verantwortlich für unsere Trennung und Lana weiß das. Auch wenn sie das noch nicht zugeben will. Vieles liegt an mir, manches aber auch an ihr, weil sie mir nicht gesagt hat, wie unzufrieden sie war, damit ich etwas daran ändern konnte. *Du* hast uns wieder an einen Tisch und dazu gebracht, dass wir miteinander reden.«

Ich bin auch das einzige Mädchen, das er abgesehen von Lana in den letzten drei Jahren geküsst hat. Aber ich bin so klug, ihn jetzt nicht daran zu erinnern. »Wenn du Lana überzeugen kannst, sich von mir fotografieren zu lassen, versuche ich es gern.« Das ist das Mindestes, was ich für ihn tun kann. Er mag mir nicht die Schuld am derzeitigen Zustand seiner Beziehung geben, ich hingegen schon.

Ren stupst meine Schulter an und lässt seinen Arm einen Moment auf meinem ruhen. »Überlass Lana mir.«

»Das hatte ich auch vor«, erwidere ich und dieses Mal ist mein Lächeln echt.

»Ja, ist wohl besser so.« Die Luft um ihn herum wird warm und roségolden. Wenn ich genau hinsehe, sind die blassen blaugrünen Streifen seines Liebeskummers noch da, wie Risse in einer auftauenden Eisschicht. Bald werden sie verschwunden sein. Nicht eine Spur wird zurückbleiben. »Wenn ich dir einen Rat geben darf, rede mit August. Sprecht euch aus, und dann seht ihr, wo ihr am Ende steht. Wer weiß? Vielleicht wird euch klar, dass ihr zusammen sein wollt.«

Ich muss nicht mit August reden, um zu wissen, dass ich ihn will. Ich bin mir auch ziemlich sicher, dass er mich ebenfalls will, aber so, wie ich ihn behandelt habe, werde ich ihm mein Herz ganz öffnen müssen, um zu beweisen, dass es mir ernst ist. Das Bild, das ich gestern Abend aufgenommen habe, wäre ein guter Anfang. Wenn es Mrs. Clemente gefällt.

»Ich arbeite daran. Aber zuerst muss ich noch ein paar andere Dinge regeln. Zum Beispiel mit Mrs. Clemente reden, bevor die Mittagspause vorbei ist.«

»Deine Bewerbung ist bald fällig, oder?«, erkundigt sich Ren.

»Morgen.«

»Viel Glück damit. Und mit August.« Er zieht mich an sich, in eine so überschwänglich glückliche Umarmung, dass er mich kurz vom Boden hochhebt, bevor er mich freigibt.

Lachend winke ich ihm hinterher, während er den Flur hinunterläuft. Dann gehe ich zu Mrs. Clementes Büro und inzwischen sind selbst die leisesten Zweifel verschwunden.

»Sie sind aber wirklich knapp dran«, begrüßt mich Mrs. Clemente, als ich eintrete. Ihr Gesichtsausdruck ist neutral, wahrscheinlich um ihre Enttäuschung nicht direkt zu Beginn unseres Termins zu zeigen. »Ich dachte schon, Sie geben tatsächlich auf.«

Ich schüttle den Kopf und schenke ihr ein zaghaftes Lächeln. »Ich musste mich um persönliche Angelegenheiten kümmern.«

»Manchmal entsteht die beste Kunst aus persönlichen Schwierigkeiten.«

»Vielleicht sehen Sie das ja anders, wenn Sie sich das hier angeschaut haben.« Ich stelle meine Tasche auf den Stuhl und nehme die bemalten Porträts heraus, jedes geschützt in einer separaten Plastikhülle, die Greer mir gestern von their Comic-Sammlung geliehen hat.

An Mrs. Clemente ist plötzlich nichts mehr neutral. Sie

hält sich die Hand vor den Mund, der vor Erstaunen offen steht. Ihre Augen weiten sich, als sie die Farben und Muster in sich aufnimmt, die Liebe und den Liebeskummer, die davon ausgehen. »Oh, Imogen. Die Fotos sind wunderschön.«

»Sind sie nicht zu ähnlich? Zu eintönig, jetzt, wo wieder alle im selben Stil sind?«, frage ich. Die Sorge, dass sie immer noch nicht gut genug sind, brennt wie Säure in meinem Magen.

»Definitiv nicht. Jedes einzelne davon ist einzigartig in der Farbgebung und den Bewegungsmustern. Sie ergänzen sich wunderbar, tragen aber ganz unterschiedliche Sichtweisen zur Schau. Eine Botschaft, die Sie als Künstlerin vermitteln wollen. Sie haben hier wirklich das Gefühl von Liebe und Liebeskummer eingefangen. Die Frage ist nun: Was halten *Sie* davon?«

Ich betrachte die Fotos kritisch. Versuche, sie unbefangen zu sehen. »Ich dachte erst, dass ich sie schrecklich finde. Ich meine, wenn ich auf dem eigentlichen Foto nicht rüberbringen kann, was ich sagen will, was tauge ich dann als Fotografin?« Ich verziehe das Gesicht. Mrs. Clemente quittiert es mit *Ts, ts, ts.*

Bevor sie mir einen Vortrag darüber halten kann, wie sehr ich mich da irre, fahre ich fort: »Aber Sie hatten recht. Die Porträts haben etwas gebraucht, damit sie sich abheben und damit die Welt sehen kann, was ich mache. Jetzt, wo ich sie bemalt habe, kann ich sie mir nicht mehr nur als einfache Porträts vorstellen.«

»Heißt das, Sie werden sie einreichen?«

»Ja, wenn Sie grünes Licht geben. Allerdings habe ich gestern Abend ein weiteres Bild aufgenommen, bei dem ich mir nicht sicher bin, ob es in die Mappe kommt.« Ich nehme das Selbstporträt aus der Tasche und halte es Mrs. Clemente hin.

»Das ist eine sehr mutige Entscheidung«, meint sie, und ein angedeutetes Lächeln umspielt ihre Lippen.

»Mutig auf gute oder schlechte Weise?«, hake ich nach.

Mrs. Clemente gibt mir das Foto zurück und umschließt meine Hände. »Ich glaube, wenn es um Kunst geht, gibt es keinen schlechten Mut. Solange man sich treu bleibt und Werke schafft, auf die man stolz ist, kann man nicht viel falsch machen. Das heißt nicht, dass alle es lieben oder gar verstehen werden, aber man sollte sich nie zurückhalten, wenn es um die eigene Kunst geht. Wenn man nicht mit ganzem Herzen bei der Sache ist, merken die Leute das. Aber mit dem hier, Imogen, haben Sie Ihr Herz wahrhaft offengelegt, und es ist Ihre beste Arbeit bisher.«

Mir wird ganz warm. Ein Rausch der Dankbarkeit und des Stolzes schwillt so schnell in mir an, dass ich mich nicht wundern würde, wenn ich gleich anfange zu schweben. »Das heißt also, ich soll es in die Mappe legen?«

»Ja.« Mrs. Clemente lässt mich los, weicht aber nicht

zurück. Ihr Blick ruht auf mir, und eine Ernsthaftigkeit überkommt sie, die mich ebenfalls wieder auf den Boden der Tatsachen zurückbringt. »Noch eine persönliche Anmerkung. Mir ist da etwas über Ihr Liebesleben zu Ohren gekommen. Normalerweise schenke ich dem Klatsch an dieser Schule keinen Glauben. Aber wenn ich mir dieses Bild von Ihnen so anschaue … Wer der Junge auch ist, der Sie so zum Strahlen bringt, er müsste sehr dumm sein, wenn er Ihre Gefühle nicht erwidert.«

»Er ist das. August«, erwidere ich und tippe auf das Foto von ihm auf dem Tisch. Wenn sie die Gerüchte gehört hat, weiß Mrs. Clemente, dass wir beide schon so manche dumme Entscheidung getroffen haben.

»Oh, der sieht wie ein kluger Junge aus«, meint sie.

Es gibt wohl nur einen Weg, das herauszufinden.

Ich habe es lange genug vor mir hergeschoben. Da ich meine Bewerbung für den Sommerkunstkurs an der Kinsey offiziell vor zehn Minuten eingereicht habe, habe ich keine Ausrede mehr. Oder keine, die ich vertreten kann. August denkt vielleicht anders oder ist zu dem Schluss gekommen, dass ich eine Dramaqueen bin und sich eine Beziehung mit mir nicht lohnt. Aber ich muss es versuchen.

Ich muss ihm die Gelegenheit geben, Ja zu sagen.

Nachdem ich meine Insta-Seite geöffnet habe, wähle ich das Selbstporträt aus, das ich für meine Mappe gemacht habe. Dünne kupferfarbene und blaugrüne Ranken ziehen sich durch das Roségold, das sich in feinen Wellen um mich ausbreitet. Die Farben sind leicht, zart. Als würde ich nur von der Liebe träumen, und sobald ich aufwache, verschwinden die Farben wie Nebel an einem sonnigen Morgen. Aber über meinem Herzen ist ein heller goldener Fleck. Wenn ich ihn lange genug anstarre, kann ich erkennen, wie er pulsiert, wie er Liebe und die winzigen Momente des Zweifels in die Atmosphäre hinauspumpt. Mit jedem Moment stärker und selbstsicherer wird.

Es ist das Bild eines Mädchens, das sich zweifelsohne gerade verliebt.

Ich könnte das Foto ohne Bildunterschrift posten, aber ich möchte nicht, dass August herumrätselt, was es wohl bedeutet.

Imogens Liebesregel (nicht nummeriert, weil es nur eine Regel gibt, die zählt): Vertrau deinem Herzen.

Ich muss etwas gestehen. Nein, nicht das. Das wissen ja alle schon. Was ihr nicht wisst, ist, dass ich noch nie verliebt war. Ich habe letztes Jahr erstklassige Arbeit geleistet, so zu tun als ob, und mich sogar selber davon überzeugt, dass ich wüsste, was Liebe ist. Aber da habe ich mich geirrt. Ich konnte es nicht einmal erkennen, als @DerEchteAugust die ganze Zeit direkt vor meiner Nase herumgetanzt ist. Das bin also ich, mit weit geöffneten Augen, bereit, meinem Herzen und dem Jungen zu vertrauen, der Mo im Glück versinken lässt und sie im wahrsten Sinne zum Strahlen bringt. #heißgeliebt

Ich poste es, bevor ich es mir anders überlegen kann. Jetzt liegt es nicht mehr in meiner Hand.

Dreißigstes Kapitel

Imogens Liebesregel: Vertrau deinem Herzen.

Wie sich herausstellt, bin ich nicht gut im Warten. Und dank meiner überstürzten Entscheidung, August meine Gefühle zu offenbaren, warte ich jetzt auf zwei Antworten, die meine Zukunft in der Schwebe halten. Ich komme klar damit, wenn sich eine Hoffnung zerschlägt. Aber beide? Eine derart niederschmetternde Enttäuschung reicht vielleicht, um mir den Rest zu geben.

Ich werde erst in einem Monat etwas von der Kinsey hören. Aber von August? Er hat nie länger als ein paar Minuten gebraucht, um mir zu antworten. Ich versuche, nicht zu viel in die Tatsache hineinzuinterpretieren, dass mein Post jetzt bereits seit einer Stunde online ist und nichts passiert. Keine Antwort. Keine Direktnachricht. Kein Anruf. Wenn das so weitergeht, habe ich den

Handyakku verbraucht, weil ich das Display nicht ausschalte, damit mir keine Nachricht entgeht.

Ich kann es August nicht einmal verübeln, dass er mich auf die Folter spannt.

Das Letzte, was er zu mir gesagt hat, war, dass ich keine Ahnung von Liebe habe. Und er hatte recht. Ich habe keine.

Aber ich möchte eine haben.

Daran habe ich in meinem Post keinen Zweifel gelassen.

Einem Post, den er *ignoriert*.

Wenn das die Liebe mit einem macht, bin ich ohne vielleicht besser dran.

Als endlich eine neue Benachrichtigung auf meinem Handy piept, bin ich so hin- und hergerissen, dass ich es außer Reichweite auf den Teppich schleudere. Dann falle ich quasi aus dem Bett, um es mir wiederzuholen. Mom ruft aus dem Büro, ob es mir gut geht, aber ich bin so damit beschäftigt, über meinen derzeitigen Zustand halb zu lachen, halb zu weinen, dass ich nicht reagiere. Ich mache mir nicht die Mühe, aufzustehen, falls es falscher Alarm ist und ich weiterhin schmoren muss, sondern bleibe auf dem Boden liegen und … warte. Mit dem Telefon in der Hand, den Finger über dem Display. Ich muss es nur antippen. Es entsperren. Dann weiß ich, ob August geantwortet hat. Egal, ob gut oder schlecht, eine Antwort ist besser als Schweigen.

Ich mustere den Himmel vor meinem Fenster, ganz dunkelblau und funkelnd, nachdem die Sonne untergegangen ist. Wo ist eine Sternschnuppe, jetzt, wo ich einen Wunsch hätte? Als ich mein Handy aktiviere, indem ich es kurz mit dem Daumen antippe, flüstere ich dem Universum trotzdem zu, was ich mir wünsche.

»Bitte lass es August sein. Bitte mach, dass er das auch will.«

Ich glaube nicht, dass ich jemals so schnell auf eine Benachrichtigung geklickt habe.

DerEchteAugust: War der Post von dir oder von Gemma?

DerEchteAugust: Ich versuche bloß, mir nicht zu viele Hoffnungen zu machen.

DerEchteAugust: Weißt du was? Sag's mir nicht. Ich nehme einfach mal an, du warst es und hast es ernst gemeint.

MolmGlück: Ich war es. Und ich habe es ernst gemeint.

DerEchteAugust: Das würde Gemma auch sagen.

MolmGlück: Dann geh ran.

Kaum klingelt das Handy, da ist er auch schon dran.

»Schwörst du, dass du es warst?«, fragt er hibbelig und verzweifelt gleichzeitig.

Ich lache, beim Klang seiner Stimme sprudelt meine Nervosität regelrecht aus mir heraus. »Ich schwör's.«

»Und du hast das auch so gemeint? Dass du mit mir

zusammen sein willst? Trotz der Sache mit Shay und obwohl ich so ein Arsch bin, weil ich dir wehgetan habe?«

»Wünsche ich mir, du hättest mit ihr Schluss gemacht, bevor du mich geküsst hast? Ja. Verstehe ich, warum du mir nicht die Wahrheit über sie gesagt hast? Ich versuche es.« Moms Beziehung mit Alex beweist eindeutig, dass gute Menschen schlechte Entscheidungen treffen können, wenn das Herz im Spiel ist. Es ist egal, wie viele Regeln es gibt, die Liebe findet immer einen Weg. Es hat keinen Sinn, dagegen anzukämpfen. Also mache ich es auch nicht. »Lasse ich zu, dass dich das davon abhält, mich noch einmal zu küssen? Absolut nicht.«

Augusts erleichtertes Ausatmen dringt durch das Handy. »Es wäre auch eine Schande, diese Lippen verkommen zu lassen.«

»Das wollen wir nicht«, erwidere ich.

»Also machen wir das echt? Eine richtige Beziehung führen?«

Ich klettere zurück auf mein Bett und lächle die Screenshots von Augusts Gedichten an, die neben mir an der Wand kleben. Das letzte Jahr habe ich damit zugebracht, mir alle möglichen romantischen Ideen auszudenken. Keine davon kommt auch nur annähernd an das heran. An ihn. »Es ist wahrscheinlich ein bisschen komplizierter, sich zu verabreden, weil du vier Stunden entfernt wohnst, aber ich bin bereit, mich darauf einzulassen, wenn du es bist.«

»Und ich habe dich immer für eine Optimistin gehalten«, entgegnet August. »Zufälligerweise gibt es auf halber Strecke zwischen uns einen Rastplatz. Wenn wir beide zwei Stunden fahren, ist es gar nicht so schlimm.«

»Sag mir wann und ich bin da.«

»Jetzt?«

Es kostet mich sämtliche Willenskraft, nicht Ja zu sagen. Mir nicht den Schlüssel zu schnappen und im Auto zu sitzen, bevor er sagen kann, dass er nur einen Witz gemacht hat. »So gern ich das auch tun würde, wir sollten vielleicht …«

August gibt einen Buzzer-Ton von sich, der signalisieren soll, dass das die falsche Antwort war. »Ich habe gewonnen. Mein Date, meine Regeln, schon vergessen?«

Mom erwischt mich, als ich mich aus dem Haus schleichen will. Sie fordert mich auf, August eine Nachricht zu schicken, damit er weiß, dass ich nicht komme, und kassiert dann mein Handy ein. Durch die heftige Mischung aus Vorfreude und Enttäuschung bin ich so aufgedreht, dass ich den ganzen Freitag so spannungsgeladen bin wie ein Stromkabel. Da Mom mir mein Handy weggenommen hat, leihe ich mir Gemmas, um mit August zu reden.

Mom gibt mir mein Handy erst am Samstagmorgen vor

der Arbeit zurück, denn sie will sich mit Alex treffen und wird erst spät am Nachmittag wieder zu Hause sein. Ich bekomme es auch nur unter der Bedingung, dass ich unter keinen Umständen die Stadt verlasse.

Leider drückt sie sich da sehr unmissverständlich aus.

Wenn Mom mir gesagt hätte, dass *ich* nicht zu ihm fahren darf, hätte ich mich von Gemma chauffieren lassen.

Unser erstes Date wird also noch ein bisschen warten müssen.

An der Vordertür klebt ein geschwärztes Gedicht, als ich von der Arbeit heimkomme. Als ich so nah dran bin, dass ich es lesen kann, erkenne ich, dass es gar kein Gedicht ist. Nur drei Worte.

Ich laufe durch das Haus und lasse alles, außer mein Handy, fallen, damit ich August anrufen und mich bei ihm dafür bedanken kann, wozu auch immer er Gemma eingespannt hat. Eine dunkelgraue Decke ist am Ende des Stegs ausgebreitet. Zu ihr führt eine Spur aus Ranunkeln. Sie sind eine

Mischung aus Zartrosa, Pfirsichfarben und Weiß – so nah an Roségold, wie eine Blume sein kann. Im Vorbeigehen lese ich eine vom Boden auf und streiche mit dem Finger über die krausen Blütenblätter. Das Farbspiel dieser Blume könnte es mit der strahlendsten Liebesaura aufnehmen.

Ich habe schon viele Fotos von Ranunkeln gepostet, da ist es nicht verwunderlich, dass er sich für diese Blumen entschieden hat. Aber die Farbkombination war bestimmt nicht einfach aufzutreiben. Das kann nie im Leben ein Zufall gewesen sein.

Irgendwo im Atelier setzt ein Taylor-Swift-Song ein, der durch die offene Tür herausdringt. Sanft und wie in einem Traum. Ich drehe mich um, als August der Musik nach draußen folgt, und ich muss mich kneifen, um mich zu vergewissern, dass er wirklich hier und kein Fieberwahn ist, der mich heimsucht, weil ich mir so lange gewünscht habe, dass er hier wäre. August geht auf mich zu und mit jedem Schritt wird sein Lächeln breiter. Und ich weiß, dass er es wirklich ist. Nicht einmal mein liebesbesessenes Hirn könnte so einen perfekten Augenblick herbeizaubern.

Aber anstatt ihm entgegenzulaufen und ihn zu küssen, ruiniere ich den Moment und frage: »Was machst du denn hier?« Es ist nicht so, dass ich ihn nicht hier haben will. Das will ich. Aber der Schock darüber, dass er hier so unerwartet persönlich aufkreuzt, erinnert so stark an jenen ersten Tag im Café, dass es in meinem Gehirn einen Kurzschluss gibt.

»Wenn du nicht zum Date kommen kannst, kommt das Date eben zu dir«, erwidert August. Er lächelt immer noch, unbeeindruckt von meinem halbherzigen Empfang.

August hebt die Blume auf, die ihm am nächsten ist, und reicht sie mir. Unsere Finger verschränken sich um den Stiel und jagen mir einen warmen Schauer über die Haut. Das reicht, um meinen Widerstand zu brechen. Mein Körper erinnert sich an das letzte Mal, als wir uns so nahe waren, und schmiegt sich an ihn, das Muskelgedächtnis übernimmt. Die Hände finden ihren Weg in sein Haar. Lippen verlangen und werden verlangt. Unser Atem geht sehnsuchtsvoll und schnell.

Er lässt sich Zeit beim Küssen, als wären meine Lippen etwas, das er auskosten will. Ein Lieblingsgeschmack, von dem er nicht genug bekommt.

»Bestes Date aller Zeiten«, sage ich an seinem Mund und will mich nicht von ihm lösen.

»Wart's ab. Es fängt gerade erst an.«

»Nee. Du bist hier. Mehr brauche ich nicht.«

August weicht zurück und schüttelt den Kopf. »Ich bin mir ziemlich sicher, dass dir der Rest auch gefallen wird. Bleib genau hier stehen.« Er wartet meine Antwort nicht ab. Dreht sich einfach um und läuft zurück ins Atelier, um den *Rest* zu holen, was auch immer das ist.

Ein paar Minuten später kommt er zurück, an einer Hand baumelt eine kleine Kühlbox, an der anderen ein kabelloser Lautsprecher. Er bedeutet mir mit einem Nicken, ihm vorauszugehen. An der ersten Blume halte ich inne. Je länger sie ohne Wasser auskommen müssen, desto schneller verwelken sie. Aber es ist so schön. So romantisch. Alles, was ich so mühsam inszeniert habe, um allen zu zeigen, wie groß unsere Liebesgeschichte ist. Jetzt ist es Wirklichkeit.

»Du willst ein Foto davon machen, oder?«, fragt August und legt sein Kinn von hinten auf meine Schulter. Sein Lachen ist warm in meinem Nacken.

»Später vielleicht«, entgegne ich. Denn ausnahmsweise will ich das gar nicht. Dieses Date ist nicht für andere bestimmt. Es ist nur für uns. Ich drehe den Kopf und drücke ihm einen Kuss auf die Wange. »Ich kann nicht glauben, dass du das alles gemacht hast.«

»Ich muss einer Menge gerecht werden. Der falsche August hat die Messlatte für romantische Gesten ziemlich hoch gelegt.«

Mein Post, in dem ich meine Gefühle für ihn gestehe, hätte eigentlich all seine Zweifel ausräumen müssen. Aber er glaubt noch immer, dass er unzureichend ist. Dass er beweisen muss, dass er es wert ist, geliebt zu werden. Ich wende mich nun komplett zu ihm um, weil ich ihm sagen will, dass er sich da irrt. Dass er mein *Ein und Alles* ist. »August …«

»Nein, sieh mich nicht so an. Das sollte kein Vorwurf sein. Ich *will* versuchen, dieser Freund für dich zu sein. Ein

Freund, der alles tut, damit du weißt, was er für dich empfindet. Damit du seine Gefühle nie infrage stellen musst.«

Genau darum geht es. Ich brauche keine großen Gesten, um zu wissen, dass er sich in mich verliebt hat. Ich muss ihn nur ansehen, um den roségoldenen Schein zu erkennen, der ihn zum Strahlen bringt. »Das musst du nicht versuchen. Du bist schon alles, was ich will.«

Dank

Ich kann meiner Lektorin Annie Berger und dem ganzen Team bei Sourcebooks Fire nicht genug danken. Annie, du hast das Herz dieser Geschichte erkannt und genau gewusst, was ihr zur vollen Entfaltung fehlt. Ein zusätzlicher Dank geht an Liz Dresner für das tolle Umschlaglayout sowie an Laura Boren für die wunderschöne Gestaltung der Innenseiten der Originalausgabe; Manu Velasco und Aimee Alker für das gründliche und fabelhafte Lektorat und Korrektorat; Thea Voutiritsas, die für einen reibungslosen Produktionsablauf gesorgt hat; Rebecca Atkinson und Madison Nankervis für ihre Expertise bei Marketing und Öffentlichkeitsarbeit; Jenny Lopez und Gabriell Calabrese für die Unterstützung hinter den Kulissen und Dana SanMar für die traumhafte Umschlagillustration der Originalausgabe!

Vielen Dank an meine wunderbare Agentin Jenny Bent, die meine Geschichten liebt und das beste Zuhause für sie findet. Auf viele weitere gemeinsame Projekte!

Herzliche und ewige Dankbarkeit an meine kritischen Stimmen: Jessica Fonseca, Zoé Harris und Courtney

Howell. Unser kleines Schreibkomitee ist der Grund dafür, dass dieses Buch überhaupt geschrieben wurde. Danke für den Austausch, die Zoom-Meetings, das Anfeuern, den Beistand und besonders für euer geistreiches Feedback bei der Arbeit.

Liebe befreundete Autor*innen, ich kann mich glücklich schätzen, dass ich euch kenne. Ein besonderer Gruß geht an Megan McGee, Kerry Rea, Roselle Lim, Waverly Night und Alexandra Kiley für eure Begeisterung und Freundschaft. Tall Poppy Writers, ihr Ladys inspiriert mich jeden Tag. Und an alle Teilnehmenden des Seminars im Dalnaglar Castle unter Leitung von Maggie Stiefvater, Anna Bright und Sarah Batista-Pereira (besonders das House Banshee!). Unsere Woche in Schottland war magisch und genau das, was ich gebraucht habe, um nach der Abgabe dieses Buches wieder kreative Energie zu tanken – lasst uns ein Freudenfeuer anzünden.

Umarmungen und ein riesiges Dankeschön an Krysti Adams, Thalia Scott, Lindsay Smith und Erin Williams für eure Freundschaft und Bereitschaft, erste (und manchmal chaotische) Fassungen meiner Bücher zu lesen. Suzanne Junered, Sarah Southern und Ashley Williams, trotz der vielen Kilometer, die zwischen uns liegen, seid ihr immer in meinem Herzen. <3

Endlose Liebe an meine Familie: Dad & Susan, Mom, Karen, Art, Car, Nicholas, Chamberlain, Skip, Holly, Skylar und Blayden; die Crispell-Crew – Gary, Pat, Pete, Liz, Dave, Amber, Asher und Zeke; JoAn Shaw, die Potters und die Ledbetters, danke für die Kaffeekränzchen und jahrelange Freundschaft.

Und wie immer danke an Mark, dass du an mich glaubst – selbst wenn ich es nicht tue. Ich bin so dankbar für dich und unsere Kätzchen und das wundervolle Leben, das wir haben (wo auch immer wir leben werden, wenn dieses Buch erscheint!).

Allen Leser*innen, die dieses Buch zur Hand nehmen, danke ich aus tiefstem Herzen.

© Belinda Keller

Autorin

Susan Bishop Crispell erwarb einen Bachelor of Fine Arts (BFA) in Kreativem Schreiben an der University of North Carolina in Wilmington. Geboren und aufgewachsen in den Bergen von Tennessee, lebt sie derzeit mit ihrem Mann und ihren beiden Katzen Whisky und Orkney zwanzig Minuten vom Strand entfernt in North Carolina. Sie liebt köstliches Gebäck und sucht immer das Magische in der wirklichen Welt.

©Marco Vogel

Übersetzerin

Christiane Wagler studierte Übersetzungswissenschaft in Leipzig, Edinburgh und Bilbao. Sie hat zahlreiche Bücher für Kinder, Jugendliche und Erwachsene aus dem Englischen ins Deutsche übertragen und ist zudem als Filmuntertitlerin, Dozentin und im redaktionellen Bereich tätig. Neben dem Übersetzen widmet sie sich verschiedenen Formen der Druckgrafik.

Mehr zu unseren Büchern auch auf Instagram

Susan Crispell

Ein zarter Hauch von Glück

448 Seiten, ISBN 978-3-570-31541-5

Im Sommer nach ihrem sechzehnten Geburtstag bringt der Kuss eines Holloway-Mädchens dem geküssten Jungen oder Mädchen Glück. Schon lange freut sich Remy auf ihre Kusszeit, doch statt Glück bringt sie dem Jungen, den sie küsst, Unglück. Überzeugt, dass ein Fluch auf ihr liegt, beschließt Remy, von nun an ihre Lippen bei sich zu behalten. Wäre da nicht der attraktive Nachbarsjunge, der neu in der Stadt ist und es ihr schwer macht, an ihrem Beschluss festzuhalten. Vor allem scheint er sie wirklich kennenlernen zu wollen und nicht nur für das Holloway-Glück auszunutzen. Aber bevor sie überhaupt daran denken kann, ihn zu küssen, muss sie den Fluch lösen und ihr Glück wiederfinden.

www.cbj-verlag.de

Nicola Yoon
Als wir Tanzen lernten

384 Seiten, ISBN 978-3-570-16631-4

Evie glaubt nicht mehr an die Liebe. Erst recht nicht, als etwas Unfassbares geschieht – sie kann plötzlich die Zukunft von Liebespaaren voraussehen: Alle Liebesgeschichten enden tragisch. Evie versucht noch, mit ihrer seltsamen Gabe zurechtzukommen, als sie bei einem Tanzkurs auf X trifft, der alles verkörpert, was Evie ablehnt: Abenteuerlust, Risikobereitschaft, Leidenschaft. X lebt nach dem Motto, zu allem Ja zu sagen – auch zu dem Tanz-wettbewerb, den er und Evie gemeinsam antreten. Evie will sich auf keinen Fall in X verlieben. Doch je länger sie mit X tanzt, desto öfter stellt sie infrage, was sie über das Leben und die Liebe zu wissen glaubt. Ist die Liebe das Risiko vielleicht doch wert?

www.cbj-verlag.de

Sophie Gonzales
Theoretisch perfekt

400 Seiten, ISBN 978-3-570-16617-8

Jeder weiß: Wer Hilfe in Sachen Liebe benötigt, wendet sich an Spind 89. Was niemand weiß: Hinter den anonymen Ratschlägen steckt Darcy Phillips. Doch dann wird Darcy ausgerechnet von Alexander Brougham – seines Zeichens Schwimm-Ass und heißester Typ der Schule – beim Leeren des Spinds erwischt. Darcy will unbedingt verhindern, dass ihre geheime Identität auffliegt, weil sonst einige Dinge ans Licht kommen könnten, auf die sie nicht gerade stolz ist. Und die Chancen stehen mehr als gut, dass Darcys beste Freundin und heimlicher Schwarm Brooke nie wieder ein Wort mit ihr wechseln würde. Damit Brougham Darcys Geheimnis für sich behält, bleibt ihr also nichts anderes übrig, als seinen persönlichen Dating-Coach zu spielen, um seine Ex-Freundin zurückzugewinnen. Was soll da schon schiefgehen?

www.cbj-verlag.de